全家福，摄于1967年

1949年10月，嘉定县各界人民代表会议一届一次大会代表合影。照中后排右第一人戴眼镜者为潭正堃

1951年，在青岛寓所

1951年，谭正璧与妻子蒋慧频，女儿谭寻，儿子谭常、谭壎、谭篪在山东大学寓所前

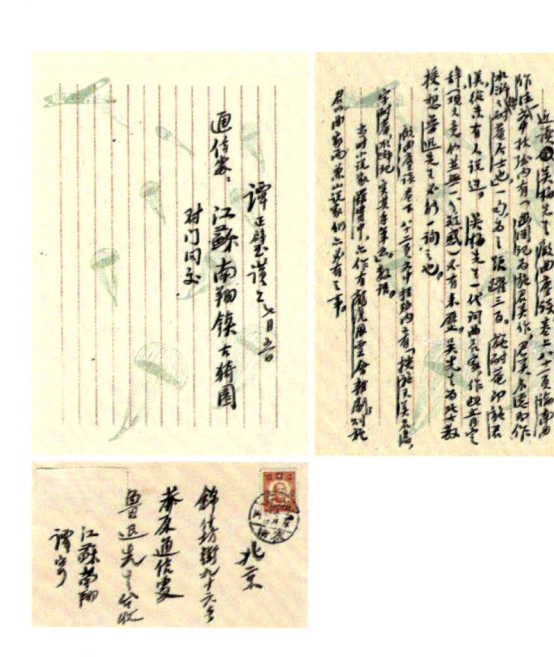

谭正璧写给鲁迅的信

谭正璧所著各版《中国女性文学史》

谭正璧与赵景深（右二）、小川阳一（左二）、熊谷佑子（左一）、陆树仑（中立）、谭寻（右一）的合影。1987年，摄于赵景深家中

1980年，与女儿谭寻在寓所庭院合影

安亭井亭桥

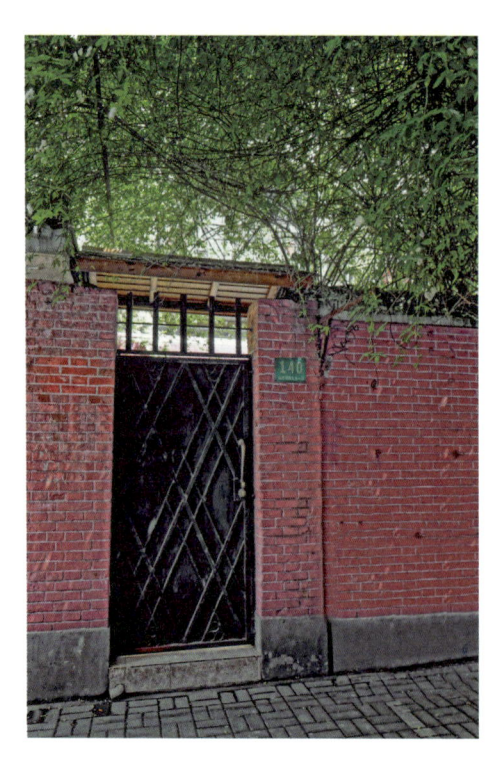

螺斋原址

文汇传记

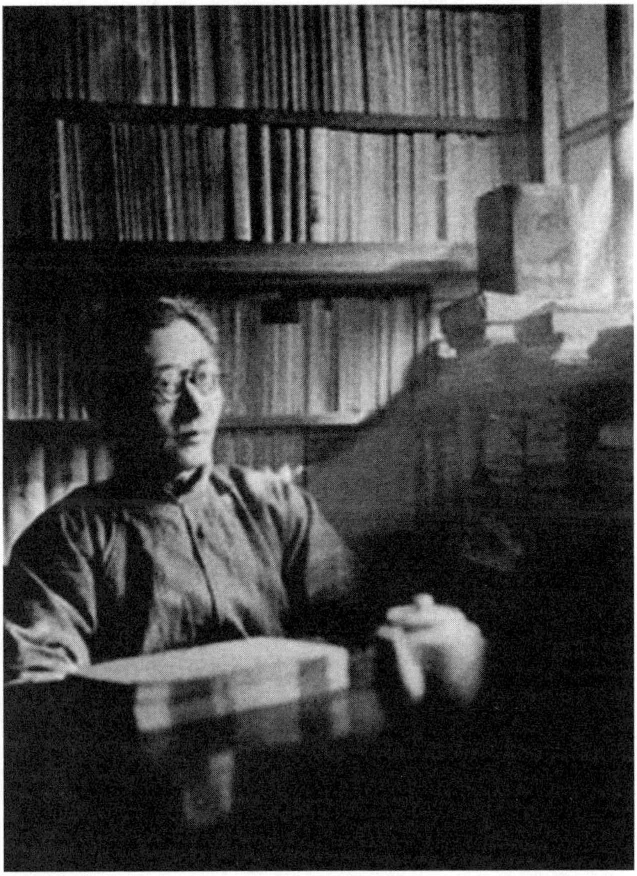

文汇传记

谭筱 著

谭正璧传

煮字一生铸梅魂

文匯出版社

引言

　　我极崇奉托尔斯泰底"爱之宗教",而深信爱是世界上人类底生命之光和花,在这不断而由无限的空时间里,灿烂而又灼灿。在同时,又崇奉我国古代"物极必反"底哲理。

——摘自1923年《芭蕉的心》

　　凡是一个人到了"哀乐过于人"的中年,都难免有着这种悲哀的。既已编成了集子,照例应该题一个集名,写一篇序文。于是偶然想到两句唐人佳句:"不愁明月尽,自有夜珠来。""夜珠"要等待"明月"尽了才能发现它的光辉,我的文章的命运何尝不是这样。

——摘自1945年《夜珠集》

　　绿满江南草正长,暖风拂处落花忙,梅魂早与诗魂合,信口拈来字字香。(其一)

　　玉骨冰肌已杳然,江郎才尽忆当年,氍毹一曲《梅花梦》,赢得场头泪万千。(其二)

——摘自1980年《梅园杂咏》

目 录

新版序言　陈子善　001
新版前言　谭　篪　001
初版序言：一世清贫何足论，三身著作自传神　黄　霖　001
初版自序　谭　篪　001
初版前言：文学领域中的默默耕耘者　谭　篪　001

第一部　童年的回忆

一、快乐而不幸的童年　004
二、一心求学任教，奉养外祖母　012

第二部　激荡的岁月

一、由读书到教书著述　027
二、难忘的大革命　065
三、《中国文学家大辞典》与《中国女性文学史》　084
四、挣扎奋斗在艰难的抗战岁月　103
五、与黑暗搏斗迎接黎明的曙光　148

第三部　青史留长卷

一、执教黄渡师范和齐鲁大学、山东大学　167
二、《基本语法》《文史哲》案和著述　181
三、费力而不讨好的著书历程　192

四、致力中国文学事业，痴心不改　212

五、飞雪送忠魂，青史留长卷　235

六、一幅让我感叹不已的家族史长卷
　　——谭正璧妻蒋慧频家族史的发见　246

七、莫须有罪名何时休——必须还谭正璧以清白　256

第四部　年谱及著作一览表等

一、谭正璧年谱　261

二、谭正璧一生著作　281

三、师恩如山　无日能忘　璧　华　307

四、忆父亲　陆寿筠（谭余）　312

五、我们和父亲的故事　谭　壎　谭　篪　317

六、《邂逅》自序　谭正璧　327

七、《琵琶弦》题记　谭正璧　332

八、苏青、谭正璧：被遗忘了的缪斯　王文英　朱寿桐　336

九、晚景凄凉谭正璧　金　名　338

十、耕犁千亩实千箱（摘录）　储品良　340

十一、谭正璧和他的戏曲史著作　蒋星煜　343

十二、《年轮——四十年代后半期的上海文学》（摘录）　陈青生　348

十三、二十世纪上半叶文学史观探寻（摘录）　高树海　351

十四、谭正璧之灼见——读新版《中国女性文学史》　周　瓒　353

十五、中国新文学史编纂史（摘录）　黄修己　356

十六、谭正璧先生谈"回译"　陈金生　357

十七、从《谭正璧日记》看一位近代学人的养成（摘录）　王润英　360

十八、谭正璧常用笔名闲谈（摘录）　谭　篪　363

近年出版社重印谭正璧著作一览　366

后　记　367

新版序言

记得是20世纪90年代初期,我在上海文庙旧书集市上购得数册钤了"谭正璧印"的旧书,拿去给施蛰存先生看。老人家翻翻书,感慨地说:"没想到我这位老友的书,这么快就散出了。"七年多前,我才从谭篪兄这部《谭正璧传》中得知,"自1966年冬至1976年,谭正璧没有经济收入,以前的积蓄也所剩无几,于迫不得已之下,他忍痛将数十年来积攒起来的万册藏书,或秤斤或贱价卖去,以维持生活"。如此说来,我所得的这几册谭正璧先生的旧藏,应是他当年被迫卖去之书,不能不令人痛惜。

谭篪兄的《谭正璧传》2016年10月由北京出版社出版,而今增订本将由上海文汇出版社重版,令人欣喜。我以为,一部作家传记,随着新史料的不断出现,随着对这位作家成就的认知不断提高,因而不断修订,不断完善,是十分必要的。这也是产生一部好的作家传记的前提。这部新的《谭正璧传》增订本就是一个例证。增订版《谭正璧传》与北京出版社的初版本有何不同,有何重要的增补,谭篪兄在《新版前言》中已有具体的说明,我就不再赘言了。

我想就如何评价谭正璧先生的毕生志业和多方面的文学创作及学

术研究贡献谈一点浅见。谭正璧的学问，正如黄霖先生在这部传记的序言中所指出的，"给人第一个印象是博大，呈汪洋恣肆之态"。他是卓有创见的古典文学研究家、文史文献研究家，对中国文学史（包括小说史、戏剧史、曲艺史、女性文学史、人物传记、作品汇考等）、文化史，乃至文字学、语法学等众多方面丰硕的研究成果，已由上海古籍出版社出版了《谭正璧学术著作集》，囊括了他自1928年至1985年所著学术著作的绝大部分，皇皇十五种，颇受海内外学界关注。然而，他的新文学创作和评论，尚未得到应有的关注和研究。

从《谭正璧传》所附录的《谭正璧著作一览》可知，谭正璧长达七十余年的文字生涯正是从新文学创作和新文学评论起步的。1920年6月4日，他在《民国日报·觉悟》发表随感《新文化运动的障碍》。两天之后，又在同刊发表小说《农民的血泪》，从此开启了他丰富多彩的文学之路。新文学的小说、散文、剧本和评论，他均有所涉猎，也均有不俗的成就。20世纪20至40年代，不仅是他的学术研究的收获期，同时也是他的新文学创作的鼎盛期。他早期著有小说集《芭蕉的心》《人生底悲哀》等，20世纪40年代更迎来了他历史小说创作的大丰收。历史小说集《长恨歌》《琵琶弦》，中篇历史小说《凤箫相思》《狐美人》，长篇历史小说《梅花梦》等先后印行，引人注目，也使他成为20世纪40年代上海历史小说创作的主要代表。就是在整个中国现代文学史上，谭正璧的历史小说也是独树一帜的。这还不包括散见当时报刊的谭正璧创作的历史剧《洛神赋》《金缕曲》《浪淘沙》等作品。除此之外，谭正璧在《中国文学史大纲》和《中国文学进化史》中对现代文学的探讨，《论苏青及张爱玲》等文中对20世纪40年代上海女作家群作品的品评，也都是很有价值的新文学研究的历史文献。他的《夜珠集》等许多散文也文笔清雅，真挚感人。这一切，都是谭正璧留给我们的一笔宝贵的文学遗产。

遗憾的是，谭正璧在新文学创作和评论方面的历史功绩，除了《抗战时期的上海文学》《年轮·四十年代后半期的上海文学》（均陈青生著，分别于1995年2月和2002年1月由上海人民出版社初版）有所论及外，我多年来只见到一篇2011年的硕士学位论文《谭正璧历史小说研究》（华中师范大学阮娟作）。这与谭正璧的文学史地位真是太不相称了。因此，在我看来，这部较成系统地介绍谭正璧学术研究和文学创作历程的《谭正璧传》，为我们较为全面和真切地认识谭正璧，进而填补谭正璧研究和上海现当代文学史研究的空白，无疑具有指引和借鉴的多重价值。

后人撰写前辈的传记，近年已蔚为风气。在现代文学研究领域里，我所见到的最早的传记是郁达夫之子郁云著《郁达夫传》（福建人民出版社，1984年4月初版）。近年，邵洵美之女邵绡红多次修订的《我的父亲邵洵美》（上海书店出版社，2023年3月新版）和曹禺女儿万方的《你和我》（北京十月文艺出版社，2020年6月初版），都是较为成功，获得好评的例子。谭笃兄的这部《谭正璧传》，十多年磨一剑，从体例到内容也自成一格，故我乐意为之作序，并期待《谭正璧传》增订本的面世，能对谭正璧研究的展开和深入有所推动。

陈子善

二〇二四年七月四日于海上梅川书舍

陈子善，华东师范大学中文系荣休教授，上海市文史研究馆馆员。中国现代文学研究会名誉理事，巴金研究会副会长。长期致力于中国现代文学史和现代文学文献学的研究。

新版前言

时光匆匆,岁月荏苒。《谭正璧传》出版至今已整整七个年头了。出版社的书也已售罄了。我买了多次送朋友,手上又没了,上电商再买,连续买到两种"高清复印"的,似乎不只两种吧?我以为是盗版了,至于"维权",说说而已。看来至少这书有一定的价值和市场吧?

那时姐姐手里有一本厚厚的日记册,里面有父亲六十岁时作的《六十岁自订年谱初草》,我借来后仔细辨字抄录了一遍。还有把1981年我的余哥为父亲口述作的录音稿整理输入了电脑。并认真阅读了曾经结集出版的——20世纪20年代的《邂逅》《人生底悲哀》,40年代的《夜珠》《血的历史》《琵琶弦》等创作集和许多著作的"前言"和"后记"。又在休息天,多少次地去淮海西路上的上海图书馆,循着那个《年谱》的线索,在20世纪初至三四十年代的故纸堆和微缩胶卷中寻觅收集,用病变的眼睛艰难地辨认那些泛黄模糊的和小字号的字迹,以及历年书报杂志中的有关资料,又因为我本不是专业中人,查阅不内行,常常做重复劳作或无用功,就这样游弋在浩瀚书海的一隅,沉醉其间。每次都会多少带回一份收获的喜悦,点点滴滴,反反复复,将寻找到的作品资料抄写或复印带回来。由此也让我从中深深感受到父亲当年工作中的那些艰辛不易和那份快乐。

书出版后，我认真地翻阅，虽然出版前多次校阅，差错仍不少，我做了个勘误表；虽知再版遥遥无期，心里总存一丝期望。又因为此书的出版，我想到在父亲身后，依他遗愿，他的绝大部分作品、书稿、照片……不下上千件，都无偿捐到北京现代文学馆。我找到捐赠的目录仔细查阅，看到其中应该有许多珍贵资料，包括早年日记、大量书信（"文革"中曾被抄走，直至1972年后，父亲多次追讨才得以回归）、聘书等，这些资料我从来没有看过，更没有想到20世纪20年代的资料能一直保存下来，可见这些东西在他心目中的地位之高；可惜的是还有不少在战乱中毁失了。这里必定会有可使传记进一步补充的丰富资料。我联系到时任常务副馆长的梁海春老师，获积极支持，拿到了绝大部分的扫描件。

果不其然，这里有幸免于难得以保存完整的整整一年的日记《雯乘》（1919年9月1日—1920年9月3日），这是父亲在龙门师范学习、生活——也是他一生中最刻骨铭心的经历……《拈花微笑室日记》因战乱已遗毁部分，断断续续，甚是可惜。还有《寒缸琐语》《竹荫庵谈屑》《雁唳集》《斗雪集》《孤岛吟》《抒情集》等，这些都已收入《谭正璧日记》（江苏凤凰出版社出版）；书信的一部分已收入《谭正璧友朋书札》（浙江古籍出版社出版），另有不少遗稿。阅读后自然有不少可以补充传记中不足的部分，包括以前我没见过的照片、聘

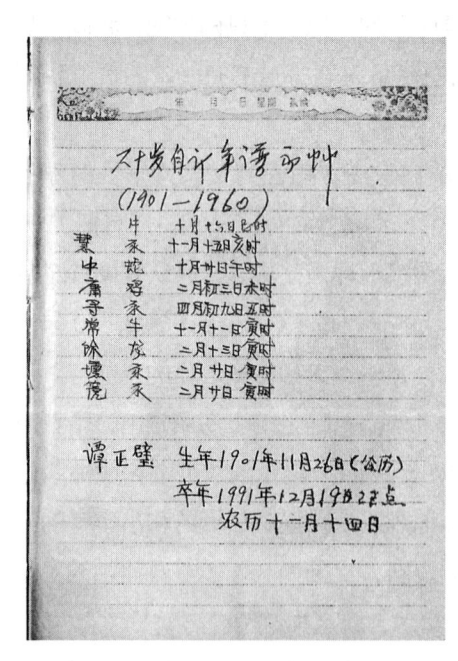

《六十岁自订年谱初草》

书等。我做了一些资料的摘录工作，期望日后有机会再版时进行补充修订。

  这次蒙文汇出版社给予重版这本《谭正璧传》，真是喜出望外，也不枉我近二十年的努力。这次补充最多的是龙门师范的那段经历，在《谭正璧日记》（以下简称《日记》）中，详尽记录了那个历史大背景——五四新文化运动、"闽案"、"推翻北政府"——以及对谭正璧整个人生的深远影响。《日记》《友朋书札》及其他资料，内容丰富，《传》只能择要选用。年谱和著作近年多次进行修订，在谭正璧诞辰一百二十年之际又校订一番，并刊于《矗云》纪念特刊。这次以此为准，略有正误补充。

  冀能对有关专家学者和爱好者提供一点有价值的东西，并盼赐教。同时万分感谢文汇出版社社长周伯军先生和鱼丽女史给予这次修订再版的机会！

  这里必须由衷地感谢陈子善老师，我与他相交多年，却因种种缘由，至今未曾谋面。他是有名的专家学者，我只是借先父之名的门外汉。这次陈老师于百忙之中又冒着酷暑拨冗为本书作序，感激之情，无以言表！仅在此深深鞠躬致意！

谭篪
二〇二三年十二月二十二日

初版序言：一世清贫何足论，三身著作自传神

谭正璧先生离开我们已有好多年了。近日，他的哲嗣谭篪先生来信说，写了一本《谭正璧传记》，嘱我写篇序。谭先生是研究中国文学、特别是通俗文学领域卓有成就的著名学者。他的治学道路正反映了 20 世纪中国知识分子治学的艰难历程，他的学术成果与治学精神都是留给后人的一笔宝贵财富，更何况他是我的同乡前辈，因此，为这位几乎坐了一生冷板凳的谭先生说几句话，对我说来是责无旁贷。

谭先生与我都是嘉定黄渡人。他住在东港桥，我家则近西小桥。可惜我生也晚，知也晚，记得只见过他一次面，没有同他说过一句话。那次见面是"文革"结束后不久，在上海作协召开的一次会议上，他已有八十多了吧，而我刚四十出头。他由女儿谭寻陪着一起来的，身穿着一件白色旧衬衫，外面却套着一件较短而褪色的外套，衬衫明显地拖了一截在外面。这副样子，加上他的老态，马上给我以一种"晚景凄凉谭正璧"的感觉，心中一阵酸楚。想与他说几句，只见他的神情比较冷峻，情绪也不太好，我又是个不善与人攀扯的人，没有敢走近他。后来我搞小说与通俗文学的研究，越来越认识到谭先生的分量，几次想请赵景深老师介绍，但又怕麻烦老人家，每每作罢。后来更使

我懊悔的是，当初不知盛俊才老先生与他是知交。而我在读大学时，父亲曾寄来过盛先生谬奖我的诗，假如请他引荐，就不容担心谭先生的严峻了。只怪我少小离家，多不识乡亲，就失去了当面请教谭先生的机会，也对谭先生的了解就一直停留在比较肤浅而零碎的层面上。直到前两年上海古籍出版社准备整理出版谭先生的全套学术著作十三册时，我才稍有系统地翻阅了谭先生的论著，对他有了一个比较清晰而全面的了解，这使我深为家乡出了这样一个前辈而感到无比骄傲。

谭先生的学问，给人的第一个印象是博大，呈汪洋恣肆之态。他的成就，按他自己所列，可分九个方面：一、学术概论，二、文学史，三、小说戏曲研究，四、人物传记，五、古书选注，六、文字学，七、文章选译，八、语法修辞，九、文章作法。由此即可窥见他的阅历学识之富和研究范围之广了。而这里还不包括他众多的小说、散文、诗词与剧本的创作。

令人惊叹的是，在这多方面的学术研究中，他均多有突出的成绩。比如在中国小说史的研究方面，我在2004年写的《20世纪的"中国小说史"编纂》中曾这样说过：

1935年，谭正璧的《中国小说发达史》出版。在《自序》中，作者坦言自己著作此书的动机、基础与特点云："但自周著《中国小说史略》出版迄今，时间已逾十载。此十余载中，中国旧小说宝藏之发露，较之十年前周氏著小说史略时，其情形已大相悬殊。……编者素嗜通俗文学，于小说尤有特殊爱好，窃不自揆，因将十年来浏览所获，尽加网罗，参之周氏原作，写成《发达史》二十余万言。书中对每时代某种作品所以发生或其所以发达之历史原因或社会背景，尤三致意焉。"事实确是如此。谭尽力搜罗了十年来的最新成果，又参以作者独到的心得，故在各小说家的介绍、社会文化背景的分析、作品艺术的欣赏等方面均更详尽，且多创见。就大的方面而言，如有关变文、话本、讲史及"三言""两拍"等都赋予较多的文字加以论述，许多三四流的作品也予顾及。在分析社会背景时，不少论点富有创意，如论六朝志怪与黄巾变乱、唐代传奇与"女性解放"的关系,都具独识。此书将中国小说史分成六大段:"古代神话""汉代神仙故事""六朝鬼神志怪书""唐代传奇""宋元话本""明清通俗小说",抓住了每个时代的重点,也有见地。故平心而论,谭著当为20世纪上半期最完整、最详细,因而是最佳的一部中国小说史。

这个评价在今天看来仍不为过分而只嫌说得太简。可惜当今一般治小说史者,多为鲁迅《中国小说史略》的光焰所炫,而不知道去翻这本《发达史》了。

再如他的《三言两拍资料》《古本稀见小说汇考》等,都不是灵机一动,就能妙语连珠的,而是要积数十年之精力,在遍翻群籍的基础上才能完成的。正因此,这类著作对有关的研究者来说,是功德无量的。在相当长的一段时间里,它们就是我案头常翻的书,帮助我解决了许多疑问,也引发了我的一些思考。与这类资料性的编著不同的是,谭先生还在一些史论性的著作中常常能发人之未发,给历史以一种全新的解读。比如在他的《中国女性文学史》中,为鱼玄机翻案一节,就被人称道。他写女性文学史,是对长期处于"羸弱"地位的女性充满着同情的。鱼玄机作为一个下堂妾、女道士,往往更被人瞧不起。据《三水小牍》《北梦琐言》等载,玄机因杀女僮而被处死。人皆信而不疑,认为她为人不足取。谭先生则认为事有蹊跷。他从《太平广记》中查得资料,知所审之府尹原来是个酷吏,且她又曾得罪过衙役,故认为有被陷害而又屈打成招的可疑。当然,谭先生的新见未成定论,但其所疑还是有据可证的。再如1955年他出版的《元曲六大家略传》,能在广泛搜集野史笔记的基础上,用第一手的原始材料,将历来没有像样传记的王实甫、关汉卿、马致远、白朴、乔吉、郑光祖等六大元曲家一一排出了一个"略传",不但为广大研究者提供了便利,同时也突破了传统的所谓"关、马、郑、白"元曲四大家的说法,提出六大家的新见解。诸如此类,顺手拈来几个例子,都足见谭先生的学问博而不滥,在汪洋恣肆之中时见功夫,多有精见。

谭先生的学问令人高山仰止，而他的治学精神更是令人赞叹不已。我感受最深的是两点：

第一点是敢为人先、与时俱进的精神。20世纪上半叶，是我国学术转型的初期，不少学科于此初创，许多领域开始新辟。在这时代潮流中，是因循守旧，还是弄潮敢闯，不同的学者作出了不同的选择。谭先生显然是属于后者。他的兴趣所至，几乎都是一些新学科、新领域。他研究的小说史、戏剧史、文学史、文化史、女性文学，乃至文字学、语法修辞，等等，都是当时新兴的学问。比如就弹词来说，过去是不登大雅之堂的，然而在重视通俗文学研究的风气影响下，他很早就关注了这一在江南特别流行的文艺样式。1924年，在他写《中国文学史大纲》时就写到了弹词。继而在1929年的《中国文学进化史》、1930年的《中国女性的文学生活》中，都可以看到他对弹词的重视，认为"自宋后，小说戏曲弹词居文坛正宗"。至1934年的《中国女性文学史》，就专列《通俗小说与弹词》一章，所论几乎囊括了女性弹词中最有代表性的作品和作家。至1983年，他完成了专著《弹词叙录》，后又有《评弹通考》，另在《谭正璧学术著作集》中还编入了他的遗著《评弹艺人录》。对于弹词的关注时间之长、成果之富，可以说时至今日，还是一人而已。与弹词相关的是对于整个女性文学的研究，他也是一个开风气的人物。在他之前，虽有谢无量、梁乙真的著作，但谢、梁两氏，都缺乏时代发展、文学变化的眼光，只是用陈旧、传统的文学观来论史，眼睛只看到辞赋、诗词等正统文学，不认为小说、戏曲、弹词等民间通俗文学也为文学，故实际上他们只写了半部文学史。谭先生的女性文学史则突出了文学的时代性，强调了女性文学随着时代的变化而变化，重视了女性通俗文学在文学史上的地位。从而使中国女性文学史的整体面貌为之一新。同时，他对女性充满着同情，充分肯定了女性的写作才能，因而他的女性文学史著不愧是中国女性文学研究的经典之作，至今还有着很强的生命力。与女性文学史紧密相关的，关于文学史（包括小说史）的研究在当时也是一门新兴的学科。他于1925年出版的《中国文学史大纲》就比较关注现代文学的发展，第一次将鲁迅写入了人文学科的史著之中，高度评价《呐喊》是"一部永久不朽的作品"，不久就被日本的井上红梅译成日文，国内也有不少中学将它作为教材，连年重印。其中《现代文学》一章，每版都有所补充和修正，不断跟上时代的脚步。至1929年问世的《中国文学进化史》更有突出的成绩。有论者认为20世纪20年代冒出的一批文学史著中，"所可取者"只有鲁迅的两本小说史、胡适的上卷白话文学史与谭正璧的这部《中国文学进化史》。而且由谭著提出的关于中国文学史学科目的任务这一课题的探讨，一直影响了整个三四十年代。从中可见，谭正璧先生的眼光是何等的敏锐。他始终保持着一种敢为人先的精神，走在时代的前列。

第二点是清贫"煮字"、死而后已的精神。他并非生于豪门贵族或书香门第之家，从小的生活就比较清苦，好不容易才上了学。当熬到做一个教书匠时，就将主要的精力都投入到学术研究与写作之中。由于家无藏书，主要生活又在一个小镇上，没有图书馆可供参考的材料，就必须将微薄的薪水尽以购书。1928年，正当青年时代，用他的妻子当时的话来说，他们所过的生活仅仅图得个温饱。他愿牺牲了一切社会的享受，来做这不为名也不为利的冷酷的事业，而且当作终身事业。1934年编纂《中国文学家大辞典》时，他每周居上海四日，授课二十二小时，然后回市郊小镇三日专事编纂。当时的交通不便，从火车站到家有好几里路，妻子临产，自己又病咳，不论夏时溽暑迫人，还是冬日冱水胶笔，夫妇两人，日以继夜，边考证，边抄录，完成了一部收录六千余人词条的巨著，其辛劳是非现在集体编纂者所能想象的。在抗战期间，他的一个女儿因为缺乳饿死，还有一个女儿一个儿子送给了别人抚养。中华人民共和国成立之初，他去齐鲁大学、山东大学任教，生活一度较安定，但不久想专事著述，就辞职回沪，担任过棠棣出版社总编辑等，后经机构调整，在中华书局上海编辑所挂了个特约编辑的名义审稿，领一份薪水。1966年"文革"起，被抄家，断绝生活来源，直到1979年5月，受聘为上海文史研究馆馆员。其间十年，贫病交迫，在那样艰难的条件下，他还坚持做学问，直到晚年，双目完全失明了，还在没有工作的女儿谭寻的帮助下完成了《三言两拍资料》《弹词叙录》《木鱼歌·潮州歌叙录》等重要著作，受到国内外学界的赞赏。谭先生曾概括他的一生为"煮字生涯六十年"。这六十年的"煮字生涯"，都是与"清贫"乃至"赤贫"为邻。可是他坚持穷愁著书，"耐饥煮字"。这种治学精神真是悲壮而崇高，可撼天而动地。

谭先生晚年曾有《咏怀》诗云："一世清贫何足论，三身著作任讥评。"写得是何等豁达！他的一百五十余种著述自可"讥评"，但他的治学精神与境界是只可仰慕。正如他妻子于1928年说的："无论他的著作是好是歹，他的意志，他的人格，是值得一般人的顶礼和颂赞的！"因此，我想将这句诗妄改三个字，权作本文的结语："一世清贫何足论，三身著作自传神。"

黄霖

二〇一四年八月十六日

黄霖，教育部重点研究基地复旦大学中国古代文学研究中心主任、复旦大学中国语言文学研究所所长，前中国近代文学学会会长、中国明代文学学会（筹）会长、中国古代文学理论学会副会长、上海市中国古典文学会会长。

初版自序

逾越了花甲之年，走过了自己四五十年的人生坎坷历程，回忆曾经学过的历史，并乘尚有精力之时努力继续复习曾经的和以前没有学过的历史，自然地产生许多新的感受和感悟。

最近十几年，我花了大量的精力探索我父亲谭正璧的人生轨迹，随着时间的流逝和墨迹的流淌，一个模糊的影子在我脑海中越来越清晰、越来越高大，他已是我心目中的英雄，不管别人如何评说。唉！为什么父亲在世时，我没有想到认真地去了解他？只怪自己成熟得太晚了点。

这十几年，我在不断搜索资料，撰写先父沉浮文海的传奇人生，不知不觉中竟写下十几万字之多，大大超越了自己的预计。这是一段跨越 20 世纪九十余年的历史，由清朝末年起，历经辛亥革命、五四运动、大革命及"四一二"政变、军阀混战、十四年抗战、解放战争、中华人民共和国成立、十年"文革"，直至改革开放的历史，太多的风霜雨雪与生死考验，造就了谭正璧极不寻常而又鲜为人知的传奇人生。虽然尚有不少人知道他文学上的某些（不是全部）成就，但都是不完整的，或是片面的，甚至还有的是极不公正的。真正要了解他就必须了解他的全部历史。所以我要把我花费这十几年心血所写成的谭正璧的传记献给所有关心爱护他的人，以还他们一个完整的有血有肉的谭正璧，功过是非如何，真实的历史才是唯一的评判者。

谭　篪

二〇一一年二月七日

初版前言：文学领域中的默默耕耘者

长夜遥望魁星灿，百岁俯瞰红尘远；沉醉书海探源流，文学青史留长卷。

胸恃正气斗魑魅，文海苦渡逾风雷；耕耘操觚艰辛随，夜珠灼灼慕红梅。

前几天，我经过南京西路，想起了父亲和姐姐整整工作和生活了四十年的老家——也是我学习和生活三十多年的地方，就不由得想去看一看。弄堂口已佚没几十年的"润康邨"三个铁铸的大字镶在新安装的大铁门门框的上方，进去的水泥路已换成了整齐的地砖，旁边的南京西路第一小学曾是我读书的地方，如今已改造成街道的活动中心。走进弄堂里面。当年感觉很深的路，不知怎么觉得短了许多，这是因为整个上海变大了，许多以前觉得很远、很大的地方都让人感到变近、变小了的缘故。姐姐也从老家搬走了好多年，因此只能在前门口转一转。"五九一弄140号"的门牌清晰可见；那伴随我们家几十年的木香，枝叶依然那么繁茂地垂到高高的墙外，正是白色的小花开满枝头的时候，和从前一样送来阵阵幽香。不知不觉间，父亲已离开我们十六个年头多了，我也已迈进了花甲之年。

我的父亲谭正璧诞生在20世纪的元年——1901年，祖籍嘉定，因自幼失去双亲，全仗外祖母抚养成人，而跟了母家的姓。他小时候的期望就是能读了师范后当一名小学教师，以供养外祖母。没有想到的是后来会在文化领域里闯出一片天地，真是无心插柳柳成荫。我姐姐谭寻也因社会及家庭中各种难以预料的原因，竟跟着父亲一起走过这段漫长而崎岖的路程，他们都把一生献给了祖国的文化事业。

抗战时期，是我家生活最为艰难的时期，父亲不愿意屈从敌伪，因此拒绝接受任何伪职，在"字同生菜论斤卖"的年月里，全靠写稿卖稿勉强维持一家人的生活；母亲也因沉重的生活压力，而患上了不治之症；姐姐为此读到小学五年级就不得不辍学，小小年纪就为父亲分忧，挑起了共同持家的重担。

中华人民共和国成立后，父亲因患有痼疾气喘病，无法适应青岛的气候，不得不离开教学岗位，率全家自山东大学来上海，从此开始了专门的写作研究生涯。姐姐一方面要操持家务，另一方面要协助父亲抄写稿件，随着时间的推移，她也渐渐地入门了，不仅抄写稿件，还帮助阅读摘录资料，甚或编撰有关稿件。父亲幼年时父母双亡，而没有能得到很好的读书机会，主要靠刻苦自学走向成才之路，读了不知多少的书，对他来说读书比吃饭更重要，而且那时他的记忆力特别强，又好做笔记，自此积累了无数的资料——学问，并发现和破解了许多文学史上一直存在的疑问，为我国的文学发展史添上了许多新的内容。当然，对于这些，不入此门的人是很难知道其中之艰辛、不易和价值的。姐姐虽然只读过小学，但也因在和父亲的共同工作中，达到了相当于高中甚至大学的语文专业水平。

父亲自20世纪二三十年代读师范时起，即开始文学史的研究、编写，同时也涉足创作领域，并在报纸杂志上发表文章，由杂文、诗词而小说、散文、剧本。其所叙多为揭露社会上各种世态炎凉，即使是历史小说也都为影射现实而赋予新的内容，善恶分明，褒贬抑扬清晰，弘扬了中华民族大无畏的爱国主义精神。其间不乏因直言不讳而得罪权贵之事，故读师范时就因此被停学。大革命失败之后，父亲又曾秘密参与倒蒋行动，后被处以"久不到会，接近反动，因予撤职"，从此与国民党脱离关系。

值得一提的是，父亲在抗战时期所作的剧本《梅魂不死》（又名《梅花梦》），即以梅魂暗喻中国不亡的爱国主义精神，数次演出，轰动一时。同时父亲还冒着生命危险参加了我党的地下工作。然而也有不明事实真相之人，诬父亲为"汉奸"；抗战时期，确有敌伪方面多为粉饰门面，无中生有地给一些文人加上为他们工作的假象借以宣传，使一些不明真相的人也信以为真。当时，父亲一经发现此类宣传，即登报声明，予以澄清；即使与敌伪方面有所来往，也是得到我党地下工作方面的有关同志同意，为掩护之所需。那时，留在上海沦陷区的文人有不少，在这错综复杂的环境中像父亲这样能保持民族气节并与敌伪巧妙周旋的有不少，当然也有一些充当了"文化汉奸"和"文化特务"的。

父亲一生坎坷，1949年后的历次运动中亦屡屡涉嫌……精神上的折磨，使本已多病的父亲经常抱病卧床，真是度日如年！在经济上只得依赖儿辈们的支持；1971年，家中被封的书籍得以启封，于是又不得不忍痛卖掉数十年心血结晶的藏书，以贴补生活之必需。记得1965年，父亲与多方联系，并得到有关部门同意，准备安排姐姐到出版社参加工作，恰逢"文革"，就此被耽搁了，这亦是父亲和姐姐的一大憾事。

十年"文革"终于结束了，父亲也得到了彻底平反，然而经济上始终未得到一点补偿。在自己和有关部门（文联、作协等）及朋友（施蛰存、巴金、李俊民等）的呼吁下，终于在1979年得聘为上海市文史研究馆馆员，才有了基本的生活保障。

一朝阴霾散，痴心终不改。年老体弱且双目日趋失明的父亲，又拾起被迫扔掉的笔杆，拼命地工作，发奋努力地去追赶时间，进行十几年前所开始的、编写《明清说唱文学作品叙录》的宏大计划，以完成他一生的夙愿。此时的他不得不更依靠和依赖我姐姐的帮助。"文革"后，出版的每一部著作，无一不浸透父亲和姐姐两人数十年的心血；每一次的收获，都使耄耋之年的父亲得到无限的欣慰。

父亲一生中已出版的著作有上百种，上千万字之多，试想想仅起草和誊写这些文章就要耗费多少精力！

1949年前出版的著作《中国文学家大辞典》和《中国女性文学史》可谓是最杰出的代表作，五十多年间至"文革"后，因各方所需屡屡再版，香港、台湾亦有擅自翻印这两部书及其他著作的。还出版有《中国文学进化史》《中国小说发达史》《新编中国文学史》《女性词话》《日本东京所藏中国佚本小说述考》……另外有创作集《芭蕉的心》《人生底悲哀》《邂逅》《夜珠集》……国学常识和语文学类的读本多种、人物传记多种，这里不一一赘述。

1949年后出版的著作中《基本语法》《修辞新例》《习作初步》曾风行全国，却在一夜间由于可知和不可知的缘故被封杀了。还出版有《元曲六大家略传》《话本与古剧》《清平山堂话本》《元代戏剧家关汉卿》等。

20世纪80年代起出版的著作有《三言两拍资料》《弹词叙录》《木鱼歌·潮州歌叙录》《评弹通考》《古本稀见小说汇考》《曲海蠡测》等。

其中多部著作，编写过程都是"费力而不讨好的"（吴晓铃语），然而却得到那些深知其文学价值的海内外作家的推崇，并撰专文介绍。回顾父亲写作一生，因为不加入什么"阵营"，更没有去傍什么"大人物"，所以除了受到相同研究领域中的文学知己、学生以及一些后学者的钦佩……父亲就是这样，犹如被深埋的夜明珠，默默地又辛勤地耕耘在祖国的文学园地中，自找苦吃，自得其乐。

可惜的是，许多数十年积累的资料在"文革"中散失，已无力重拾，使一些有价值的著作重版时无法得到应有的补充修订；《明清说唱文学作品叙录》的计划亦未能全部完成。可喜的是，尚有有识之士还能记起他和需要他的著作。我看到有一些抗战前后的作品被收入了文学大系之类的书中，他本人及其成就也渐渐获得了应有的肯定和评价。

原文艺出版社编辑、民间文艺研究会的金名先生在《晚景凄凉谭正璧》一文中说："短短的几年，南方的俗文学界失去了赵景深、杨荫深、陈汝衡、任中敏、谭正璧五位大师，这对于我国的戏曲、曲艺学是断五指之痛，断四肢之痛。……谭先生之患不在眼疾，而在于迂。眼睛可以请女儿代，他是把两代人的青春全献给了俗文学的。迂呢？……您说：'辞去了所担任的两个学校之一的课程，摒绝一切，终日埋首写字台上，一字一字，一行一行，一页一页地写下去。……我以为文学史是编的，不一定要作。'您把这本大著称作'编'。谭先生，世上只有把'编'写成'著'的，哪有把'著'写成'编'的，这不是您的迂的铁证吗？""我们这个伟大民族的文学遗产是不会死的，把一生献给我们伟大民族文学遗产的您是不死的。"

著名戏曲史研究专家蒋星煜先生在《谭正璧和他的戏曲史著作》中作如是说："收到上海作协寄来的《通讯》才知九十高龄的谭正璧教授（1901—1991）已逝世半年多，上海和各地报刊都没有发过消息，更不必说纪念文章了。……他一辈子书写了不少，这本大辞典（指1934年编著的《中国文学家大辞典》）之外，我认为《话本与古剧》价值最高。《元曲六大家略传》实际上批判了传统的'关马郑白'相提并论的观点，也极有见地。还有一本篇幅不大的《曲海蠡测》，容易被人忽略，而其中《王实甫以外二十七家西厢考》等文均不愧为钩沉辑佚的力作，非有十二分功力是写不出来的……"

这里不能不提起父亲的老朋友胡山源先生。他一生和我父亲一样颇为坎坷，他在生前近乎被人遗忘，直到百年后才得到了异乎寻常的肯定。1997年，他的家乡——江阴市山观镇甚至为他建造了塑像和纪念广场，这也是文化界新时期的一件可贺可喜之事。

我有心搞一部《谭正璧文集》，以保留父亲心血研究的成果，并作为永久的纪念，尚不知哪个出版社会有此兴趣？九年前，为了纪念父亲百年诞辰，我开始收集资料编写父亲的传记，第一部分《童年的回忆》、第二部分《激荡的岁月》已先后发表在嘉定地方志办公室编纂的《练川古今谈》上，第三部分《青史留长卷》也即将完稿。这部传记所叙都是按照历史的真实原貌而不做避讳，我以为唯有如此才能反映真实的历史和真实的人。现经继续搜索资料后，集在一起又做了进一步的补充修改，以求尽可能完整，也唯如此才是对父亲最好的纪念。

谭　箎
二〇〇八年四月十六日

第一部

童年的回忆

1901年底（清光绪二十七年）11月26日（农历十月十六日）十时，一个在母腹中孕育了"十八个月"的婴儿（这是他外祖母告诉他的，不是笔误）在上海南市大东门外里马路（即今中山南路）生义码头街亮泰西烟号内呱呱坠地。这个婴儿就是谭正璧，亮泰西菸号就是其外祖父在上海的家。因为算命的说他命中缺木，故取小名"桐荪"。祖上原籍嘉定县（昔属江苏省，今为上海市嘉定区）。20世纪70年代谭正璧撰诗《重游上海寻诞生地》："未经化鹤即归来，庐舍俨然人事非。寻访亲邻都不见，街头巷口独徘徊。"经历了数十年的变迁，这里早已人事全非，面貌全改，竟没有能找到这条生义码头街。

笔者借助电脑在网上查到了外里马路就是现在的中山南路，生义码头街则是在中山南路与王家嘴角街之间的一条几百米长的小路，也就是位于小南门的城外，邻近黄浦江，于是（2009年7月）专程去寻访了一次。从董家渡路人民路走进去，一路打探，七拐八弯地终于在王家码头路和紫霞路之间（紫霞路走到尚文中学前叫新码头路，一直通到中山南路），找到了如今只剩下几十米长的那段窄小的生义码头街。由于市政建设和旧城区的改造，中山南路那头几百米长的一段早已不复存在了，代之而起的是正在建造的一片高层，往里还有一所已建造好的偌大的红色墙面的尚文中学，学校围墙外的西边就是只剩下一小段尚存的生义码头街和破旧不堪的民房以及断垣残壁了；王家嘴角街看上去也都是20世纪遗留下来的破旧砖木结构的老而又老的建筑，自然与当今的大上海极不相称。不久之后笔者又去了一次，见到好多人家正在搬家——看来不久的将来，这里都会被推倒重来，至于生义码头街想来也将不复存在了，王家嘴角街可能也只存在于历史的记忆之中了。

1941年，谭正璧在回忆自己的童年时曾做如下记叙：

"凭着这点微弱的记忆力，去回想那三十年前生长在上海时的童年生活，总是觉得有些茫然的。因为那时正在人生最可宝贵的时代，只晓

谭正璧诞生地——上海生义码头街　摄于2009年4月2日

得在家庭的圈子里过着梦一般的美丽的生活，而没有感受到一丝一毫人生所必经的忧患与愁苦，脑子里当然不会留下什么特别深刻的印象。

"我是一个生来就不幸的人，自从坠地到八个足月，生母便离我而永远地去了。尚在襁褓中就失去了母亲的爱，虽不像在有知时那样的会感到痛苦，但这不能不算是人生最大的不幸。从此我便受外祖母的抚养。一直到六岁上，外祖父也死了。再过二年，父亲又去世了。从此我便成了一个完全的孤儿。但年幼的我那时还不懂得孤儿就是人生痛苦的源泉。在外祖母的呵护下依旧过着和别人家的孩子一般快乐的童年生活。"（《我的童年》）

一、快乐而不幸的童年

幼失双亲坎坷路，相依为命萱祖抚。治家成败一一睹，祖孙无奈回黄渡。

父亲和母亲

谭正璧的父亲程景濂,约生于1875年,字鹤梅,祖籍可能是浙江。弟兄四人以"景"字排行。大伯早夭;二伯在黄渡以帮闲为生——所谓帮闲,他所做的事就是人家打麻将,他在一旁跑跑腿、做帮忙买香烟之类的事。其叔叔曾外出在小烟杂店学过生意,他生性耿直,比如说,他不愿在吃饭时放下碗筷,去做一分钱的手纸生意;他和谭正璧一样渴求读书,并考中了秀才,又去日本留学接受外国文化,回国后在上海任中学校长,以教书为生,但不幸英年早逝。

程景濂在外祖父开的水烟店里当伙计。母亲谭吟善是外祖父的独生女,字碧华(生年不详)。当年其父亲与母亲相恋,外祖父本不赞成这件婚姻,要其父亲入赘,其父亲不太愿意,婚后虽说是入赘到了岳家,但要他改姓,他坚决不肯。

其母亲共生了四个子女,老大和老二早夭,留下哥哥正华和他。谭正璧本名正碧,哥哥名正华,均取母名中各一字,后教书先生认为"碧"字不适合作男儿的名字,遂改"碧"为"璧"。哥哥于1898年生于外祖父家,取小名金荪。母亲生时善针指、好颂诗,生下谭正璧八个月后即不幸染上霍乱,于1902年7月19日(农历六月十五日)故世,安葬在安亭古浦。不久,同族中即有人为其父亲做媒,父亲于是离开了外祖父家,再婚到钱家,他丢下两个儿子不管,弟兄两人也因此跟了母姓。"伤心甥馆太怪情,辜负外家培育恩。甫断琴弦新即续,婴婉弃之若无生。""倍九怀麟骇世听(这是指谭正璧在母腹中怀胎十八个月后诞生之事),亲邻共庆获宁馨。讵知未晬春晖逝,哺育全劳萱祖心。"(作于1970年)

其外祖父心地特好,在松江(时属苏州府)开了爿分店魁盛西烟号交给父亲照管。同时,外祖父用开店赚的钱买了四十亩地,分了二十亩在其父亲的名下。父亲自离开外祖父再婚到钱家后,终年难得和两个儿子相见,所以他的印象在谭正璧的脑中十分淡薄。谭正璧八岁那年，即1908年2月26日（农历正月廿五日），父亲因患肺病吐血身亡，从此弟兄两人全靠外祖父家抚养。因为其父母的早亡，谭正璧一直认为自己的寿命也一定不会长。

外祖父和"吃素公公"

外祖父谭明钧，字亮甫（生年不详），原在城隍庙天主堂街北永泰鼻烟店（西洋鼻烟）当学徒，满师后为店员。后来他自己积蓄了一百五十元钱，与安亭钱家的表兄弟合资开了一爿亮泰西烟号，以后钱氏退出，该店遂由外祖父独自经营。

外祖父的前妻姓赖，没有生育儿女。外祖母姓赵，为赵家角人，出身贫农。外祖母自幼丧失父母，在舅舅家长大，但表兄嫂与她不和，因此幼年生活很清苦，自嫁给外祖父后，只生一个女儿，即谭正璧的母亲谭吟善。

外祖父立嗣了同族一小辈为孙子，取名正英，字信孚，其本名雪英。他是谭正璧母亲的堂房侄子，与她关系相处得很好。

外祖父的烟行专门制造旱烟和经售水烟，在路的两边都有行里的房子。他一生力行节俭，办事十分有规律，所以那时其行里的学徒一出了师，便都被别家请去担当像账席之类的重要职务。外祖母平时常常和弟兄两人谈起外祖父的事，说他平生最崇拜曾国藩的为人——曾虽身居要职依旧身体力行，因此一言一行都模仿曾。如：说曾的女儿嫁给种田郎，儿子还干挑粪种田的活，家中自己织布，等等。所以，外祖父那时虽然自己开着店，经济也较宽裕，但烹饪洗涤之类的事却从不雇用一个人，全由外祖母和其母亲操持。外祖母在店里帮忙烧饭，拿两元钱一月的工资；另外洗店内伙计所有的衣服，洗一件一个铜板。谭正璧与雪英在店内吃饭，也照样付饭钱。

外祖父奉行朱子家训，规矩特别多，每晚必亲自检点门户；男女衣服必须放开，不能碰着，如果是女的衣服放到男的上面更是不得了，对此外祖母很是反感；半夜和四更后，他必起身巡视行中一周，从来不曾间断过一天。曾国藩死前据说有陨星落地，而当时外祖父知道曾有病，又看到了星落地，就说"曾国藩死了"，果然曾病死在南京，他为之顿足大哭，悒郁了好多日子。

谭正璧一直还记得，那时每天早上第一次见外祖父时，必须对他拱手作揖，嘴里叫着"大大"，而他则坐在高得可以看清店内柜台上一切的账台上。有时当他送客的时候，还叫谭正璧跟在他后面一同送到门外，同时学着他的样同客人拱手作别。外祖父于1905年10月12日（农历九月十四日）因患臂痈不治身亡，死后葬于安亭孙家浜。当年的这种家庭教育是极适当的，可惜他一走之后，便不再有人像他这样教导小辈们了。那时谭正璧才六岁，外祖母就成了他的唯一依靠。

外祖父有三个姐姐。大姐沈谭氏，也就是谭正璧的姑祖母，十多岁结婚，嫁在安亭乡下，因丈夫沈维忠早死，她便回娘家守节，在外祖父家路东房子的厢房楼上设有佛堂，供着观世音菩萨。她常年吃素，每天早晨都先要拜佛念经；午饭后、晚上临睡前都要念经诵佛。谭正璧小时候也跟着她磕头；做游戏时也模仿供佛之类的。小辈们都叫她"公公"，或"吃素公公"。外祖父对她很敬重，家事都要听她的主意，招女婿、立嗣孙子等都是她的主张。她有时也来店里，大家都非常欢迎，因为每逢亲戚来借五六元钱，她总会答应，因此人缘很好。外祖父在这方面就做不到，也不善于交际。外祖父在世时，在原籍黄渡购置了小块土地和房屋，准备以后到黄渡居住。其中有三亩地是准备给"吃素公公"造贞节牌坊的——当时清朝政府是可以拨款给守节的妇女树节孝坊的，匾也已做好。辛亥革命后，这匾就在天井里当了垫脚石。姑祖母于1915年离世，幼年时常相伴之情难忘，1919年谭正璧在《除夕遣怀八绝》诗中回忆："忆得童时不解悲，依依膝下恋难离。可怜捧檄归来日，已是陇头草满时。"

其外祖父家开烟行时，香烟和雪茄还未盛行，旱烟和水烟在内地还是居家敬客所必需的。当时正是西洋机器工业闯进中国和中国手工业接战的年代，所以当雪茄烟开始进来时，凡是以旱烟与水烟为业的人都已在提心吊胆。他们眼看自己的事业将受外来的打击，似有即将沦没的危险，于是不得不想出种种方法来对抗。他们看到香烟和雪茄所以为人乐用，完全在于简便，而旱烟需用烟斗、水烟需用烟筒，不独携带不便，而且又不很雅观。于是，他们想出了两种方法——水烟是无法改良的，只有从旱烟入手。一是改良烟杆，把原来的长烟杆缩成与香烟嘴差不多长短，而把烟斗放大，这样携带就方便多了，而且也雅观的多了；另一种方法是制造一种特别细嫩的烟丝，另附一种卷烟的纸，由吸烟者自己把烟丝卷起来吸，这实际上是香烟的模仿，所不同的只是一由机器生产，一是由人工而且是吸烟者自己去把玩卷成的。外祖父在里马路进去两条街处办有一个旱烟作场，雇用临时女工扯烟叶，论斤计工资。吃素公公也一起参加扯烟叶，后来他住在那里看守，谭正璧也跟去，一直住到七岁上。相形之下，中国传统的烟业无论如何也不能胜过洋烟，在这样的情势之下，中国固有的烟业，逐渐走上了衰竭之路。

童年的欢乐

对于童年，比较为谭正璧所记得多一些的，倒还是关于娱乐方面的事，这自然是因为最合于儿童兴趣的缘故：

"那时外祖父行里有位徐老先生，他是一位出名的'忠臣'。平时他因很可怜我这位孤儿，每逢其他行家请客的时候，总是带了我同去。当时行家请客都是在四马路（即今福州路）一带的大馆子里，在喝酒时有时也偶然叫几个'堂差'来助兴，嘹亮的歌声，确曾使我听得舒服，而且因此使我知道了世间有所谓妓女这种职业。此外，徐先生还偶或带我到城隍庙的书场里去听书。这种娱乐虽不全为儿童所爱好，可是由此却引起了我阅读小说和弹词的兴趣。我一生对于这些通俗文学有特殊爱好，也可以说是由此而启蒙，并建立下基础的。因为在我十二岁以前，就已看过从家中书箱内所能搜得的《三国志》《西游记》《封神榜》《今古奇观》《绿牡丹》《英烈传》等小说，以及《文武香球》等弹词。还曾有一位亲戚见我爱看小说，在新春之际送给我一部完整的《封神演义》。

"那时上海已有新戏，但旧剧也还盛行。演新戏的有新舞台与大舞台。新舞台那时还在十六铺，它的门前通里马路，后门通外马路，舞台完全新式，而且多用布景。因为路程较近的缘由，那时我家有亲戚到来，总有姑祖母伴了到新舞台看戏，所以我也常得观光。但那时的人没有现在人阔气，而且我家又是以节俭著称的，就是请客也不肯破例，所以买的总是三层楼的座位。但对我已没有什么不满足了，因为在我幼小的心灵上，根本不想去和那些坐包厢或二层楼的阔客们搅在一起。那时新舞台演的戏，有《二十世纪新茶花》《黑籍冤魂》《妻党同恶报》《洛阳桥》《目连救母》《斗牛宫》等。后来演出时，都以大转舞台来号召，而演《目连救母》的《游十殿》时则完全不下幕，而逐殿由转台来搬换台景，确也别有一种风味。大舞台也常演《新茶花》，似乎有意和新舞台竞争，而且也以布景奇巧来作号召。那时新舞台的名角为小连生（即潘月樵）、七盏灯（即毛韵珂）、夏月珊、夏月润、夜来香（即周凤文）、小保成（即邱治云）等，而大舞台则有吕月樵、万盏灯等。

"外祖母也熟悉民间故事，乘暇常为我们讲述。及至长大，方知此类故事皆出自小说、弹词、宝卷等书中，但外祖母并不识字，想来系是自幼听人讲的。我一生爱好俗文学研究，也可以说即肇始于此时。

"至于演旧剧的，我记得有天仙茶园、丹桂茶园等。中国的戏场本来同说书场完全一样，都设在茶园里。那些茶园都没有专设的座位，看客们只是坐在方桌的四周，对着戏台瞧着。戏台和庙里以及乡村间演戏临时搭的一样，都是方形三面空的，那时他们也偶尔学新式舞台用些布景，可是因为左右两面都空的缘故，弄得有些东施效颦般的很不见好。当时这些戏园里有专用女伶演出的，叫做什么'髦儿戏'。在女伶们中，为我看得最多且印象较深的，是恩晓峰扮的包公。她那声若洪钟的唱腔，和铁面无私的做腔，一直缭绕在我的目中耳际,这大概也是因为那时我已知道这是女子不易演唱的缘故吧。

"辛亥革命的成功,结束了我这个快乐的家庭生活。那一年我家还没有立即离开上海,所以那时的情景还有些为我所记得。革命军几次攻打制造局时,受到惊慌自不必说。我是在那年十月就剪掉辫子的,可是其时不肯剪的人还很多。在警察局贴了皇皇告谕还没效力后,于是索性派警察们出来硬剪。他们看见有辫子的就剪,其中也闹过不少的笑话。鲁迅先生说得好,中国人就是搬动一个火炉也需要流血的。这次的剪辫子,上海是否曾流过血我不知道,但后来读了鲁迅先生的《头发的故事》,才知在另外的地方,情势的确相当地严重。"(摘自《我的童年》)

"在我十岁以后的三四年中,那时我忽地有了英雄的壮志,时常对家中人表示,而且因此受他们的讥笑。这至少是受了崇尚英雄提倡英雄主义的小说的影响吧,现在我总是这般想。不差的,那时常看的书籍,除了些《水浒》《三国志》《七侠五义》《三门街》之外,简直没有别的唯美的文学书可看。而且那时的想象中,也没有这种希望。

"学校散学了,和哥哥从学校里出来;他讲给我听的,都是些英雄的事迹,而且在讲述的时候,也摆出些英雄的气概。在夕阳下的庭院里,用武器——如竹剑和木刀——作战争,是我们唯一的游戏。

"我时常又是这般想:'我看《列国志》,知道秦始皇经怀胎十二月而生;又曾读过'汉太子十四月而生'的那句话。至于我,祖母不是说是十八个月生吗?不及哪吒那般三年六个月的长久,然而上帝一定也将予以无上的宠赐,使我长大时做出些伟大的英雄事业……'

"将来的计划,和现在怎样进行的方法,时时在谈话中泄漏。然而不知为什么缘故,当我说时,他们都对吾作藐视的狡笑?难道我白白是怀胎十八个月而生吗?"(摘自《英雄主义》)

"我自己觉得十分可笑,当我童年时,我还不知道世间有文学这种东西的时候,只是看了几本在社会中最盛行的小说之后,我便想著作。这当然是失败的，因为孙行者是石头中生出来的，我便做出树中生出一个怪物的神话，语句都抄了《西游记》，不过将人名和出世方法换去罢了。自己看了太不像样，不久便将装订时十分高兴的那稿本撕毁，而且又愤恨自己为什么作不出比这个较好的。但是我至今还很自慰，当时没有人阻止我鉴赏（其实只是胡看）那些儿女英雄的小说，便促成了我的现在，且决定了我将来的命运。这事在我生命历程上有重大的意义。

"很不幸，除了小说外，什么好的文学我都没有眼福，只是'之乎者也'诵读，和学做那机械的方程式的文章。在那里，如何能唤启我的灵钥，开导我的智藏，以发挥我的天才呢？然而在那时，能这样已很满足了，而且奢望还没有引诱我到别的新生的大路上。"（摘自《邂逅·自序》）

祖业的败落

外祖父病故以后，烟行便由谭正璧的表兄居瑞伯经营，居的母亲和谭正璧的母亲系堂姐妹。而立嗣给外祖父的那位堂兄雪英的胞兄是居瑞伯的妹夫，大概因为他是帮他妹夫的缘故，或许还有其他什么原因，在外祖母前制造了堂兄雪英的种种劣迹，终于使外祖母信了他的话，用马桶刷帚把堂兄驱逐了出去。于是外祖父家再没有一个成年的男子去过问行里的事，居瑞伯便得以畅所欲为，一手操纵店内的用人及账务等所有事务。他虽不常在店里，但自有他安排的亲信，把钱送到他安亭的家中。他还要到上海堂子里吃花酒，在店内专设一外间，供他来时在那里抽鸦片。辛亥革命那年年底，谭正璧的哥哥正华已出去学生意了，居瑞伯突然关了店门，谎称倒债，即烟行放出去的账收不回来了，因此也没法还给自己烟行欠别人的账，于是只能关门了。外祖母和姑祖母居然都信了他的鬼话，真以为是人家欠了店里的账不还，而不知道钱都已入了他的私囊。

那时谭正璧年纪虽小，却看着他们在造成一本本的假账的同时，把真账簿一本一本地送入灶膛里去当柴烧,以毁灭证据。对此怎么能不引起谭正璧的疑心呢?又眼看着居的哭穷、债主的讨债,迫使外祖母把乡下的自己母亲名下的二十亩米田拿出来抵债,甚至连谭正璧多年积蓄下来舍不得用的近百元压岁钱也被拿出来供行中的人购生活用品,心中着实不服气。于是偶然地在他们面前说了几句讥讽的话,可是这却触动了表兄及他的爪牙们的神经,使他们吃惊不小,于是制造了一些不利于谭正璧的谎话去告诉外祖母,外祖母竟然轻信了他们的鬼话,不分青红皂白,把谭正璧打了一顿,但等谭正璧有机会把种种原委说出来后,她不觉放下了鞭子,只管流泪叹气。可是她好胜的自尊心使她明知上了当,也不肯认错,而那位姑祖母又被他们拍得十分顺服。堂兄雪英想要回来查究此事,也被外祖母挡了出去。记得那时族中还有两位远居重固的伯伯也很抱不平,极愿出来替他们彻底清查账目,可是这些好意,终于也遭到了在包围恫吓下的外祖母的回绝,一一成为画饼。奸人利用机会来发财在谭正璧幼小心灵中留下了难忘的愤懑。

虽几经周折,外祖父家的烟行终究还是被官厅来封了门。为此祖孙在邻居齐天荣、许文达(谭正华之寄父)家寄居了数月。而后外祖母和姑祖母,只能带了两双空手和一个还没有成年的外孙谭正璧回到了故乡黄渡。那是1912年的秋天,其时谭正璧的哥哥在苏州某南货店学生意。而被外祖母始终信托的表兄居瑞伯,却在上海另开了一爿烟行做老板。后来由于他吃花酒、抽鸦片……滥混而倒闭了。他本人也在大革命前毙命了。

二、一心求学任教,奉养外祖母

难堪学徒擅逃离,求学任教年少志。博览强记敢走笔,自学成才恒心恃。

返乡以后和学徒生涯

回到黄渡后,谭正璧祖孙三人寄居在其舅祖父俞贵山家。舅祖父本姓赵,是外祖母的同族兄长,关系十分亲密,如同亲兄妹,因幼年孤贫,遂过继给俞姓为子。他在上海摆摊头做小买卖起家,后来自己开了一爿南货店,再发展到十多爿股份店,自己拥有两爿,其中一爿在现在的三角地菜场的热闹地段。舅祖父膝下亦仅一女,名耕莘。他们对谭正璧祖孙颇为照顾。他家在上海的股份每年分红一家可以有两三百元,当时是很不错的收入。舅祖父患有严重的哮喘病,谭正璧曾陪他去重固求医。他病逝后,谭正璧与外祖母就寄居在他女儿即姨妈家。以后他家在上海的股份被其他股东借增股之机买去,遂在乡下购买些蹩脚田,加上些许积蓄,生活虽清苦些,尚可度日。外祖母和姑祖母除了种种地,还为织布厂摇纱,同时卖掉几间房子,借此生活。

1914年,谭正璧家迁居施宅。十四岁的谭正璧被送到苏州义源福西烟行学生意。"那次是由表兄瑞文的引见,到阊门外南濠街一家西烟行去做学徒的。依照家中旧例,必须出门去当学徒。因为那时商店习惯,大约都是十四五岁去当学徒,学满三年,才算正式伙计而有正式薪水,到那时你已十七八岁,家长才替你娶妻成家。所以我一到

俞耕莘(1889—1976)　　俞丽娟　摄于1956年夏

十四岁,也不能不循旧例,离开了可爱的家,而到那从来没有到过的苏州去。记得那次是我的舅父送我去的,当夜就住在表兄任职的那家西烟行里。说来话又长,原来表兄所任的那个账席职务,原先是我父亲担任的,那时表兄却在当伙计。后来我的父亲死了,便由表兄继任下去。有着这一段因缘,所以我到了那里,行里的经理们提起我的父亲,不免引起了故旧之情,那时我虽然还不懂什么人事,可也觉得有些不堪回首的。在那里住了一晚,明天便有表兄伴送我到那家我去当学徒的西烟行去。这家西烟行和表兄任职的那家,都开在南濠街上,相隔不过十几家门面。这条街上共有西烟行六七家,都是上海总店在此设立的分店。而上海的那些总店,又都和我家从前开的西烟行常有来往,所以我一到店,想起过去的家庭盛况,和目前的冷落相比,而自己又孤零地离家做客,不免时兴愤慨。加之那时我已患深度的目疾,咫尺看不清东西,做事很不灵敏,而这家西烟行的经理先生,也是我的业师,人虽还风雅,因为他是绍兴人,能够绘画,可是性情很暴戾,动辄用'国骂'来责人,而我在那时候又恰是一个受过非常谨严的家庭教育的人,所以听了很起反感;而且以为骂我个人尚可忍受,骂到我的生身之母,便引起了我的愤火。于是时常写信给我的胞兄,把一切都告诉他。他明白我的心情,遂在他服务的商店里告了假,两次专程由上海到苏州来看我。因了他的到来,我才有一游苏州名园——留园与西园——的机会,否则尽我在苏州做学徒的时间,怕只有始终局促于南濠街一隅,连苏州城垣也不会越进一步呢。""提起我那时对于我做学徒所抱的态度,现在想想,还以为很是合理。我以为我们做学徒,是到商店里去学习一种做生意的本领,所以所做如和生意没有关系,那就不是我们应该做的,可是在习惯上,做学徒全和做奴仆一样,什么替业师送茶水、倒便壶、叠被褥、吃饭时添饭、生病时煮药,但这还不失为学旧道德尊师的行为,最不该的是晚上有客人来打牌,也须学徒们终夜服侍他们,不得睡眠,这简直是非人道的虐政。"(摘自《忆苏州》)

当学徒的不能好好地吃早饭。有时要搓草绳,还要管煤球炉、烧水，晚上洗水烟筒，给师父铺床，到十点关门后，在店堂里搭铺睡觉，一个月只四角月规钱。原先的账房是陕西人，大概因为是学徒出身，待人和气，许多事都不要学徒服侍。不久他病逝了，接替他的是居瑞伯的张姓表弟。谭正璧受不了他的责骂，师父也很凶，而且出口粗语伤人，更让人受不了。在外祖父如此讲究礼仪的环境中熏陶和成长的谭正璧，面对这般凌辱当然无法忍受下去。"我在那边过了二三个月这样的生活，自己觉得这样下去，做人太没有意思，将来也难有希望，遂兴起了继续求学，从书本中找寻将来的出路的一念。"（摘自《忆苏州》）谭正璧希望读师范后教书挣钱，这样可以不离家乡，终身奉养寡身的外祖母。因为当时如当学徒，即使升至账席，工资每月最多为十元，而当小学教师，薪水最低可有十四元，两相比较，当店员远逊于当教师。他终于下了决心，在某一个早上逃离了烟行，因怕回家后会遭外祖母斥打，于是带了平时积存的两元银洋钿，先乘车到上海找哥哥。但他到上海后，哥哥却因生病回黄渡了，没有能按约来接他。他于是只得先去生义码头街的外祖父近邻齐家寄妈家。齐天荣夫妻以摆水果摊为生，自小认谭正璧为寄子；他们为谭正璧向外祖母说情，谭正璧终于踏上了回故乡的路，不久又继续他所渴望的求学读书生涯，此后经过好几年的奋斗，终于达到了自己的目的。童年的遭遇让他看到了世道的艰难，他在《长恨词》中忆道："万端俱集对茫茫，身世坎坷两可伤。""不悔此心长恨苦，来生愿作无心人。"（约作于1922年）

　　这年，谭正璧的哥哥刚满十七岁，按照当时的风俗便由外祖母做主操办，结婚成家，搬出去居住。嫂嫂虽是乡下出身，但不肯干活，如同上海白相女人。其哥哥在外面做生意，但总做不长，还经常到居瑞伯的店里揩油。后来他生病了，嫂嫂和后母都不管，最后死在黄渡，是年为1925年，这时其嫂嫂来把剩物卷了去。据说没过多久，嫂嫂在上海梦见哥哥和外祖母对她说："你可以回去了。"不久，她就病死了。谭正璧哥哥的孩子云龙，小名伯顺，遂由外祖母领养，外祖母过世后，就由谭正璧抚养，一直到他外出学生意。谭正璧与哥哥聚少离多，不免起思念之情，1919年在《九月二十日候兄不至怅而赋此》中说道:"为因衣食常离别,有日归来亦刹那。此夕此宵羁旅恨,不知恨到几何多。"

继母钱氏生有一女,即谭正璧的异母妹妹,名程三福,自幼随母居住在安亭,十五岁时不幸病故(1905—1919)。

摘录1919年《日记》《雯乘》:

(九月十八日)……余上习字课毕,退至自修室,见桌上置一明片。取而读之,不觉四肢作悚,凄然欲泣;盖吾亲爱之三妹,于昨日病故矣。今录母亲来谕如左:"次儿知悉:汝妹忽于今晨变病,巳时疾终,大约明日大殓,望汝禀明校长,回安一次,此嘱桐次儿鉴。母字 闰七月二十四日。"余即往晤表弟钱永福君于十七号自习室,告之曰:"天有不测风云,俗语应矣;吾三妹于昨日病故,余固不料之也!"永福弟亦为之凄然,曰:"然则兄宜作速归去,以慰堂上!"余诺之,即往舍监室告假。

至安亭奔妹丧。告假毕,稍理用品,即离校,已九点钟矣。乘电车至车站,适九点四十分班之火车开,至午后四十五分钟,方得再有;故至震昌南货店(余之表母舅所设也)。留余午餐;毕后,再至车站,乃购票乘车抵安。在路上行,心中无限凄楚,触景伤心,睹物悲怀;既惜吾爱妹,又念及自身;有此身前途,不堪追想之慨!于路购《新申报》一份,在车中阅之,以解悲怀。及抵母亲处,适将出殡,见余至,乃命稍停,待余行礼。礼毕,入内谒母亲,母亲在帏后,伤心痛哭,惨不成声;余初强持止泪,至此乃不复能忍。时正华兄已先余由申归,同余送殡之街后,停柩野中,以砖造椁封之,乃归。嗟乎!吾妹!由此长眠夜台,永永无再见之期;吾妹有灵,当知汝有伶仃孤苦之兄,于今日送汝行也。归,母亲以哀伤过甚,已泪干声哑,余等劝慰之。食回丧饭毕,余乘舟至黄渡,兄留居安,盖明日乃三朝也。俗人死三朝,必由家人往祭,故留兄任之。

(九月十九日)……新会梁任公先生著《饮冰室全集》,中有《伤心之言》一篇，盖先生有感于国事而作也。余之斯篇，则以妹亡之故，伤心不能自已，仿其目，一泻胸中之愁，故名虽同而义自别，非可一概论也。读余记者，是宜朋辨。

余母逝后，父即续娶后母，居安亭，生三妹。余则生长祖母家，故三妹之一言一行，不甚深悉。兹篇所述，悉闻之此次丧事中亲戚之谈话也。

谭雯曰："天下伤心人，孰有甚于余者乎？父亡母逝，祖父又故，至亲者惟存一祖母，一后母，及一兄一妹。祖母及兄，余早夕相亲，融融泄泄，可不必言。后母及妹，居安亭外祖母家，余每年惟往省三四次，故稍觉生疏。实则吾妹一故，念及骨肉之情，一片伤心，亦不能自已也！余文陋，不足以传吾妹，然义不容辞；片言只语，率尔成篇，欲使天下伤心人，不吝同洒此一掬热泪耳！

妹小余四岁，性端谨，寡言笑，不好脂粉，而喜典籍，性与余相近。肄业圣公会女学，智德二育，素才不落后；又加刻苦用工，焚膏继晷，夜以续日，年以为常。呜呼！子瞻有妹，道韫无兄，余实有愧！今岁春：偶患小疾，母亲不甚注意，而妹则仍百城不释。余初不知也，孟夏初，余往省，始知之。劝以宜速治，母亲云："本月以来，已请医三次矣。"余取医方读之，盖亦以为小恙，稍服药即愈，余遂不以为意。秋之始，兄亦往省，不愈亦不重，以此益视为不碍。不意余到校后之十八日，而噩耗竟来，事出意外，更形伤悲！逝之日，所读《孟子》末篇，尚在案上。师校中师长，亦甚惋悼，命学生二十人送殡。盖怜才惜命（作惜薄命解），人所同也。嗟乎！虽非同胞，实系骨肉；痛逝之无辜，悲生者之有憾，雯也伤心人，安能免此一番哉？

余身躯素弱，厕身琳琅之中，自觉太险，今又以妹故，更觉心折骨惊（心折骨惊之典故，见江文通《别赋》，岂严师未曾见耶？九月三十一、雯），来日方长，能无杞忧。然境由心造，加以修养，节止研求，日除烦恼，而持"快乐主义"，则有病也亦愈，因噎废食，似可不必。此次一番伤悼，以余不达观故。实则瑜伽行者有曰："谁能为汝亲爱，放下哉！"又曰："生死幻也，放下哉！"虽至亲骨肉，男女少壮，同作如是观，何用悲也。

以上所记，自知太赘篇幅，然此心悠悠，不能自已，故信笔直书。意叠辞碎，更不记也。跋以上二日日记。

谭正璧在1936年时曾作《妹妹的母亲》一文，其中有如下记述：

"忽地飞来一个意外的消息，我的胞妹死了！她和我虽然不是同母所生，然而吾们中间也潜伏着骨肉之爱，即使表面上有许多无谓的隔膜。当我得到这个消息时，我的心，好似整个地冷下了！一切的未来的希望，我对于她将来无限的希望，完全成为梦幻泡影了！当吾告假出校，坐在火车中的时候，一切的接触，都足以引起我的悲怅，什么事都没有心绪，报纸枉是拿在手里。

到家中时，妹妹的灵柩刚要从里面抬出去，众人见我到了，连忙招呼停止。我在灵前磕了几个头。在帐后，缟白而修深的布帏之后，哭声惨凄而哽咽；薤歌唱了，靡曼而哀惋的乐声又起，使我凛然，使我凄然，我的惯于暗中偷流的热泪，再也忍不住地在人前淌下了。

我想起我的身世——生我的母亲，在我生下八个月后就逝世了，我和哥哥，自小不和这母亲住在一起的。

母亲啊！你虽然不是生我的母亲，然而是我妹妹的母亲；我虽然不是你所生的儿女，然而吾的妹妹是你所生的儿女；这中间何尝有丝毫隔阂呵！"

当年，谭正璧曾作小诗一首《悼亡妹》：

"妹亡一阅月矣。仲秋下浣三日偶来入梦，容悴腰弱，不减当时，中心悲伤，赋此以遣。

宵来梦亡妹，仿佛似生辰。执手慰久别，同临百尺滨。兴念手足情，恋恋更相亲。忽讶妹已故，何来此幻身！潸潸欲下泪，哀哀几伤神！一梦由心造，百年亦岂真？非悲亦非喜，无果亦无因。欲解此中疑，厥惟周圣人。"

此后，谭正璧一直不能忘怀这位同父异母的妹妹，1921年在《古意赠别》中仍回忆："吾年逾弱冠，妹发初复额；两小虽无猜，冰心天上月。"又在忆亡妹三福的《伤逝》篇中感叹："伤心紫玉化成烟，春茧丝长命未牵。起死无方传仲景，痛怀诉不到黄泉；一庭花好风姨妒，几日心狂梅骨煎。底事繁华转眼歇，梧桐露冷遇秋千。"

读 书

谭正璧按当时时俗到七岁时才上学的，其时外祖父已故。当时上海已有公立的新式小学，可是当初进的却是一所私塾，大概因为是同乡的缘故吧。那位塾师周颂梅先生就做了谭正璧的启蒙先生。第一天上学时，照例在至圣先师孔子位前点了极大的蜡烛，跪在红毡上拜了先生，又上了孝敬先生的"拜敬钱"。先生就开始在谭正璧带去的一包小红纸上写了"天地君师亲"五个方块字教他读。大约读了一千个字后，就换读《三字经》《百家姓》《千字文》《神童诗》。记得在夏天时，学生们带了白纸的扇子到塾里去，先生便替学生在一把一把上都写上了字，照例又得孝敬先生一些钱。

次年上半年，入私立同化小学，谭正璧记得有一首校歌："同化、同化、共同进一化……"半年后，不知家里听了谁人的劝告，忽然把他送到公立的东区小学校里去学习。这学校设在一个什么庙里，把大殿的两厢用木板隔成两间教室。校长是顾先生，可惜名字已忘了。谭正璧进的是一年级，国文是学部审定的由中国图书公司出版的国文教科书。修身似乎也用书，笔算是在石板上做的。国文除了背诵外，还须默写。管理相当地严格，极重礼貌。"记得有一天，因我走进校门后快跑了几步，便被罚在神龛前站立，害我哭了大半天。这年刚好逢到清朝的德宗皇帝死了，全国的男人们都戴孝，帽顶上都换上蓝结子。这所学校里也在神龛前立了一个皇帝的神位，由全体教师带领全体学生在神位前行三跪九叩首礼，跪的是极大的蒲团，也不知道他们是从什么地方弄来这许多蒲团的。跪拜礼毕后，校长顾先生便在神位前号啕大哭，想来这就是所谓的'哭灵'了吧。到年假时，最高班的同学毕业了，在举行授文凭的那天，仪式极是隆重，不但上海县知事亲自来校,连上海道台也亲来参加。说到这里,我眼前仿佛还看见两个穿着清朝官服、戴着清朝官帽的人在面前,向着全体同学用官话演说。接着又由他们亲自按点名授予文凭。随后又赏赐其他各班级成绩或品行优良的学生予奖品。记得我也得过一、二件。"(摘自《我的童年》)

大概是为了路远的缘故,谭正璧在东区小学读书时每天都是由家中派人送饭的,因此转年又改进了一所私塾。塾师是瞿凤飞先生。时年谭正璧已九岁,在那边读了《鉴略》《幼学句解》《大学》《中庸》《论语》《孟子》等书,在此三年中,瞿先生于课余时常为同学开讲《学堂日记》和毛宗岗评本《三国演义》,大家都静听,秩序井然,对此引起谭正璧非常的兴趣。瞿先生年龄六十左右,师母是续弦。前师母生有一子一女,儿子已在习豆米业;女儿还在家里,那时大概十六七岁了,生成一副近视眼,可是为人很好,待同学们非常和气,大家都叫她"师姐"。后师母也生一女,年纪也已十多岁,她人虽不及师姐漂亮,却骄气逼人,所以同学们都不大高兴理她。有时因为母女间发生矛盾,以至先生与师母也起了争执,于是"老酥脆""老酥脆"之声,闹得比全学堂的读书声音还要响亮。但一刹那间,老夫妇俩仍和好如初了。

再说那时的塾师生活也很可怜。学费是分三节付的(端午、中秋、年节),最多的每节三元,最少的一元也有。学生全堂有五六十人,按人教读,而且还要按日背熟书,所以也相当地麻烦。先生到了三节将近的时候,总是希望学生能够早些日子付学费。但教书是清高的事业,先生不好意思开口向学生催索,于是他行使了一个绝妙的催交学费的方法,那就是先交学费的,放夜学放得特别得早。同学们都知道了先生的意思,将到节边,便自然地代先生向家长索取。这样一来,欠学费当然是不会有了。有一年,大概是先生的六十大寿吧,接连放了三天假,在家里(即塾里)举行庆祝。挂灯结彩,念宣卷,小堂名,倒也十分地热闹。但羊毛还要向羊身上去拔,少不得又是学生们的孝敬。但这是千年难遇的事,先生辛苦一生,这与保正老爷年年做寿是不能相提并论的，而且学生们欢迎这个日子。辛亥革命后，举国动荡，谭正璧家中本就贫寒，至此经济中断，遂辍学。

谭正璧从上海回到黄渡后，在黄渡小学三年级读书，当时的校长为外祖父的老朋友蒋秋容之子蒋夒云（蒋病故后，赵叔通继任校长）。同时得识孙德余（字蓉镜），遂成莫逆之交："交谊无如总角交，童年相遇即相亲"，"虽非故作氤氲使，总是蓝桥引路人"。孙德余后来成了一位数学教师，谭正璧曾赋诗称道："君传家学我应承，坐拥书城图自尊。读遍虞初君逊我，专精书数我逊君。"（作于1971年）一年后，谭正璧被迫去学生意，逃回来后，仍向往继续求学，但当时入高小读书须在县城中寄宿，外祖母恐经济无力负担，不肯应允，故仅同意购书自学。谭正璧听了孙德余之劝，与他同在镇上小学补习班学习。孙之父是秀才、画家，古文很好，因此从他那里得益不少；同时谭正璧专力自修，读了不少笔记小说。由于偶然的机会，外出做工的哥哥见弟弟喜欢读书，将获得的一本上海商务印书馆赠送的日历送给了他，每页上都有书目广告，其中有两则对偶："欲善其事，先利其器；学海无涯苦作舟，康熙字典为我友。"又载：本馆《图书汇报》函索即寄。他试寄一信往索，果得到十六开本的《图书汇报》一大册，不禁喜出望外，由此懂得了一些古书的名目，所谓经、史、子、集已略窥其藩篱，就按图索骥，托邻居施敬康（时在商务印书馆工作）用一张股票（亮泰的铁路股票）陆续买得《康熙字典》《左传句解》《史记菁华录》《说苑》《古文辞类纂》《涵芬楼文谈》《唐诗三百首》《通鉴辑览》等，在家攻读。此外，又把省下来的每一文钱都用在街头书摊上买得或租得小说，有《列国志》《英烈传》《水浒传》《七侠五义》，及弹词《笔生花》《十粒金丹》《义妖传》《笑中缘》等，他如饥似渴地静心阅览，并给自己规定：一天读完一本书，一天写一篇日记。一碰到什么问题就去翻那本《康熙字典》，如此几年下来字典都被翻烂了，眼睛也看坏了，但文思却大大长进了。这部伴随他几十年的《康熙字典》是他走向自学成才道路的最好见证。

此外，谭正璧又爱读林纾（林琴南）用古文翻译的外国名家著作，如英国的司各脱和狄更司、法国的大小仲马等的作品。但后来也爱看用白话翻译的外国文学作品，对于文言、白话一视同仁，久而久之，谭正璧看毕后，只记忆内容，不记文体，已融文言、白话为一体。在他的《夜读十八章》诗中记载有他寒夜苦读的乐趣："何事少年乐，闭门夜读书。层冰没野径，积雪掩荒居。添烛拥重被，烹茶爇炭炉。禁书任我读，恍惚住仙庐。"（注：当时的"禁书"系指《红楼梦》《水浒》《三国》等，在封建社会中皆在违禁之列）对于书中的人物，他自有个人的独特见解，如："金谓笔如锋，评文不俗同；宋江非义士，王进是英雄：贪爵卖同伙，投边诛寇凶；梁山真好汉，只有一林冲。"又如："儒林有外史，名利毒人深；伪隐充高士，剿父博金名；侠伶知报德，名士反辜恩；秦伯真逃世，智者有几人。"

至1917年，自任县督学的姻亲金雪园处得悉，高小每学期学、膳、宿全部费用不超过二十元，外祖母遂请金介绍谭正璧入昆山县立第二高小住读，经过入学考试，主考老师认为他的作文已达高小毕业程度，因得迳编入三年级。课余之际，他购得笔记小说多种，如《虞初新志》《阅微草堂笔记》《夜雨秋灯录》《子不语》之类，并与同学模拟仿作，编成一册《东庄友谈》。一年后毕业，国文为全班第一。

谭正璧高小毕业证书

二三十年后，谭正璧在《闲话陆放翁》中回忆道：

"诗界千年靡靡风，兵魂尽兮国魂空！集中十九从军乐，千古男儿一放翁！"

这首诗是近代大文学家也是大学问家梁任公先生所作。原诗的题目是什么？这二十八个字是否一字无误？因为手头没有《饮冰室全集》，一时无从加以核对，但是在我记忆极坏的脑子里，居然会把这二十八个字很熟地背出来，却是另有一段因缘的。记得那时还在高等小学里读书，第一次世界大战正在惊心动魄地演出，报上待见德国节节胜利的消息，于是学校里的枪操也由××式（记不得了）改为了德国式，校长也在修身课上大倡其尚武精神。我们的校长周品人先生就把梁任公这首诗引出来大讲，一方面非常赞美原诗的作者，一方面也极大赞美作者诗里所赞美的人。当时学生们听了都非常兴奋，时时把这首诗放在嘴里吟诵。因此，我也就一直记得到现在。可是我们这位校长老师，不幸已于多年前故世，现在恐怕墓木已拱了。他如果在泉下有灵，怕也料不到他的一位没出息的"高徒"，会在因为要写陆放翁的逸事而想起来梁任公的诗，由梁任公的诗而想起了他吧！写到这里，为之不胜歔欷！（原载1944年《小说月报》第43期）

1917年，谭正璧编了《寒釭琐语》：

《寒釭琐语》自序（1917年）

丁巳十二月余自昆山校中归，沉酣典籍，自修竟夜，孤灯为伴，乐自若也。所行所见动辄忘怀，故笔而志之，以示后日。因读陆放翁诗有"悠然残梦到寒釭"句，遂题曰《寒釭琐语》。

十二月黄溪谭正璧题于竹荫庵

序

余友谭君于寒假之后肆业藏修，缥缃万卷，无日不坐拥百城也。文符如雨，几有一日千里之势。余也企瞻云宇，不在蓝桥风雪中，至以为憾。今岁到校，以所著《寒釭琐语》见示，语语皆班香宋艳之词，字字尽柳骨颜筋之笔。锦心绣口，文不加点，虽游夏不能赞一词也。读之聱牙，愿附知己。故不愿旁人齿冷，敢竭小技，惟按图索骥，终恐遗笑大方耳。

岁在戊午季春中旬九日，鹿城蕉下悟生题于夏溪。

《寒釭琐语》《竹荫庵谈屑》合编自叙

这两种书，是我从研究旧文艺里头产生出来的。大概以笔记为宗，而更旁取于各种小说杂志。虽然，这二书也有分别，《寒釭琐语》，是纯粹的笔记体；《竹荫庵谈屑》，是近于半小说半笔记体了。至于那附的三种——《梦余小识》《伤心人语》《我闻屠苏》——那也可作小说，也可作笔记，却不必分别了。

从革新底眼光看来，这二书几乎没有存在的必要。"《论语》当薪，《尔雅》糊窗"，何况这种？但我也有一个解识：胡适之先生可以存他底《去国集》于《尝试集》之后，我岂不可存此二书于《雯乘》之后？《尝试集》是沿《去国集》而逐渐革新的，《雯乘》也是沿此二书而逐渐革新的，地位恰是相同。所以内容何如，体裁何如，可以不必深论。

至于我容此书存在的愿意，也不为价值问题；不过存之以验我所学进退之程序，作一种研究旧文艺底成绩观罢了。

九·八·十四 忏人自序于黄渡

"自一九一五年至一九一八年，这四年中，我在没人指导之下，看了不少的种类复杂的书籍，因此做了几本不成模样的笔记。那时的眼光，只向陈旧的因袭的读书方法上进行，而且因为没人指导的缘故，往往事倍功半。但我那时最感谢那本《涵芬楼文谈》，他指导了我不少的读书方法，而且使我知道世间——那时所谓世间，自然只指中国——有些什么书籍，我得以照他方法做去，辗转得了无限的国故知识。虽然那书在现在看来没有多大价值，但我永远不忘他指导之功，我要永远地将他珍藏着。"（摘自《邂逅·自序》）

第二部

激荡的岁月

一、由读书到教书著述

战乱朝迭看神州，魑魅魍魉眼底收。苦诣求学栽桃李，猎阅百书事业求。

在第二师范学习的日子

民国初年时，高小毕业就相当于中了秀才，中学毕业就相当于中了举人，大学毕业更相当于考中了进士、翰林。

高小毕业后，谭正璧投考当时江浙有名的龙门师范（即江苏省立第二师范），得备取。因不懂得通关节而未补上。当时师范为一年预科，四年本科。时得知施姓邻家一子在吴淞上海水产学院读书，因很少有人去就读，所以不必考试即可入学，其校长系从日本水产学校毕业。于是谭正璧就入读该校，所读科目有代数、几何、英文、地理等，是年他已十八岁。校内图书馆有不少晚清时的杂志，为别处难以见到的，如《小说月报》《小说丛刊》之类。每天放学以后他都要去看，至于课上所学对他来讲，则趣味甚少，因为这些东西对今后的出路很少有用，他无心恋读，却得到了不少的地理知识。一个学期后谭正璧离开了，准备另考师范学校。当时祖孙相依的情景："庵荒人静近五更，展卷挥毫犹未停。炉尽灯熄方入睡，忽闻院内捣衣声。"这是说谭正璧自己苦读到"五更"，天色将明，而此时外祖母已起身劳作——"捣衣声"。（摘自《古稀怀人集》，作于1970年）

这个时期，其外祖母住在吴家老太的家庵——竹荫庵里，她们为吃素念经的同伴。就在这时谭正璧得以认识夏采曦，此人的父亲夏寄洲曾是其父亲的同学，与吴家老太有经济来往。他看到谭正璧的作文大为吃惊，邀其去他家私塾附读，以免荒废学业，塾中有一国文教师，一英文教师。谭正璧当时学梁启超作文，半文带半白，教师不太懂这种作文方法。谭正璧当时记性极强，每天读五页《江鉴预知录》都能背出来。半年后，1919年再考江苏省立第二师范，如愿以偿，得第七名录取，时任校长为贾半臻。

创始于清同治四年（1865）的龙门书院，在光绪三十一年（1905）清朝废除科举制度后，改名为苏松太道立龙门师范学校。民国元年（1911）改名为江苏省立第二师范学校；1927年与江苏省立商业学校合并成为江苏省立上海中学。

1919年的龙门师范

"江流不断兮游子思乡，关山徒近兮谁知返路又长？银河耿耿兮长夜苍苍，思乡里兮不能遽忘。风云有路兮江汉无梁，愿生双翼兮寥廓而高翔！"这是谭正璧于1919年4月所写的《思乡词》。幼年就失去父母之爱的他早就目睹了社会上的丑陋，年轻的他虽然胸怀壮志，但一条坎坷的道路正在他的面前。

当时任教国文课的是朱香晚老师，他字匄广（即无岩的古体字），为清朝文字学家四大派中的一派之后,江苏宜兴人,穿着极朴素,外套长衫,裤子的膝盖处还打了补丁。《说文解字》他教部首,都能背出来解释;又教《论语》《孔子学说》,有分析有比较。在谭正璧的日记中曾将他所授课的原话照誊入如下:"匀广师说:周礼在鲁,周礼指春秋而言。问礼老子,礼指柱下史而言,盖古亦名史为礼也;问史事非问礼制,故老子答之曰,其人骨皆已朽,独其言在耳。"

此时五四运动已趋平静,时胡适提倡打倒孔家店,同学也跟着合伙批孔。当时没有作文,而是每天写日记、写读书收获,每两周交卷一次,由朱、严两位老师用三色笔批改。其时,写作文等都是用文言文写的,所以当胡适提倡用白话替代文言时,谭正璧开始时竭力反对,后来读了许多用白话编写的报纸杂志,受其感染,一变而为竭力拥护。英国的罗素来沪讲学时谭正璧也曾去听过课。朱老师的得意门生严良才教学生散文课,讲《战国策》、读《新文选》,还有《新青年》《新社会》《新潮》《新生活》及《星期评论》等报刊,因此经常能看到一些短小精悍的以"随感录"为题的杂文,其中也有周树人初时署名"唐俟"、不久后即用"鲁迅"笔名的作品。严良才师喜欢新文学,与同学也很亲近,为同学们介绍胡适等当代新文学家的作品。当时第二师范教授新文学的只有这一个班级。英文教师的教学方法也不错,对比汉语语法分析,对学生帮助很大。当时谭正璧已开始学习作诗,在他的日记中写了读《唐诗三百首》的感想,朱香晚师找他去谈谈,他就约了几个同学同去。老师和他们大谈诗歌,还为谭正璧改诗,告诉大家每家的诗都要读,而且要熟读,挑最喜欢的模仿;学古文也是如此。是年10月,谭正璧曾作《人世》和匀广师之《美东学以诗》:"人世皆乐境,何苦守愁恼;青春信不再,白发人已老。不慕长安台,不羡蓬莱岛;终随秋草萎,何必萦怀抱。我今乐天命,谨守惟孔道;笑彼名利人,怀璧以为宝。一朝虽回头,青丝已华皓;如何不达观,尽把愁眉扫。"(注:美是朱香晚老师的儿子)得香晚师指点,兴趣更增,"生性由来好学诗,灯前苦吟夜眠迟。投笺不再喁喁语,恐苦余悲和夕思"。(作于1919年)

在1920年的《雯乘》日记有：

（二月十五日）"……雯已由朱匋广师取字，曰仲圭。"
编《觚余偶谈》。

民国八年春，余肆业镇绅夏模周先生馆中，得友先生之大公子清祺君。君小余五岁，风姿翩翩，潇然不愿与流俗人伍。自与余识面后，执卷问难，影形相亲。每当夕阳西下，则娓娓作清谈；奇事异闻，慧我不少。以此至蜡炬将添，尚犹于邑难别也。今夕风雨当窗，偶搜旧箧，于败纸簿中，得君所谈异事数则；因亟录之，加以删改，缮就成编。题曰《觚余偶谈》，盖欲切合当时情景也。然年华长逝，流水不归；回忆前情，又令吾泪珠滚滚下矣。九年二月十五日雯序。

夏清祺，即夏采曦，大革命的中共领导人之一。

谭正璧还从《涵芬楼文谈》中对作文的方法得益不少，即读几篇同类的古文，引出思想，有了材料要写得快，最好用速记，而且要舍得割爱。并对苏轼谈自己的创作经验时所作如下说："大略如行云流水，初无定质，但常行于所当行，长止于所不可不止，文理自然，姿态横生。"（《答谢民师书》）甚有同感。即作者在创作时，文章要随其思想感情的洪流自然涌出，要有为而发，有感而作，即对不受约束的方法很赞赏。有些同学还试译《布尔什维克和世界和平》，终因水平有限而中途罢手。这时谭正璧写下了《竹荫庵日记》，并编《历代笔记掇华一百篇》。同学们下课后有的在空地上运动，有的搞音乐。其时，谭正璧还从百子全书中学到很多知识，受益匪浅。陆廷抡、水康民、赵文绩、苏兆骧、钱国桢、宋学文（早逝）、徐亚倩等皆为校友，交往终生。"我与文学相识，在五四后一年，那时的求知欲，好似深山的饿虎，一见生物，以一搏为快，不暇拣择。在学校中教师指导之下，于是我方知世间有所谓'哲学''科学''文学'……种种学问，而且我那时的贪心实在太狠了，什么学问都想研究到精通。然而究竟因性之所近，而热心于哲学和文学，而尤其嗜好的是文学。我所以能

至此地步，我不能不永远永远感谢吾师朱匄广和严佩松两先生。"（佩松，即严良才师的字）

谭正璧在1920年于"竹荫精舍"（注：指与外祖母所居的"竹荫庵"）所作的《抒情集》之《自序》中记述："记曰诗以言志，故作诗未为易言也。余自束发爱读孔孟之书，均能琅琅于口，而作诗则未学焉。迨年稍长始知诗不可不学，予是而三百篇、而秦、而六朝、而唐宋、而元明、而清、以迄近代之诗，腹藏之凡数千百篇。至曩岁之春始敢一试。然未明声韵伏猎伥焉。及入龙门得通声韵之学。匄广师又为之指导位法，于是始得抵于小成。但余所作以抒情为多，盖秉质使然也！读余诗者其忆司马，自博浔阳江头听琵琶时乎，恐未得曲终而一领青衫已浸透几重矣！"

香晚师既是一位旧汉学家，又能适应潮流，对于新思潮、新学术，能兼收并蓄。良才师是一位新文学运动的鼓励者，教导学生破除旧思想、学习新文化。故同学大都敢于各抒己见，畅所欲言。当时校中自校长以下各班级任老师大多笃守旧学，鄙视新进，所以看到这个班级学期考试的作文卷子，其中尽多他们在学生课卷中从未见过的大胆放肆的言论，不禁瞠目咋舌，宛如遇到了洪水猛兽，但因校长恃香晚师如学校柱石，所以都不便有所表示。但这隐藏着的矛盾，终于乘次年初夏学潮重新勃发的时机，掀起了一阵凶波恶浪，拔去了他们的眼中钉，实现了他们的愿望。谭正璧在五十多年后怀念朱香晚师的诗中记述了当年情景："片纸书来召唤殷，新诗数首示诸生。摹杜仿李皆千古，拍桌长吟四座惊。""段、王、朱、桂世并称，家学渊源子及孙。独有吾师轻传统，存精去粕务求真。"虽然在龙门师范仅就读一年，但在两位老师的精心指导下："一载龙门胜十春，陶今冶古博多闻。栽成桃李遍天下，真得薪传有几人？"（作于1971年）

1919年12月2日的日记《雯乘》记有：

……我因此生了一种感想：我今天在校里，最是称心的，那二位国文教员，我很佩服；不但佩服他的教授好，并且还佩服他的心地

好，这种幸福，是不容易享得到的，却被吾凑了现成啊！（一）

我自己庆贺自己：是去岁来投考，没有考取；若是考取了，那一级的国文主任，什么王□□，所得他是有名的糊涂先生，教的学生，都是同没有教的一样，那时恐怕懊悔也来不及了，岂不将同郗君一样吗？吾一生的幸福，险些儿丧尽在这一遭。（二）

……

"我要谢谢那当时被认为'洪水与猛兽'的五四运动，开启了全国青年的智识的欲闸，而且使青年们认识了真实的宇宙与人生，知道向着已决定了的方向前进，创造出一种从未有过的灿烂的光明。我也在那时始知有宇宙与人生，而且使我决定了向文学的工作上开始努力，做我一生的事业和负担。

"自一九一九年至一九二一年，这二年中，我很努力于文学的创作，然而完全是失败的，没有一篇创作能使我自己满意。虽然模仿的旧式诗和词成绩还好，然而这并不是我所希望，但是这三年中，国中创作或翻译的新文艺的产生，好似雨后新萌的小草，随地怒放而又繁殖，使我得以徜徉在文艺之园里。我最喜欢冰心女士和泰戈尔的著作，所以在自己创作时，无意中每搀入他们的那种意绪和格调，似近于模仿，这或许也是我失败的原因。创作虽然失败了，然而在空洞无物的我的脑海中，因此增进了许多文学的知识和材料，使我得以更进一步，走入稍成功的大道，而有文艺的涵养，这都是当时诸位先驱的新文学家所赐。"（《邂逅·自序》）

1919年12月，"闽案"事发，日记《雯乘》中记有：

（十二月二日）……本校学生全体出发至公共体育场会合七十二学校游行街市，六时返。自闽事发生，本地学生联合会，开紧急会议，议决"于今日下午，各校一律停课，同游行街市，以唤醒国民"。故有是举。

（按：1919年11月6日，在福州的日本侨民数十人持械寻衅，与福州市民发生流血冲突,死伤八人,其中大部分是学生,史称"闽案"。上海、广州和北京的学生集会声援"闽案",指出:"国人欲图自救救国,除人人尽力不用日货外,别无他法。"会后举行示威游行,沿途极力劝说商人抵制日货。)

(十二月三日)……昨晚学生联合会议决"各校于今日起,停课四天,分组出外演讲,继续唤醒国民"。今日因天雨未果,故仍上课。

(十二月四日)上午全校学生往公共体育场,甲组演讲团四出演讲,余均先返。本校演讲团,共分甲乙丙三组,每组又分六小组,以英文字母顺次为名,余列在甲组A队,故今日上午,亦出发演讲。本组组长张士明君,率本组至西门家庭工艺社,调查牙粉原料,与社主天虚我生辩论久之,卒不能得其真相。

(十二月六日)与同自习室诸君印刷传单。近来出发的演讲团,人人都会演讲,独自我们同自习室诸君,因为没有惯常,所以一个也不曾讲。大家商议之后,都觉得非常的过意不去,因此我提议:"大家出些纸头,多印点传单,拿他来代演讲,也可以略为过意得去。"大家都赞成,我就去告诉组长,组长也很赞成,马上刻原纸,凑纸头,拿到书记室里去开手印刷,印到午餐时,一共印了八百多张。

下午甲组演讲团出外演讲,余仍在内。

晚全校学生赴三牌楼裕泰纸号,抄出日本马粪纸数十捆。是日晚,余在阅报室阅报,闻人声杂起,乃出室外探之。知系全体往三牌楼查日货,余亦往。其抄出马粪纸甚多,满载一塌车,不敷,拟明日再载。而该店于夜半运往北市去矣。

(十二月七日)偕朱志贤君游黄浦滩,又至《民国日报》馆买二十七期《星期评论》一张。今天我和朱君游黄浦滩,不为别的缘故。因为我有一天看报,上边记着一节,是"日本的兵舰,本来停在洋泾浜外面的,今都停到南边来了"。我当时看了,非常的忿怒,决计去查察一查察,究竟他怀什么意思。所以趁今天空闲,同朱君走一趟。到了黄浦滩后,在十六浦外面的轮船码头上向北走。那眼珠不住的在江面上瞧,细细儿去视察那日本兵舰,他果然停到南边来了,一共有五只，都是远着一丈外停一只。我心里思忖，他这样摆着，他是不怀好意，可以见得了。却还好，每只日本兵舰的后边，都跟着一只美国兵舰，像监视他的一般。我因此就知道，美国人对待我们的心理，始终一般的。唉！何物日本，他的眼睛里几几乎已经没有中国。谁说强权可以战胜公理？我拭目看他后来。下午本校演讲团全体出发。三时半，齐集公共体育场，并焚毁日货。昨夜所抄出的马粪纸，和今天抄出的海参，都一齐烧毁，约烧了二个多钟头。到天已乌黑，方才回校。

（十二月八日）和朱君到南火车站游玩。返。朱君先到校。余则往访夏模周先生。和夏先生谈了一回近日的停课事，夏先生很不赞成学生捣毁人家的货物。我又把近来的各种新主义告诉他一番，他都点头称善。清祺、清祥二君都到学校里去了，所以不曾遇着。我与他们已经一个多月不相见，这回仍旧不曾相见，心里没趣得很。……

（十二月十五日）……著《读报卮言》一篇《顾维钧和王正廷的功劳》和约之拒绝签字……

1919年12月21日的日记《雯乘》记有：

……校余所编《古今稗史掯华》。暑假无事，集古今杂记数百种，择其精者，得一百二十种。又每种取其一篇，汇集成册，沿《钱塘南北史》之例，名曰《古今稗史掯华》。为吾友孙蓉镜君所见，携归高斋，亲任校勘。复由吾宗林伯先生改正谬误，为之作序。奖勉之言，愧不能当。今录之于后，将以明金玉之音也：

楚魂君静默寡言，沉酣书史，闭门独学，目不窥园，扃户著书，膏以继晷。余虽得瞻眉宇，而未获与之作竟日谈也。近读所辑《古今稗史掯华》，知君以涵今茹古之功，为断句断章之业。蒐罗宏富，简择精严，收铁钢之珊枝，剪云机之锦段。倾其沥液，荟此琳琅，采撷皆见见闻，闻征引必原原本本。足使学子俯首，墨客醉心，举彼干宝之《搜神》，虞初之《志异》，皆兼而赅之。今之所睹，不已多乎？

夫剧谈著录，康骈宾退之余，泊宅成编，方匀旅居之日，想其高斋无事，永昼难销，雨晦风凄，鸡谈对罢，香温茶熟，雁侣来迟，缥芸帙而绎旧闻，展兰缄而哦新句，红花红笑，如晤美人，带草碧抽，宛逢佳士。眄明月而可共招清风以时来，况复豪气未除，闲情不免诺。诺皋剑侠，段成式抒其胸襟；志异鬼狐，蒲柳泉寓以怀抱。雅人托兴，大抵如斯。达士浇愁，诸多类此。孰谓小说为可已也哉？然而夏五郭公，旧多脱简，别风淮雨，原有讹文。此是彼非，未能尽晓，千虑一得，曷敢自居？爰将僭改数条，并附以谫陋之言，而归之楚魂君时。中华民国八年夏正闰月十一日，谭同椿书于灯下。

第二年（1920）适逢五四运动一周年纪念，其形势不亚于前一年，学生罢课要求废除"廿一条"、归还胶济铁路，还议决北伐；游行到南市制造局抢枪，制造局的建筑就像城堡一样，守兵多是山东人，很同情学生。当时务本女中学生在西门宣传时有人被抓，谭正璧也与同学们一起去包围警察局，要求放人，并不许再抓人，遭到反包围，挨了警棍的打，他身上的长衫被打破，左臂处被打伤，数十年来仍一直隐隐作痛；吴开先也被打伤，并见当时报纸登载。为此学校停课，学生会会长吴康被学校开除，并要家长领学生回家。不久，学校复课，一场"怒吼"就此结束。事后有《学生潮》一书记载了此事。

摘录1920年的日记《雯乘》

（三月十七日）……《万恶的"资本家"》（注：这就是后来改为《农民的血泪》的短篇小说）

夜青年会听陈独秀先生演说

（三月二十日）……今年是青年会的二十五周纪念，并且征求会员，在今晚八时闭幕。所以今天晚上，开一个结束大会。……

（四月十日）……邵力子先生莅新学社演讲。先生是《民国日报》的《觉悟》编辑者。今天他讲的题目是《现代思潮的批评》。开学生分会全体大会。议决下星期三起罢课，其惟一目的为"推翻北

第二部 激荡的岁月 035

政府"。

（四月十四日）今天起实行罢课。

（四月十五日）出外演讲。

（四月十八日）叶楚伧先生莅新学社演讲。先生是《民国日报》的主笔。今天讲的题目是《学生自治》。

（四月二十日）出外演讲。

偕朱君游龙华。

（四月二十二日）本校演讲员在制造局被军士所殴，全体出发要求惩办殴学生之兵士。在那边演讲，无非为着运动罢工。这天工人听的很多，他们居然也会拍掌赞成。那些可怕的军士，就有些不耐烦了。起初他们来赶逐，后来就动手打。至于真的打伤不打伤，我没有明了，不过我知道一定不会没有的。

后来我们都知道了，就忿忿的要去拼命。这次去的约有五十多人，我也在里边。到那边的时候，已经六下钟。就和军士讲："你们为什么要禁止我们演讲？"有一个军官，很和善的对吾们讲："你们爱国，我们岂有不赞成的？我们都是山东人，祖宗坟墓都在那里；一旦被日本拿去，岂有不伤心的？所以我们也都想动手，但是这上官的命令，违了就要枪毙的呀。至于打学生的兵士，他们不曾知道你们这种举动的目的，所以就误会了。你们这样请求，我们惩办他就是了。"我听了，立着不动，他们都拥进里边去了，我很替他们着急。远远的向外边望，并没有别处来帮忙。到了将近七点钟，那商业学校的学生来了，我就把一块石头放下。

有一个兵士，拿着枪在门口吓人。被那军官瞧见了，就把他打了一记耳光，说："滚蛋罢。"那兵士就垂头丧气的进去了。……

（四月二十四日）今日本埠戒严，巡警大殴学生。……

（四月二十五日）到上海医院治伤。昨天被打之后，身上并不觉什么。到了睡觉的时候，方才觉得肩上有些痛。脱开衣裳看时，肩上肿得比平时粗了半倍。今天的早上，腰里也觉着有些痛。所以就到上海医院里去看，医费都是学生总会里出的。这医院里的医生，对于受伤的学生，却非常的优待。这是我很感激的啊！

在就读期间，谭正璧是当时的同学中受新文化运动及朱、严两师教诲影响比较深的一个。对于新文学的爱好，如饥似渴；对于新的文学作品及整理过的古典作品也都好进一步加以钻研。谭正璧开始写随感录给《民国日报》之《觉悟》版，时任主编为邵力子，投稿是没有稿费的。《民国日报》为中华革命党（后改组为中国国民党）人于1926年创刊的，总编辑为叶楚伧、邵仲辉（即邵力子）。

看看他立的明年的杂志费预算表，日记《雯乘》12月8日：

……《新潮》《太平洋》《新青年》《少年中国》《少年世界》《新生活》《新社会》《星期评论》共八种，总价十三元一角。倘有新出版，随时酌定。我立了这张预算表，心里却非常的满意；我如果能够把他都细细儿的研究，怕将来不成个新学家？又况我的脾气，素来欢喜看书，不论那一种，如果被我看中了，我必百计的买他到手方罢；今天既有了这种预算，明年何论怎么样，我必定照着他做，这经济问题，吾可顾不得了。

谭正璧的第一篇创作《农民底血泪》（5月23日作）就在该副刊的1920年6月6日上用笔名谭雯发表，该小说以不大的篇幅诉说了一个在当时看来很平常的事，然而它深刻地揭露了种田人——农民没有饭吃的根源——收租人横征暴敛的凶残手段，在此摘录开首一段："米价贵到十元以外了，乡下人早已没有米了！种米出来的人，现在反没有米吃了！去年把米贱卖出去，今年反要拿高价买进来，这些乡下人真是愚蠢呀！但他们无论怎样愚蠢，这点吃饭的算盘，总还会打，为什么去年要卖掉这许多米呢？唉！这个何尝是他们自己愿意卖，田不是自己的，要完租米呀！租米不完，就要吃官司呀！体刑虽然废止，不完租米的却仍旧要打屁股呀！打了屁股还要坐班房呀！要救眼前急，那里管得隔年的事，只好便宜把米粜了完租！到现在真不得了，但'后悔'二字也无从说起呀！不料在这大家不得了的时候，还有更不得了的人，那更是何等可怜呀！"接下来就是一个使人看了无比愤懑的故事，显然这些故事都来自现实的生活之中。先后有十几篇稿件见载该报上，如《奋斗欤死欤！》《苦学里底奋斗》《苦学里底希望》等，内容多为抨击当时社会和教育界的黑暗与腐败。是年6月12日，谭正璧在日记中为捷尔任斯基遇害、列宁出亡而作文以记之。

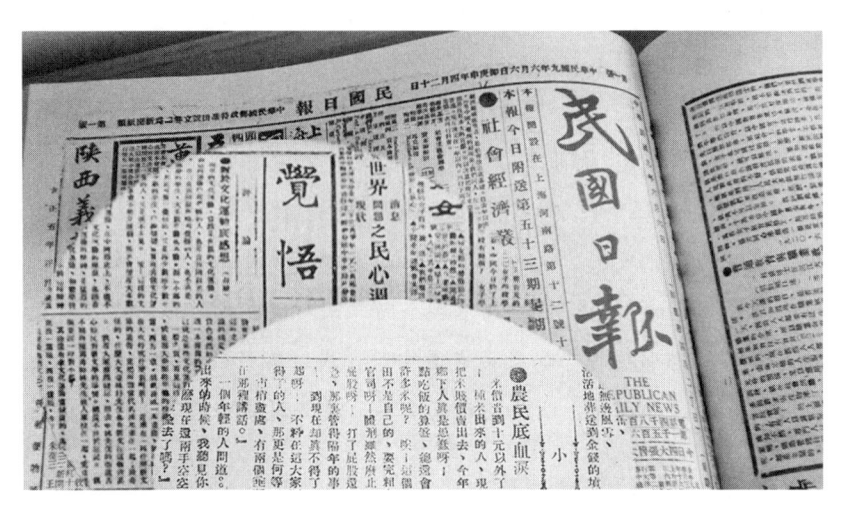

发表于《民国日报》上的《农民底血泪》一文（1920）

这年，他写了《水调歌头——树荫底下》："很清凉的风，从对面吹来，花儿——叶儿——枝儿，越觉得阑珊。我在伊底影下，身子倚着栏杆，不住地长叹！你是呆鸟吗？专喜欢徘徊。低着头，抿着嘴，挺着腿。自言自语，声声说'为着谁来'。今天很鲜嫩的，后日落满苍苦苔，令人也心酸！不如今天无，免得后来悲。"在这首词的《附记》中，畅叙了他对当时刚开始的用"白话"写诗的观点："这首白话诗底体裁，是我独创的（参看附注）。因为我觉得近来的白话诗，都是杂乱无章——除了几位名家外——长的，淋淋漓漓，太占篇幅；短的，又达不尽意思。所以我想：就是外国诗，也有一定的章节，象现在的白话诗，随意说几句，押了些方言的韵脚，究竟不好算是诗。

又况诗是一种美文，就是白话里，也应该带些美。有人说：'白话里分不出美和不美。'我认为白话未尝没有美和不美。只消看以前的小说就可见得。《水浒》和《粉妆楼》，都是白话，人家说：'《粉妆楼》虽是学《水浒》做的，然怎及得《水浒》好？'同是小说，同是白话，《水浒》底好，正是它有美；《粉妆楼》的不及《水浒》，正是因为它没有美。其余象《西游记》和《后西游记》《红楼梦》和《青楼梦》，都是一样。照此看来：白话小说也有美和不美，白话诗当然不用说了。白话诗底美，有二层：外质底美——词底美。内质底美——意底美。内质已经由胡适之先生说过：就是要做具体的，不要做抽象的——因为具体的是美的抽象的是不美的——内质虽美了，外质不美，却仍然不好。外质的美是什么呢？就是我以为要有一定的章节。现在的白话诗，要算是胡适之先生底最好。因为他是从旧诗里变化出来的，旧诗底词——章节——底美，是美到极巅的了。他既然是从旧诗里化出来，自然地带着几分词——章节——底美。他的白话诗底美，正是他的词——章节——也能做得美的缘故。我假使说：一定要做多少字一句。或者说：一定有了多少句，方才能够算一首。那么人家必定要骂我是'复旧派'。这个骂，我是不怕的。不过我以为要有一定的字数或句数，也太呆板。于是我想出一个法儿来：用以前的词调——如《满江红》《浣溪沙》等——不讲平仄，只消押着些韵，就算数了。它底好处，我说在下边：一、不至太长，也不至太短。二、可以省去许多烦麻的名词。三、有一定的'章节'。上边说的三件好处，以前的白话诗里，都是没有的，并且是做不到的。即如我上边所做的那一首，比较我以前所做的，觉得好些。所以我也是要学胡适之先生那句'自古成功在尝试'底话。此次也好算是'尝试'了。1920年5月16日正璧""注：《尝试集》中，不少此体，我当时未见，故自以为独创，然达尔文与宁勒同，千古皆为美谈；我与适之，岂不逮耶？想适之亦决不以为我为掠美也。1920年12月17日正璧于竹荫庵中灯下。"

那时正逢新旧思想交锋最为激烈之际，有一天《民国日报》（1920

年6月10日）上刊登了署名世衡所写的一篇小说《一个觉悟的青年》，写某王姓青年为反对封建包办婚姻而曾经想以自杀来抗争的故事，其中主角的名字恰与谭正璧的同学同名同姓。校长却不问青红皂白，认为小说所写即为班内同学王某，大加指责，说国家培养出这种人实在是浪费，学校不要这种人。王某写信给该日报要求澄清，谭正璧也为此写了一篇文章揭露和批评校方的错误之举，不料激怒了校方，竟造谣说小说乃谭正璧所写，还说他是受了国民党之金钱所运动，欲推翻其校长之位，掀起了一场轩然大波。好几个同学写信给在京读国语讲习所的朱香晚老师，谭正璧也写了信，后来接朱老师回其诗一首，其中说道："好鸟喜高树"，意思为不要多管闲事，就不会有麻烦了。是年暑假，校长借口"拼音不及格，毋庸来校"，将谭正璧开除了。原本要开除的王某反倒没事，其人"不独无一语相慰，且反有责余多事之意。十余年来，此同学之音问始终浩然也。若余者，经此波折，宜静志养气，认识世相，独善其身矣"。（摘自《中国文学家大辞典·跋语》）"不久又读到了鲁迅先生的《聪明人和傻子和奴才》一文，立刻恍然大悟，方才知道此种人古已有之，非但不自今始，而是于今为烈。只是我不识不知，枉于同情，做了一回自以为不傻的傻子。从此以后，更从他的作品《狂人日记》《阿Q正传》《〈呐喊〉自序》……中，得以窥见了人生与社会狞恶的一面，并学得了应该如何对待之道。而尤使我向往的，是他那种'横眉冷对千夫指'的不屈不挠、坚韧持久的大无畏精神。"（《回忆我和鲁迅先生的一段往事》）

　　当年暑假中，香晚师从北京回来，但此事已无法挽回，遂由他介绍谭正璧至江苏省立第一师范（在苏州）继续就学，已得彼方同意。谁知为二师校长得悉，从中破坏，卒未实现；以后又几次入学，都因经济不支或学校上课太随便，还有同学在校赌博、实在不像样，就此读读停停。"民国十年，那时离开我脱离学徒生活已有七年。为了经济关系，想减短在中学校里的肄业期限，所以在报上看到苏州某中学可以自由插班的广告时便深信不疑地由故乡带了行李独自到苏州。到底是年轻没有考虑，又缺少应世的经验，到了学校，才知那是所不出名的教会学校，校舍是古旧的民房，教员也都是些不知名的人物，学生又都是些专讲吃喝的纨绔子弟。到这时候，灵机一动，因为还没有交学费和膳宿费，便托词离开了那里，仍旧带了行李回来。这次匆匆的来去，除了在阊门外石路上一家菜馆里吃了一顿饭外，什么地方都没有去过，所以简直和没有到过一样。"（摘自《忆苏州》）好友孙德余就劝谭正璧不要再读书了，他自己从十五岁起就教书了。

下面是《雯乘》1920年中部分记述：

（七月二十九日）

……接邵力子书。

正璧：

读你的信，深为扼腕。我现在还希望朱香晚先生能为你设法。你应明白，上海地方，每年费三四十元读书的学校，实在没有。你所学的师范，转入他校，功课怕也不甚相宜。能达求学目的，什么委屈都不妨受，何妨你有这样爱你的祖母！自杀之念，亟宜打消。你可背你祖母而死，倒不如直截痛快，把详细禀知祖母，伊未始不可相谅。你底英文程度如何？在二师已几年？便中望告我。

力子

（八月六日）

……与邵力子书。

力子：

上月二十九日，收到你底信，我就立刻回覆你。昨天水康民君来信，说他那里也收得和陆廷抡君同样的信，我看了很是咬牙。但是他仍到底比我还好。我现在只望你给个回信我，好定我底行止。力子！累你加忙，我很对不起您啊！……

（八月十日）

……接匄广师片。

谭生侍绥：

鄙人于今晨返沪，手书展悉。盼文驾即日来校一行晤谈，一是至切切。

香谨□ 八月九日

我病得不能起床了，一半是受了寒，一半是为上心事。我前天上匃广师函里说："倘使八月十号以内，仍无好消息，我必实行□□。……"今天刚巧是八月十号。这天的早上，我已想定仿《民国日报·觉悟》小说栏内一篇《亡姊的日记》里的□□法。觉得非常简单，并且又不痛苦。我已决计实行的了！自得了匃广师片，就打销于无形。当时就对祖母说："我明天要去会会朱师。"祖母说："你现在半点钟里要腹泻三四次，怎能够去？"我说："不打紧的，我一定要去。"但是这一定要去的原因，却说不出口。我也恐怕路上不便，但事到其间，也顾不得了！

这几天里，我直把我的身体，糟蹋到了极点。觉得活得一日，烦恼一日，死了方好！今天起，我又要改变了。……

看到《日记》中的《断肠编》，事情的经历原委一清二楚了。

《断肠编》的《自序》："余本不欲以此书示人，拟付之一炬。继念辛苦艰难，备尝久矣，况世之如吾者，决非无人也。因汇订成册，题曰《断肠编》，当以质之当世宏雅，试于雨晦风凄凄之夕，对之作三读，则司马青衫不待听琵琶而始湿矣。

九年十一月十九日　正璧写于黄渡之竹荫庵"

又《自叙》："我作此数书时，身颤手木，不忍下笔，然细思之，用与不用未可知也。倘天假吾年，得遂吾志，则此书作一篇断肠史也可。

七月一日 雯识"

按：《断肠编》共收入拟发同学、老师及外祖母遗书四篇及《哀猿录（昆山谭雯二十自述）》（未完）。

（七月二十五日）《雯乘》记有："……拟与祖母永诀书，成一千二百言（未完）。吾作此时，窗外雨声淅沥。若摧吾……者。嗟乎！余本零落人，岂苍天亦好欺零落人耶？……"

"永诀书"收入《日记》的《断肠编》中：

祖母大人万福金安：

  谨禀者，孙不肖。校中命孙不必去，孙实无颜禀告，故忍痛与大人永别。祈大人不必惋伤！须知孙之出此，实则孙罪孽消脱之一日。灵魂有知，当亦快乐于泉下也。二十年养育之恩，来生作犬马以报。佛家果有因果，总能成孙此志。嗟乎！尘世茫茫，人莫不贪生而怕死，当知孙则实出于不得已。千古艰难惟一死，孙非不怕艰难，亦缘不得已也。事既至此，毫不容讳，将校中所以命孙不必去之原因列左。

  先是《民国日报》上，有小说一篇，内中述一少年，姓王名志高，在城里师范读书，因不欲父母代定未婚妻，又一时不能解约，欲投河自尽。寻即大悟，脱离家庭。云云。此篇被校长所见，值同级有一同学，亦名王志高也，与孙同自习室。校长疑小说中云王志高，即校中之王志高也，乃大怒谓本级国文教员严良才君曰："他入本校，受了半年新文化，就做这种事。吾仍旧文化里的人，到做不出。他程度简实比吾高出万倍，请他不必再读。"又曰："读了五年书，将来也寻死觅活，我们教他做甚。……"严君即举以告我等，问作小说者为谁，显为有意作也。当时孙亦曾投过几次稿，有人疑孙所为，孙一时大愤，又以校长无故责王君，且词含欲开除之意，更为义愤，乃作一函，将校长所言，尽数录入，寄该报馆。明日，即登之报上。（惟未曾书明何校何校长）校长见之，于上修身时，对我等曰："我并未作此话，写信者何故捏造毁人名誉？实可恶云。……"又过几日，上修身时，又骂了一遍。孙听其言辞间若已知为孙所作者，乃急写正误信一封，亲送至该报馆。至明日，尚未登出。而舍监已命孙至舍监室，谓孙曰："汝对于校中科学，尚不能困汝，汝平日亦颇未犯什么。不过此次王志高事关汝什么？汝必为彼毁校长名誉？"孙即答因一时义愤，粗莽出此，此时亦悔孟浪云云。舍监命孙至校长处自承，孙即往。被校长大骂谓孙为一阴险之人，不配读书。孙即认过，求其赦宥。校长命孙自去设法，解脱此罪。退出后，同学慰孙曰："君不必担忧，校长倘欲开除君，一无名色，君不必记在心上也。"又过几日，孙至校长处，告以自己想不出法儿，校长曰："吾看汝总不宜于本校，下半年汝不必来了。你不留我面子，我还留你些面子。不教你就走，不过到暑假再有二星期了。"孙回至自习室大哭。本级同学，即写信至北京朱香晚先生，托其设法，命孙自亦写一信，痛切恳求。迨朱师复信，惟与孙诗一首。复诸同学之信，则云"待推明原委再为设法"云。朱师之诗列下。《近作一首寄助乐观》："骏马卸客憩高树，好马呼人入上林。除却自投罗网里，出门到处是清阴。"孙观此诗之意，定能为孙设法，故不以为意。不意二十三日，校中来挂号信一封，孙睹信已惊，及拆视，则上书："学生谭正璧本学期内品行分数不及格，下学期毋庸来校。此致 谭正璧家属鉴。江苏省立第二师范学校启。"孙见之，如当天霹雳。连忙又写封上朱师。信中言，如仍无好结果，孙实难对祖母，惟有自杀云云。当时又致信同学弟赵君余勋，告以此事，且与之永诀。嗟乎！孙生平所最念念不忘者，除大人外，当首推此君。此君在校，与孙最友爱，孙视之若弟。致彼信中，不过寥寥数言，然彼见之，不知又将念孙如何矣。此外则水君康民，孙亦视之若弟，余如陆君廷抡、朱君祥、郁君祖伦，皆孙之知己交也。孙此次旋里，彼等均殷殷以信慰问，劝孙不必悲伤，不料校中竟不命我去也。校中之说孙品行不及格，则舍监曾亲对孙言："汝平日亦颇未犯什么。"言犹在耳，彼岂遽忘？明明为替王君一封抱不平信也。嗟乎！专谈佛学之校长，竟不发一些慈悲心。孙如死后，且看他将来十八层地狱中居何一层也。孙寄在赵君处之书籍，（即装在网篮中者）孙已去信云将书赠与，祈大人切勿再去索回。孙之赠书与彼，实欲作为纪念物耳，在情不在书也。（未完）

看了此篇，事情的经过十分清晰了，……

他写了一篇短篇小说《好学生底救星》，刊登在1920年7月18日的《民国日报》上，就是以自身经历为蓝本的。

事后，谭正璧"每忆离情，辄成楚调"，"未能舞剑，敢逞舌华，聊倾悲怀，用告离恨"。在《秋忆四章》中发出感叹："暧昧人情同鬼蜮，苍黄世事等坎坷，""英雄尚有风波险，志士宁无忧国殇。"并寄语《留别龙门诸同志》："诸君年少皆俊美，独我无才是弃才。万里东风君等去，无才只合看山隈。"其中饱含着继续学习的深深向往。"生虽善愁又善病，人间去往岂无心？塞翁失马安非福，且看有朝入上林。"又《飞絮咏》有"盈盈软柳故依依，化作飞花处处飞。风雨无知人自怨，痴心莫挽旧芳菲"句（俱作于1920年）这里充分表达了他从渐渐消沉中觉醒，并立志有为，努力发奋的坚定信念。

虽然，谭正璧被迫离开了龙门师范，然而仍与同学们经常书信往来、诗歌唱和："春雨如丝愁煞人，咿唔窗下觅题频；联床夜雨情如梦，谱曲谈心事已陈。岂悔今宵寻句苦，只求来日联诗新；一腔心事难描尽，兀坐无言自黯神。"（《忆友》，作于1920年）

在他1976年所作《杂咏》诗中回忆："少年意气盛，壮志凌长空；下笔敢轻古，浩歌不俗同；积才溢八斗，苦学足三冬；及至回头望，人生路已穷。"这正是当年他年少好学、志壮气盛之真实写照。

开始走入教书生涯

时有金翰林正要为孩子请家庭教师，有吴老太介绍谭正璧去。考虑到长住庵中对其不利，就借了房子搬出去，即住在蒋家的墙门间，地处东港桥西堍，这里离金家也不远，由此得以认识后来成为其妻的蒋慧频及其母亲。这一年（1922），谭正璧二十二岁，蒋慧频十二岁，她是家中的独生女，其父蒋更宅（1869—1922）为当地中医，她自幼即随父读书；时其父"猝

青年谭正璧

而弃世"，正在服丧中。

摘录 1922 年《拈花微笑室日记》中记有：

（一月一日）至俞、蒋二宅。晨至俞宅，为姨母结账；下午至蒋宅裱糊□……

（一月二日）整理一切木器，命人挑往蒋宅。

至俞宅，又往蒋宅。午后至俞宅，时娟妹独在西厢理书，余乃助之，理毕，又取乘法牌教之，妹性绝慧，故一教即解。余已定今岁携至金宅带教，尽余之力以造就之，庶不负天生此慧质也。至蒋宅，将挑往木器，放置一处，乃归。……

金家有三个孩子随谭正璧读书，南翔李德富的儿子也来随读，蒋遂同读书，还有舅表妹俞丽娟（俞贵山的外孙女），其母听了谭正璧的劝说也送她来随读。"豆蔻年华冰雪姿，夭桃未赋尚娇痴。犹忆妮人提抱时，百般怜惜暗扶持。"（作于 1970 年）而俞丽娟也一直称谭正璧为小哥哥，数十年来两家三代一直亲如一家人。

蒋更宅继承中医父业，颇有成就。其父蒋朗山，"早年好学耽吟，身际洪杨之变，目睹时艰，知文人不足为，乃移志于医。古人所谓：不为良相即为良医。其志故可见也。初游竿山何古心先生门下，精研灵素，博考群书，潜心玩索有年。乃悬壶济世，每投刀圭，无不立愈，晚年于诊治之暇，以其四十余载经验，著成《传心集》一书，传授门下诸弟子。立言简括精当，所用汤方，均编歌诀，藉便学者记诵"。（摘自 1929 年陈启人为《传心集》所书《跋》）其知识广博，医术高明，医治垂危病人无数，是黄渡著名儒医。蒋更宅娶妻陈氏，因患红眼病后用药致不育，遂立族中蒋镜清为嗣子；后又娶二房，小名"阿秀"，亦只生一女，即蒋慧频。而蒋镜清之子蒋梅春及陈启人（蒋更宅的内侄）两人都跟从蒋更宅学医，治病救人，亦业绩不凡，皆成为一代名医。陈启人自幼父母双亡，唯一的姐姐从小就当了童养媳，他自龙门师范毕业后，即在姑父——即蒋更宅家打杂工为生。由于与谭正璧相似的童年经历使他们成为莫逆之交，有谭正璧所作《中秋夜赴陈君宅》诗可证："暮暮朝朝想见之，良宵情话解人颐。团圞辜负天中月，留待夜深带露归。"

"我自己很引以自慰的，便是我虽然离开了二师，但同学们的精神却始终没有和我暌隔过。直到现在为止，那班和我同级的同学，始终当我和他们在校读到毕业的同学一样看待。而虚舟，他和我的友谊却比了在同学时尤为深进。"（摘自1942年所作《忆虚舟》）

夏初，谭正璧应陆廷抡相邀，第一次游杭州，并作《汗漫》，发表于《民国日报》副刊《平民》上。陆廷抡，别号虚舟，"矮小的个子，瘦削的脸庞，说话时常常侧着头，一口带些口吃的上海话，颇有些诗人雅士的风度。这是我和他在民国八年初会于上海省立第二师范自修室中时所得的印象。那年我第二度投考二师，以第七名录取，他是第十四名，所以派在一个自修室里，而且又是同寝室。当时在对于古籍有一点同样的爱好上，我们一接谈便很投合，从此便成了莫逆的朋友。那时候他的老母还健在，两个哥哥都离开学校，大的在银行，小的在电报局服务，只他和他的一个弟弟一个妹妹还在读书。在假日，我在他很诚意的约请下，曾到他府上拜访过几次。他在学校里很少有相知的朋友，除了我以外。因为生来个性很坚强，他对于自己所提出的主张，从来不肯因了别人的指摘而有所迁变，所以时常和人家起争论"。

"他的年纪记得比我大一二岁。那时他不知受到了什么感触，向人家表示他抱着独身主义，因此很喜欢看看佛经。恰巧我们的校长贾季英先生也是位佛学研究者，著过一本佛学易解，承他的推荐，我也去买了一本来拜读。其时校里又请了一位居士来讲唯识论，每星期讲二次；又承他的好意，约我和他一同去听讲。因为对于讲者言语的不了解，和唯识论的深奥难懂，我去听了两次始终一些都没有听懂，所以便辜负他的好意不再听下去，可是他自己却始终不倦，逢讲必听，而且还写了许多听讲的札记。"

"民国十一年，我为了经济关系，在故乡做一家乡绅人家的家庭教师，他仍在二师。那年六月，我生了一场极重的病，等到病愈已是暑假，那时他的家已不在上海，所以他假期中到杭州去住在他的二哥家里。他的二哥那时正当杭州江干电报局的局长。在他学校将放假时，承他好意，约我和他同到杭州去游玩，因为这是一个难得的机会，我果然应约到了上海，和他同到杭州——这是我第一次到杭州，因了他的指引，虽然只游了三天，但我游的地方却比任何那一次为多，虽是又在很热的夏天。"

"民国十七年，我和慧频结婚，他仍是独身。但在不久之后，忽然接到他从杭州寄来的结婚请帖。在十分诧异之下，一看结婚日期，是在收到那天的一星期以前。这当然是由邮局的耽误。为了俗忌的关系，连送礼也不及，后来只补写了一封恭贺他的信。……"(《忆虚舟》)直至八一三事变，中断了谭正璧和他的联系，但对他的怀念一直不变！1971年谭正璧在所作《古稀怀人集》中仍深深缅怀这一段极其深厚的情谊："一载同窗意气投，登堂拜母识昆俦，《童军十绝》曾酬和，伺笔戎心非俗流。""曾约孤山深处游，鹤亭梅树两清幽。怜君一世操筹算，只为妻孥作马牛。"

这一年，谭正璧仍经常投稿，同时读书颇丰，有《元曲选》等，自修英语也毕业了。

"一九二二年，是我最勤于研究文学和创作的一年，这一年中，赏鉴了很多的本国及世界的文学著作，而尤增进了中国文学史的知识，得以认识了中国历代文学的真面目。创作的诗歌和小说，在报纸上和杂志上曾发表了好几十次，而且由我的好友水君康民的督促，承慧频不辞烦劳的替我抄集，曾编成一本《人生底悲哀》，而且曾有数篇，被编入《小说年鉴》及用作学校课本的《短篇创作选》中，尤其增添了我的兴致和热忱。"(摘自《邂逅·自序》)此书因战事等原因，于数年后出版。在《小说年鉴》所收录的《邂逅》篇后面，年鉴的编辑者有如下说："这是一篇富有诗意的作品。我们为爱他的缘故，竟把他涂改几处：例如'人们互相牵连的地方，也还在此'底下，原文还有'谢来谢去，真是不必哪'两句，说尽也似乎反而没趣。还

有最后一节，也可以不必，所以把它删了。我们谨向作者道歉。"（《小说年鉴》编辑者鲁庄、云奇，校阅者鲍定一）

1923年初，由《民国日报》主编邵力子介绍谭正璧入上海大学中文系二年级就读，校长为于右任，教务长为叶楚伧。时孙中山先生闲居上海，校中以他所著英文版《中国实业计划》为课本，此书原在美国出版发行，定价为十二元，因书价昂贵，同学都买不起，孙先生知道后，遂每人馈赠一袋，其中计有原书一册，附有折叠的十年计划图一大幅，另附有孙逸仙名字的名片一张——"孙逸仙"三字系用英文字母拼写，此书谭正璧珍藏五十年，可惜消失于"文革"中。当时住宿校内，所谓大学实质就是在老式里弄内设几间教室，根本没有正规的校舍；老师上课只是在黑板上抄写些现成的文学史段落，教学质量甚差，学习毫无所得，与第二师范无法相比。当年谭正璧由周颂西教授

《小说年鉴》（1922年）

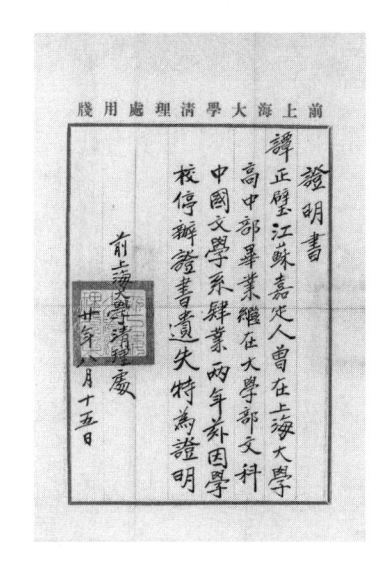

上海大学肄业证明

介绍加入中华革命党，同时还有施锡麒等二人。其间，作小诗集《微风》一百六十首及长篇小说《往事》。谭正璧何尝不想进入高等学府深造，当年在他的《遣怀》诗中写道："几度青衫泪湿巾，下帏怕看月光红；睡酣蝶梦浮香重，吹醉蕉心含露浓。千里伊人羊叔子，一生事业楚重瞳；青灯未醒黄宇梦，愁涨蓬山路万重。"（作于20世纪20年代）此诗充分表达了他的这种愿望，可惜的是家境不可能，于是为

第二部 激荡的岁月

了实现自己的理想，谭正璧被迫走上了一条艰难的自学成才之路。

同年，谭正璧送蒋慧频去昆山入读女子学校高小一年级，途中顺便一起去苏州游览了一直想去的虎丘。半年后，笔友朱锡昌去东北作记者，将他的神州女校国文教师一职介绍给谭正璧，教初中二、三年级的语文课。朱锡昌先前在哈同花园内所设仓圣明智堂读书，该堂乃印度人的中国太太所办，她是一位佛教徒，堂中提倡古学，制度极严格，不能与外界通信，如要送信都是从后门（现延安中路）偷塞进去的，谭正璧曾以他的亲属名义去参加过一次恳亲会，此人曾担任过上海大学附中的英语教师。当时（1923年的下半年）谭正璧住在宝山路宝通路的顺泰里。有一些原二师的学生在该校三年级读书，校内设有高中文学专修科，颇吸引学生，后来与三年级合并，而谭正璧仍拿初中教师二十五元一月的工资。教师中有很多文学研究会的人，如郑振铎、周予同等；校长是国民党中的女革命家张默君，广东人；校址在北四川路。谭正璧初任正式教师时，上课颇感吃力，但边教边学，也逐渐懂得不少；在专修科教的是散文选。蒋慧频亦入该校初一就读。有学生杨静宜，日后任尚文小学、怀久女中校长。是年，谭正璧开始编写他的第一部著作《中国文学史大纲》。

《中国文学史大纲》初版本《自跋》：

这本书并没有什特异之处，不过聊以充数而已。我自信是一个十分爱好文学的人，而且除了文学以外，也别无其他爱好。作文学史本不是一桩易事，而作《中国文学史》，要从荆棘中开除出一条平坦大道来，尤其是一桩难事。我为满足我爱好文学的欲望起见，不畏难地将这桩难事，自己肩任了。

作书的时间，是在去年的春间，那时我正在上海某中学校担任课程，那时的著作欲自然是格外浓厚的，而况我又正在具有好高骛远的意志的青年期。作书的地点，是在上海闸北某里丙的一间小楼上，窗外某大印刷所的机器轧轧响，一天到晚，从微风中送来；和窗外一座养病房的墙壁上的青艳的常青藤，在骄阳下呈露她缠绵的舞态；尤其使我掀起无限的著作的野心。虽然几乎整日埋头在故纸堆中，兴致是始终一般浓厚的。

重大的帮助，除了数千百册的书籍外，要首推慧频。她虽然年稚，对于学问还没感到专门的兴味；然她对于我所爱好的任何事物，都也竭力的去爱好。因此，在我编本书时，材料的抄录，和整理参考书，几乎完全是她的功绩。在她由此也感起不少的赏鉴文学的兴趣。这么一来，或者已足够算做给她的一种有意义的报酬了。

本书的结果，只有"失败"，这是当然的。浅学如我，年轻如我，妄自担这重任，早知是不自量力。然我深信："失败是成功之母"，这句老话，听了虽是怪厌烦的，然而永远含有几分真理。何况在我自认为失败，因主观见解的不同，或许有人会视为成功，那么我总算不曾白白费了一番心血，不至于播种和收获不能相抵。

此外，我又应该谢谢我的好友汪君楚翘，他曾在我原稿上，校正了不少的误字和误句；给我这样一个重大的帮助，使我永远不忘记他的好意。

一九二五，四，十七晨编者叙于沪西小刘家宅

2020年12月，我把拿到的父亲早年的日记复制件，艰难地浏览了一遍，在《拈花微笑室日记》中发现记载着：1923年的"九月十日，星期一，阴。寻房子，下午就搬东西的，借在顺泰里五巷三十二号……"真是喜出望外的发现，可惜我近日再去那里，整片地块已被围，居民都已搬迁……2021年1月14日，不死心的我又去宝通路寻访，也是老天不负有这心人。早先去了多次，一来没有确切的地址，二来因有住户，不敢贸然打扰，后来这里一大片已属动迁被围。我绕着走一圈，来回走到这一片有数排同样结构的石库门房子，发现宝通路近宝山路的一条弄堂口开着，就大胆地闯了进去，畅行无阻，从30号后门穿过客堂到前门，30号、31号、到底当然就是32号了，可惜门牌掉了。这里还正如父亲在《中国文学史大纲》序言中所描述的，西面就是一堵墙，南面似乎也是一堵墙，32号的门都关着，上30号、

31号的半楼,遗憾的是亭子间的门都锁着,30号的前楼现在是工地的临时办公室……真是不虚此行。

1923年8月,他的创作集《芭蕉的心》("新中国丛书"之一《及正璧创作集》之一,此书最初发表在《晚霞杂刊》上,标题为《芭蕉底心》。后来作为"新中国丛书"之一的单行本,改为《芭蕉的心》)由民智书局出版,"至于本书里面所含的思想,全是属于科学底哲理的。我极崇奉托尔斯泰底'爱之宗教',而深信爱是世界上人类底生命之光和花,在这不断而又无限的空时间里,灿烂而又灼灿。在同时,又崇奉我国古代'物极必反'底哲理。……"芭蕉向来有根枯叶烂心不死之说,所以谭正璧即用"芭蕉的心"来寓意爱是永恒不死的。由此书的出版,"因此又掀起了我无限创作之野心,以弥补吾希望之不足。我由此始决定立足于文学的界线上,努力地向创造的文学的花园里进行"。

关于《芭蕉的心》,它与"新中国丛书社"之间有着一段鲜为人知的历史,并使谭正璧一直深深地怀念。他在1944年专门写了一篇《记"新中国丛书社"》的文章,做了详细的记述,现摘录如下:

"'创造社'和'文学研究会',他们在中国新文学史上都有着永垂不朽的光荣的生命,可是有的不过假此来提醒别人已经遗忘了的记忆,如'弥洒社'之类,在当时仅仅是多得可以'车载斗量'的社团中的一个,虽然有他历史的存在,但是比了'创造社'和'文学研究会',恰如是星星之与日月,他们的光辉都是极微弱的。但是星星总是星星,他在当时既有他存在的意义,决不能因为光辉的微弱而就此抹杀他的历史。于是使我也想起了我自己亲身参与过的'新中国丛书社'。

"这是一个现在不见有人提起的小社团,就是过去也没有人注意过,可是它的产生的时代却很早,还是在民国十二年。它既没有什么形式的组织,也没有什么远大的计划,只是集合了几个爱好文学的青年,想印出和发行他们自己所想作的或翻译的文学作品而为。在他们微弱的力量下,因为没有大书局撑他们的腰,居然也出过几本丛书,在当时的文学园地里总算也尽过播撒种子的微力。

"现在，我以身亲其事的资格，把有关于它的记叙下来。虽然有的已记忆不清，但大体尚不至于相去很远。民国十二年的春天，我在上海大学读书。想起来真有些好笑，那时候我的朋友朱枕薪君因为他新从俄国游历回来，也在这个学校里当英文教授。他比我年轻，我们还是在三四年前，由于大家同在《民国日报》旬刊《觉悟》上投稿，经主编邵力子的介绍而成为朋友的，不料他这时却做了先生，而我反做了学生。一天，他碰到我，他说要组织一个发行社，印行社中个人的原作，叫我也加入合作。那时我虽然已有多年在报纸副刊上投稿，可是还不能写出什么像样的东西来，但是不能说没有写作过和发表点，于是立刻就答应下来。当时除了我和朱君外，合作的还有其他的同化朋友，因为后来他们没有印出过什么东西，所以现在连他们的姓名也都忘记了。

"于是由朱君负责去和泰东图书局及民智书局接洽，丛书出版后，归他们代发行。由我筹了一笔小小的款子，把我写的一个中篇小说《芭蕉底心》，和朱君译的《泰戈尔戏曲集》第一集付印。我们的计划是，把印出来的书卖掉了，将赚来的钱再添印其他书籍。我的《芭蕉底心》也是在一年前读了德国司笃姆的《茵梦湖》，和《新晓》第一期上题目已经忘了的独幕剧（笔者注：《恋爱之谜》），一时有感写的，文字既幼稚浅陋，思想也没有成熟，然而还自以为是受着老庄思想影响的产物，说起来极其可笑。幸而这时书已失去，已经连自己也不想再读，否则一定会使我汗颜涂地的。倒是朱君译的《泰戈尔戏曲集》，第一集收有《国王与王后》和《隐士》两篇，那时文学研究会丛书中的《泰戈尔戏曲集》还没有出版，他是翻译《泰戈尔戏曲集》作品的先锋。而且他的外国文的程度极高，译文非常忠实流利，如果现在还在继续出版的话，一定还会有着很多的读者的，我敢保证。

"两种丛书出版后不久，朱君忽然离开上海。他是以《民国日报》驻京记者的资格，到北京去的。他在北京时，除了职务外，还在北京大学做旁听生，因此他又认识了李小峰、朱谦之诸君，便邀请他

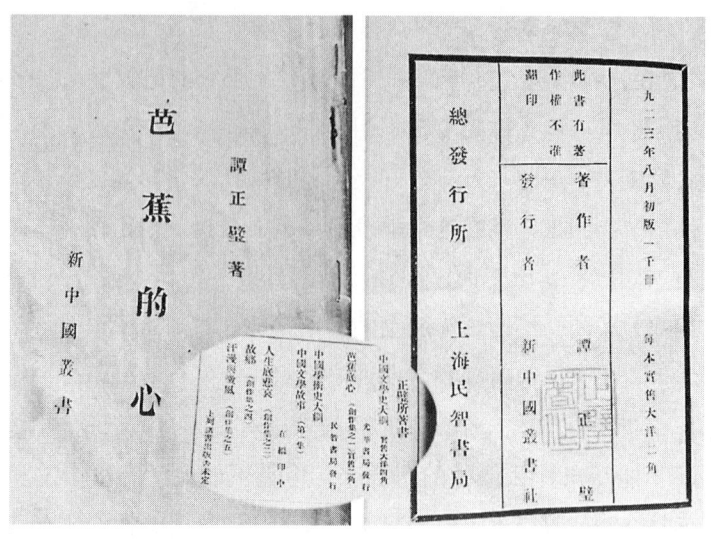

《芭蕉的心》，新中国丛书社（1923年）

们也加入了我们的丛书社。其时我也离开上大，在神州女校执教，关于丛书出版和发行的事，便由我一个人在上海负责接洽。在那时，因为同事的关系，我认识了谢六逸、郑振铎、周予同诸君。又因为托各学校代销丛书，又认识了 OF 女士等。他们都是在当时已经成名了的作家。

"不久，朱君从北京寄来了丛书三种的稿子：一是朱谦之君和他爱人杨没累女士的通讯集《荷心》；二是朱君和李小峰等共同笔记的爱罗先珂讲演集《过去的幽灵及其他》；三是朱君编译的英国某作家的剧本《恋爱之果》。我就把这三种书交给民智书局的印刷所排印；印成后，便由民智独家代发行。因为这个关系我认识现在光明书局的老板王子澄君，那时他正在民智的批发部里任职。

"丛书社也有过社址，就在当时我住的闸北宝通路顺泰里内。那时文学研究会主编的《文学》正脱离《时事新报》而独立发刊，他的编辑部和发行所就在叶绍钧先生的家里，而他的家也在宝通路上某里内，这个里就在顺秦里的对面。记得我为了请叶先生代刻'新中国丛书社'的图章，跑去看叶先生时，他的书斋里正摊满了文稿，大约是在把已出版的加以清理。而我和叶先生相识，也就是在这时候开始。

"后来我离开上海，朱君虽已从北京回来，但他没有兴趣再做这种赔钱工作，于是关于丛书社的事，就在无形中停顿下来，一直到现在。

"现在想想，这段小小的历史，在我个人的生命史上，是很值得怀念着的。"

民智书局是在孙中山、朱执信的关心支持下，由国民党上海市总部筹资，于大革命前夜的1922年秋开业的，是当时国民党的重要宣传工具之一，至1936年息业。而谭正璧与王子澄之间长达半个多世纪的劳资友谊亦由此开始。关于朱君和李小峰等共同笔记的爱罗先珂讲演集《过去的幽灵及其他》，在李小峰的《我的简历》中提道："师范毕业

宝通路顺泰里旧址

第二部　激荡的岁月

后，因慕北大之名，投考北大，录取后，长兄少省出钱来负担我的学膳费，自己也搞些翻译及记录名人演讲，得些稿费以补贴零用。"（俞子林编《那时文坛》）

翌年秋（1924年），通过金翰林介绍，其亲家南翔人李德富要谭正璧去他家，为其独子及女长兴、金定任家庭教师，待遇宽厚，有李百龙（电影界人）的弟弟同时附读，只数月，江浙军阀冯玉祥、徐奕元之间起战事，黄渡一带处在前线，为此只得逃离蒋家巷，避居上海。李德富则携全家经上海去日本，本欲邀谭正璧同往，因其外祖母年老无靠，只得作罢。

"那时我刚从上海放弃了一个中学校的职务，到那离开故乡——黄渡——不到二十里的南翔某姓家去做家庭教师。某姓家是个暴发户，主人翁到了六十岁上才生得一个儿子，那时已到了不能不读书的时候，所以专程托人来招请我去。我因为贪图空闲省力，待遇还好，便一口应承。只是提出了一个不成为要求的要求，就是我必须带了我在上海所有的书籍去，所以要他们替我预备一间幽静的卧室。

"其实我那时所有的书籍，如果拿来和什么藏书家相比，那么连'小巫见大巫'的比拟也够不上，简直还没有称为'藏书'的资格。不过在一个有爱书癖的穷小子自己看来，觉得得到这些已属不易，所以看得格外宝贵。那时所有大约还不到二千册，其中《四部丛刊》的单行本约占全数四分之一，其余如梁任公、胡适之二先生所开国学入门书目上所有的，大约已有了一半。此外，都是些新文化书籍和杂志。那时正在陆续出版的《新潮丛书》《新青年丛书》《共学社丛书》《创造社丛刊》《文学研究会丛书》等，几乎每有出版必买。杂志如《东方杂志》《小说月报》《妇女杂志》《创造》《新潮》《新青年》《文学周报》《小说世界》《儿童世界》《教育杂志》等，都是连年接定的。这次到南翔，除了《四部丛刊》单行本及新文化的书籍全部带往外，也带了一部分的杂志，如《小说月报》《创造》等，都是属于文学方面的。

"谁知不幸的人总不会遭受幸运，在那边过了不到半个月的安静生活，霹雳一声，江浙两省的军事领袖，为了争夺上海护军使那个肥肉样的地盘，在安亭黄渡之间打起来了！我一听到浙省军队开到故乡的消息，连忙赶回去，军队果然已开到不少，可是他们倒还相当地有纪律。看看镇上人家一家一家的要迁完了，我家还是丝毫不动。搬些什么呢？搬到那里去呢？这两个问题还没决定，已临到了明日必定开火，今夜不能不走的关头，于是让祖母乘了慧频家雇的船，带了一箱子裤衣，避到镇南六里外的蒋家巷去。也只有眼看那几箱书籍生生的放在卧室里，当夜也离开镇上，步行到蒋家巷。因为那只船很小，已经载不下人了。

"当晚住在蒋家巷，在天还没有亮的时候，果然听得隆隆的炮声从北面送过来。村里的人都起来站在村外田垄上听。我本来睡不熟，也起来听了一回，知道战争已开始，家里的书籍当然是完了，一念到多年搜集的不易，又念到某书和某杂志现在虽出了重价也已买不到，不禁悲从中来，暗暗堕泪。二天后，便同祖母及慧频一家，辗转到了上海，在虹口里租屋暂住。

"在上海住了几天，知道战事一天猛烈一天，可是苏军总冲不过防线来。故乡在前线，当然是算了，听说南翔因比较的在后方，百姓们还可以自由出入。于是我决定为了那些在南翔的仅存的书籍冒险一行。那时炳侄也已来上海，便在某一个早上和他同往。先到闸北，雇了两辆小车，讲明了来回的价钱。那时人心还没有像现在样的'不古'，总算不太贵，大概是二元钱一辆罢。一路经过大场直到南翔，路上看不出一些战争现象。就是到了南翔，除了街上店铺都不开门觉得有些异样外，也看不出这里离前线已经不远。我们匆匆地把书籍装入箱子里，又把箱子里取出的衣服打了包，连同铺盖，一起装回上海。去时我们是坐车的，回时因车上已载满东西，只好跟着车子走。我因为目的已达到，又没有受到一点惊惶，所以步行了四五十里路，却并没有感到一些儿吃力。到达虹口时，天还没十分黑哩。

"大概过了二个月，战争完结了，浙军失败，苏军把上海占领了。那时故乡的人都络绎地回去探望。我仍念念不忘那些在故乡的书籍，还存着万一的希望的心。于是在听说可以由吴淞江南岸绕道回到故乡时,决计再冒险走一次。那次同行的为赵君凤清,一路由曹家渡到北新泾,倒也相当地平安。可是一过北新泾,情形便不对了,苏军三三两两在村子里或在大路上不绝来往。他们借查抄为名,把过路人袋中的银钱都抄去了。我们走到某村时,突然也遭到了查抄,于是我的一千几百度深的眼镜也成了他们的胜利品。我对他说,这眼镜有光,别人不能戴,可是他那里还会理你?那时我一想,没了眼镜就是回去也没用,因为到了故乡仍旧不能做什么。可是要想回上海,那班军士们都只许你向前,不许你退后的,没奈何,只好硬硬头皮,继续前进。

"到达故乡时,军士倒一个也没有。走进家里门口,满天井满墙门间都是书,有的破了,有的烂了,虽是没了眼镜看不清楚,只见满地一片破纸,真正触目惊心!那时因为听得人家说乱纸堆里常有军士遗下的炸弹,所以吓得我不敢乱动。只好在劫余的破絮中度过了一个晚上,又在卧室中找出了一副多年前用过的旧眼镜片,立即趁了便船回到上海。当我到眼镜公司去把那副镜片配上架子,再戴上眼镜时,仿佛是从一个梦中醒了过来。这种经验,只有戴深度眼镜的人才能体味到。因为那时所受苦痛过深了,所以现在想起时还很难受。

"又过了几天,火车照常通行了,便同祖母等回去。于是我才把散在地上的书一起理了起来。检点结果,四史只剩三史了,但也已破烂不全。《新青年》《东方杂志》《小说世界》等都整包的不见,后来有人在某宅发现若干小说书,上面盖有我的图章,那边原是红十字会的驻所,这些书据说是他们临走时留下的,总计这次失去的书,至少当在七八百册以上,就是剩下的,除单本外,大部书的剩余也等于不剩一样。最大的损失是我自己的日记,我是从一九一九年起按着日——记日记的,可是在这次却失去了一大半,因此把录在日记里的许多诗文等也失去了。而且从此我再也不高兴继续记下去了,这损失却是多么大啊!

"大约又过了一个月,省里派人来乡里调查兵灾了,赈款也一批一批的在发下来,这当然不会分派到我们的。一天,一个乡公所里的职员陪了省里来的一个委员按家调查损失。他们到我们已经整理好的屋子来看了一看,只见那门窗有些破坏,别的一些也看不见什么。我告诉他们,我损失了许多许多的书籍,他们只是不睬。我眼看他们在调查表上填上:'谭某家损失八元!'"(摘自《三迁》)

蒋慧频于下半年考入松江七县女子师范(松江、奉贤、金山、上海、南汇、青浦、川沙七县共立)就读。"余于到校之日,以书无聊,偕同学二三人,晚游本校之风景。余等先至道旁之土阜,自右边小路上,苍青夹道,碧草铺地,诚佳景也。循道而上有魁星阁在焉,旁则古树枝疏,拱揖左右,回顾四周,人家栉比;向南望之,方塔则高耸云际。游观久之,自小路径行至城隍庙前,山石磷磷,峰峦叠起,则假山石也。风景甚佳,故为之记。"(蒋慧频:《记本校风景》)就读期间的1926年适逢当年"三一八"惨案,"有南洋大学来本校演说者,因国务院卫队击毙北京学生五十余人,受伤者数十人,于是各处学生咸愤愤不平,欲置段祺瑞于死地。其至各学校演说者,因学生未知也。其来演说非独至本校,第三中学、景贤女中亦去演说。今闻第三中学校于今日上午开追悼会,下午并出外游行也"。(蒋慧频:《来宾演说记》)

上半年,谭正璧所著《中国文学史大纲》完稿,并于1925年由泰东书局初版发行,后由光华书局再版,到第三版后由光明书局出版。又作《燕语十九篇》。

1925年,江浙战事结束后,谭正璧回到黄渡。不久,李德富也从日本回沪,从他给谭正璧的信中得知金翰林私吞了李家给他的教款。李先住在沧州饭店,十分气派,后住麦琪路(现乌鲁木齐路),他邀谭正璧继续为其子女授课,不久又随他们家回南翔,住古漪园对面。谭正璧此时生活相对安定,颇多余暇,曾买得《四部

《中国文学史大纲》(1925年)

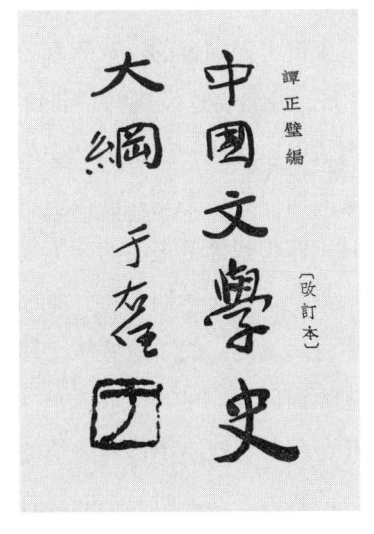

丛刊》单本数百册,《笔记小说大观》全部等,静坐窗下,悉心研磨学问,并收集资料研究通俗文学,编写文学史。是年冬,因其子不幸患白喉而亡,谭正璧又回到黄渡。在中村吴步高家任家庭教师,并专心于中国文学的研读。

"'惟有明白旧的,看到新的,了解过去,推断将来,我们的文学发展才有希望。'(见《二心集·上海文艺之一瞥》)鲁迅先生是这样说的,也是这样实践的:对于古典小说遗产的整理和研究下过一番深入细致的功夫,虽然他并不废弃采用前人的见解,但还有他独到的一面。他的《古小说钩沉》和《唐宋传奇集》如此,《中国小说史略》亦如此。

"《中国小说史略》是他在北京大学授课用的讲义,当时分上下两册出版,我一读到即爱不忍释。从它里面窥见了中国小说园地里的奇花异卉,万紫千红,又复分科别类,加以分析批判,使人知所抉择,不禁顿开眼界,观赏不尽,并由此获见中国古典小说的全貌。我本来对于古典小说早有欣赏的兴趣,但当时还未曾下过研究的功夫,到此时,也引起了我从事这项研究的雄心,当时我正在为增订《中国文学史大纲》准备材料,在吴瞿安先生的《顾曲麈谈》中发现了一条有关《水浒》作者的资料。吴先生说:'《幽闺记》为施君美作。君美,名惠,即作《水浒》之耐庵居士也。'这是所有研究《水浒》著作中从来没有提到过的,我欣喜若狂,如获至宝,为此不揣冒昧,于7月8日,径自将这发现写信告诉鲁迅先生,请他指教,但付邮后,又自悔孟浪,这样一般常见书中的资料,他安有未见之理,我猜想他见了我的信一定会感到我的浅陋可笑,不料事出意外,未及一旬,7月14日,即收到鲁迅先生的亲笔复信。信中他对一个素不相识的孤陋寡闻而只是爱好文学的青年,竟那么的谦逊道谢,使我为之赧颜。他在信中最后又说:关于耐庵居士即施君美,'其说甚新',待他遇到吴瞿安先生当问明它的出处,……(大意如此)。鲁迅先生正是这样爱护青年,随时随地给予认真热情的指导。从他这番话里,我获得了极为宝贵的教训,就是研究学问要有严格的科学态度,务必据实求证,不能轻信盲从,否则容易造成错误,自误误人。

"同年十月，又收到鲁迅先生10月9日寄赠的再版合订本《中国小说史略》一册。在他写的《再版附识》中提及我曾经给过他信，又复谦逊地向我道谢，并对施君美一说，他因为'不知《麈谈》又本何书，故未据补'云云。鲁迅先生对我的一封平常的去信如此重视，简直不是我所能意想到的。（《鲁迅日记》中亦有记载）……我收到鲁迅先生寄赠的书后，即复信道谢，并回赠拙编《中国文学史大纲》重版本一册，请他指正。……而可以留作纪念的他寄我的信，赠我的书，也都于沧桑变易中失去。这些，至今还引为毕生莫大的憾事。""鲁迅先生的一生中，热情关心爱好文学的青年，给予抚慰帮助，这在当时文坛上是众所周知的。鲁迅先生与我的这段交往中亦可见一斑，并使人终身难以忘怀。"（摘自《回忆我和鲁迅先生的一段往事》）

鲁迅的《中国小说史略》再版原文为：

近吴梅著《顾曲麈谈》云："《幽闺记》为施君美作。君美，名惠，即《水浒传》之施耐庵居士也。"案惠亦杭州人，然其为耐庵居士，则不知本于何书，故亦未可轻信矣。（《鲁迅全集》1995年版，第九卷，145—146页）

2022年第4期《鲁迅研究月刊》登载了石祥老师的文章《新发现的与鲁迅相关的谭正璧书信》。2021年9月中，我接到沪上一位朋友微信，告诉我复旦大学的想要联系我。他是想问我有没有父亲的手迹，当时我无法查找，于是告诉他，北京出版社出版的《谭正璧传》中有父亲早年写给鲁迅先生的信的照片，现在看到这篇文章，方明白他寻找谭正璧手迹的用意。

在中国国家图书馆收藏的鲁迅手稿中，有两页无落款亦未署时间的书信。这本是谭正璧与某人通信的一部分，写作时即存有对方将此部分转呈鲁迅的预期。此信写于谭氏与鲁迅有书信往来之初，即1925年7月前后。内容是就《中国小说史略》论及诸书，向鲁迅介绍自己所见版本之异同。此信所述古代小说版本等内容，亦反映于谭氏之后的文学史著作。（摘要）

这个意外发现，为谭正璧与鲁迅的交往又添上新的一笔，从中也可以看到那个年代的学人是如何认真踏实做学问的。

此信阴差阳错地长期隐于鲁迅手稿之中，不为人知。它既反映了双方围绕《中国小说史略》所展开的学术交往的更多细节，又与谭氏本人的小说史研究存在密切关联，具有多层面的史料价值。笔者无意间获见此函，实为快事，遂急加披露，以供同人参考批评。

笔者看到《赵景深日记》中有关记述：

一九七八年五月

二日，……谭正璧和他的女儿女婿（按：有误）来访，询问"施惠是否施耐庵"的问题，这问题现在已经搞清楚了，在《中国古典戏曲集成》第七册里，就很清楚地有"施惠即施耐庵，字君承"等字样……

1925年《中国文学史大纲》出版发行，"从谭正璧的《中国文学史大纲》开始，鲁迅真正进入文学史的叙述，谭氏高度评价鲁迅的创作，认为《呐喊》是'一部永久不朽的作品，很有地方色彩，而用笔冷峭暗讥，有特别风味'"。不久即有日本的井上红梅译成日文，国内亦有不少中学采用作教本，连续数年重印。而《现代文学》一章，总是跟着当时文坛的变迁，每次再版都有所补充和修正。在1931年的《改订八版自序》中曾有如下叙述：

"这本书的初稿，作于民国十三年，而出版于明年的秋天。不料不到二年，即由再版而三版。在我的本意，再版之后，就需改作，后来没有空闲的时间，只写了一篇'三版附记'，将书中的谬误叙明，即付刷印。本来三版即可以停刊，但我不能阻止发行者的盛意，也不便使购读者失望，所以以后还是继续出版。到了去年，《中国文学进化史》编成，本书正六版出书。在这时候，又有许多学校向发行所大批购买，作为教科书之用。一天我正在上海，看见这种情形，于是又不得不硬硬头皮，付之七版，而一面就决定再改正发行。

"本来《中国文学进化史》的内容比这书要多四五倍，只合于大学而不适合中学教科之用，而且定价较贵，也不适于内地中学生的购买力。本书内容简单，定价低廉，已销行万余册，可见他在中学校内需要的程度了。但一读内容，着实使我汗颜，不但遗漏很多，而且词句也有不通，即使他人不说，我自己也觉得愧对于读者。为了这个原因，除非绝版则已，如要再付刷印，就非改订不可。

"这次的改订既属迫于不得已，于是不能不竭全力以从事。改订的结果，第一、第九、第十、第十一四章（占全书五分之二）几乎完全重作，而所收材料，迄于当代为止。中间新材料的加入——如弹词的叙述——及谬误的补正，每章都有好几处。虽不能说尽善尽美，但也可告无罪于读者了。"

1945年出版了《中国文学史大纲》的"最新编订本"，这第三个版本前面的"本书编者特别声明"全文如下：

旧编《中国文学史大纲》，成书迄今，已二十余年，初版于民国十三年，即承各学校采作教本，历年重印，亦将近二十余版之多。但年代既久，材料陈腐，已不甚适用，故乘此之重排之便，重为编撰，俾面目一新。此书出版后，旧编即停止发买，如有人翻印谋利，千里必究！

三十四年十一月九日

由此明白，此版本已大不同于以前的版本，章节也由原来的十二章，重编为二十章，有了明显的区别。重新编撰后，内容自然也充实了许多，面目自然一新。

此书直至中华人民共和国成立后始告绝版。"由于偶然的成功，使我坚定了信心，不怕艰辛，向着这条路继续前进。于此可见，每个人开始走上人生的第一步，对于一生影响之大不容忽视。我可算是幸运的，或许也是不幸的。"

其时吴老太已亡故，其曾孙吴步文及其亡兄长所遗三个子女（最大只十二岁）住中村，无校可读书，又请不到教师，因与谭正璧的外祖母相熟，遂请谭正璧去，给付每月三百元工资，并供其外祖母的膳宿，有青浦街上的乡董之子钱子渊及王世今二人同时随读。乡间的小学附属于黄渡农业师范（即江苏第二师范），所以还有该校两位教师早出晚归来上课。吃吴家供应的饭，文理各科都教。课余时谭正璧也与学生一起在吴淞江畔散散步，或在坟园玩球。由于此次待遇更较优裕，不但薪金如旧，且供他祖孙两人膳宿，使他在教课外，更得安心研磨学问，又陆续买得《文学研究会丛书》《创造社丛书》等文艺书籍；并收集资料，开始作通俗文学之研究。

1926年，谭正璧与蒋慧频订婚，由表兄陈启人及吴步文为媒。当年他写下了赞美未婚妻的《记事》一诗："玉镜台前笑靥生，秋波弄剪水为神。麻姑无瓜空含恨，谢女多才亦自輂。底事桃根渡桃叶，缘何流水送流萍。承情每问愁滋味，难诉禅心到慧心。"5月，他所著创作集《邂逅》（正璧创作集之三）亦出版发行，"我的认识文学，是邂逅的，是没有人指导我的，当我从不幸的命运中挣扎出来，而决定了专门从事学问的时候，我已知道了著作家的荣耀和尊贵，而且了解环境与时代有足以促成著作家的原因。所以我很自负，我所处的环境和时代，也有使我成为著作家的可能。"（摘自《邂逅·自叙》）

《邂逅》（1926年）　　　　《人生的悲哀》（1926年）

二、难忘的大革命

五四学潮伤痕烙，故乡"淞社"斗劣豪。淳朴为人民族魂，千万文章抒心涛。

投身大革命的洪流

1925年"五卅"惨案后，共产党员夏采曦，曾在交通大学的前身南洋公学读书，后因从事革命活动被开除学籍。在原籍黄渡（时分别划由嘉定、青浦县管辖，1949年10月后全部划归嘉定县）领导反封建斗争，他与谭正璧两代世交，遂邀其做镇上的统战工作，联络进步青年"不向左，便向右"，谭正璧在镇上与吴步文、盛俊才及其弟盛慕莱，还有一些农业师范的学生联合组织成立一个群众团体——"淞社"，并被推为主席，同时主编出版了月刊《怒潮》，三期后改为半月刊《黄花》报，出版了七期，积极宣传革命真理，号召人民起来与土豪劣绅、恶霸地主进行斗争，在黄渡地区点燃了革命烈火。"中村设帐事尊亲，旧雨登门敦劝殷。东海潮生风雨急，安能世外作遁民。"在回忆老友盛俊才的诗中写道："当年意气贯青云，誓扫奸邪不顾身。大憝纵除余孽在，早乘春气又萌生。"有南翔陈某，专门仗势打人并抢夺宝山沿江的冲积新田，还买童女和年轻姑娘，搞什么采阴补阳，实为糟蹋妇女，因此理所当然地被处决了。同时打倒并清算了当地的著名土皇帝金翰林，推翻了地方反动政权。谭正璧还被推举为北伐募捐委员会主席。镇上的教育、商业、妇女协会等也相继成立，

夏采曦

学生组织演出《麻雀与小孩》《……之夜》等歌舞剧,革命风潮高涨一时。

1942年,谭正璧在他所作《桃色的复仇》一文即记述当年有关的经历,文章以白描的笔法深刻地揭露了封建势力的代表——当年黄渡镇上的土皇帝金翰林——即文中张东阁笑里藏刀的阴险毒辣的丑恶面目。现摘录在下:

"距离上海四十多里有个青山镇,张东阁仿佛就是这个镇上的土皇帝,他的说话比了皇帝的谕旨还要当真。附近数十里内,没有一个乡下人敢对他不是低着下心。就是镇上的其他的许多乡绅,也都仿佛是他的部属,如果略有不敬,便立刻放出颜色来给你看,不由你不对他死心塌地的降服称臣。

"……当他二十岁时,便中了光绪辛丑科的第五十名进士,钦命派任翰林。不久后,又分发到浙江绍兴县去做知县,他便走马上任。一天,他审问一桩奸情,他一看那个女被告略有姿色,当庭便把她出脱放出衙门。过了几天,便做了他第二个如夫人。到了任满卸职的时候,大概因为他看见公仓里的积谷空囤着,横竖同没有一样,索性卖掉了把谷款一起带回家门。

"可是绍兴的百姓们都是不识相的人,立即把这事向京里上控,皇帝居然也大发雷霆,立即派了大员办惩。但他的好运依旧存在,忽地他无疾身亡;所以当查办员派人到他家里去提人时,便在大门外发现了上面写着'先考东阁公'字样的丧牌,死人当然不能提解,只好悄然而行。他的座师又出来竭力证实他已死亡,绍兴人也不再上紧追控,重大的案子便这样地搁置于无形。等到清政府覆亡,民国成立,他便大模大样的出现,一跃而升为第一等的乡绅。不久,又受了地痞土棍们的推戴,做起了青山镇第一任的乡董。

"从此以后,就在乡间留下了许多说一世也说不完的'德政'。总而言之,他的'德政'使他的家产一天一天地更加丰裕起来,除了他在镇上另建巨宅居住外,全镇十分之五六的房产,都陆续改换了他的户名。

"有陈姓三兄弟,都是在清末曾经进过学的书生。而且陈家在青山镇是累代乡绅,对于这位暴起的乡绅张东阁,口吻间不免他们对他的不尊敬。张东阁确也当得起称做'无毒不丈夫'的大丈夫,而且面子也很要紧。他念念不忘给他们家弟兄们一些杀手的颜色,一心在等待着有个好的机会到临。

"三弟季生的夫人是个先天本来不足,而出嫁后又是多产的女人,为了保养身体也把吸烟代替了补品,这曾是当时流行的习俗。

"政府里忽然下了皇皇禁烟的命令,张东阁借此做起了文章。不知他如何串通了县里,派来了官艇,不由分说,把季生铐进县大牢。

"三天以后,真相便已大白。差到县里去的人回来报称:季生被解到县里后,便关在牢里并不审问。陈家托的熟人转托另外一个可以和县长说话的人去问县长,县长却回说根本没有这件事情;不过在十天前曾接到一张匿名的由青山镇送来的状子,说季生的妻子是个烟犯,但也没有批出捉拿的公文。现在既这事,就叫他们挽当地乡董来保了出去就没有什么事情了。

"'乖人不吃眼前亏'。一家人商量后,由季生的夫人带了一副重重的礼物,拽着个四岁的孩子,亲自到张东阁的府上,去请求他做季生的保人。

"先后去了三次才见到他,他老老实实坐在厢厅里一只大椅上一动也不动,昂着头,含着笑,听她诉说后果与前因,嘴里一支雪茄烟高高地翘起,显得他听得分外有精神。

"'哈哈,这没什么事,包在我身上,三天后他就会回来。只苦了你老嫂,终年厮守着不分离的好夫妻,却便他们无端地拆散了许多天。'在一阵哈哈之后,突然又板起了正经:'只是你须叮嘱季生:须知没我,他不会出来得这样容易,以后不要再像从前一样地瞧不起我!'

"三天以后,季生果然由县里放了回来,但他无端受了这场耻辱,当然愤不欲生。因此上便得了个医治不好的病,不久便脱离这个万恶的红尘。

"时间很快的过了十多年,本来的小孩子现在都已长大成人;中年的都已衰老，老年的都走入坟墓的门。这时忽地给那些残余的封建势力来了一个晴天霹雳，原来南方的国民革命军已似风扫残叶般打到了南京城。

"回头再说这时的青山镇，依然是在张东阁的掌握之中。……可是国民革命军终竟也到达了青山镇。张东阁不愧为张东阁，他立刻宣布自动地下野，而且推荐季生的儿子陈杰做他暂时的替身。他的交换条件，是置过去的公款公产于不问。但陈杰不是个肯掮木梢的不懂事孩子，国民党的同志也不是个个好惹的。终究在大众一心的强硬交涉下，使他不能不忍痛把向来专饱私囊的公款公产交给了别人。

"从此青山镇上便不大看见土皇帝张东阁的行踪。他已在上海租界上租了房屋，陪着那位由佣妇递升的姨太太做了海上寓公。"

文中所叙有关陈家一事，确有其事，只是用了化名而已。

1927年2月，北伐军从沪宁、沪杭线进军大上海。黄渡镇上到处张贴着"欢迎北伐军""打倒军阀""打倒贪官恶吏"等标语口号，民心大振。同年三四月间，镇上召开了军民联欢大会，夏采曦也参加了大会，当时他任中共青浦县委书记，公开身份是国民党青浦县党部秘书长。大会通过了决议，一致要求严惩土豪劣绅。会后，农民还举行了声势浩大的游行。北伐军热情宴请当地革命同志，谭正璧亦被邀请参加，共贺胜利。"从此淞滨发怒潮，狡狐潜迹元凶逃。农工商学齐奋起，镇霸除奸民气高。""岭南蓦地起风雷，革命红潮滚滚来。投笔抛书应招急，紧敲鼙鼓莫徘徊。"当时的形势和经历由此可见一斑。

同年4月12日，以蒋介石为代表的国民党右派向共产党人和革命人民举起屠刀，发动了骇人听闻的反革命政变。夏采曦等亦为敌人所诱捕，幸得党领导工农群众及时组织营救，才得逃离虎口。谭正璧用诗抒写当时的心情："萧墙祸起事非常，大好头颅轻掷光。一现昙花讵不惜，潜身安土待更长。"(《古稀怀人集》)

夏采曦（1906—1939），又名夏清祺，上海嘉定县黄渡镇人。1923年考取南洋大学电机工程科。1925年参加"五卅"运动，同年加入中国共产党。1926年作为上海学生代表出席在广州召开的全国学生代表大会。1927年受中共江浙区委党委委派，返回家乡黄渡开展工作。1928年起历任扬州特委书记、中共南京市委书记、江苏省委宣传部部长、中共江南省委上海工作委员会书记、法南区委书记、江南区委书记、中央特科第三科科长等职。1933年6月前往江西瑞金中央苏区，在红军大学任教。1934年10月参加红军长征。1935年九十月间赴苏联莫斯科列宁学院学习，1936年后在苏联从事编辑工作。1939年在苏联牺牲，1949年后被追认为烈士。数十年后，谭正璧仍对烈士怀念不已："离乡万里从军行，不扫匈奴誓不休。噩耗频传终作假，求仁志士竟成仁。"（以上各诗均摘自《古稀怀人集》，作于1971年）

　　轰轰烈烈的大革命失败后，国民党内部进行了清理，嘉定也成立了整理委员会，其中有CC派与元老派相互争权，代表元老派的徐植仁想出来竞选，到黄渡拉拢青年，又吸收了一批党员，谭正璧因此凭原有党证重新登记，并被选上县监察委员会常务委员，黄渡共有两人当选，另一人为陈景秋，工作内容为审查县执委与县政府的经济往来和禁止鸦片事宜。同年10月，与夏采曦、陈启人、谭林伯等人发起组织黄渡中医协会。当年，蒋慧频毕业于七县女师，任黄渡小学教师。

　　1926年，谭正璧的又一创作集《人生的悲哀》（谭正璧创作集之二）一书由北新书局出版。"老友谭君正璧，他底境遇简直和爱颇伦相同。他底这本小说集里面也大半是悲哀的结晶，自然他是个富于情的人，而且世路上堆满着石子，他所走的一条路比较常人更加崎岖啊！上帝对于他的赏赐，除掉悲哀以外，没有什么了。他要发泄他底悲哀，除掉乞灵于文字，还有什么法子呢？有人说他是抱厌世主义的，我说他何尝厌世，是世界厌恶他的——时间之神夺了他慈爱的母亲；礼教的墙壁阻了他奋勇的热爱；还有那些弥漫在大气中之尘雾毒瘴不住的攻击他底灵智，窒塞他底呼吸，和麻痹他底五官百骸。他只得和小孩们为伍了。他只得和迂怪的人们为友了。他只得和悲哀同生

蒋慧频松江七县女子师范毕业证书，在黄渡的小学任教员

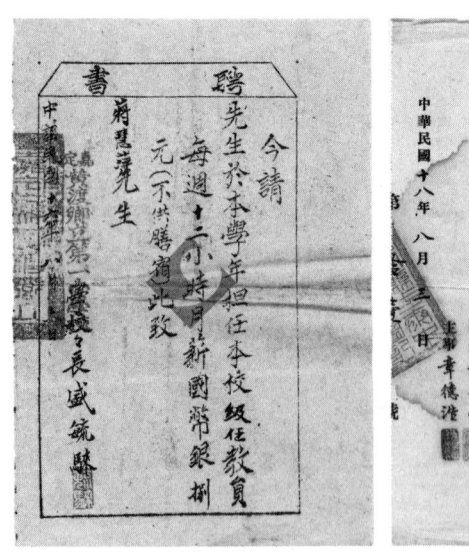

蒋慧频任黄渡小学教员聘书

070　谭正璧传：煮字一生铸梅魂

命了。"（摘自苏兆骧所作序）"今年暑假里，我的朋友康民，他向我索看短篇小说的全稿，当时因为各篇都散登在报纸上，底稿的字迹又很模糊，自己也不易认识，所以不能应命，心里觉得万分抱歉。现在于授课之余，急忙将原稿检出，逐篇加以修改，由我的学生慧频女士，在课余时为我陆续腾出，集成这样一本小册子。在精神上，我要谢谢康民，倘他没有那一请，便不能促起我集成此书之动机；在事实是，我该谢谢慧频，她不惮腕弱，竟允替我抄录一通，使我底理想，终至于实现。""我应该坚定我的意志，努力我的工作，我决不要负他对我的厚望。"（摘自谭正璧所作《跋》）另有正璧创作集之四《故乡》和正璧创作集之五《汗漫与微风》却由于战乱等原因而未能付梓出版。见《邂逅》书后所列"正璧所著书目"。又，9月25日《时事新报》第二十期上发表了谭正璧的文章《读鲁迅〈中国小说史略〉》。

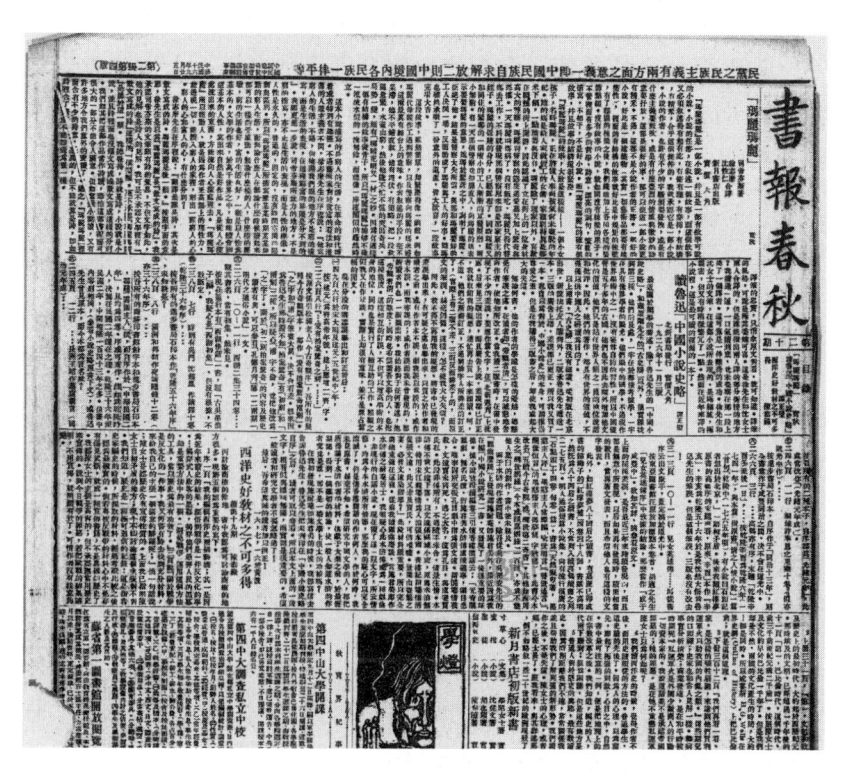

1927年，谭正璧写了一篇《读鲁迅〈中国小说史略〉》，刊《时事新报》副刊《书报春秋》上。

第二部 激荡的岁月　　071

1928年夏日，谭正璧与蒋慧频成婚，婚事不拘旧礼，办得简洁而隆重，同事葛振邦、沈承天、陈瑞文、钱企湘、方一哉、夏方之等前来庆贺。这是水到渠成的事。新房则由谭正璧出资将原蒋氏母女居住的平房翻修成二层楼房，二上二下四间屋。"卜君无意入蓬莱，慈命相呼比孔怀。宿世伽频缘早定，毋须青鸟作良媒。""我自拥书君习业，夜阑辜负月华清。青灯课读浑忘倦，唯恐更深阿母催。"两人情投意合，并肩苦读求知之景皆在他的诗中清晰可见，令人敬慕不已。外祖母仍住竹荫庵。这年，他所著《诗歌中的性欲描写》一书由淞社出版，此书系模仿茅盾《小说中的性欲描写》而作，前有蒋慧频所写的《慧频的序》。

"民国十八年的秋天，我在故乡县党部里任监察委员，他那时恰任省党部执行委员会的常务委员。一次，为了故乡的党政纠纷，闹得满城风雨，无法解决。党政中在政界服务的一派，又为了位置关系，甘心受他人的嗾使，在党的内部自己捣乱自己。上诉到省党部时，省方内部情形正与县方相同，也不问是非，只知党同伐异。那时的我，一心只晓得有国民党，不知有什么系派，只知据理力争，不去做什么联络工作，所以结果弄得处处碰壁，着着失败。后来我受了全县代表大会的推举，复亲到省党部去申诉，那天恰巧是滕固兄值日接见下属机关人员（那时常委委员有三人，一人为叶楚伧师，另一人的名字却忘了）。当时我把县方纠纷情形说明后，他便很同意我们的主张和请求，一口答应在会议中力争。过了一天，果然我们的陈请得在执行委员会议中通过。可是那时他正任某派的秘密工作，行动已失自由（当时我没有知道，直到事后方知），不久即弃职离省。最是可笑可叹的，已经通过的我们的陈请案，即在他离职后的下一次会议中重又推翻。

"从此我明白了所谓党务工作的实在，便渐渐地对所任工作消极起来。可是我对滕固兄那种一见如故而又力持正义的态度，却留下非常深刻的印象。"（摘自《悼滕若渠君》）

国民党内的左派、任江苏省监委的滕固联合冯玉祥、石右三

（安庆督军）等秘密成立行动委员会倒蒋时，谭正璧也曾和他在上海秘密会谈过好几次，很理解他当时的抱负，事未成，行动败露，不少人被杀被关。当时谭正璧在上海中学乡村师范部教语文。大革命后，江苏第二师范与商业中学合并成上海中学，农业师范改为上海中学乡村师范部，他也因不在嘉定而得以逃过了这一劫。事后，他即被处以"久不到会，接近反动，因予撤职"，此条罪名见载在江苏省的国民党的党报上，从此谭正璧遂不再参加国民党的任何有关活动："老实说，像我这样一心做学问的人去做党务工作，本来就是自不量力，说我'反动'，那实在把我的能力瞧得太高了。"（摘自《忆滕固》）这是1929年的事。

滕固，字若渠，宝山人，曾留学日本，归国后任美专教授。"他本是一个美术家，同时又是个文艺创作者，最后却钻研上了考古学。凡是爱好艺术的人，总是富于热情与革命性的。我们一见如故是因为志同道合的缘故。"他逃出去后，辗转到了德国，读了一个考古博士；谭正璧仍和他经常保持通信联系。"此后三年中，我们时常有书信来往，所以我很明白他当时在欧洲的生活情形。欧洲的生活当然非中国可比，可是德人是以忍劳耐苦出名的，所以他在那边过那每天吃几片黑面包、把咸鱼当作珍馐的生活，不但不受轻视，反为他们所尊敬。那时他开始从事于考古的工作，曾专诚去访问过'美术的都城'罗马的庞贝，著有《罗马之游》一文，登在《东方杂志》上，字里行间，充满着怀古的幽情，他那时的胸怀全是超现实的。德国人知道他是中国有名的文艺家，所以时常请他参加各种座谈会。有一次，因为他要在某处座谈会讲述中国唐代的诗歌，便老远地写信托我寄了许多唐诗选集去，以作谈诗的参考，于此可见作事治学的不肯苟且。在柏林大学卒业的那年，为了作博士论文，他又托我代找批评唐人王维绘画及宋人苏轼论画的材料。当时我就把赵殿成的《王右丞集笺注》（因为书末搜集批评王维诗画的材料都极详尽），与《东坡题跋》，以及从《东坡诗文集》中抄下来的所有关于论画的材料，立即寄往。他在那样刻苦生活的研攻时期中，我所能帮助他的只有这样一些些，使我平

时常常觉得对他非常抱愧。"（摘自《忆滕固》）

　　1929年，蒋慧频先父六十忌辰时，曾欲努力使先祖的《传心集》问世，以志纪念。"吾夫子更宅姑丈，教授门下、亦以是为课本，然在当时惟视作一家之秘，未能公诸同好也。启人尝闻诸夫子，言前辈每以谦让为怀，自视如敝帚，以为不足传世，故当时曾怂恿付之剞劂，而未邀允准。公逝世后，原稿遗失，转辗传钞，鲁鱼满目，吾夫子欲谋付之，以不获原稿为恨，乃邀同邑谭君林伯，将传钞本从事校对，存疑正误，凡经若干时日始得竣事，复倩陈君沁梅书之，付刊有日矣。不意夫子猝而弃世，而此志遂赍以去，俄而齐卢之战起，吾黄首当其冲，至此校正本亦失，两代心血俱付流水，可感亦可痛也。余每念当此世变无常，物华难待，欲谋其久，惟有早付手民，以免他日即传钞本亦不可得，意虽如此，顾力有未遂。正踌躇间，表妹慧频来谓余曰：今年先父六十年，吾与正璧君，拟刊《传心集》以留纪念，惟此书校正本遗失，所存传钞本兄须重校。余聆慧妹言，欣幸无似、乃不揣鄙陋；自荐对勘之任，即将传钞本细为校阅，文有误而有籍可稽者正之，其未见于载籍者，虽知其误不敢妄为增损一字，以免失真。另有诗稿若干首，为公遗佚之余，以及公之尊人汝枚先生遗著数篇，一并附刊于后，吉光片羽，亦宜在所珍惜云尔。夫以启人之陋不自量力，而欲襄成先辈名山石室之盛业，自知一无所当，然坐视先辈遗佚之埋没，中心实有所不忍，故勉力为之。然校对再三未能妥善，于是复邀谭君林伯同校，校毕归之璧兄慧妹，惟卷首谭君林伯之序依然旧作，彼本人不愿改易；吾夫子《志乘》一篇，赖谭君保存，藉以窥见夫子显亲利世之心。谭君聪明好学，笃于医而颇能阐发经旨，尝著五运六气图说一篇，附诸校正本后，论者佥谓蒋氏专著，不当者所别附，且谭君著作自有其独立传世之价值，不如不附为愈，余以其言雅有至理，乃从之。"（摘自1929年陈启人为《传心集》所作《跋》）

　　虽经努力，《传心集》在当年还是未能面世。上述书稿，历经战乱，竟被我的父母奇迹般地保存至今，20世纪60年代先父在世时，曾寻找出版社,希望能实现数十年努力未能完成的夙愿——使该书得以问世,可惜最终未能如愿,此事不只是先父生前一桩憾事,也是先母一生中的一桩憾事……

步入任教和文学事业

是年冬日,11月30日大儿子诞生,取名中。谭正璧所著《中国文学进化史》由光明书局出版,"五年之前,我在上海神州女校任教职,也在和今年同样的明媚的春天,偶然一时高兴,终天的埋首于宝山路旁一间小楼里的窗下,费去了两个多月的光阴,编成一本五万余言的《中国文学史大纲》。明年九月,有印刷所送到书局里去发卖;到今年一月,不知不觉的已经五版……'改编','改编',说了也将近两年,朋友们盼望着,许多读者也期待着,自己的良心也催促着。到了今年的春天,自己觉得再也不该不践前言了;于是辞去了所担任的两个学校之一的课程,摒绝一切,终日埋首写字台上,一字一字,一行一行,一页一页……的写下去,到今天总算告了成功!本书的内容和体裁,和前书已完全不同,字数也增多了四倍。起初本拟改编,结果却成了另编,这事在我并不以为失望,反而觉得欢喜。当然,积加了五年来研究的经验,家里的藏书也至少比当时增多了六七倍……"(《序》)在卷尾放言:"正在到来的新写实主义(当时用以指普罗文学,亦即无产阶级文学),她是新时代最进步,最有生命的世界文学。最近的中国文学也正准对着这个方向,毫不畏缩的前进!前进!"此书出版后即有岭南、暨南等大学采用作课本。

"去年年末,中国社会科学院文学研究所在京召开'文学史写作的理论与实践'国际学术研讨会,我在会上作了一次发言,我说我在初中求学时初次听中国文学史课,采用的教材是谭正璧先生的《中国文学史大纲》,它也是我第一次接触的中国文学史著作,屈指数来,已逾六十年。我当时不可能想到,我以后会与文学史研究、编写工作

产生难分难解的'姻缘'。"(《文学遗产》2008年第四期载邓绍基《永远的文学史》)

在高树海的《中国文学史观的发展变迁——二十世纪上半叶文学史观探寻》和《关于文学进化史》两篇文章中,作者写道:"与五四观念浪潮巅峰相比,五四时期的中国文学史著述处于积风聚浪的阶段。虽说20年代也有一批著述问世,但在文学史观方面却大都无所可取,所可取者只有鲁迅的《中国小说史略》和《中国小说的历史变迁》,胡适的《白话文学史》(上卷)和谭正璧的《中国文学进化史》,这几部著作实代表了20年代中国文学史的最高成就。这里想着重指出的是,胡适所以能提出历史进化的'演进'与'革命'的问题,是受五四时代观念革新运动的感召所致,他把'完全自然的演化'同'顺着自然的趋势加上人力的督促'区别开来,前者是纯自然的渐进,后者是渐进式的突变,鲁迅则看到文学史进化的复杂性,他说:'看中国进化的情形,却有两种很特别的现象:一种是新的来了好久之后而旧的又回复过来,即是反复;一种是新的来了好久之后而旧的并不废去,即是羼杂。'能注意到反复、羼杂诸如此类的文学史复杂现象,就会不犯或者少犯进化史观上的错误。

"20年代末谭正璧的《中国文学进化史》面世,径以'文学进化史'名书,正可视作是进化史观已占据首要地位的标志,他在该书的第一章就开宗明义地说道:'我们现在要研究文学进化史,当然应该先问:什么是文学,什么是文学史,和'进化'二字在文学上及文学史上的意义怎样?'明确的文学史进化观已经武装了先进文学史家的头脑,他们不再是发展史观意识下与进化论思想的某种程度上的暗合,而是在清醒自觉状态下主动去做'文学进化史'了。

"20年代末,已经消化了西学新潮并建构起进化史观的文学史家们,开始将新的史观运用到中国文学史学科目的任务这一课题的探讨中来。1929年9月出版的谭正璧《中国文学进化史》,首先揭开了这一课题讨论的新阶段,他说:'文学史的定义是:叙述文学进化的历程,和探索其沿革变迁的前因后果,使后来的文学家知道今后文学的

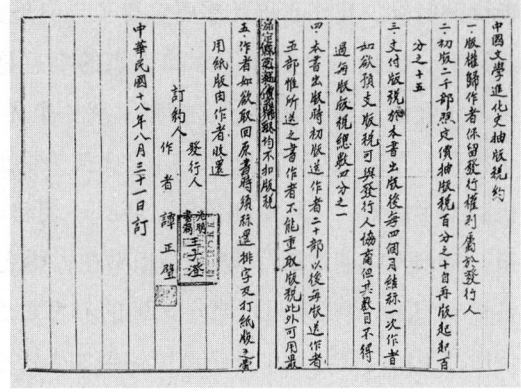

《中国文学进化史》及出版合同（1929年）

趋势，以定建设的方针.''文学史的使命有二种：一是叙述过去文学进化的因果……一是指示未来文学进化的趋势，当然希望现在的文学家走上进化的正轨。所以它的作用，不外乎在使现在文学家知道文学所以进化和怎样才算退化，根据古人经验，避免蹈其覆辙。文学为什么要有文学史，重大的原因就在这一点上。而且过去文学的进化是盲目的，没有一定步骤的；此后的吾们，可以有所依据而向着进化的大路上去，不至事倍功半。文学史的所以必要，这也是其中一因.'（均摘自《中国文学进化史》）"。"自谭正璧《中国文学进化史》起，贯彻整个三四十年代，一直到中华人民共和国前，有关中国文学史学科目的任务这一课题的探讨，便大都围绕上述提出的文学史两种使命而展开，或丰富补充，或纠偏戒弊，或在此基础上提出更深一层的问题，使得这一问题的探讨热闹红火，持久深入，形成中国文学史学史上的一大景观。"（高树海《中国文学史观的发展变迁——二十世纪上半叶文学史观探寻》）

1930年农历五月初八日，谭正璧的外祖母因中暑得病猝故，享年八十二岁。"我是一个十足神经质的人，生来有着十分丰富的感情，从小就喜欢流眼泪。可是我的眼泪已是二十多年前为了常常过量的流而流完了。当十三年前，我的那在世界上仅存的亲人，把我从刚才出世八个月由死去的母亲手里移到她手里抚养到长大成人的我的外祖母

第二部　激荡的岁月

逝世的时候,我伤心得几乎要窒息了,但是只流了没有几滴眼泪。从此以后,无论逢到怎样不幸和难堪的事总是欲哭无泪,只有用沉默来表示我的更深的悲哀。"(摘自《哭一个无知的灵魂》)是年冬,葬于祖茔。"毕生勤苦信非夸,白发抚孤劳更加。最是难忘临命时,纺机犹架半锭纱。""形影相依三十年,一朝溘逝异人天。风停树静正图报,祭扫无门迷炊烟"。这是谭正璧在古稀之年(摘自1970年作《古稀怀人集》)追忆外祖母当年辛勤的养育之恩和祖孙间形影相依的深情所写下的诗句,读来此情此境栩栩如生皆在眼前。

这一年,所著《中国女性的文学生活》出版。

谭正璧在黄渡乡村师范部教书时,主任为黄敬思,留美博士,他待人平等无架子,对上下一视同仁。1931年秋,江苏省教育厅决定,该校脱离上海中学,更名江苏省立黄渡乡村师范学校,并改换滕仰之为校长,他曾是江苏省行动委员会的头头之一,但不知为何对谭正璧有歧视。师范分成初中、高中二部。谭正璧初到该校教书时,尚无白话文的课本,原来老学究教的学生还要捣蛋,试他的能力,要他讲《古文观止》,他对学生说:"我当然不是样样精通,但至少比你们懂得多一点。"随着时间的推移,学生们都待他不错,校图书馆原先没有一册新文艺、新思想的书籍,语文课亦专授古文,而谭正璧入校后,所授课大多采用鲁迅、陈独秀、李大钊、胡适等的作品,所以学生常常到他家中借书,他亦以所藏全部新文艺书籍杂志供他们阅读,为此他牺牲了近百册的书。对于书,他只要发现不整齐了,或者用旧了,宁愿不要,也要重买新的。黄敬思也听了谭正璧的意见为学校添置了一部《万有文库》及其他许多应备的新书。"此后将近五年,为我课余读书治学的黄金时代,不独阅读了大量古今中外文艺书籍、各种文艺杂志,连所有哲学、社会科学、自然科学的中外名著也都尝鼎一脔。"(摘自《煮字生涯六十年》)

这年的春天谭正璧与盛俊才同游无锡惠泉山、梅园和鼋头渚,还有苏州的寒山寺、天平山的范文正公祠、灵岩山上的古寺和寺后的传说当年西施住过的馆娃宫旧址;冬日与余震吴同游南京,并拜访了邵力子。是年秋入读私立正风文学院三年级。

九一八事变后的 1932 年春,淞沪战事发生。"在一九三二年的一·二八之役。这时离开江浙战争已有八年,这八年来,我尽我所有的收入,除了日常生活费用外,已买了有万册以上的书籍。关于文学上或国学上的各种重要书籍大概可算已全备。其时我在故乡黄渡乡村师范当教员,空闲时间很多,所以每个月总要到上海一次买些书籍来消磨岁月。这样日积月累,自然无形地越积越多了。

"这年一月,校里放寒假时,上海的空气已很紧张,谁都知道战事将一触即发。我因鉴于八年前的覆辙,便每天陆续地把所有书籍都包扎了起来,那时又有姨甥陈林华君帮着吾,所以一本也不放它留剩。后来战事果然爆发了,胜利的消息一天一天地传来,后方也只看见军队前进,不见有退后的。这样的经过了一个多月,终于来了不好的消息,说某方从浏河登岸了,吾方左侧受了这样一个严重的袭击,眼见不能不改变战略,退守第二道防线。于是镇上的人家又接连地迁徙一空。吾家也急托亲戚陆小弟君从乡间雇了一只船出来,把全部书籍都载到陆家圩去,一家也遂都寄寓在陆荣柞君的府上。到了第二天,听说某人已到镇上,我起初不相信,后来看了由上海夹的报纸,才知道是确实的消息。

"这样的过了约有十多天,某人到镇上的也并不到吴淞江这边来,大家才稍安心。可是有一个谣言却满播着各个乡村,说是某人最恨学生,所以看见人家有笔墨书籍,必把房屋烧掉。这是一个对我多么不利的谣言!于是陆府一家都不安起来了!人家已搬来了,赶走吧?是亲戚,那里说得出。怎么办呢?于是由陆小弟君的主张,如到了必要时,可借村里某家的草房子做堆书的地方,那房子是独立的,万一烧掉了,就是赔偿他们也没多少钱。他来征求我的同意,我正在为难,觉得很对不起他们,这还有什么不同意?这样一来,这件严重的事总算告了一个段落。又过了几天,知道双方已经停战,且在上海开会议和。另外,又得到乡村师范在上海复课的消息,于是决定离开陆家圩,到上海去继续任事。

"带了些应用的行李,雇了一只划子船,总算很平安地到了上海。一家便在法租界贝勒路租了一个亭子间住下。不料过了几天,学校里的事情还没接洽好,忽地乡下有人出来报告说:因为某人已过了吴淞江到各乡村去查抄,所以陆家已把我所有的书籍做了一个假坟来埋了!我急得跳起来!幸亏这几天没有下过雨,否则真糟透了!但这又怎能责怪他们呢?于是慧频提议,由她陪我一同回去,把它雇船运出来,省得彼此都感不安。我当然赞成。那时我们只有一个孩子,所以慧频很是自由。明天大家起了一个早。为了前车可鉴,临走多带了一副旧眼镜,以防万一。——可是后来这副眼镜被慧频遗忘在黄包车上失掉了。——在晨风拂拂里,坐了黄包车到静安寺,又换了车子到新庙;再过去是小路了,又换雇了一辆小车。一路可算得十分平安,到达故乡时还没到中午。我们便在镇上雇了一只大船,从家里搬了些应用家具,再开到陆家圩去。

"真要谢谢陆小弟君的好意,把假坟拆开时,因为里面先用油纸四面衬好,然后再盖上稻草,外面再盖上泥土,所以很是干燥,一点没有受到潮湿。——这自然也要谢谢天,因为埋后没有下过雨——于是当晚就把所有书籍一起装下船,预备明天一早开发。

"运到上海后,因为住的地方放不下,没奈何,又另外专租了一个后楼把他们藏在那里。——这样,直到和议告终,一切恢复常态,学校也仍迁回故乡去。于是,仍旧雇了一只大船,把它们也送归故乡。

"这一次真幸运!这样的迁来迁去,竟一本书也没有损失掉!"(摘自《三迁》,文中"某人""某军"即指日本人、日本侵略军)

黄师迁入上海后,所租房舍为书院式建筑,即四面一排教室,一排宿舍,当中一间大厅,另外还有新造的一幢三层楼洋房做教室,学生就在里面上课。当时的教务主任张某是滕校长的亲信,谭正璧代他上了半年毕业班四年级的课,却仍给他原来一元两角的课时薪金,而教高年级的薪金差额被扣下送给了张某。后来张某搞工读制,即学生以自学为主,做笔记,高年级的学生到附近乡村办小学,做行政工作，学生和教师对此大多不赞成。后来当时的教育厅长周佛海派人来巡视学校，学生们大贴标语，反对工学制度，标语从镇上一直贴到火车站。当时的镇自卫团与学校有矛盾，就借此事把少数撕标语的学生抓进去。上面查究说自卫团与贴标语的学生有通，把自卫团教练捉到镇江，后有人托关系具保才获释。1933年将近年夕，面对复杂的纷争，谭正璧愤然离开了学校。这时，他又开始了《中国文学家大辞典》的编纂。

"民国二十一年秋天，滕固在柏林大学得了哲学博士的学位回国，那时党内已消除系派的成见，所以表面上对他已没有什么芥蒂。可是他竟一时找不到相当工作，他本想在国立大学当一专任教授，也竟不能如愿。这年冬天，我到南京去访问杨君（杨放），他恰巧住在杨君家里。这次的聚会使我非常高兴，他和我和杨君都是老朋友，当然不肯叫杨君常作破费的招待，所以有一次，滕固兄提议到包子铺去吃包子当晚餐，我当然极赞成。杨君果然买了些鸡鸭胗肝，同到一家包子铺去大嚼了一顿。那时的情形，我想滕固兄在后来当了行政院佥事而坐了汽车再经过那里时，不免要哑然失笑的。可是在我却多年老想再来一次而不可得。"此后，我每到南京必去看他，他也曾替我设法介绍了许多作品给书局出版……"（摘自《悼滕若渠君》）

谭正璧（1933年）

是年冬末春初，谭正璧在《梅花四章》的《序》中有如下说："冱水初解，和风已来。遥想邓尉山中，斯时正嫩芯满枝，冷香四溢，不禁悠然神往。犹记幼年得残联'暗香浮动月黄昏'句，当时不知为何人诗，亦不解诗意何指，但甚觉其佳。为之低诵不止。岂我与斯花果有三生不解之缘耶！"后来，历史果然应验了此说，而这里的"三生不解之缘"即指他以梅之历尽劫难不畏强暴而巍然挺立的高尚品质为己之做人之道。

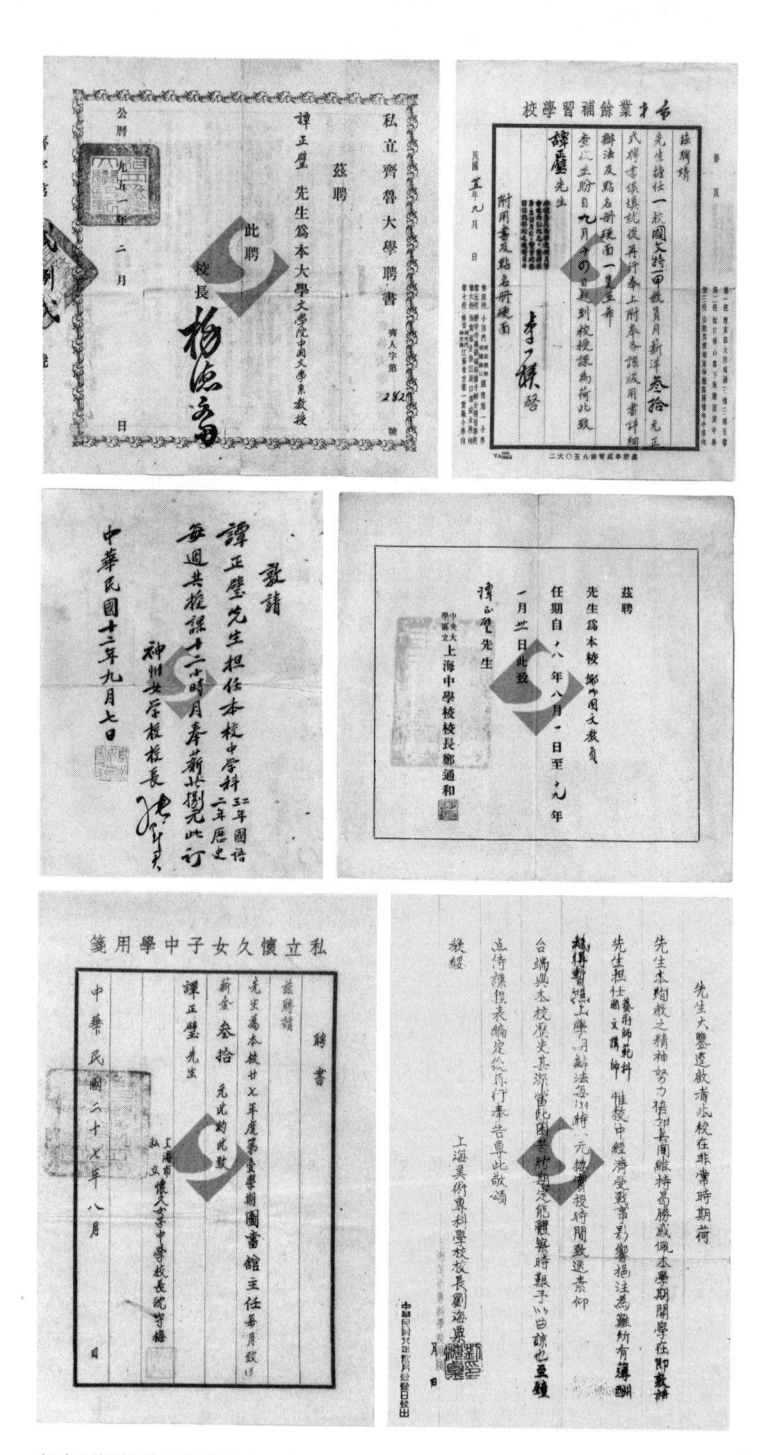

各个时期任教部分聘书（一）

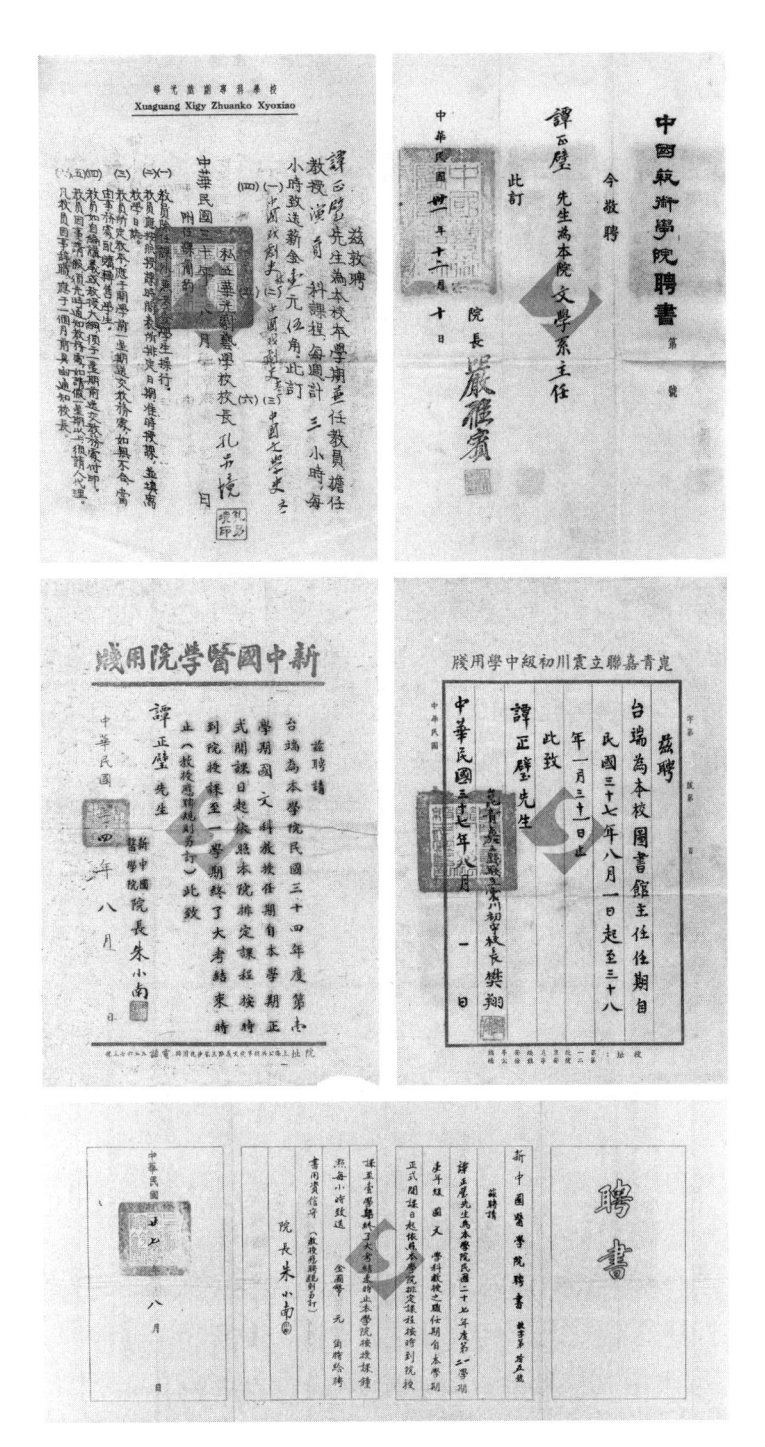

各个时期任教部分聘书（二）

三、《中国文学家大辞典》与《中国女性文学史》

书海探秘硕果累，海内域外识者贵。《文典》《女史》皆丰碑，夜珠熠熠凝血泪。（注：《中国文学家大辞典》，简称《文典》；《中国女性文学史》，简称《女史》）

《中国文学家大辞典》

1933年2月26日，次子庸诞生。7月，谭正璧从正风文学院毕业，得称文学士。同年，他受聘民立女中，授初一国文课，高三国文常识课，下半年授初三国文课，当时半周去学校上课，半周回黄渡从事写作，继续编纂《中国文学家大辞典》。

当年的动机完全是由于他平时工作上的需要而引起的，"我自少年时代起就十分爱好文学，成年后即开始从事语文教学及文学研究工

1933年7月，谭正璧私立上海正风文学院毕业证明书

作。因此对于工作上必须参考的工具用书极为留意，但一般字典、辞书，坊间出版虽极为烦冗，可以择优采用，然而比较完备可供学者参考用的专门辞书却颇难得，属于文学方面的只有几部综合性的文艺辞典，也收录文学家，却无一部专门的中国文学家传记辞典。坊间虽有《中外文学家辞典》之类出版，而且所列人名古今中外兼收并蓄，但大都内容贫乏，且多遗漏，不足供学者引据。自己去搜寻，但搜寻结果，却令人非常失望。……"（摘自1979年的《中国文学家大辞典重版前言》）时征得光明书局主持人王子澄同意，乃以时代先后编号排列，且编且排，故如此宏大的一部书仅历时一年即告完成，排版亦随之完竣。全书共收历代文学家六千八百五十一人，合计得一百四十万字。是书之成，由谭正璧发凡起例，根据《廿四史》与人文有关部分提到的作者，有名的选本、诗集、名家，包括其他辞典不收的有作品的戏曲家和小说家等，确定人名里籍，并据多种资料考定生卒年月，

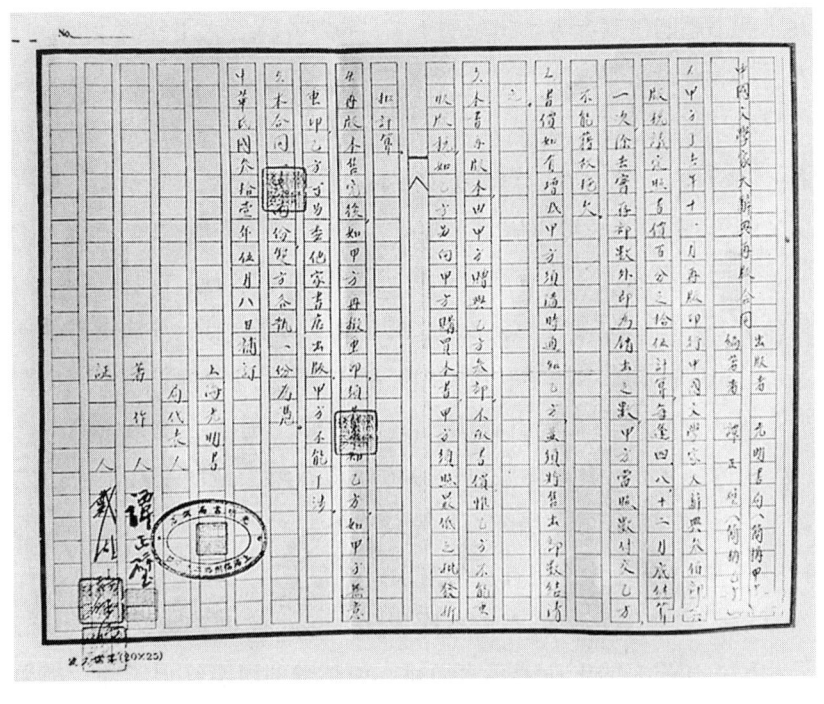

《中国文学家大辞典》，正风文学院再版合同（1933年）

酌定履历著作——这也有谭正璧多年来爱好猎阅各种书籍的丰盛收获，又有妻子蒋慧频竭力相助——节录每人生平事迹，编缀成篇；而书后所做索引，则全由其妻一手编成。是书由蔡元培先生题写书名，于1934年出版后，颇得各方面的重视，国内文学研究工作者几乎人手一册，在学术著作及论文中叙及文学家在世年代及其他情况时，往往引用本书，所见不鲜；又被国外汉学家推誉为"是一部比较其他同类辞典有巨大成就，而为国外研究汉学者案头所必备的参考书"（引自苏联汉学家阿列克谢也夫教授所著《论新的中文版〈中国文学家大辞典〉和汉学参考书问题》一文），又被称许为"是一部没有《中国人名大辞典》那样因为其中人名字体不突出、不容易和说明文字区别开来，而且没有确切的年月，只指出朝代等缺点的较好的传记辞典，此书尽一切可能详细地提供了6 851人的生卒（阴阳历都有）"（引自英国汉学家李约瑟博士所著《中国科学技术史》第一卷）。及初版售罄，正欲重印，适逢七七事变，"凡读者需要文学家之简要历史资料，此书悉能供其参考。出版后不久，抗战军兴，太平洋战争时，日军封店，全书纸型被毁"。（王子澄《回忆光明书局》）近日收获一份"中华民国叁拾壹年伍月八日"由"著作人""作者"谭正璧与"出版者""发行人"光明书局的王子澄"补订"的"中国文学家大辞典再版合同"；始知当年曾再版过三百册。然后，就此中断发行逾四五十年，中间屡经兵燹，传本烬余无几，旧书肆偶有购进，即居为奇货，虽高价亦不肯轻易脱手，图书馆及藏书家或尚有保存，亦决不肯随意出借，由此使有需求的学者往往为之束手。直至中华人民共和国成立后，1961年由香港文史出版社擅自印了一次，还有台湾某书商改署"谭嘉定"的名字擅自出版过；1980年应香港天地图书有限公司之约重版发行，所作的重版前言，先载于香港《七十年代》第七期上；1981年和1985年为满足社会的需求，上海书店又两次影印出版，计六万册；1998年北京图书馆再次影印出版，此书之意义与影响可见一斑。其强大的生命力不言而喻。谭正璧的夙愿终得了却，颇为快事！

香港天地图书有限公司、上海书店出版社等再版《中国文学家大辞典》(1980—1981)

著书之过程，谭正璧于当年7月10日在黄渡时所作《中国文学家大辞典跋语》中有较为详细的如下叙述："昔司马迁遭诬，乃著《史记》；屈原被逐，厥有离骚；余才虽不如二人，而有二人之遇，自亦可效二人之行。因闭户不出，专理旧业，决将未完成之《中国文学家传》扩而大之，成一较完全之中国文学家人名辞书，目维此书如成，非独便己，抑是便人，其价值当较余已成之他著超逾万倍。于时遂置一切外事于不问，终日埋首于此工作。余妻慧频，亦能操笔为文，则于处理家务之余，时来佐余所不逮。明年春，余就职上海某女子中学，以每星期之四日居上海授课二十二小时，复以其余三日返家专事编纂。而慧频又适于是年三月产庸儿；余既穷日夜，又皇咳之中，写作之艰辛，毕生恐将无第二遭也。慧频于弥月后即离蓐助余。至暑假中，虽溽暑迫人，吾二人从不辍笔；一届冬令，即冱水胶笔，亦呵冻以书也。素日尝慕宋人赵明诚李清照夫妇玩古归来堂，自以为其乐在声色狗马之上，今余二人亦颇足以仿佛之。至今岁二月，全书告成。综计人数共近七千，字数不下百万，而余二人乃以一年余之时间写成之。既以自惊，亦足自豪也！""此书成其半时，承光明（书局）主人王君雅意，即付排印。迨全书告成，而排印亦已三分之二。否则此百万余言之书，非再阅一年余之时期，必不及与世人相见也。

且此类大部参考书籍,在学术上之价值固不至甚低,然其销行之程度则殊可虑。此则凡营书业之人类皆知之。光明主人之不假思索而印付排印,其初固抱牺牲之决心也。呜呼!此书编成既不易,而付排印所费又殊浩繁,今仅以一年余之时间,全书竟得出而问世,则光明主人对余之信任及其尊重学术不较利益之衷怀,殊令人感激而又钦仰无已也。""且当著述之际,此中自有乐趣,不独静对古人,可以滤清胸中块垒;即于处世任事之阅历,亦可由是增益。余每忆去秋某夕,夜凉如水,万籁俱寂,但闻秋虫伏于阶下作悲鸣。当此之时,中儿已先入眠,庸儿于哺乳后亦熟睡,余与慧频乃于围城中相对展纸,悉束不休。慧频目疲首欲沈,犹强为讳其不倦,偶为余所见,则为之嫣然一笑。余之睡魔因亦为却。此中景况,又岂聪明人与奴才所能得而玩味哉!故余始终甘之而不悔也。"

"然我当时编纂此书,年事尚轻,识见未足,而独力完成此百数十余万言之巨著,用力不可谓不勤,然而成书自读,终觉有因陋就简之憾!"

"我和慧频因把那一百多万字的《中国文学家大辞典》写成,在欣喜的心情之下,第三次重游杭州。那时我们已有二个孩子,大的已有六岁,小的只有二岁,也带了同去。"谭正璧在第二师范时的学友陆廷抡时在杭州,"他在二师毕业后,便进交通银行任职。一·二八事变,他适回到上海总行任职,住在施高塔路(现山阴路)。他在深晚仓促中逃出,把他生平所积藏的许多名贵书画和佛经都遗弃在那里,所以和我碰到而谈起时,十分懊丧,但事平后他回去一看,寓中物件分毫不动,书画当然一本也不失,他那时的欣喜可想而知了。但不久以后,他又被派到杭州。""我们趁着在城厢游览的时候,曾到他银行里去看过他,他邀我们到他家里去,但我们因忙于出游,终未如愿。第二天晚上,他买了许多本地土产送到我们住的旅馆里,我们向他道了不能到他府上的歉意。过了一天,我们遂于十分疲乏中回来。自从这一次别后,便没有再和他会过面。但我们间的书信仍照常来往,所以彼此的消息仍不隔膜。"(摘自《忆虚舟》)

同时，谭正璧编写了《新编中国文学史》《中国小说发达史》，于1935年出版。《新编中国文学史》是为适应当时教学需要，以朝代分编，并以各个时代特殊繁荣的文学为主体，尽量采撷近代学者研究所获的新成果，更打破旧时文学正宗的范域，对小说、弹词特为开辟宽广的园地，将流行的各种名著都做简赅明晰的叙述和确当的评价。此书三版后，有日本的立仙一郎译成日文，书名《支那文学史》，列为"支那文化丛书"之一；另有第七编《现代文学》有日本中山樵夫译本，改称《现代支那文学史》。

《新编中国文学史》《中国小说发达史》书影

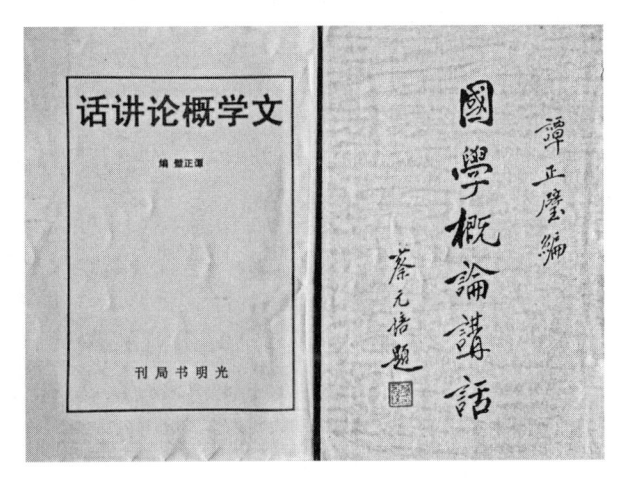

《文学概论讲话》《国学概论讲话》书影

第二部　激荡的岁月　089

《中国小说发达史》是在鲁迅先生《中国小说史略》发表十年后，修订本出版前编写的，目的是要补充十年中陆续发现的小说新史料，全用白话文叙述，故颇受读者欢迎，波兰汉学家曾引用过此书。此书出版不久即逢七七事变，以后又未重版，因此传世甚少，至今竟成孤本。"1935年，谭正璧的《中国小说发达史》出版。在《自序》中，作者坦言自己著作此书的动机、基础与特点云：'但自周著《中国小说史略》出版迄今，时间已逾十载。此十余载中，中国旧小说宝藏之发露，较之十年前周氏著小说史略时，其情形已大相悬殊。……编者素嗜通俗文学，于小说尤有特殊爱好，窃不自揆，因将十年来浏览所获，尽加网罗，参之周氏原作，写成《发达史》二十余万言。书中对每时代某种作品所以发生或其所以发达之历史原因或社会背景，尤三致意焉。'事实确是如此。谭著尽力搜罗了十年来的最新成果，又参以作者独到的心得，故在各小说家的介绍、社会文化背景的分析、作品艺术的欣赏等方面均更详尽，且多创见。就大的方面而言，如有关变文、话本、讲史及'三言''两拍'等都赋予较多的文字加以论述，许多三四流的作品也予顾及。在分析社会背景时，不少论点富有创意，如论六朝志怪与黄巾变乱、唐代传奇与'女性解放'的关系，都具独识。此书将中国小说史分成六大段：'古代神话''汉代神仙故事''六朝鬼神志怪书''唐代传奇''宋元话本''明清通俗小说'，抓住了每个时代的重点，也有见地。故平心而论，谭著当为20世纪上半期最完整、最详细，因而是最佳的一部中国小说史。"（摘自黄霖著《20世纪的"中国小说史"编纂》，原载《东岳论丛》2004年5月号）

"1997年7月19日至22日，由福建师范大学中文系、福建师范大学中国古代小说研究所主办的'97武夷山中国小说史研讨会'在福建武夷山召开，来自全国各地和日本、韩国、新加坡等地专攻古代小说的专家学者六十四人出席了研讨会。研讨会的中心议题是20世纪的中国小说史研究的回顾和21世纪中国小说史研究前景的展望。与会者指出，古代小说史的研究，作为一门科学，是在20世纪以后逐渐形成的。真正使小说研究成为举世公认的学问，应当归于鲁迅、胡适的开拓之功。鲁迅的《中国小说史略》，胡适的《水浒传》《红楼梦》考证，加上尔后郑振铎、孙楷第、赵景深、阿英、谭正璧、孔另境、叶德均、俞平伯、王利器、冯沅君、戴望舒、胡士莹等前辈的贡献，构成了古代小说史研究的完整体系。"（闵中闻所写《97武夷山中国小说史研讨会召开》，原载《文学遗产》1998年第一期）

1933年9月，所著《国学概论讲话》出版。在翁长松的《名人和书》（汉语大词典出版社，2004年5月出版）中有《谭正璧和〈国学概论讲话〉》一文，做了专门介绍：

"我所藏的《国学概论讲话》，是1948年3月由光明书局出版发行的本子，距今也有六十年了，已属稀罕读物，并具有浓郁的学术味，也是一本不可多得的通俗国学读物。

"《国学概论讲话》为小三十二开本、共一百一十一页，全书分为'导言''经学常识''子学常识''史学常识''文学常识'，共计五章三十六节。第一章'导言'，共分四节，第一节：'国学的定义'，谭正璧说：'国学又名国故学，亦名旧学；系对西学、洋学、新学而言。'他在解说国学后，对国学的目的、国学的分类、国学的方法，进行了论述，认为研究国学的方法，'不外四端：一为辨真伪，二为知轻重，三为明地理，四为通人情。'为什么要辨真伪呢？中国历史悠久，古代传下来的书籍，其中多杂伪作。如真伪不分，就容易使悠久走向歧途，误人误己；'知轻重'，国学浩如烟海，要学会'提纲挈领，分别缓急'，研究'重且大者'，才易于取得实效；'明地理'，认为一种学术思想的产生，必与地理位置的变化有关系，因此对学说的分析必须与人物所在地域联系起来综合分析，然后'叙事无舛'；'通人情'，随着社会的变迁，人情风俗也随之变化，如'上古国土分立，故君权不张。秦代改设郡县制度，故至西汉以后，君权日益高涨。'阐述了郡县制的历史进步意义。

"第二章'经学常识'，这章包括字义与来源、由五经到二十一经、易经、书经、经学派别等，从对'经'字义分析入手，全面阐述了经学的起源流派、发展的过程，言简意赅，条理清晰，读来一目了然。

"第三章'子学常识',在点明诸子百家的基础上,着重对春秋战国时代的显家学派儒、墨、法等家作了具体的介绍和分析。如说儒家,谭正璧解释曰:'儒家都为教育家,专授'六艺'之学,而以教人为生活,所以称之为儒。'我认为谭氏是点出了儒家职业特点。

"第四章'史学常识',在介绍了史书分类的基础上,着重凸显正史、编年、纪事本末等的史学体例。谭氏认为'正史'就是二十四史'纪传'体史的总名。'后来各史的体裁、例目虽有变化,然而总不能超越它们的范围。'这种结论时至今日依然为学术界所认同。

"第五章'文学常识',从文体变迁入手,着重介绍诗歌、小说、戏剧、唱本、小品文等。在我眼里,这一章是谭正璧写得最有分量、最见功力的篇章。谭氏早在20世纪三四十年代就是位对文学、小说、戏曲颇有研究的学人,所以,他在介绍中国古代的小说、戏剧、小品文时就显得游刃有余。他在谈论'通俗演义'小说时说道:'它是宋元'讲史'的演进,但内容却由讲史而推及神怪、人情、讽刺、理想、侠义之类。'点出了中国'章回小说'的思想、人物情节的特点。谭正璧对小品文的介绍更是妙语连珠,说道:'小品文都是发抒离情别绪,或报述生活状态的书简,随手拈来,别有妙趣,与同时其他散文相较,真有天上人间的雅俗之别'点睛之论。

"谭正璧一生嗜好读书、藏书、著书,曾经藏书两万多册,是沪上有名的藏书家。'十年动乱'时期,谭氏的工资被停发,生活陷入困境,被迫忍痛割爱,将自己的藏书转卖于他人。"

《中国女性文学史》

1934年《女性词话》出版,又《文学概论讲话》出版。2004年由北京出版社出版的《国学经典》之《赋》选用了《文学概论讲话》中《赋论》一章的全文,包括:一、赋的起源,二、赋的定义,三、赋的分类,四、赋的体制,五、赋的演变。

这段日子里,谭正璧收获颇丰,有当年所作《有感》可证:"生来顽质近狂痴，一卷青灯竟疗饥。幸得砚耕收获好，买书不用典春衣。"事业有成，踌躇满志，当然心情为之一振。

1934年，民立女中原校长之子王惕予与共产党员田汉友好，介绍学校中师生看苏联电影《生路》，国民党市党部为篡夺教育界权力，借此为由以"共党嫌疑"将王惕予逮捕，校长迫于无奈，无条件让出位子，由市党部派童行白来当校长，王惕予遂被释放。眼看此情此景，谭正璧遂不愿继续在校任教。由于初三学生将考高中，再三地挽留，至半年毕业后，他就离开了民立女中。当时民立中学有二校，一所为男校，一所为女校，为苏颖杰兄妹所创办。

下半年，北新书局聘谭正璧任该社国文编辑，该社编辑主任为赵景深先生。他们一见如故，成莫逆之交。赵景深亦研究通俗文学，并好戏曲，由此从他那里获益不少。因家在黄渡，往来不便，谭正璧就在家编书，为其特约撰稿，当时编了《小学生模范字典》，于1936年4月出版发行。同时也为光明书局写书稿，有《古今尺牍选注》等。

1935年，谭正璧的改编本《中国女性文学史》（原名《中国女性的文学生活》）由光明书局出版发行；当年，"初稿出世时，友人滕若渠博士谓余言：'今传女性著述，多杂伪作，曷不考其出处而订其

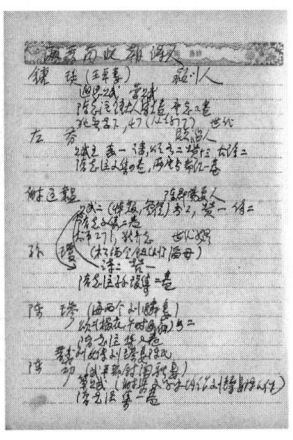

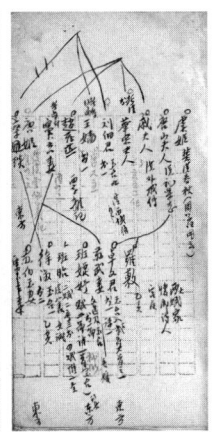

《中国女性文学史》手稿

真伪？则此工作当愈为伟大。'余颇韪其言。在平日浏览之际多加留意，迄今所获，殊亦匪少。但其功颇巨，告成不易。设人事假余以多暇隙，斯愿或有得偿之一日；然穷愁如余，颇难言之也。此次重编，材料既增入不少，订正亦复有多处，名曰重编，不啻新作。故改题曰《中国女性文学史》，俾名实相符云"。此书几经再版。在当年的《偶感》诗中可以见到他勤读苦耕的身影："春桃秋菊看沉浮，片语惊人死亦休。坐拥书城堪自乐，笔锋扫尽两眉愁。"他更在《遣怀》中以"蠹鱼"自嘲："毡上梅花空入梦，筵边消息终愁予。无端赚得文人誉，误尽青春是蠹鱼。"事实上他也正是嗜书如"蠹"，以此"自乐"。

此书着重于介绍女性小说家、戏曲家、弹词家，"所谓女性文学史，实为过去女性努力于文学之总探讨，兼于此寓过去女性生活之概况，以资研究女性问题者之参考；成绩之良窳不问焉。故女性文学史者，女性生活史之一部分也。但历来人人均知女性生活之殊于男性，独对于文学乃歧视之，颇令人不解其故。有是言之，则本书之作，谁云其可已哉？""作者僻处穷巷，位微言轻，是书之作，殊不自量。然我好之而我为之，杀青之日，殊不异于波斯贾之获异宝，其欣喜至不

《中国女性文学史》《中国女性的文学生活》书影

北新书局聘书　　　　　赵景深

可名状。若是，已足偿我半载以来之辛勤矣！如云借是以沽名，则我安敢！"（录自1930年10月20日《初稿自序》）1984年此书蒙天津百花文艺出版社青睐得再版时，谭正璧不由想起当年的事，在《新版自序》中提起："犹忆当年拙著问世之后，出版本书的光明书局主人王子澄告诉我说，松江敬贤女中的一群同学少女来书店购买此书时，她们嫌书名太长，呼之不便，索性说：'买一本谭正璧。'此也为一大趣事也。""此后数十年中，我在读书，教书，著述时复加留心，凡遇与之有关的材料，无论多寡，悉心钩稽，笔录甚勤，准备在适当时机，再加增补修订。至一九六六年'文化大革命'前夕，已得数万言。不意在十年浩劫中全被抄走，丧失殆尽。而这些资料本属难得，今已无力重新搜集，真是一大憾事！"

写书著述做学问需要认真踏实，更是一件艰苦的工作，在谭正璧《闲话借书》中曾说道：

"书价涨到比战前高起几十倍，甚至近百倍，一班为读书或参考而欢喜买书的人，到这时候，跑到书店门口，已不敢跑进去问鼎。袋里有了几十元钞票，换饭吃倒还可以吃个一二天，如果用来买书，薄薄的一本二十万字的新书都买不大到。在这种情形之下，如果必须要用书，那只有借的办法了。

"但是借书也有困难。

"向图书馆去借吧，图书馆有图书馆的规则，要是跑去翻看，那当然没有什么问题，如果你是为了研究而须多找材料，那就有种种不便。记得我从前为了写《中国女性文学史》，专到杭州省立图书馆去搜寻关于清代几个女诗人、女曲家的材料，清早八点钟跑去，等它开了门，进去找目录，好不容易找到了要借的《杭州府志》，填了借书单送上去。这部书共有八十本，照规则每人每次至多只好借十本，但我又不知我要找的材料在那一本，只好先借第一本来查目录。这样从填借书单到馆员从里面出来，差不多半个钟点已经去掉。拿了书到阅览室去，检查目录，把需要的卷数开出来。但卷数和本数的次序又不同，譬如全部书的卷数是三百卷，本数是四十本，而每卷的长短不一律，而你如果要找第二百十一卷，到哪一本里去找呢？这样，你又得费些时间约略计算，再去填了借书单，向馆员去借。同时，你先前借的书，照章必须还给他。所以如果你在找到的材料里，发现须再参考同书别的部分，你如果不晓得那部分的卷第，非再翻目录不可，那你就糟了。如果你又须把已找到的材料和别部分的相比较，那你更糟了。你感到这样的麻烦和不便之下，便草草地抄了一些材料，时间已近十二点。心里自忖，如果这样搜找下去，你就是住一个月也不能把你预定要找的材料统统找出来。于是一怒之下，没有照预定的计划实行便回来了。从此之后，我要用什么书，宁愿忍痛自己买。如果买不到，或是力不足够，宁愿'因陋就简'，不再转那向图书馆去借书的念头。……"（原载1943年《古今》）

"谭正璧的著作以'时代文学'为主线，强调文学的进化性质，由此论述女性文学的发展，确实打破了旧有的、存在于文体内部的不平等关系。他肯定了一个时代的通俗文学，民间性的文学在文学史上的意义。更重要的是，在这个过程中，中国女性文学的流变面貌为之一新。"（摘自周瓒《谭正璧之灼见》）这就是今人对《中国女性文学史》的评价。

1935年5月11日，女儿寻诞生。这年春，谭正璧应聘去民立中学教书，任高中国文课，时为穆尼（此生后为导演，终生朋友）这一届。下半年，谭正璧携妻及子女全家迁居上海蓬莱路福安坊5号，得学生徐金涛帮助购置家具——徐时任上海中学高中师范部实验小学校长，他是前黄渡师范学校毕业的学生。"春风着力月逢三，桃李飘零盈绿潭。唯有梨花吹不落，亭亭依旧向阳开。""五载乡师桃李繁，平生乐育只兹番。杨生夭逝徐生继，天丧斯文宁独哀。"谭正璧于1971年回忆往事时，仍念念不忘当年这位有才华的黄渡师范的学生。

蓬莱路福安坊旧址

"福安坊"就在蓬莱路学前街的路口，如今这里是蓬莱路的300号。这是一幢占地好几个门面的小高层住宅楼，学前街一带都是批发市场，这里的楼下当然也是做批发的小商铺了，这就是"福安坊"的旧址了。这条路上除了这幢楼和斜对面的敬业中学教学楼是拆除原有的建筑重建的以外，其他则大都还保留20世纪三四十年代的风貌——一条条不太长的弄堂，一座座老式的石库门建筑，弄堂口还有过街楼。想来，谭正璧当年曾居住过的临街的"福安坊"5号的房子，也就大致如此了。

白冰与《女子月刊》

谭正璧在1943年10月所作《忆白冰》中回忆：1935年的某日，"我在光明书局遇到施蛰存君，他告诉我说：'现在《女子月刊》已换白冰当编辑，她托我请你写些稿子。'当下我就顺口答应了。不料隔

白冰（1918—1986）

得没有多天，又得到了白冰的直接来信。她那时总算已是个杂志的编辑了，可是她写的信是那么谦虚、自卑。在杂志编辑多数都是傲慢对人的当时，我对她确是肃然起敬的。尤其我也是一个文人，而文人总是珍惜自己的著作的，她在那次给我的信里，曾说了这么几句话：'在四五年前，我就看了你写的《中国女性的文学生活》，早就很想能够见见你。'起初我以为这不过也是一个不相识的朋友初次通信常用的虚伪的恭维话，后来经过几次会面，多次通信以后，才知她确是出于衷心的诚实的话，因此不由我不承认她是我生平知己之一，而种下了历久不忘的友谊。那时候我是不喜欢替一般杂志写稿的，可是在她诚意地间接直接请求下，我就把我新编的中国女性文学小史交给她在《女子月刊》按期发表。从此信便不断地时常来往"。

为了约稿，她来过谭正璧家三次，"她每次来时，总是穿着很朴素的服装，完全像一个还在中学求学的女学生，在不认识她的人看见了，决计想不到她会是一个杂志的编者的。……她编了几期《女子月刊》之后，忽然辞去了职务。她在给我的信里从来没有说明她为什么要辞职的原因，但她不说我已知道得清清楚楚。原来主办这个刊物的人是著作家姚名达君。既是著作家他当然懂得文人生活的甘苦的。可是这位先生却居例外，我替《女子月刊》写了四五期的稿，白冰每期开了稿费单叫他发，他从来没有发出过。但是由他自己去拉来的稿，却分文不欠。这是我问了赵景深君而知道的。而且不但对我这样，凡是她请人写的稿，都不给稿费。在这样情形之下，叫她又怎能安于职位呢？于是，只有一辞了之。关于这件事，我始终不明白姚明达君到底是抱着什么心理，凭着什么理由，叫白冰无辜地捐这木梢？幸而那时生活程度很低，像我又根本不是靠卖稿生活的，所以知道了实情后，不独不再叫白冰去催索稿费，反而写信去安慰她一番。"

"但是初时她虽然辞去了主编职务，还担着编辑委员的名义，而且仍住在编辑部里。不过，她从此不再向我拉稿了。又过了不久，她忽然写信告诉我，她已离开那个杂志的编辑部，而住到辣斐德路的一家妇孺医院里去。我得了信，想问问她究竟为了什么，去找了她两次，结果都没有找到。一位年轻的小姐，离了遥远的故乡——她是厦门人——单身到上海来就职业，我很钦佩她的大胆。可是，却因此又引起了我对她的不安的怀念，因为世界是那么丑恶，上海尤其是最丑恶的一角，所以我猜测她那时的遭遇一定有什么难言之隐。可惜的是我那时对待朋友始终抱持着'淡如水'的态度，尤其对于一个年轻的异性朋友，虽然认之为知己，更不敢表示一些对她应有的热情。……在八一三以前不久，我忽然又接到她自她故乡——厦门鼓浪屿——寄来的一张明信片。因为在那明信片上告诉我：她即日便须回到上海，一到上海便来看我，所以我遂没有回信给她。从此不独书信断绝，连消息也一些没有听到过。当前年厦门沦陷的时候，每次在报上读到那边的战事消息，常令我怅望云天，惦念着这位久已不知行迹的知友的平安。

"写到这里，我还要补充几句来责怪我自己，对于那样一位知友，竟连她的身世一些也没有知道，这实在未免不近人情。就是她在上海的朋友，除了知道她和施蛰存君的妹妹很要好外，此外我也毫无所知，否则我或许可以从各方面转辗打听到她的消息。就是她本人的学历，我也有些模糊，记得好象她是集美师范出身，后来便来上海。她曾写过一个剧本，叫做《晚饭之前》，列为《女子文库》之一。她姓陈，名爱，在她主编的几期《女子月刊》上，就用这个名字，她写信给我，也用这个名字，可见这是她的真姓名。对人不大喜欢多说话，这或许因为她说的是土话的关系，个子不高，但在一般女性中也不能算矮。态度很静默，一望而知是位性格非常中庸的善良小姐。"

"文字因缘最可珍，蓬门三顾见情真。扫眉才子知多少？庄靓温良独见君。""万里烽烟不忍看，彩云消逝月空圆。佳人锦瑟知何处？无限心情记笔端。"1971年谭正璧记述了当年写《忆白冰》时的感受。

莫耶，原名陈淑媛、陈爱，笔名白冰、椰子、沙岛，安溪人，1918年12月25日出生于崇善里东溪乡（今金谷乡溪榜村）。莫耶自幼聪颖好学，十岁时与大哥赛诗，即景吟出："春日景色新，行到山中亭。亭中真清朗，风吹野花馨。"被乡人誉为才女。1932年，莫耶随父居厦门鼓浪屿，就读于慈勤女中。在校时，其习作散文《我的故乡》，被国文老师推荐在《厦门日报》上发表，由此引发她的写作热情，开始向上海《女子月刊》投稿，作品多被采用。她看到当时社会上种种不公正现象，非常气愤，写下《无声的期望》一诗，预示"灰色的宇宙""将要经过一番洗礼，一番整顿"。她的国文教师陈海天发现她的写作才华和激进思想，便于"闽变"发生后，组织她和几个同学创办《火星》旬刊，创刊号上发表莫耶的小说《黄包车夫》。刊物藏在莫耶家里，被她的父亲陈铮看到后，与莫耶发生冲突，关系紧张。1934年秋，莫耶在母亲和大哥的帮助下，离家出走，到上海《女子月刊》社当校对、编辑，后来曾一度任主编。1937年抗日战争全面爆发后，莫耶在中共上海地下党领导的救亡演剧第五队任编辑，投入抗日宣传和救济难民工作。这期间，她写了抗日救亡剧作《学者》，在《西京日报》上发表。同年10月，她到达延安，从此更名莫耶。抗日救亡演剧第五队，是当时从沦陷区及大后方到延安的第一个文艺团体，得到中共中央领导人的接见和宴请。随后，集体进入抗日军政大学第三期学习。莫耶任救亡室文娱委员。

1938年春，莫耶进入鲁迅艺术学院第一期戏剧系学习。夏，转入文学系。在鲁艺学习期间，她创作的歌词《歌颂延安》，由中央宣传部征得其本人同意，更名为《延安颂》，并由音乐系郑律成谱曲，在延安礼堂演出，博得中央领导的肯定和称赞。于是《延安颂》的歌声响彻延安城，传遍各抗日根据地，甚至传到"国统区"和敌后，以及海外华侨中，成为一曲激发抗日爱国热情的战歌。大批革命青年高唱这首歌奔向延安，加入抗日救国行列。《延安颂》至今仍传唱不衰，成为一支传统革命歌曲。

以后，曾多次在运动中受到错误的对待。1979年，在中共中央组织部的关怀下，莫耶的冤案得到彻底平反。年过花甲的她出任甘肃省文联副主席，重新拿起搁置多年的笔，一心倾注在文学创作上。

谭正璧于偶然的机会，在报上看到了她的消息，于是即写信与她联系，在时隔四十多年后获知故人的信息，真是令人有些喜出望外。莫耶的来信，如今保存在北京的现代文学馆中。"劫后重来歇浦滨，旧时日月随天新。岭南驿使无消息，但睹桃花笑迎人。"（摘自《古稀忆人集》）1986年5月7日5时56分，莫耶在兰州解放军医院病逝，终年六十八岁。著名作家杜鹏程说："莫耶的一生，就是一部小说。"作家王洪甲在莫耶的挽联上写着："延安初颂见风华，其奈雪压霜欺，坎坷未竟班昭志；文苑几番腾浊浪，纵使心灵笔健，委屈难抒道韫才。"一位忠于祖国和人民的富有才华的女作家，如果没有那么多的坎坷曲折，本来她是不会如此早地掷笔，永远离我们而去的……

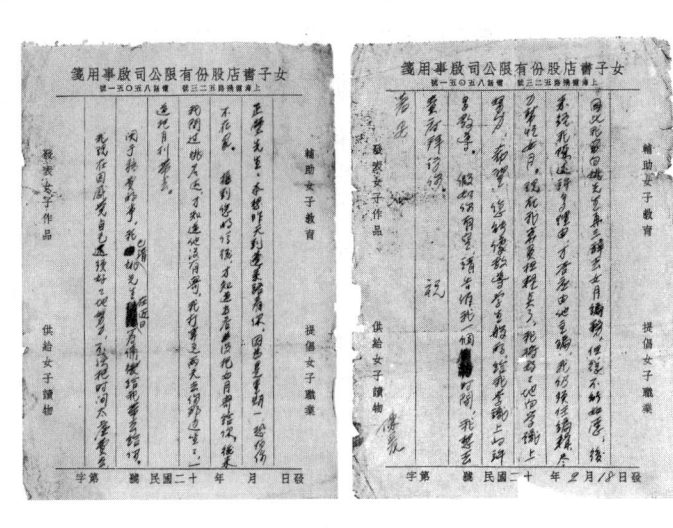

白冰致谭正璧的信

1935年初秋，谭正璧因患腰疽一月余，由王善彰代为上课。当时的稿费也很苛刻，有的是抽版税的，而且是陆续付给，大多被谭正璧所爱好买书而用去了。1936年下半年，在量才补习学校上晚课，委教特班国文，该校校长李公朴、教务主任顾燧、教务员钱汾福，付给谭正璧最高工资两元一小时，相当于当时私立大学教师的工资水平。后七君子被捕，校长易人，谭正璧遂离开该校。

　　当年，谭正璧对于所遇到的人生风波，偶然与妻子蒋慧频谈起，不由得感慨万千，并题诗一首《偶与慧频闲谈往事》以记之："叹壮怀之未遂，恨流水之无情，不胜唏嘘。爰赋一律以遣：卅五年华一瞬眸，春花秋月等闲休。三冬文史空埋志，万里风云入目愁。最是萦怀离别久，更难消受雨云稠。从今一切都成幻，情老心灰待白头。"

　　这年春，谭正璧承盛俊才之约赴邓尉、穹窿赏梅，"但我们去时香雪亭已破坏不堪，所有梅花，已于二日前尽为大风刮去，所以雪既消融，香亦飘散，正像美人已经迟暮，有不堪回首之感"。"穹窿山上有一道观，规模极大，可惜不在香泛，游人也少，所以连大殿也都紧闭着。遂出门登上观前的山脊。下临深谷，杳无人迹，远望太湖半湾，明媚如画。"为作《邓尉一日记》，发表在《青年界》上；并作诗以记之，现录其一："自是早春去较迟，南枝零落北枝稀。疾风狂雨真无赖，欺压芳菲总不知。"盛俊才，名毓骏，俊才为字，黄渡镇人，"克己奉公，在家乡工作期间，热心公益。在政治上追求真理，吸收新生事物，接受孙中山联俄、联共、扶助工农三大政策，并身体力行，为之奋斗"。（《黄渡志》）两人交情之深如谭正璧诗中："元、白交情旷代知，庐山夜雨劝君迟，新章乐府休轻发，枫叶荻花好入诗。"由此可知盛俊才也是一位有才之辈。可惜的是，1949年后因为他的"历史问题"，即曾在嘉定县的国民党执委任过职，而被送劳教，后来，谭正璧以自己的工作需要助手为由将他从劳教农场调回。

　　又曾到南京，数次去拜访滕固、杨放。

　　"就在这一次，时间也是在冬天，可是不是严冬。那时若渠兄

（即滕固）新从德国回来，正在南京谋事。在有着相同的嗜好下，在某一个清晨，我们一同从黄泥冈坐了洋车到龙蟠里。

"这虽然不是旧地重临，我想，比了四年前一定不会有多大的改变，所以虽是来迟，也不觉得有什么可惜。洋车在图书馆前停下，馆中便到了两个寒冬的清晨所稀有的来客。

"我们这次去的目的，不在阅览普通的图书，而在参观他们的善本书室，一赏藏在那里的宋椠元刊。当下馆中有人出来招待，在看了我们的签名后，把所有的宋元版孤本从锁着的箱橱中一一拿出来给我们翻看，一面又滔滔不绝地为我们解释版本的来源，而且指出他们特异的地方，他又不平似地告诉一件出版界的不名誉事，就是上海涵芬楼编印四部丛刊时，向他们借过不少的宋元旧本，等到影印出版时，都已把他们的藏书印章销去，仅留着从前有名藏书家的印章，而所得的酬报——他指指放在沿墙的那部四部丛刊——就是这一部当时预约价值六百元的连史纸本的全书。这一次，我们的确带了十分的愉快回来。"（摘自《忆南京》）

时在南京工作的原民立女中初中班毕业的李六平两次来访，她是湖南人。此后一年中，恰值鲁迅先生逝世、西安事变、特务横行，面对国家多事之秋。谭正璧在1936年写下来了《咏梅四首》，其中二首为："霜魂雪魄自千秋，独占春先桃李愁。赢得孤山处士爱，此身不负几生修。""憔尽孤高绝世姿，衡阳旅雁悔归迟。不教早醒封侯梦，枉写横斜一万株！"这后一首诗所指即为后文《梅魂不死》中的彭玉麟、梅仙事。

四、挣扎奋斗在艰难的抗战岁月

追求光明恃真理，世纪同龄风霜厉。从容对敌腰不折，赤子热血染白璧。

逃难和重回上海租界

1937年春,谭正璧应中华书局约编外国名人传记十一篇,为《华盛顿》《林肯》《罗斯福》《大彼得》《拿破仑》《凯米尔》《甘地》《释迦牟尼》《耶稣基督》《穆罕默德》《马可孛罗》《哥伦布》《富兰克林》《爱迪生》,于1938年出版。

暑假期间,抗战爆发。八一三事变后,日寇又入侵上海,南市遭到空袭,租界又借不到房子,谭正璧只得率全家逃到黄渡乡下躲避,继而又逃往无锡。这逃难的路上着实令人胆战心惊,谭正璧在1941年8月写下《三迁》,文中详尽地记述了这次的经历,并回忆了军阀战争时期和一·二八淞沪之战时的"迁书"经历:"我写到这里,不禁要为我半生心血所贮,失之一日,痛哭一场。自从一九三二年到一九三七年这五年间,为了书价大跌,所添书籍,大约要超过原有的一倍。但其中一半是我在上海任事时买的,为了应用关系,所以都放在南市寓所里。在八一三的前五天,因受不住谣言的恐慌,在租界某旅社租了

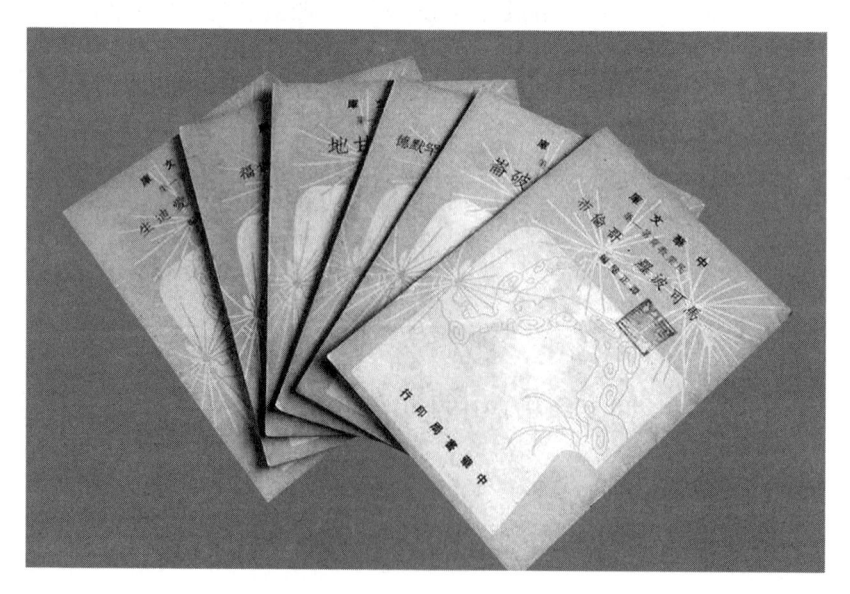

谭正璧编部分外国名人传记

一个房间，把大部分的书籍和衣服都搬了出来。因为房间小放不下，剩有新出杂志及四开本书籍四大包，没有搬出。在旅馆里住了约有十天，一切的惊慌受得着实可以，用人早先回去，慧频又怀着孕，又要管三个孩子，天又热，天天要换衣服洗，一个人实在忙不过来。于是由友人邓君提议，他陪送吾们回到故乡去——因为那时故乡还很平安——如遇紧急时，他在苏锡一带友人很多，可以伴着我们再向后方退走。

关于《外国名人传》的来信

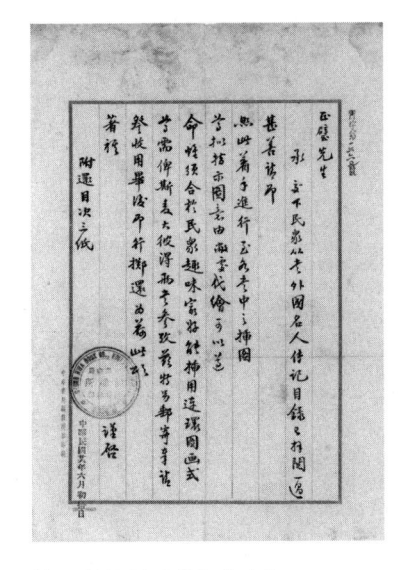

我们又商量了一回，便决定照这计划进行。当然，在未行之先，须得把书籍设法安置好。于是把它们都寄放在慧频的表姐家里。

"最难得的是在患难时的朋友的热情，由着邓君伴送，我们一路平安地回到了故乡。果然，故乡要比上海安静得多，既难得闻有飞机声，也不很听到枪炮声，仿佛到了个十分安全的世界。（其实前线一有危险，故乡立刻就要有问题的）可是这时镇上居民已不多，家具都已迁徙一空，妇女孩子也都避在乡下。我们在镇上住了十多天，邓君便在保卫团中服务，天天与经过的到前方去的军队周旋，很是高兴。后来因为飞机常在后方轰炸，镇上又有贮藏军火的场所多处，所以我们不敢再住下去。但这次我对于家里所有书籍，一本也不想搬走，因为我相信，这次镇上万一发生问题，乡间也靠不住，况且书籍搬来搬去既笨重不便，人家又惮于容留，——所以决定不动，——这当然又因鉴于一·二八之役，如不搬动也可一本不少，白白费去许多周折的缘故，——只是全家都还避到蒋家慧频的堂兄家。又过了几天，形势一天紧张一天，便由邓君雇了一只大船，先在镇上搬了许多应用的家具。预备避到无锡的乡间去。这次我本来仍旧不想搬书，倒是邓君劝吾，不妨把值钱一些的带了走。于是遂把所有绝版的书，以及不易买到的书连同自己的著作,以及曾经二迁的《四部丛刊》单本(这时当然已加添了许多)扎成三十余大包,连同合家大小,一同下船向西开发。在路上却受到不少的惊恐,但这不关本文,待将来著文再说。到无锡后,看见那边情形很平静,况且离开战地已远,大家在船上坐卧三天三晚也疲惫了,于是决定暂时租屋住下。邓君就去找他的朋友顾君替吾们在城外租到了二间屋子,就这样的住了下来。

"大约还没有到一个月,无锡也遭到了初次的轰炸。那天我刚到城里县政府去看朋友曹君。第一次受到空袭的恐怖,几乎吓得魂灵出窍。那时刚巧上海顾君又有快信到来,知道他已任某著名女校的校长,要我去做他的秘书兼任国文教员。我又觉得住在无锡也不是事,邓君又已回到故乡去,虽然有顾君照拂,可是总感到人地生疏之苦。在全家商量之下,决定把书籍家具寄在顾君府上,人都仍回上海。其时老友俞君又恰从上海到后方军中来服务,他也劝我还是到上海的好。当时便由他设法,我们一家只带了几个包裹坐了辆军用卡车到苏州。在苏州住了几天,又雇了辆祥生汽车绕道嘉兴回到上海。那时大场已告失守,沪青路已不通。再过二天,某军在金山卫上岸,沪杭路也中断了。吾们真侥幸,在苏州再多耽搁二天,那结果便不堪设想了。

"从此一家便在租界上租屋住下。国军退出上海后不久,即退守南京。在经过无锡时,曾与某军作战过,我们住过的那地方恰在火线内,那么我寄放在那边的书籍——是我所有书籍的精华——当然不会再存在。而且有个朋友告诉吾,曾有人在苏州旧书店里买到过盖有我的图章的书,那么他们的命运也可想而知了。在这些书里面,最使我痛惜的是那全份革新后的《小说月报》《文学周报》《星期文艺》《努力周报》《奔流》《觉悟》《学灯》《新潮》《创造》等杂志数十种,以及木版、老石印的许多小说弹词,其中如六十回本的《正续小五义全传》,即为难得的本子。此外,如《清人杂剧》《奢摩他室曲丛》《太霞新奏》等虽为影印本,但在目下都已不易购到。其他如已绝版的新诗集、新剧本、新小说等,有许多种简直连书名也早已不复有人知道。我自以为这里面虽无宋椠元刊，但在我自己的应用上，这损失实在是不可估价的，至于在故乡的书，屋子震毁，书籍全为风雨侵蚀，所存亦无几，我也不曾回去看过，不知究竟还剩些什么？至于在南市的几包杂志及四开本书，那么都已连包丢失，更不必提起了。

"经过这样不幸的三迁之后，半生心血所系，终于付之流水。每一念及，痛彻心扉。但再一想到整个国家这次所遭受的磨难，有整千整万的人家，不是家破人亡，便是妻离子散，那么我这样的损失算得什么！才把心头的悲痛稍稍抑下。可是又念到国难方殷，上海究竟不是真的天堂，现在剩余的数千册书籍，是否能终究安然度过这个严重的难关，而永为吾有，那又不觉恍然若失了！"

10月又作《江行第一天》，文中回忆当年逃难路上艰险："船并不十分大，船家是夫妇两人。他们原是专门贩柴的，从苏常一带买了各种的柴运到上海去卖掉。这次他们在被地方机关扣留后，因为我们的缘故，得以释放，而且又得顺路回去，他们倒很愿意替我们效劳，等到东西和人都下齐，立刻拔起篙子开船，由那曲曲折折的小江里，一直开到吴淞江里去。

"为了逆风的关系，船行得相当地迟缓。看了对面来的船只都扯起大篷很快的驶过来时，大家都不约而同地面露出羡慕的神色。就是船家也在咒诅那天，因为顺风时，他们可以尽管坐着休息，任那船只自然地前驶。但在逆风之下，刚巧成为一个反比，用了加倍的力去摇橹，而船还是不肯迅速前进。

"船行到正午时，才遥遥地望见那条昆嘉公路经过的大洋桥。桥是新建起来的，适当江面辽阔的地方，所以格外显得绵长。那时恰巧有一辆汽车在上面驶过，车过后，接着是一阵飞起的灰尘，正在这时，天空中忽然又来了一只铁鸟，轧轧地由远而近，在我们头上不住地盘桓。我们的船正在桥下通过，大家都惊慌起来，急急命船家用力摇出了桥下，靠岸去停住。在恐怖中等着那铁鸟飞过去了，才叫船家继续开驶前进。

"写到了这里，我还忘记写入一件很要紧的事，就是我们究竟预备逃到什么地方去？原来这次我们一家由上海回到故乡，再由故乡到无锡去，是邓君由上海伴送我们回到故乡以前商定好的计划。我们在故乡住了不到一个月，觉得实在不能再住下去了，邓君便决定再伴送我们到无锡，因为在那边他有不少相熟的朋友，可使我们免去人地生疏的苦痛。

"到处为家惯了的邓君，他在船上讲了许多他在外边经历的事，不但孩子们，就是大人们也解去了不少长途的寂寞。那天他照样穿着在自治机关里服务时穿的武装，又戴着一只一个过路军官送给他的钢盔。他本是吃过多年武装公务人员的饭的人，个子虽然不十分高大，可也相当地威武。

"行行重行行，在饱看了一天两岸的萧条的景色之后，夜幕已在东方开始渐渐设布过来。那时船大约已行过了茜墩，再过去便是茫茫一片的太湖，可是我们都没知道，因为看见天色未黑，第一天的行程又似乎行得过于短少了，叫船家再摇一程，然后再找有村庄的地方停船过宿。

"我们平日看小说时，往往不懂书中'错过了宿头'那句话的意思，以为只要有人家，到处可以歇宿，为什么说是错过呢？这次却给予我们一个教训，一个经验。原来船一驶进太湖后，虽然远远向前望去离对岸并不很远，可是摇了好久，反而觉得愈摇愈远起来，而两旁的岸，也都在渐渐地向后退下去，把我们的船送入了茫茫一大片中。这在白昼当然没有什么可怕，反而借此可以看看湖光水色。可是这时已近晚上，天上渐渐黑下来。那时西方还有些白色，后来索性一片乌黑。只有远远地望着来船上闪闪烁烁的灯火，做我们的船前进的指南针。但不知究竟还有多少路可以到达前面的江口。

"我的心开始恐慌起来，邓君似乎也在有些不安。我又突然想起了水浒里宋江在浔阳江上吃浪里白条张顺'板刀面'，以及西游记上陈光蕊全家赴洪州时为江盗所劫那种光景，不觉汗毛根根直竖。每遇看见前面有船驶过来时，心上不禁一阵忐忑地乱跳。于是轻轻地和邓君商量了一下，吩咐家里的人都躲到舱里去，我坐在船首旁的一个黑暗去处，邓君他全副武装，头上戴了那只钢盔，一个人儿立在船头上，不动不响地，当来船经过的时候。

"我在暗中细看那些从对面过来的船，大概船上除了渔具外都别无所有，而人倒至少总有三四个。当我们的船在他们的船边旁过时，他们都不由的注目看着邓君，只管摇着橹把他们的船送到我们的后方去。我想，这空城计倒用得没有错，假使不是这样的话，不知将要遇到怎样意想不到的危险，在这兵荒马乱的时候，我们这样小小的一家突然地失了踪，正好象大海里沉没了一粒粟子，谁会来注意到？而到将来乱定之后，也不过和我们有关的人知道我们已经失踪罢了，但那里会有人能知道我们真实的下落。想到这里，觉得人生真是太渺小了，尤其在这变乱多端的现时代。

"前进再前进，侥幸地终于达到了前面的江口。当我们船上的灯光触及到岸上时，仿佛哥伦布的船看见了海面上浮来了树枝与树叶一样，不禁大家欢跃起来。这时邓君也才放下了心上的那块重石，对大家说道：'刚才的经过，真危险万分。那些空无所有的船只，他们中间很多的是匪人。在平时，他们名义上晚上出来是为捕鱼，但遇到可以下手的来船，他们就使出他们的毒手了。在这样辽阔无际的湖上，谁也不会来破案，所以他们都敢肆无忌惮的做。如遇到官船时，他们都是有业的安分良民，没有赃证，谁也奈何他们不得。刚才不是我们那个空城计，他们识不准我们究竟是什么船，所以得安然度过。如果他们知道了是只逃难船，而且又是在这样一个慌乱时代的黑夜的湖中，他们一定要不客气了！刚才我真担心，但不敢向诸位说。现在事情过去了，不妨向诸位说穿，想想还觉有些可怕呢！……'

"这番话把大家才引来的高兴一扫而尽，个个人又露出惊慌的样子，但立即平静下来，而把邓君的话再接续下去，更谈到其他的一切与一切。……

"当晚船就泊在离一个村舍不过十几步远近的岸旁。那时已是更深夜静的时候，除了偶闻狗吠外，岸上已寂无声息。大家才开始在舱里放开铺盖睡下。我独自睡在靠船首的一面，用手撩起了篷布就可看见野外所有的一切，而又恰巧面对着那个前面的村庄。当夜我简直没有入睡过，不时撩起了篷布向外面窥望，直到天色微微发白，远远听见了有人咳嗽和说话的声音，才把手放入被中，闭上眼朦胧地睡去。

"等到天光大明，船继续向前途驶去。"

本来由江苏教育所某人介绍谭正璧入无锡中学教书，偏又逢日寇轰炸无锡，据说是日方获得情报说，蒋介石在无锡火车站召开军事会议的缘故。那天谭正璧本来是去火车站旁的邮局取光明书局所寄来的包裹的，去时的路上顺便到朋友家，饭后原先还准备去一趟图书馆，也由此耽搁了时间而逃过了一劫，才未挨到炸弹。日寇轰炸时，他躲在一条弄堂里，过后再也不敢去火车站那边了，那时双脚已软得走不动，又叫不到黄包车，只得硬着头皮随人流往南跑回家。

事后，有上海务本女中校长顾凤城来信邀请谭正璧去该校任校长秘书，遂决定回上海。当时先搭车到了苏州，为了候车，"竟一个星期之久。第一夜住在阊门外一家较大的旅社里，当夜为空袭警报所惊，所以到了明天一早晨，便迁住到胥门外的一家小客栈里。那家客栈虽小，但待人很和气，上至账房，下至茶役，都没有大客栈中见钱眼开的习气，所以住在那里很舒适。那时慧频正怀孕，已将足月，恐怕中途生产，便到当地著名产科张医生诊所去挂了一个号。此外，我又独自到阊门外去过几次，为了寄信，或者探问汽车。……等到第七日，才买到汽车票，遂在下午四时，全家都上汽车，沿苏嘉公路直驶，再由沪杭公路直达上海。途中所经，如枫泾夜渡、龙华遇兵，都很令人惊心动魄。（摘自《忆苏州》）"坐的是上海祥生汽车公司的车，但不许带行李，只得送给了旅馆。一路上军队很多，在米市渡摆渡过江。到了租界很平静，租下了汕头路82号陆士谔医师家客堂楼住了下来（由其女婿张某介绍）。而谭正璧在无锡的书捆绑好后寄放在邓敬烈友人家，不再有消息，以后有人在苏州的旧书店看到有卖盖了他私章的书，想是当时在无锡居住过的南门一带先前打过一仗而散失了的。谭正璧一家到上海才三天，国民党军队即奉命西撤，上海遂沦为孤岛。12月13日，儿子常诞生。

汕头路就在当年公共租界的跑马厅即现在人民广场的正东面，从西藏中路向东到广西路就是尽头，全长不过二三百米，里面全都是20世纪不知哪个年代的石库门建筑。如今顺着门牌由小到大，数到66号后，就看到一幢崭新的商务楼延伸到西藏中路路口，这里分明就是原来的82号所在地，因为地理上的优势，首先被高楼取而代之了。当年的82号就如现在尚存的那些石库门一般式样。楼下是陆士谔医师的家和诊所；楼上东厢房住着一位老太太，她就是陆医师八十多岁

20世纪40年代初，汕头路寓所1　汕头路寓所2

汕头路旧址，摄于2009年

的老母亲，西厢房则是妓院的一个会客室，天井里高高的墙门上还扎着密密的铁丝网；路的对面有一家咖啡馆，到了晚上，灯火辉煌，煞是热闹。正楼不到二十平方米的一间就是谭正璧的家，住着一家老小六七口，自然显得局促拥挤，到了晚上不得不打地铺。这里有谭正璧一生中最为艰辛困苦却又百折不挠为之奋斗的记录，在这里他写下了大量的小说、散文、剧本……

1938年，有好友原龙门师范同学水康民赴重庆，谭正璧为此作《送别水君赴川》："羡君独上九霄天，万里烽烟云外看。野哭频惊人命贱，愤怀只借酒乡宽。重来定遂弹冠愿，此去毋忘秉烛欢。自后双鲤劳长寄，莫教愁眼望云穿。"莫逆之交的深情厚谊及期盼弹冠相庆之日重逢的心情表露无遗。其实谭正璧本也想离开敌占区，投奔解放区，"孤岛繁华犹是，重帏涉想仅存"。（摘自《孤岛吟》之《小序》）意指家中人口众多，拖老带小，举步艰难。

务本女中不久改名怀久女中，谭正璧除了任校长秘书外，一周还上高中普通科与师范科两个班级的国文课，该校几经搬迁，后有吴开先的表姐妹杨静宜与训育主任金某争夺校长之位。当时中、庸两个儿子，曾请原务本女中师范科毕业的同学黄翠莲（字定默）来为他们上半天课，另半天她在别处上课。1939年冬，因妻子患病，谭正璧不得已离开了学校。

"抗日战争初期，谭正璧兄到愚园路我家来看我，我们彼此认识了，往来不绝，一直到现在。在认识之前，彼此是知道的，故而一见如故，何况他的为人、态度及内心，也正合我意，故我始终认为他是我知己朋友之一。在抗日战争时期，他的生活相当困难。因为他和我一样，没有遗产，也不会做生意，全凭他自己的活动来维持一家生活，而他却有三个男孩、一个女孩，加上他夫人是不工作的，他的困难也就可想而知。他的活动是什么呢？除了教书，就只是写文章。为了要写研究文章，他购买的书很不少。在我的朋友中，他藏书之多，可以和赵景深兄媲美。这样，他也和赵兄一样，成了我借书的宝库。"（摘自胡山源《文坛管窥》）

面对大好河山遭倭寇的铁蹄蹂躏，谭正璧心中无限愤怒并感叹："腥风膻雨看沉沦，劫后河山半失真……""搔首问天天默默，飘零何处是家乡？"并急切盼望："海上风月不足愁，王师有日光神州。豺狼诛灭狡狐尽，还我河山好放舟。"（摘自1938年《戊寅初冬感怀》，1940年《伤时》及《三年三绝》）1940年，谭正璧作《庚辰孤岛慢吟》："汉室轻文只重武，内战未闻息干戈。一朝烽火海外来，万里江山尽焦土！流离不觉已三迁，劫后余生想犹酸。家家伤亡生意绝，吾家八口幸独全！儿啼女号侭消磨，斗室生涯不易过。何日云消阴霾尽，还我河山好放歌！"并有"我欲磨刀逞一快，白门诛尽汉奸颅"之正气之句。

1940年，儿子余诞生。因妻子有病，加上逃难奔波，家境也见窘迫，谭正璧无奈将余儿送与没有子女的青浦远亲陆惠侬、李锦云夫妇抚养，名陆寿筠。余儿在将近二十年后与谭正璧及其兄弟姐妹重聚，并在养父母的关心培养下得到健康成长。下半年谭正璧在震旦大学任课，教文学、法学、医学三个班的国文，后因妻子发病又不得已退出。一年后，妻子病情稳定好转，

蒋慧频（1941年）

谭正璧又去上海美术专科学校上课，准备报由大后方审定副教授职称（凭著作），但著作尚未寄出，邮路已中断而未成。此后，谭正璧曾在新中国医学院（朱南山之子朱小南创办）教书；又由赵景深介绍，在华光戏剧专科学校任教（孔另境所办），教授中国戏曲史，并由此开始进行有关戏曲方面的研究。是年，曾投稿胡山源所编辑的《文艺世界》，又写有诗词《春蚕集》（已失去）、《独语楼词》二十六首等。

当时环境之险恶即如"网罗"，谭正璧在《四十初度抒怀》中记述："四十年华若梦过，班生壮志竟蹉跎。穷愁偏嗜书中醉，寥落忍听陌上歌。世冷无人效叔子，云深何处访维摩。从今且作辽东游，一任风尘有网罗。"

1941年后，谭正璧为世界书局编《国文入门必读》八种，其为高初中学习的补充读物，是按当时教育部的规定所编写，后因战争与教育部联系中断，而作为普通读物出版了。还为光明书局、北新书局、中华书局、商务印书馆等编写有关文学方面的著作，同时也向《万象》《小说月报》等杂志投稿。撰写并由北新书局出版的《历史演义丛书》有：《苏武牧羊》《木兰从军》《乱世佳人》《精忠报国》《梁红玉》《秦良玉》《绝代佳人》《明末遗恨》《海国英雄》《忠王殉国》等十种，以及历史小说：如《三都赋》《长恨歌》；社会小说：如《艺林风雨》《血痕泪迹》《落叶》《桃色的复仇》；散文：《南京梦忆》《忆苏州》《江南第一天》；历史剧：如《三国夫人》《洛神赋》《浪淘沙》；短剧八种：《於陵赚》《邯郸梦》《赈灾行》《断裾记》《旗亭欢》《泥神哭》《商女泪》《文蠹心》……各种题材作品的内容都以称颂民族英雄和民族领袖人物，谴责不抵抗主义、痛斥汉奸卖国贼为主题、借古讽今，极力宣扬中华民族的浩然正气。

　　当时，谭正璧还编写了《中国小说发达史》的姐妹篇《中国戏曲发达史》，全书约二十万字，成书后交由联美出版公司出版，恰因日寇进入租界，印刷所被焚毁，以致只字不留，使其终生抱憾！

"历史演义丛书"

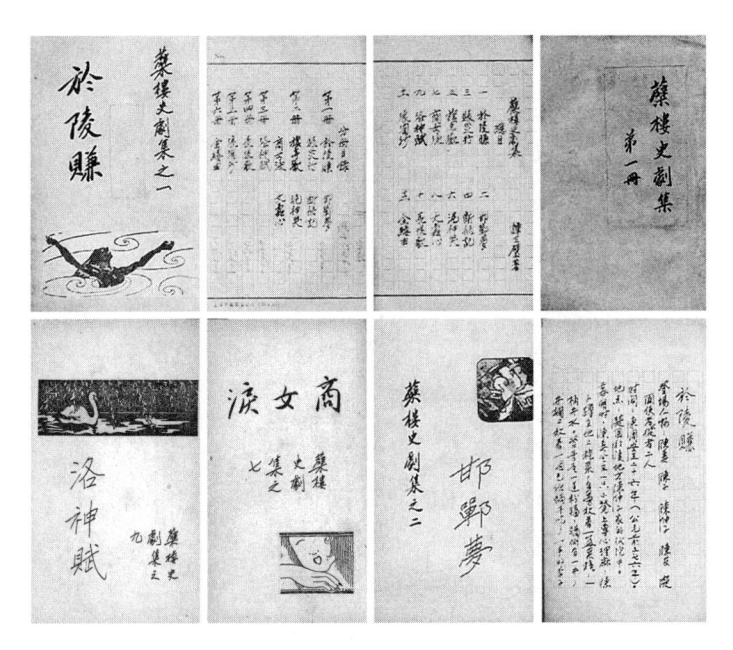

未出版的《蘗楼史剧集》手稿

  1941年5月某日，谭正璧到上海美专授课时，遇到代理校长谢海燕先生，他突然对谭正璧说："滕固死了！可惜得很！"因可恶的战争而远隔两地，谭正璧竟有将近一年没有与他通信了，此事正好似当头浇了一勺冷水。滕固本在昆明艺术大学任校长，这时回重庆在行政院任事，一个精力极强正当中年的学者不意竟患脑膜炎而殁于这灾难最深重的时期。谭正璧为此写了《忆滕若渠君》（即《忆滕固》）一文，以寄托对滕君的深深怀念，此文发表在《万象》杂志上。

  谢海燕（1910.3—2001.11.21），原名谢海砚，笔名海燕行。广东揭阳榕城人。1929年毕业于上海中华艺术大学西洋画系；留学日本，在东京帝国美术学校研修绘画和美术史。历任郑午昌与上海著名书画家集资创办的汉文正楷印书局编辑部主任，兼《国画月刊》主编。上海美术专科学校教授兼教务主任。1937年抗战全面爆发时，就任蓝田小学（现为蓝田中学）校长。1939年校长刘海粟去东南亚举办"筹赈画展"支援抗战，其任代理校长。太平洋战争爆发，他率领部分师生内迁浙闽，参加国立东南联合大学。先后任东南联大、国立暨南大学、国立英士大学教授兼艺术科主任。1944年教授潘天寿被任命为国立艺术专科学校校长，他同去重庆，任教授兼教务主任。抗日战争胜利，恳辞国立艺专教职，翌年春复回上海美专，任副校长。1952年全国高等学校院系调整，其任华东艺术专科学校、南京艺术学院教授兼美术系主任、副院长等职。

《梅魂不死》和新中国艺术学院

谭正璧所编写的历史剧《梅魂不死》（又名《梅花梦》）于1941年8月发表在由胡山源主编的《正言文艺》上，"民国三十年秋天，上海沦为孤岛，我以妻病子幼，不能作稼轩之投奔宋国，惟有留居失土，苟延残喘。其时各书局皆停止收稿，而一介书生，又无从改业，不得已，开始为各定期刊物写些已有十多年不专门写作的文艺作品，居然有小说，也有剧本。而剧本在我犹是'破天荒'"，"初名《梅魂不死》，借此以祝中国不亡，聊表孤岛羁臣的微志"。（摘自《梅花梦》自序）说起胡山源，谭正璧于1971年在诗中作如下回忆："五四精神孕育深，艺林文苑尽翻新。《弥沙》盛誉遍天下，独占江南第一春。""文士生涯已苦心，重重家累更劳生。孤忠海上谁能识，知我如君有几人？"由此可见两人在逆境中竟是如此的心息相通。

1941年12月25日的《申报》登载何言的《关于〈梅花梦〉》一文，现摘下：

"彭玉麟与梅仙的故事，知道的人也许很少，仅是彭玉麟统领水军打过太平天国，其他就无所知了，《梅花梦》一剧，乃是把彭玉麟介绍给大家；他是怎样的一个人物；并且告诉大家，他是性格思想受到了怎样的影响。

"彭玉麟先是清军攻太平天国的名将，然而他却是一个思想革命者。在清朝的压制下，彭玉麟本来是个'忠'臣，为了他底爱人梅仙的正义激励说服，于是他觉悟了，这里面的情节当然不是很简单的，由梅仙而岳二官，彭玉麟在精神上也得到许多教训。

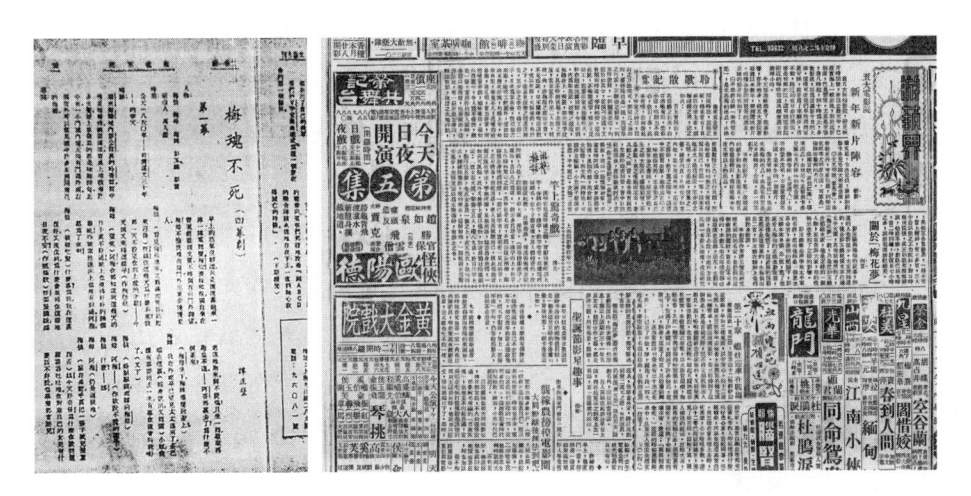

刊登在《申报》上的关于《梅魂不死》的文章

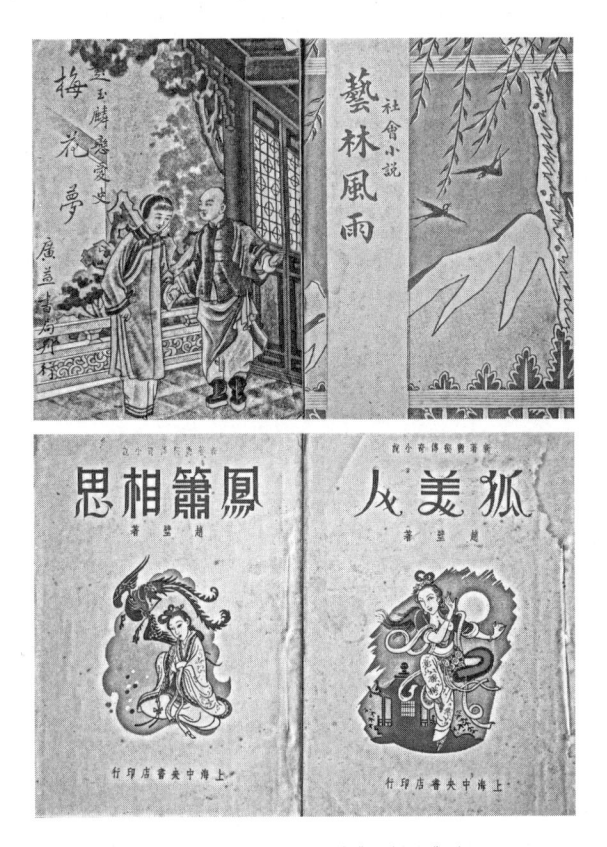

《梅花梦》《艺林风雨》《凤箫相思》《狐美人》书影

"本剧原作者谭正璧是研究历史国故的名家，他发掘出这个新颖的题材，实在是不可多得的，本剧又有名导演费穆改编导演更是锦上添花，生动紧凑，自不必说，而处理方法，比读一本彭玉麟传，或是研究彭玉麟思想活动，那可胜过千百倍。

"据报载《梅花梦》即将在璇宫剧院演出，作者探得一些消息：据云上演期在三十一年元旦左右，剧情分作七幕。真是洋洋大观，所有布景，服装，道具，皆华贵异常，总计此剧耗费二万元之谱。至于演员，乃系演《清宫怨》《孤身男女》诸剧名角，演技相当精湛。

"吾人甚期望此剧能早日上演，得在此荒凉之剧坛上放一异彩，并一饱观众的眼福。"

剧本发表后，由天风剧团在璇宫剧场（1949年后的光华剧场）始演，社长为潘大年，由名导演费穆先生导演和改编，并改名《梅花梦》。该剧的广告都做在租界内的有轨电车前，从1月10日演至23日，因日寇进入租界，戏被迫停演。此后于1942年5月16日至6月2日，由上海艺术剧团演于卡尔登大戏院（1949年后的长江剧场）；1944年10月7日至11月12日，由新艺剧团再度演于卡尔登大剧院：主要演员有乔奇、上官云珠、沙莉、仇铨、碧云、丁芝等，音乐指导黄贻钧。全剧洋溢着沦陷区内中国人民强烈的爱国思想，轰动一时。"为国效忠孰不争，亲操笔政掌文衡，贻君一本《梅花梦》，搬上氍毹顽敌惊。"1944年11月在天津有银星剧团在大明剧院擅自演出，主演李红。

马俊山在《论导演的风格化与话剧舞台艺术中国化品格的快速生长》一文中说道："抗战后期，在费穆导演的十几出戏里，他自编、自导，有时还参演的主要有四种，即《杨贵妃》《梅花梦》《浮生六记》和《红尘》。数量不多，却极具个性，给话剧舞台艺术吹进了一股新鲜空气。""在当时上海的特定历史条件下，费穆只能采取迂回曲折的方式，把民族国家思想和对个性的呼唤，装进古香古色的历史题材中，借古人的服装演出现代的活剧。《梅花梦》据谭正璧的小说改编，写镇压太平天国起家的'中兴名臣'彭玉麟与梅仙的恋爱悲剧。费穆的改编突出了功名和爱情的矛盾，彭玉麟终因'有了民族的意识'而坚辞不受安徽巡抚的封赏，在梅仙死后流连于诗酒书画，最后忽又动了经略南疆，平定外患的壮志。其中的个性思想，民族意识是不难感受得到的。"（马俊山，现任戏剧影视研究所教授）这里，马俊山显然没有看到谭正璧先于小说《梅花梦》所创作的剧本《梅魂不死》，当然费穆导演在编排时肯定又花了很大的气力。

罗平在《费穆·影剧之间》中说道："费穆从事舞台剧的创作，一般的记载是始于1941年上海沦陷之后，他拒绝参加日人控制的'中华联合制片股份有限公司'拍片，而独立拍片已几乎没有可能，因此弃影投剧，创办'上海艺术剧团'，导演了《杨贵妃》《清宫怨》

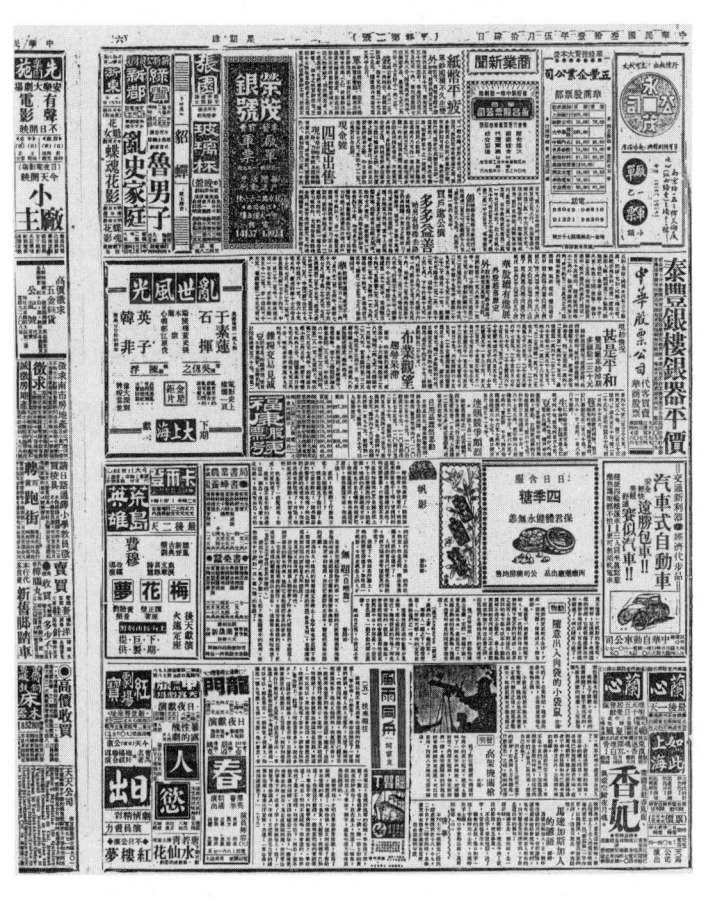

1942年5月14日《申报》刊登费穆导演《梅花梦》的广告

《梅花梦》《秋海棠》（皆1941年）四个大型话剧，大受欢迎，这四个都算是改编剧，改编自历史或民间传说或流行小说。其后，他另组新艺剧团、国风剧团，又排演了《浮生六记》《青春》《红尘》（皆1942年）达到舞台事业的高峰，被当时上海评论及观众誉为'四大导演'，排名是黄佐临、费穆、吴仞之、朱端钧。"（本文载《诗人导演费穆》一书）

谭正璧一生钟爱梅花，在《苏游归来携得绿萼梅一枝》中盛赞："一从春去无消息，苦忆梅花抵死狂。迎得一枝清水供，依然不减旧时香。"（作于1940年）此中以梅抒发与日寇作抵死拼杀之决心。又在《忆夜读》之《读〈桃花扇〉》中有："桃花逐流水，薄命使人怜。烈女血堪宝，画家笔可传。既为表大节，何不缀红梅。同借一滴血，留芳不一般。"愿为红梅不畏严寒，不惧强暴，不作"桃花逐流水"，铮铮铁骨的赤子之心显然可见。

看到余人凤的《记谭正璧》，全文如下：

提起谭正璧，在文坛上我相信是不很生疏的吧？他著作很多，也编过不少文学史之类的书。我欢喜是他编的《中国文学家大辞典》，因为内容丰富，绍介详细，同时这本辞典对于我的编著工作，有很大的帮助。因为我也编了同样性质的一本辞典，不过范围较大罢了。

我公余之暇，辄喜漫步某公司附设及其他的话剧场，有空便来写一点话剧的感想或批评的文字。一天，我在某剧场办公室看见了一封信，信封上面是写着谭寄的字样。我拆阅之下，谭正璧三个字吓然露在我的目前。我看完信后，立即打电话约他会面。

我由某剧场坐黄包车到了汕头路某号的一座小洋房门前下了车，踏上二层楼，轻轻地敲着一扇小门。里面的人闻得敲门声，便有一个小孩子开了门，露出半边小脸来，诧异地望着我，问我找什么人。我说是访谭正璧先生来的。那小孩说谭先生正在用中饭，请先进来坐一会吧。我走进了房间，大小几个人正围着一张小台子吃饭。一个年纪约四十左右架着大约有一千度深的近视眼镜，蓬乱的头发，遮盖着两边的额角，额上露出几条皱纹，青黄的脸孔，象营养不足似的，瘦削的身材，穿着灰布长衣的中年人，立即放下了筷子，立起来招呼我。我说：

"对不起，太打扰了！"

"不要紧，不要紧，没关系的。"

"阁下就是谭先生吧？"

"阁下想是余先生了？"

"是的，我看到先生的信，我很欢喜，这封信做了我们的媒介，得有机会和先生见面，并且以后可以常常向先生请教，这是我以为莫大的荣幸！"

他笑了笑。"太过奖了，来日方长，我们切磋的机会正多！"

我说："先生欲将大作剧本《诗人吴梅村》交某剧场演，我是很乐意绍介的，不过某剧场和别的剧场情形不同，性质亦迥异，现在容我详细告诉先生吧。"

我将某剧场的情形详细告诉他后，便继续说道：

"某剧场既然是这样的情形，而且也根本不合先生的条件，我可以绍介先生的大作到别的剧场演出的。我的朋友顾君现在正组织剧团在某剧场演出，需要大批新剧本。我可以绍介先生认识顾君的。"

"那是再好不过了。老实说，我从来没有写过剧本根本对戏剧是门外汉，偶尔高兴，先前写了一个剧本名《梅魂不死》，在某报副刊发表，给费穆先生看见了，结果改名《梅花梦》在璇宫演出了。"

说话暂时停止了，除了一张床和几件普通的家具外，通通为书籍塞满整个房间。一套整齐的《万有文库》，此外全是关于中国文学的书籍，排列得很齐整，中间放了一张小写字桌，大约是他写文章的地方。末了，我除称赞他藏书丰富外，还谈了一会天，谈话算是结束了，便约定日后会面的时间，我便告辞出来。

过了几天，我和他一同到某剧场后台见顾君，顾君那时正值化妆上演，时间很为迫促。我绍介了他们彼此认识，寒暄了几句，便匆匆地分别了。

不久，顾君的剧团在剧场演出，我以为谭先生的剧本大可以在该剧场演出了，殊不知该剧团营业不振，不上一个月就告冰消瓦解了。他的剧本无法演出，真是可惜得很！谭先生平时除写文章外，一向执教鞭于华光艺专。事变后，他已没有教书，只为各杂志写写文章，度着清高的生活。

大约是几个月前了，我接到他寄给我的一封信，说道："弟近因卖稿为人假名招摇，曾登今日申报分类广告声明，请参看。此后弟除为生活而不能不卖文外，谢绝一切外事，即友人通信，无甚要事，亦懒于执笔。弟之近况，如有机会，当面奉告，真所谓千言万语，一时说不尽也！……"

那时我因为事情忙，几个月没有去拜望他。两月前，李绮年小姐欲组织剧团在巴黎演出，我便介绍谭先生为李小姐编剧。

为着编剧的事，一天李小姐打电话给我，约我到威海卫路梅龙镇吃中饭。我到的时候，李小姐还未来，而谭先生和《小说月报》编辑顾冷观先生已在座了。不久李小姐也来了。我们一面吃饭，一面谈剧本的事。李小姐撰想编演《褒姒》一剧，故事由马徐邦先生写，而请谭先生编为剧本上演，商谈得很为顺利。吃完了中饭，我们便先后分别了。又后来李小姐与巴黎剧院谈判未能成功，而编剧事亦作罢。

最近谭先生已任中国艺术学院文学系主任职，同时该学院最近也出版了一本综合的月刊，名《中艺》，谭先生为编辑委员之一。谭先生现在忙于教书和编辑，文章大约会少写一点了，我以为。

原载1943年《新都月刊》

1941年，太平洋战争爆发，租界被日寇侵占后，上海文人大多避居内地。谭正璧本欲举家投奔解放区，几经周折终由新四军在上海所设秘密运输军需物资和工业产品的"中华物资公司"担当经理的盛慕莱同志与中共皖江区城市工作委员会蔡辉同志（曾是谭正璧在黄渡师范时的学生，亦是盛慕莱的妹夫）取得联系，恰蔡辉为工作而来沪，于是约在东方饭店（现上海市工人文化宫）见面。谭正璧当即提出希望去解放区参加工作的迫切愿望，遂经组织考虑，接受任务留居上海，担任物色进步青年，介绍至解放区的工作。此后为隐蔽身份，专在《万象》《小说月报》《大众》《杂志》四大刊物长期撰稿。同时经组织同意为有利掩护，不时为其他刊物写稿，其时曾有个在沪西76号任伪职的同乡唐某向他为《经纬》杂志索稿。为此他几度到76号送稿，内容都为考证性的学术文章，如《宋代外交家王伦之生平及其奉使事迹考》《唐人传奇给与后代文学的影响》。其间又曾受盛慕莱委托打探秘密来沪的吴开先被76号所捕一事，后吴被释放去了香港。当时，一些伪方权贵，专以创办刊物，拉拢文人装饰门面，谭正璧也被多方来拉过，但都被他虚与委蛇，从未应允过。1942年（民国卅一年）7月18日《新申报》所载《上海文化界现状》一文竟诬谭正璧曾担任敌伪主办的杂志的主编——"《文坛》《新路》（宣传部驻沪办事处主办，前者为谭正璧主编）"。谭正璧即在《申报》与《新申报》（7月20日）上刊登广告予以否认："正璧除担任中国艺术学院职务及《中艺月刊》编辑委员之一外，仅在各刊物自由投稿从未担任过其他团体或刊物之主办、主编、编剧等名义，近悉有人在外假名招摇，特此郑重声明如上。""正璧为一家衣食不能不腼颜卖文，但所撰纯为学术文艺作品，至目前止从未担任过任何方面刊物主编职务，此系事实，绝非畏事自饰，请诸亲友垂鉴。"

  1942年冬，谭正璧接受中国艺术学院聘请，任文学系主任兼中国文学史教授，校址在民立中学内。本拟借此开展工作，终因人事复杂，难以入手。遂与盛慕莱商议，决定另办一所学校，以利进行工作。于是谭正璧与鲁思、杨荫深、杨赫文等退出中艺，于1943年6月创办新中国艺术学院。通过《大公报》主编钱某搞到介绍信去办登记手续——当时办校须到特高科登记。接洽的人知道他是文化人，出版过《支那文学史》，并有多种著作，立刻给予登记；同时由鲁思通过先施公司楼上游艺场的一个剧团老板的关系，送了二百元钱买通受命调查的翻译，学校得以较顺利地开张了。由谭正璧任校长，校舍借用光华实验中学（现成都北路，位于南京西路与威海路之间），编制仿照延安鲁迅文学院，设戏剧、电影、文学三系，所聘教授大部为当时留在上海的文艺界知名人士，如罗明、毛羽、顾也鲁等。这次办学的费用是由谭正璧向其妻的表姐借来的，用收来的学费（学生大多是免费的）抵还。

拟于下午五时至九时上课。但此时学校必须有敌统治机构特高课准许获得执照才能登报招生开学。为此费去很多周折。最后才由《大众》主编钱芥尘（为报界老前辈，他与各方面人士都相当熟识，但不知他背景如何。谭正璧是因《大众》约稿而认识）转弄到日驻沪副领事介绍片一纸，才得到批准，立即登报招生开学。

从招生到上课不到三月，忽发现有敌寇暗探曾跟踪三天（房东陆士谔医生告知，他证明谭正璧是靠写稿生活，妻病子多，无其他活动），但同时其他教职员家亦有类似情况，于是都不敢到校，学校不得不暂告停办。事后，由盛向后方组织上汇报，并受到批评，主要是掩护工作做得不够，以后必须更好地与对方周旋敷衍，不能多所避忌等（大意如此）。所以此后中日文化协会秘书陶晶孙请参加青年写作座谈会，就不再推辞。

其时谭正璧遇到两件事。其一，有一天晚上，从窗户中扔进来用砖块包的一张纸，上写"自己做的秘密工作已经走漏消息，假使你有秘密东西，赶快拿掉，避免危险"。他看后即将纸烧掉。依照此事，他在事后还曾写了一篇题为《一个意外想到的故事》的小说发表在1943年《大众》杂志第九期上。全文较长，这里只能摘录一部分：

"是一个凡是忙碌的人们没有一个不喜欢的星期日的晚上。这一晚是我几星期来例外地得到在家里休息的一晚。晚饭吃过，略略翻看了些书，便想吩咐孩子们不要大声吵闹，我要先上床去歇息了。

"话还在肚子里没有出口，刚才放下了书，正准备跷起脚来脱皮鞋，忽然听见'噗'的一声响，瞥见一件不知什么东西从窗口外面投进来，先落在庸儿的书桌上，不及停留，立即又滚到了地板上去。

"'是什么东西？'

"孩子们都停止了工作和游戏，我也不由地放下半翘起的脚，大家异口同声地吐出这样的问。一刹那，一个小纸包已经拿在刚俯下身子而站立起来的中儿的手里。他把它拆开来，大家的眼光都不期而然地集中在他的两手上。

"'原来是一块小砖头，不知是那个顽皮孩子丢进来的？'中儿一手拿着一块小砖头，面上是惊奇的神色，一手将包砖头的纸头不经意地扔在桌子上面。

"我一眼瞥见那张纸上似乎有着字迹，忽然心里一动，也好奇地拿起纸来仔细察看。在向里折着的一面，果然发现了几行文字，全是用铅笔写的。我连忙把它展平了放在电灯光里仔细地看，上面赫然写着这样使人惊奇的几句：

"'自己做的秘密工作已经走漏消息，假使你有秘密东西，赶快拿掉，避免危险。'我不觉为之一呆。

"'原来世界上真有像侦探小说里所写的事。这一定是他们错投到我们这里来的。'当我在重复地看时，中儿也已挨在我身旁完全看过，不由地发出这样一种猜测。

"我摇摇头，因为我已想到左右邻家的情形，决不会有什么误投的事……

"在这故事的发展里，也曾经有着这么相同的一段。可是，奇怪，我为什么刚才没有想到，直到这时候才想起呢？于是，我叫孩子们不要再胡猜了，待我讲了这个突然想着的故事后，大家重新再猜吧！

"到底大孩子中比较有心，这时他忽然想到了刚才讲那故事的主题，面上突然露出慌张的神色：'那么，爸爸，刚才投进来的那张纸条，也是有人用来试探爸爸是不是做着什么秘密工作吗？'

"'或许是的。可是他们看见我没有什么秘密东西，当然也就罢了。其实这种试探方法很幼稚，凡是做过革命工作的人没有不知道的。'

"'爸爸也做过革命工作吗？'

"'我本来是国民党员。国民革命军北伐的时候，我还年轻。那时我也曾做过不少的冒险工作，也曾和封建势力作过拼命的争斗，终于

得到了最后的胜利。此后，我便脱离革命生涯，专门从事教育和著作事业，一直到现在，还是专靠着笔杆子才得吃饭呢！'

"话题转开了，孩子们要我讲些关于我的革命工作的故事，我答应了他们。不过今晚我必须早些上床睡觉，所以至早须要等到下一个星期日的晚上了。"

这篇文章实际上就是从这件真实的事扩展开来的。

其二，下一个星期天，谭正璧准备出去参加一个讲座，陆士谔医师告诉他说：你将有大祸临头，楼下亭子间的老鸨从来白相的包打听（即特务）处得知，他们盯梢楼上赤化分子三日无获。陆又劝他说不能躲避。而且陆自己已为他担保，对包打听说：有人密报，实为同行嫉妒，他孩子多，妻子又有病，不可能干那些事。然而，会计及其他教师家都有特务去调查经济来源等，为此开学后未满两个月，新中国艺术学院即因敌特破坏而不得不停办。

"'死别已吞声，生别常恻恻！'自从内地与上海隔绝而成为两个不相同的世界以后，留在那边的朋友们，虽然不能像平日那样常常互相通信，但他们的行踪，至少可以由直接或间接的得到知道一二。只有虚舟君，不知为了什么缘故，四五年来，总是消息杳然，而且连朋友间提起他的人也一个没有。所以每一想到了他，不禁引起我回忆我们那过去的一番友谊。

"在起初一二年中，我很想登报访问他，可是总觉得有些小题大做，踌躇而止，自后即在不知不觉中淡漠了下去。去年因了若渠兄的噩耗，不觉把我对于他的怀念重新引起。他虽然是一个很平凡的人，但他那付始终沉浸与他所爱好的艺术以及忠于他的职务的态度，在我朋友中却绝少见到；况且我们的交谊又和普通不同，我们只是淡淡的来往，可是从相识到八一三事变初起的十年中，从来没有过一天的隔膜。

"他的原籍是江苏的太仓，他因为生长在上海的缘故，似以改籍上海。'虚舟'是他的别号。在这个别号的字义上，我们可以看出他对于人生的看法，和处世所抱的态度。而他的行动的确与他的思想和态度十分的切合。

"我希望靠了'文字有缘',在这篇文章发表后不久,便飞来了我这位天天怀念着的朋友的消息!"(摘自《忆虚舟》)后来,果然不失所望,他"飞来"汕头路上谭正璧家中造访,一解谭正璧的思念之情。

关于谭正璧在 1942 年所作并发表在《风雨谈》上的历史剧《洛神赋》,还有一段小故事。在 1947 年 7 月 8 日《申报》副刊《春秋》上登载了也是谭正璧所作的《论曹操之死》一文,其中记载有:"后来读史籍,……又发现了两件相关的事,一件是东汉末年的曹丕'以子杀父',一件是宋初赵匡胤的'以弟杀兄'。后者为多种史籍所载,前者却是我在细读《三国志》时发现的。我曾经把这发现写入我的剧本《洛神赋》第五幕里。(这剧本曾给某号称前进女伶领导的某剧团改为越剧形式演出,而我却在他们演出一年多后方才得知。我并不吝惜我的上演权,我所惜的是我这个重大发现始终没有引起人们的注意)……"

1943 年 1 月中旬,又一女诞生,取名凡。因妻子有病且环境艰难,至 4 月 11 日饿死。"入门闻号啕,幼子饿已卒!吾宁舍一哀?里巷亦鸣咽。所愧为人父,无食致夭折!"(杜甫《自京赴奉先县咏怀》)为此谭正璧作《哭一个无知的灵魂》以纪念之,"她一共在世只有八十七天。她母亲的奶汁虽然来了,但是很少,……你想:一天到晚只喝三顿不十分饱的粥,食油是好几个月不入肚了,猪肉又贵得吃不起,奶汁那会生出来?我曾买了几次肉,自然是为了孩子的奶,可是她母亲总是把肉推给我和大的孩子们吃,她自己等于没有吃。但这时奶汁虽然仍不见多,而还可用奶粉来弥补不足。不意不到满月,奶粉突然涨起了几倍的价,糖又一时买不到。……可是我没有多量的钱,我所收入的钱只够一家八口喝些薄粥,根本没有余钱来喂养这个孩子。当下我就叫她母亲多给她些粥糜吃,以后只好看她自己的命运了"。有杨荫深君于《新东方》杂志上撰文:"记得在某期'杂志'上读到谭正璧写他亡儿的一篇,曾使我感动得几乎流泪而又悲愤;从前郁达夫写他的亡儿是极感人的作品,但郁达夫只表现了他父子间的私情,而谭正璧却更衬托出了目下社会的背景。……但我敢不避讳地说,他这篇文章不但是事变以来上等的杰作,并且如果有人要编什么

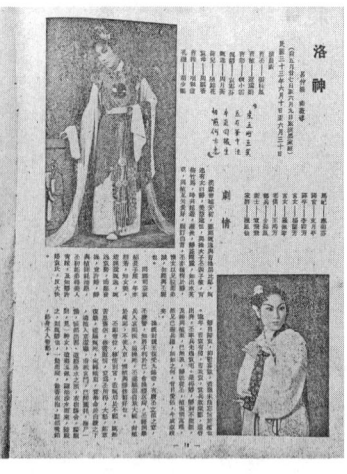

关于《洛神赋》的演出

新中国文艺杰作选之类，也应当把他选入进去才是。因为它所表现的是动人的真情实感，并不是读了叫人觉得有趣就完结的。然而这样的文字却未引起读者注意，我们的文艺批评家是只会对于女作家喝采的！"（《老实话四题》）

在20世纪40年代前后，他写下不少反映那个年代社会人生的中短篇小说，其中不乏自传体的作品，如《我的童年》《三迁》《忆"新中国丛书社"》《哭一个无知的灵魂》《送婴篇》《江行第一天》《一个意外想到的故事》等；还有和朋友相关的作品，如《无题诗》《桃色的复仇》《魑魅》《在魔窟里》《残渣》等。在这些小说里既有他个人的苦辣辛酸，也有社会上的众生百态……一个个鲜活的人，一个个感人的故事，这是一段永远铭刻在心的历史。

这些创作只有极少数曾结集出版过，大多散落在当年的报纸杂志里。有用实名的，也有用笔名的。这些作品现在已经鲜为人知。这里以《无题诗》为例，探讨谭正璧的小说创作。

笔者第一次看到《无题诗》的标题，初以为只是他写的冠名"无题"的诗稿而已，直到搜集并细细阅读《梅魂不死》及相关作品的时候，才在那篇《重温旧梦话"梅花"》中看到下面这段陈述，为之恍然大悟，原来那是一篇带自传体的小说：

记得去年某日,和陈东白、杨晋豪诸先生在冠生园茶叙,有某君言此剧写彭玉麟晚年寂寞之心境十分深刻,其事迹亦缠绵悱恻、沉痛异常,作者有所寄托,决不至此。我当时笑而不答。实在某君的眼光很为锐利,自从这个剧本刊出,和二度上演后,始终未尝有人道及此点。我自己又未曾说过,当然人家都以历史剧视之,都不以为必有什么寄托而写,关系这一点,直到现在为止,我还不能开诚布公给读者和观众,不过我在去年写的一篇小说《无题诗》中,曾隐约借另外一件事来提到作者在这剧本中的寄托……

笔者找到《无题诗》(写于1942年8月1日,载于1943年《小说月报》第36期)这篇小说,在认真看了几遍后,想到另一篇让笔者几度流泪的小说——《哭一个无知的灵魂》(写于1943年4月14日,刊于同年《杂志》第十一卷第3期),其中曾写道:

写到这里,我的头已沉重得要俯到桌子上来,手在颤,喉里在哽。放下笔吧!又不愿,我还要写下去。在两个月来,我的那双一千多度深的近视眼,忽然起了模糊,一阵一阵烟雾似的遮隔我的视线,使我不禁起了慌。我为了疲劳,已经患着三种一时治不好的痼疾——痔漏、脑漏、怔忡——但都还可以支持着做我的工作。可是眼睛一有病,那就遭了。我曾经立过誓,假使我的眼睛有天看不见东西,我一定要自杀,我不愿再生在世界上受这样难堪的精神的酷刑,况且我又是一个不能一天不靠着眼睛做工作的人。古代孔子的学生子夏因哭子丧明,后世的人就把"丧明"二字作为一个人死掉孩子的典故,难道我的眼睛起了模糊,正也是将要"丧明"的预兆吗?为了"丧明"的恐慌,这二个月来,正天天为着眼睛在打算。在初起时,曾由我的一个学生的介绍,到一家著名的眼科医院经过许多医师的检视,他们都说这是由于深度近视及身体衰弱而起,必须多多休息,医药没有什么大的效力。更由这位学生的好意,她是知道我事实是不容我休息的,就替我介绍了一种针药,又由她的情面,介绍一位女护士一天隔一天地替我打针。她又怕我舍不得服补药，又买好了补药劝我服。我怎能拗反人家对我这样的好意呢？因此，这二个月来，身体已觉比前稍稍健康。虽然眼病还是依然，但我自己知道，这还是由于不得休息的缘故。而晚上在灯光下上课，用力看书本上的字，损伤目力尤甚，又由于我的那位学生的好意的劝告，我正将设法摆脱这种自己毁灭自己的做法。不料我的明没有丧，而真正的"丧明"的事却意外地来临了！

我常常在自己一个人思索：我生在世上真是一个多余的人，我自己吃了大半世的苦，又生出这许多孩子来使他们再吃苦，这到底为了什么呢？什么是人生？我早看得清楚透彻。可是我现在为什么还在活下去呢；我要凭我良心说句真实的话，就是为了世界上至少还有两个不愿我就此毁灭的人存在，她们给予我物质上精神上莫大的帮助和安慰。这种帮助和安慰，都是'锦上添花'的世界里所根本梦想不到会有的事，而我居然在遭遇的十二万分的不幸而已到了将近毁灭的边缘的时候遇到了她们。这一定是上帝的安排。前面虽然我曾因为上帝不曾给我以生活的幸福，而对他说过些不敬的话，但是如果这种安排一定是出于他的主意的话，我是应该向他取消前说而深深致其歉意和感谢的。

你看，生活在这样一个生活程度高涨到无限度的时候，你是丝毫没有恒产，而又没有固定的薪水收入的人，有一个人他肯担心着你以及你一家的生活，而允许你尽量供给你的用度吗？我还没有开口要借，她已知道我需要，先把钱送来了；我有了钱还她，她总是说我不该就还她，因为她知道我还有很多的需要。可是我有我的意志，我有我的打算，我十二万分的感激她的好意，但这好意我不能无报偿的接受。像我这样一个身世空虚的人，她的债确实放得空虚到极点，但她从来不曾顾虑到这一点。可是她对我没有这义务，我也没有这权利，她这样做根本没有名，但我却坐收了实利。因此，我无限止的问她借，但一有了钱我就还她，因为我始终有着书生本色，我接受人家的好意，但我一有力量，必须把这好意报偿。血债用血来偿，同情的债也须用同情来报偿，我相信这样做法是不会错的。

你再看，像我这样一个早被世界遗弃了的人，一切势利的人都对我白眼，一切奸诈的人都在利用我来达到他们的目的后又踢开了我，然而我又在遭遇到人生最大的不幸而沮丧憔悴到极度的时候，这世界上忽然有着一个成年的女孩子，她了解我，她同情我，她不顾一切地要把我从痛苦中援救出来，她为了要安慰我，要使我快乐，竟不恤人言地大胆地什么都为了我而敢作敢为，我能不感激得不为她而再活下去吗？我几乎疑心世界上不会有这样的一个人，也不会有这样的一桩事，但又明明是事实。她从来不厌烦我向她诉苦，她叫我有苦尽管向她诉；她最关心着我的健康，所以她给我在医治这多病的身体时以无限的帮助；她把我当做她自己最亲爱的爸爸那样的奉侍我，她把她纯洁的女儿的心完全献给了我。对她，我能报偿她的是什么？因此，不由我不鼓起勇气，把将灰的心重燃起来，把已死的世界复活过来，为了爱我的人，为了爱我的人对我的期望，我必须活下去，活下去做我应该做的事。无论如何，我不能辜负了她伟大的爱，人世间最最难得的可贵的至情，没有代价而她又不求报偿的纯真的心。

谭正璧在这里把他对那个年代的人和事，以及对那个社会百态的情感都赤裸裸地暴露给世人，毫不隐瞒，让人看了后无限心酸，不由为之泪奔。

这里说的两个"她"——一位是我称谓"大伯"的表姨妈陈翠文，她是陈启人的胞姐；在陷于孤岛，生活异常艰难的时候，她给予了经济上的无私帮助和支撑；另一位就是谭正璧的学生朱忍吉，在他处于极度痛苦和压力时，在精神上给予亲生子女般的莫大的同情和安慰。小说《无题诗》就是叙说这段难忘的经历。故事的男主人叔同的原型就是他本人，而女主人海云的原型则是朱忍吉，她是谭正璧在务本女中教书时的一位品学兼优的学生。小说《残渣》写的就是与她在信和纱厂工作有关的故事；《在魔窟里》写的则是她曾被日本宪兵队抓捕的有关的故事。

如《重温旧梦话"梅花"》所言：

第二部 激荡的岁月

当然，小说总是小说，未必一一全符事实，然而我敢坦白的承认，这里所写《梅花梦》的寄托，那么与事实相差无几。而且整篇《无题诗》的故事，也不是空中楼阁，而且因此又使我感到改编者改彭玉麟认岳二官为女儿的伟大，否则我这篇《无题诗》就不能有结束了。

1970 年，谭正璧在《古稀怀人集》中怀念朱忍吉的诗中写道：

慈肠侠骨本天成，果吾腹笥腴吾文。别有慧心惊俗眼，常承欢笑赛亲生。

"谭正璧的小说创作，故事都来源于真实的社会和生活，没有哗众取宠的'假、大、空'和'高、大、全'，平铺直叙中融入那份真情感，所以读来往往感人至深。"（摘自拙作《谭正璧小说创作之一瞥》）

中、庸于下半年分别入中法学校的中学部、小学部读书。

谭正璧所编《当代女作家小说选》于 1944 年由太平书局出版。

"1944 年，《杂志》为了使张爱玲快速在文艺界站稳脚，可谓是煞费苦心，除了发表她的作品，还在 1943 年 8 月，安排她参加朝鲜女舞蹈家崔承喜的欢迎会。在发表《金锁记》《倾城之恋》之后，《杂志》又组织了一次'女作家座谈会'，当时还邀请了上海滩众多当红女作家，如苏青、潘柳黛、吴婴之、关露、汪丽玲等，在这次座谈会上，《杂志》有意安排初出茅庐的张爱玲做主要发言，使张爱玲的知名度迅速提高。她的小说集《传奇》出版后，《杂志》社便在康乐酒家召开了'《传奇》集评茶会'，到场的有上海社交圈、文艺圈的众多知名人士，吴江枫、谷正槐、南容、柳雨生、钱公侠、谭正璧、谭惟翰、苏青、袁昌等纷纷就张爱玲的作品谈了自己的意见。"（摘自夏世清著《沉香几炉是浮生——〈色·戒〉》，陕西师范大学出版社，2007 年出版）

这是 1944 年 8 月 26 日下午 3 点，新中国报社借坐康乐酒家，举办了《传奇》集评茶话会，会上就该社新近出版的张爱玲《传奇》一书获畅销进行热议，谭正璧理所当然地在被邀参加之列。会上应请发

表意见:

"吴江枫:谭正璧是研究中国女性文学的,最近又编了一本《中国女作家小说选》(注:应是《当代女作家小说选》)对张女士的作品,一定有不少意见。

"谭正璧:张小姐小说非常好,我的意思,与刚才袁先生所说的相反,她是不宜写长篇小说的,这是读她所写长篇小说后的感想。张女士的作风,不适宜写长篇,如《金锁记》的故事原是长篇缩短的。她小说的长处是心理描写,这和她生活经验有关,希能多写短篇。她在《万象》中发表的长篇比短篇差一点,她作品的长处在利用旧的字句,用得非常好,不过多用易成滥调,这是别人的批评(注:迅雨,即傅雷《论张爱玲的小说》),这缺点在长篇更容易显出来。"(摘自《杂志》1944年9月第13卷第6期)

《杂志》在当年为"中共地下组织利用的'伪刊'之一"负有"与汪伪争夺文化阵地""争取文艺界人士与读者,把他们引向健康的文艺方向"的任务。杂志社多次组织座谈会,谭正璧还参加过"女作家座谈"(《杂志》第13卷第1期)、"我们该写什么"笔谈(《杂志》第13卷第5期)。

国仇家恨,令谭正璧感慨万千,尽在文字中发泄:"腥风膻雨,故国河山沦没处。风景奚如?写尽千行未尽书。 此愁谁共?待得重圆总是梦。非爱飘零,暮哭朝歌亦放晴。"(调寄《减字木兰花》,作于1939年)又:"举目河山万事非,登临拼得泪沾衣,园林虽好游骢稀。"(调寄《浣溪沙》,作于1941年)赤子之心,昭然若揭。

1944年春,谭正璧应《杂志》社邀请,游苏州灵岩、天平、虎丘,为此作七绝,其中不乏借诗抒志之词:"曾经沧海难为水,除却梅花不是仙。纵堕泥犁千万劫,此心难悟色空禅。"

当时,谭正璧的家境十分窘困。如文超君的《为文人叹息》一文所说:"我的朋友某君,在文坛上颇有地位,他的著作有百余种之多,尤其是近年来,各大杂志都约他写稿,并且时常出席文化团体的宴会或集会,因此报纸上也常看到他的大名。于是有人说:'某君真好出风头！'其实某君愈是风头'足'，愈感觉困苦万分，因为他所以如此，实在是为生活所逼，不得不出此'穷风头'也！某君常对我说：'他希望生活安定，坐在家里，多写出几部有价值的作品。'可是生活不允许他，压迫他一天伏在案上十余小时，一个字一个字写出来换钱；还要抽空出去作多方面的敷衍。有一个时期，他在文坛上曾得罪了许多人，就是因为敷衍不周的缘故。……白荻（注：谭正璧的笔名）先生和我虽只有'一面之缘'，但我曾到过他家里一次，他的境况我是熟悉的，整日伏案作稿，却还禁不住生活的打击。半年前，生活指数自然还没有目前那样高，而他的全家却在喝着粥汤，最近生活的艰困也就可想而知！"谭正璧自己这样记述："去年一年里，生活程度的变动非常剧烈，在春初的时候，我替某大书局编一套学习国文用的专门读物，千字百元，月写五六万字，就可过两顿薄粥一顿大饼的生活。可是到了夏天，情形就大变，米价连涨至三倍，每石超过万关，而且户口米又脱期，两相交逼，就收入和支出不敷很多。……不但精力有限，不能多写，而且物价还在上涨，总是入不敷出，于是不得不决定卖去藏书来暂时维危局。说是要卖书，然而这正和送掉孩子一样，也是一桩万分难舍而又心痛的事。……"（摘自《送婴篇》）

当时，既要为一家的生存而苦于埋头著述，又不得不应付社会上的各种无端的流言蜚语。于是谭正璧在1944年4月6日的《大上海报》上刊登了《敬辞各定期刊物特约撰稿启事》："三四年来，正璧因生活关系，放弃粉笔生涯，专为各定期刊物写稿，历年所积，字数不下百万，登载之刊物不下数十。今作此清算，全据事实，非用此自吹，亦非借是作自我宣传，而有所干求于人也。然知我者谅我为逼不获已，不知我者讥我为时髦文人，甚至詈我为×作×，好出风头，然而忍声吞气，觍颜握笔者，实为一家馇粥之谋，地非首阳，无薇可采，与其饿死，不如赖是苟延喘息。近者物价日涨，稿费日低，同为一字之酬，平均及不及排工三之一，尤不平者，最近文化界重点配给实行，在操觚者群中，新闻记者全部有分，即专为戏报写游艺消息之记者，亦月有三斗米之配给，其余文化从业员。如书店职员，印刷所工人亦皆列入，独于专为各刊物写文艺学术稿件如我者，竟无所归属，一无所得。幸而于最近偶承友人谆劝，勉任某校教课数小时，无意中得到重点配给米一份，但须自十三期起，不如戏报记者已领到第一次三斗米也。然既闻雷声，不愁无雨，惟迟早问题耳。窃念设如当时或竟拒绝友人之请，则将来必至粒米无得，非饿死不可。爰乃立誓，自即日起，除专为书局特约编书，兼服务教育外，对于各刊物特约撰稿，一概敬谢。且请从此勿再在文化消息中提及本人，不妨视为写作圈中无其人可也，书生量窄，不能不有此愤激之行，然不如是不足吐我胸中之积慨也。是为启。四月五日。"署名"谭正璧"。

就在谭正璧为维持生活而焦头烂额的时候，"新艺剧团要重演《梅花梦》剧本，导演费穆约我前去接洽。这正是'山重水复疑无路，柳暗花明又一村'，不啻'悬崖勒马''绝处逢生'，因为我相信凡是费穆先生导演的戏，卖座一定很好，这样，我便可以得到多量的上演税，用以延长一家垂绝的生命了。我和费穆先生的关系，说起来也抱憾，第一次天风剧社演出，和第二次上海艺术团演出时，我和他都没能一面之缘。直到后来我和鲁思、杨赫文兄等创立新中国艺术学院，请他担任星期讲座的讲师，才得初次识荆。我对戏剧艺术至今是外行，所以我对他的钦佩是他的意识和人格，而不是艺术。这一天，我获得了人间难得的可贵的温情和友谊回来，而且又感到了那句'天无绝人之路'俗谚的可珍可爱！"（摘自《送婴篇》）

"《梅花梦》在金城大戏院上演了，因为真实的愈演愈盛，本来预定演三星期的，后改为一个月，最后又延长一星期，一共演了三十七天。……"那是1944年的10月7日至11月12日。

谭正璧在1944年10月为重演《梅花梦》而写成的《重温旧梦话"梅花"》中详尽地叙说了当年创作的过程：

"我既非画家，也非诗人，然而对于梅花的耐寒守冷，于万象萧索中独放幽香，素抱同情。在多年之前，那时正僻处故乡，几乎和外界断绝接触，而终日神游于'缃缥纤袖'之中，偶然兴发，也写些'不登堂'的古体诗词。在这时期，记得曾写过不少'咏梅花'的绝

句,其中有一首是:

憔尽孤高绝世姿,衡阳旅雁悔迟归。

不教早醒封侯梦,枉写横斜十万株。

"不料这一首偶然用'彭玉麟画梅'的典故的诗,却做了我后来写作《梅花梦》剧本的种因。

"《梅花梦》这个剧本,在我作者自己,不过是一时兴发,和环境逼迫而成。不知何因缘,一演之于'璇宫剧院',再演之于'卡尔登剧院',现在又三度重演了,而盛况还是不衰。然而也因此屡屡提起我的悒怀郁怿,使我欲排除之而不能。这几天,又累我从箧中翻出旧作,在孤灯下重读。好像一个人在夜阑荒旅中重温旧梦,'人面桃花','不知何处',正有搔首徘徊,不知如何置身,始能心波平静者。

"三十年初秋,为了要使一家免于冻馁,开始写些已有十多年不专门写作的文艺作品,居然有小说,也有剧本。而剧本在我尤是'破天荒'——说得时髦一点,是'处女作'——,第一本产物就是《梅花梦》。说起写作这个剧本的动机,那么真有千言万语,无从说起之慨。简单些说,为了那时看见魏如晦(注:钱杏邨的笔名)等的历史剧风行剧台,而自己要写作正没有题材,偶然翻阅旧藏本李宗邺的《彭玉麟梅花文字之研究》,觉得彭玉麟对于梅仙'心坚金石'的恋情,在一切叙写男女恋爱的书本中,可说不易见到,尤其因为彭玉麟是在清朝曾经煊赫一时的中兴名臣,而两个人的'生离死别',实又含有隐喻不可告人的民族意识和敌忾精神。那时我本人也正遭到了一生遭遇中所没有遭到过的难以挨过的苦痛,而又恋念旧事,更悒郁无以自聊,于是决定'借酒浇愁',用这个题材来写成了《梅花梦》。记得写第一幕,连起草到誊清,只费了一整天和一个黄昏,第二幕就不起稿,挥笔直写,每天一幕,整个剧本在四天中写毕。当我写好这个剧本,送给《正言文艺》的编者时,我的心里不禁内愧,像这样草草写成的东西,发表出来,不会丢了整个刊物的脸吗?

"剧本嗣登出第三幕,因为《正言文艺》中途停刊,剧本第四幕的原作,遂至今没有和读者相见,就是我自己看见的也已不全。但是这第四幕的内容,约略可在后来发表在《万象》上的《梅花梦主角彭玉麟及其有关人物考》和《小说月报》上的《梅花梦——剧本〈梅魂不死〉的本事》两文中看到。本来,第四幕可能登出,那么刚巧可与剧台上的《梅花梦》同时出世,因为这时'天风剧社'已请费穆先生改编导演,改编后的《梅花梦》,其第四幕与原作完全不同。在我写作这个剧本时,是有意把这个富于文艺性的大悲剧写成寄寓民族意识的革命历史剧,而改变者却把我的革命历史剧依旧回复了原来的文艺剧。至于改变得好坏如何,那么我从来不否认,我本来不过是写在纸上看的,在写作时原想不到有上演的机会,而且连对于纯文艺作品,我本来也是外行,剧本尤不是即使是一个文艺作家所能一定写得好的。费穆先生改编导演后,上演三次,卖座不衰,即此已足以见到他改编的成绩,那么也不必再由我这个外行者来多饶舌了。

……

"全剧人物,除梅仙的母、叔、婶、周师爷及诸婢仆外,余皆实有其人。周师爷为一丑角,全剧添此一人,可增浓戏剧性不少,而改变后的周师爷,尤蠢态可喜。至于第四幕原剧与改变的不同,在于玉麟死地的不同,原剧背景为广东虎门大角山下,玉麟因抵御法人而受伤。值其时孙总理的革命运动已开始,与洪杨余党相连,故迅速进展。而岳二官亦在从事推翻清的运动,玉麟死时,革命军正在第一次起事。考之史实,玉麟死时,孙总理在檀香山组织'兴中会',故全非子虚乌有之谈。改编本则移至玉麟原籍梅仙旧居吟香馆中。如此一改,遂化原剧的革命气氛为纯文艺气氛。就文艺论文艺,那末这一改也有'点铁成金'之妙也。"

当年叶枝作《〈梅花梦〉原著与改编》一文,其中可得见剧本第四幕的原貌,现摘要如下:

"起幕时玉麟生病,岳女告诉已联络各地,且有兴中会组织,似乎恢复汉朝有望,非常欣喜,可是玉麟告诉她自己肺部爆裂将死,并说明自己中炮弹受重伤,听见他们的革命可望成功,非常快乐地说:'我的志愿可望成功,我死也瞑目。'中间并强调岳二官与玉麟的爱情，玉麟对岳二官说：'但愿来生再见，二官未嫁我年轻。'以下是讲法国与清朝作战情形，及赔款的可耻。再下面是刘永福进来看彭玉麟，并说明决定起事攻清朝，接着有人进来报告，部下不服清朝命令反动，刘永福急匆匆走出。这时彭玉麟将死，命梅婢再讲梅仙生前事迹，以提起他的回忆，忽然外面'恢复汉土'之声不绝于耳，玉麟说我很对得起你们，我可以安心去了，说完即死，岳女惨叫一声昏厥过去，幕下剧终。"

1944年6月，《光华》杂志刊登了冷凌、无忌撰写的剧评《〈梅花梦〉及其他》一文，在《前言》中这样评论："这一月来上演的剧目共七个，《梅花梦》与《长恨歌》是历史剧，而且已经是第三次演出了，这二剧虽然是'旧剧新演'，但可说是这一月内最合乎理想标准的戏，一个戏演出次数愈多，愈可以说明他的艺术价值，这是不会错的。《金小玉》《红菊花》与《新秋海棠》俱是实写伶人逸事的戏，自从《秋海棠》卖座美满之后，于是这般鸳鸯蝴蝶派作品，几乎充满了整个剧坛，这种同一类型而不同技巧的作品，实在化钱去看戏有些冤枉。《海葬》是创作，但作者的观念太倾向于宿命论，因此思想不免歪曲，剧本中的鬼出现未免有些近乎提倡迷信之嫌。《天罗地网》是陈绵翻译剧，原名《缓期还债》，他的主题是'天网恢恢，疏而不漏'，'善有善报，恶有恶报，若是不到，时辰未到'，这种宿命论观念的作品在思想上讲，是含有大量毒素的，他的中心思想，应该是被贬义的，然而这次演出已经是第三次了，第一次是'中旅'，第二次是'艺光'，演出成绩当然二次超过一次，并且由于音乐配奏更能辅佐剧情，然而这次'联艺'的在'丽华'演出，一则因为舞台太小，布景简陋，二则没有指定导演、音乐配奏，所以演出成绩远不如'艺光'时代。'历史是前进的，是进步的'！倘若一个戏的重演，而没有把握可以使他超过从前，那还演它干吗？"

在接下来第一部分，标题《梅花梦》中评价："《长恨歌》与《梅花梦》虽则同样是一个历史剧，但是历史剧《长恨歌》的时代背景与《梅花梦》不同，一个正在唐代极度动荡的时期，而另一个却正是清代承平之世。就内容论，《长恨歌》里只是些'不爱江山爱美人'的不正确恋爱观，而《梅花梦》可不同了，就因为《梅花梦》是文学家谭正璧的原著，所以处处都从历史的观点出发，一切都是十二分合乎情理的。尤其台词方面的轻松抒情，剧情方面的诗意幽语，都是'出类拔萃'的，而况在一般庸俗作品滥竽充数在整个剧坛里的时候，《梅花梦》无疑是'鹤立鸡群'的一盏黑暗里的明灯！

"当清兵入关之初，由于一般遗老志士们的支持，所谓'国家观念''民族思想'还能勉强树立，然而日子久了，对于这一点也渐渐地遗忘起来了，后一代的人民根本不知道旗人是仇是敌，因此到彭玉麟这一代固然他明知道天下是满人夺的明朝的天下，但是久而久之也不以拖了条辫子为羞了，相反的求功名，'升官发财''国家兴亡，匹夫有责'，在他都认为是'理所当然'的分内事，倒是梅仙他能够深切地理解'长毛'原是'革命'，她不愿意玉麟去杀害自己为国复仇的同胞，但是玉麟终究为了利欲熏心，以为她仅仅出于'恋恋不舍'的'儿女私情'，竟因此不顾一切的走了，临行说定了为期四年。不料在离别后的第二年里，梅仙就郁郁而病的亡故了！这等于下一'死谏'，一枝最后一笔的折枝梅花，点醒了囿居在名利圈内失去了民族意念的彭玉麟，由此他逐渐'百念俱灰'了，决意抛弃了高官显爵到家乡去啃老米饭，至于末了因岳二官而滋长出来的一段故事倒是次要的一点。最重要的就是《梅花梦》并不是一个'卿卿我我''郎情妾意'的恋爱戏，然而却能够在严正的主题下穿插进无妨剧情的'罗曼蒂克'气息。

"《梅花梦》全剧以第三幕最为有趣，第四幕人亡物在触景生情的一段悲剧气氛最浓，第一幕似梦非梦的几节台词十分紧凑。做梦时恍惚迷离的描写更可以显得彭玉麟对于梅仙关怀的真切。

"导演竭尽'美'的能事，一切唯美化的演出，画面、构图都有诗意的旋律。节奏高潮处理得很好，就是喜欢在悲极浓的时候，凑以风趣人物难免破坏剧情连贯，不过也许这是费穆的可贵处。总之，《梅花梦》能够做到凄清这一点已经难能可贵的了！

"演员大都老年胜过少年，这是一个比较特殊的现象。以演技论乔奇的彭玉麟最好,碧云的梅仙没有岳二官好,路珊的邹氏泼辣的风度颇妙,雷鸣的周师爷能够做到不火,夏蒂第四幕比较有成就,只是林易较差。

"最后,《梅花梦》是一个值得推荐的好戏,这里我们也许可以为它替消沉的剧坛投下一线再生的希望。"

11月中,女儿婴来到世上,由于妻子身体不好,又是缺奶,为了避免重蹈凡儿的覆辙,"与其像上一个孩子那样因照顾不周而活活饿死,不如索性把她送给需要孩子而自己又不生育的人家,倒是给她一条生路,无论在人道上,在情理上,我们都以为这样做不是残忍的"。谭正璧遂登报征求领养,不久得南京徐文祺君来信说:"鄙人夫妇年逾而立,膝下犹虚,颇愿得白君之女抚为己出。……"于是拜托在南京的姚大均友联络,知"徐君现在公务机关服务,家境很好,知道了我的真姓名后,极表仰慕之意,而且愿意抚养我的孩子像亲生的一样"。12月17日晚,谭正璧应约到白赛仲路(今复兴西路)某公寓相见,徐君"说起事变前他在上海某局服务,曾读过我的《中国女性文学史》,想不到现在会成为朋友,可见也是前缘,最后约定在星期三下午我把孩子送去,因为他太太定于星期四早上乘车回南京"。遂于20日将婴女交托住在南京市鼓楼四条巷华园村的徐文祺夫妇抚养,取名徐明慧,"徐太太姐妹俩竭力安慰我,叫我尽管放心,等到孩子一到南京,就雇奶妈喂她,明春必来上海,可以到她的府上上去耽搁,因为徐先生和我是朋友了。这时候,我心里明知将从此失去我的孩子,可是在她们这样诚挚的安慰下,却使我在冰冷的心坎上感到人情的温暖。而且更有一桩使我更感安慰的事就是一直到我离开公寓,孩子始终没有啼哭一声,否则将使我在回来的路上,沉重的脚一定要提不起步来走路的"。徐文祺君当时接受重庆国民党政府委派在南京担任地下工作,此后曾互有书信来往问候。有所作《送婴篇》详叙其事。

据史载:"1942年秋,周恩来约见张恨水及其《新民报》报社同人时,在谈到国民党新闻检查制度时,他特别提到了张恨水和他的小说。他说:'同反动派斗争,可以正面斗,也可以从侧面斗。我觉得用小说体裁揭露黑暗势力,就是一个好办法。'"(摘自《党史纵横》2009年第五期)在国统区尚且如此,更何况在日本侵略者铁蹄蹂躏下的沦陷区。

1945年2月,历史小说集《长恨歌》由杂志社出版,5月再版。

"谭正璧(1901—1991,上海嘉定人)早年参加过五四运动和新文学运动,以后主要在上海从事教育工作和学术研究,是中国文学史和民俗学方面的著名学者。抗战爆发,谭正璧一度避居无锡,不久重返上海,战初和孤岛时期,他仍以教学和学术研究为主,并曾在孔另境主持的华光戏剧学院任教,上海全市沦陷后,谭正璧由于'各书局皆停止收稿,而一介书生,又无从改业,不得已,开始为各定期刊物写些已有十多年不专门写作的文艺作品'。他这一时期的文艺作品,涉及散文、话剧剧本、文学评论和小说,除署本名外,也时常署用'谭雯''仲玉'等笔名。谭正璧在沦陷时期的小说创作,都是短篇,约有三十余篇,其中历史题材的即有二十余篇,致使谭正璧成为沦陷期间上海历史小说的主要代表。谭正璧的历史小说,取材包括历史传说,民间神话和古代文人故事。他对有关素材的处理,大致抱三种态度:一种是对以往历史故事的中心思想'更加以强调',一种是'对

《夜珠集》(1942年)书影　　《长恨歌》(1945年)书影

第二部　激荡的岁月　　141

于一个熟习的神话或故事另作合理的解释',再一种是'在旧的躯壳中寓以新的灵魂'。与平襟亚相似,谭正璧写历史小说,也受到鲁迅《故事新编》的影响,力求'不逃脱现实';但在写法上,谭正璧则有意避免'走趋',更注意发挥自己的个性。在谭正璧的历史小说中,按照第一种'态度'写作的,有《奔月之后》《金凤钿》和《长恨歌》等。《奔月之后》取材于嫦娥奔月的民间传说,而突出强调的是嫦娥奔月后,对偷服灵药、升天为仙、脱离人间的痛悔,对美好人间生活的苦苦怀念。《金凤钿》和《长恨歌》都取材于古代文人感遇知音的故事,突出强调了人间真情的可贵和文人相知相助的难得。按照第二种'态度'写作的,有《落叶哀蝉》《青溪小姑曲》等。《落叶哀蝉》对历史传说中汉武帝重见死后的李夫人究竟是谁,表明了作者的看法;《青溪小姑曲》对民间传说的青溪小姑是神还是人,阐述了作者的认识。按照第三种'态度'写作的,有《楚炬》《滕王阁》等。《楚炬》写长于投机的商人,否定损人利己、见利忘义的品行;《滕王阁》写无能文人攀附权贵,嫉贤害能,欺世盗名,鞭挞趋炎附势的跳梁小丑。第一类作品着重反映沦陷区民众尤其是知识分子的某种心态,第三类作品侧重讽刺沦陷区一般媚敌附逆文人得势得意的丑态,这些作品都寓含现实意义。第二类作品则学术研究意味更浓一些。谭正璧的历史小说,构思推陈出新,布局精巧,文辞清丽,除人物性格鲜明生动之外,结局常有令人回味之妙,富于讽喻意义,显示出作者又兼为学者的深潜修养。谭正璧此时的小说作品,多载于《杂志》,也常见于《大众》《春秋》等刊。由谭正璧此时历史小说代表作汇辑而成的两部短篇集《三都赋》和《长恨歌》则均由'杂志社'出版。"(摘自陈青生《抗战时期的上海文学》第十四章第三节《邱韵铎、谭正璧、束纫秋等〈杂志〉作家群的小说创作》)实际上,《三都赋》一书因时局的变迁,而一直未曾出版发行过。

这年庸毕业于中法小学,中、庸分别入中职校一、二年级学习。

一年多后的1945年,盛慕莱建议在四明大楼复校,规模照旧。其开办费一百万元由"中华物产公司"拨付,仍由谭正璧任校长,不再兼课，三个月一期。恰有孔另境君自后方（重庆）来，亦欲办戏剧学校，为避免同道相争，乃请他合作，聘为教务长。于3月26日开始招生，4月2日开学。不意此举又引起敌伪的猜疑。记得那是一个春日的黄昏，外面下着大雨，谭正璧忽然接到孔另境的电话，说：有人到他家调查，要谭正璧带登记证去。遂带长子谭中同去，见到两个日本人在孔家。孔说：对办学一事不知情，是谭先生办的。日本人看了登记证也未多问，只约孔第二天到六合茶室（淮海中路淮海电影院旁）再谈，就走了。孔要谭正璧第二天同去。翌日到茶室来的日本人是宪兵司令部的军曹荻原大旭。荻原问孔：从何处来？孔说：从重庆来。荻原又说：有人告你是重庆分子。并说：他们也不反对爱国的工作，但日本人不是敌人，是要共存共荣（孔在孤岛时期参加过抗日救国会，该会人员很多，其中文人不少）。嗣后，孔提出要与谭正璧单独谈几句，荻原不准；又提出要打个电话，也不同意。这时，荻原叫来两个日本浪人将孔另境带走了。然后和翻译嘀咕了好久，对谭正璧说："事情出在你学校，你要负责。"因为荻原讲孔另境是重庆分子，而谭正璧与重庆国民党方面素无来往，由此推断荻原并不知其是为共产党工作的。就坦然地说："我不懂政治，学校如有事我负责，但内人有病，须请亲戚相陪，我安排好了再来。"此时谭正璧已做好了被捕的思想准备。荻原讲："不要来了。"他问："明天要来吗？"荻原说："不要，以后我会来看你的。"于是，谭正璧付了茶点费后回家了。回校后经商量只得决定停办。孔另境被关了一个多月，但他不知真实的背景，所以未道出要害，后来被人保了出来。至此开学尚未满一个学期。但该校已为解放区输送了不少青年学生。是年9月，日本侵略者终告战败投降。十四年艰苦抗战，遂以中国人民和全世界人民的最后胜利宣告结束，留下了一段使人永志不忘的历史。

  在谭正璧七十二岁蒙受不白之冤时，回顾当年这段生死考验的历史："深院何来怒马嘶，呜呜油壁溅春泥。骄梅不为媚樱屈，昂首登车眉不低！""国难家仇愤万千，凛然傲骨不求怜。死生随分心魄定，万劫琼枝终见天。"（摘自《无题八章》）

笔者看到一篇署名九峰的《作家素描——记谭正璧先生》的短文，全文如下：

只要是喜欢文学的青年，一提起谭正璧三个字，我想谁也会很熟悉吧？

的确谭正璧先生从事写作的时候，已有很久很久的历史了，他最早从事的是中国文学史的整理，那还是他在担任某个中学教员时候就开始的。

我与他的认识，说来也真惭愧，还是最近一年内的事情，当今年春季，他和几个知名的作家，联合创办新中国艺术学院之时，我才厕身学生之列，得识这位先生。

瘦瘦的面庞，深邃的双眼，架着高度的眼镜，那时候他身上就穿着一件绸质的长衫，让人一望，便知道他是一个营养不良，患着贫血症的学者。

在学说上，他不像一些自命为新文学家们，一开口，就骂孔子，诽古文；相反的，他对我们说，要学问的根基坚固，你们还是多看一些古文好，所以在他所办的"新"中国艺术学院里面，还有古文这一科。

他是一个多产的作家，也是一个纯粹为写作而生活的作家，只要你随便在各杂志上翻翻，就可以证明我的言语为真实的！

他著名的作品，除几部有名的中国文学史外，剧本有《梅花梦》……长篇创作小说，即我似乎没有看到，其他短中篇的小说，数量之多，则我不能枚举了。

据闻他现在埋首于考证的工作，年后已经发表的有《宋之戏文和元明杂剧》《唐明皇游月宫故事人物考》等。

1965年，谭正璧去黄山旅游时，就有一位当年投奔解放区的学生柯阳（时在安徽省党校工作）在旅馆的登记册上见到谭正璧的名字，遂设法与他联络（来信二封，现保存在中国现代文学馆），并曾来上海探望。

下面就是柯阳和另一位新中国艺术学院的学生吕光，在事隔三四十年后，于20世纪80年代的来信摘录：

谭老先生：你好！

我是你三十八年前的一个学生，四十年代初，我曾经在新中国艺术学校学习过，受过你的教导。当时在该学校教的还有鲁思、谭惟翰、包蕾等老师，我对这段经历印象很深。当时我是个穷苦的小职员，只有初中文化程度，我想进这所学校学习，就写一封长信给你老先生，提出了我的要求，结果你让我免试免费进学校来学习。虽然学的时间不长，但是你留给了我极为良好的印象，因之，直到现在，我还记得这件事，还想着你老先生。

今天我写这封信，主要是来望望你，向你问好。这事是这样的，最近我偶然在《解放日报》上看到一则关于你的消息，我心里非常高兴，因为我一直不知道你老先生在哪里？

……

吕光

1980年12月26日

谭正璧老师：

写信给你的是你的学生，在新中国艺术学院学习过的，不久我就参加了革命，在新四军四师抗大四分校。我当时的名字叫马镇亚，在上海市正威药房学徒。

我的姐姐马瑞珍，也是你的学生，在战前黄渡师范。我曾经听她讲起过你。可惜她现在已经不在人世了！

一九六五年约十月间，我随我省宣传部一位同志到黄山去看望凡夫同志，后来我留下玩黄山，曾经见到过你和你的女儿，可是那时不知道你就是我的老师，我们一行十来人上天都峰下来了，第二天你们两人上天都峰去了一段路后，我们才听文殊院的招待所服务员说你老就是谭正璧老师。仅一日之差，未能见尊师之面详谈，甚为遗憾！

……多年来同文艺算是离开了，但作为启蒙的一课，我对文艺始终是有深刻的印象的。

……

柯阳

1983年2月18日

关于办"新中国艺术学院"一事，在《黄渡志》的盛慕莱烈士的生平事迹中亦有记叙。1950年5月25日，上海解放一周年时，《新闻日报》登载了谭正璧所写《追念盛慕莱烈士》一文，亦叙及办新中艺一事。这段历史在极左的年代受到的非难可想而知。当年这段惊心动魄的往事深深萦怀在谭正璧胸中，1966年在赴杭州途中的火车上，听歌《红梅赞》有感："一支独是向阳开，铁胆冰心不畏摧。赢得普天同志泪，歌声处处颂红梅。"直到1982年，谭正璧在耄耋之年所作《寒夜听曲八章》中，又就听歌剧《洪湖赤卫队》而缅怀当年参加地下工作一事激起相同的感慨："一曲洪湖水，英明四海扬。悲歌慷而慨，繁乐激而昂。湖上烽火地，狱中生死场。赤诚终不屈，壮志更坚强。"字字皆是对那段难忘历史的亲历之心声。

谭正璧所著《日本所藏中国佚本小说考》也在这年由知行社出版。此书专录日本东京公私文库及个人收藏的中国佚本小说，详记其版本形式及内容大要，并考述其在国内的影响。"我在一九四五年曾出版过一本《中国佚本小说述考》，其时正值抗战第八年，在黑夜里的上海即将天明的前夕，环境特殊险恶，为了一家衣食谋，仅就手头所有资料，勉强撰成，借以换得稿费糊口，其简陋草率是可想而知的。但是书一直流传到中华人民共和国成立后，在各地旧书店里都被视为珍本，居为奇货，并曾见国内外同文的著述中尚在引用，可见这类书自有其存在的价值。"（《古本稀见小说汇考》之《叙论》）

谭正璧的《夜珠集》亦由太平书局出版。生活在异常艰难的非常时期，"从前我是不大写散文的，这几年来，生活太苦，感慨太多，遂在不知不觉中居然也写了十多万字"，"凡是一个人到了'哀乐过于人'的中年，都难免有着这种悲哀的。既已编成了集子，照例应该题一个集名，写一篇序文。于是偶然想到两句唐人佳句：'不愁明月尽，自有夜珠来。''夜珠'要等待'明月'尽了才能发现它的光辉，我的文章的命运何尝不是这样，所以就题做《夜珠集》。"（《夜珠集》自序）

美籍作家耿华德就《夜珠集》中有关作品作如下评论："试图效法鲁迅散文诗的非止唐弢一人。上海读者熟悉的另一位作家谭正璧写过一系列散文（或散文诗），结集的标题是《拟野草》。谭正璧像鲁迅那样，一心想着青年；认为积极地肯定理想是他义不容辞的责任。……""除了这种对人的肯定之外，谭正璧还写了一些与当初的争论有关的寓言和讽喻作品。他采取了反对独裁主义，赞成科学及西方文学价值观念的进步立场。……"（详见耿华德所著《被冷落的缪斯——中国沦陷区文学史》第二章之《鲁迅风格的杂文家》）

在陈青生著的《抗战时期的上海文学》第十四章第三节《邱韵铎、谭正璧、束纫秋等〈杂志〉作家群的小说创作》中有如下评价：

"'孤岛'时期的散文创作引人注目的上海作家，如王统照、胡山源、师陀、李健吾等，在沦陷时期大多很少有散文作品发表。取而代之，在沦陷时期的上海散文天地中呼风唤雨、显目惹眼的，除了前节所述作家之外，主要还有予且、谭正璧、张爱玲、苏青和柳雨生等。

……

"谭正璧在这一时期的散文代表作，是1944年6月出版的《夜珠集》。在为该集所写的《自序》中，谭正璧说：'……开了我自从学会写作以来生命史上的新纪录。'《夜珠集》的散文，按内容不同分为四集，归入'元集'的是具有学术性的议论文，如《韩侂胄论》《谈金圣叹》等；归入'亨集'和'利集'的，分别是回忆旧游、怀念故人的叙事；抒情文，如《南京梦忆》《忆白冰》等，归入'贞集'的是模拟鲁迅《野草》的言志抒情文，如《夜之颂》《生命的美丽》《善与恶之颂》等。谭正璧谈论古人古事，以坚实丰厚的学养为支柱，不乏独到见地；他回忆往事、怀念故人，在朴实真切的叙事中糅合着深挚的感情，又不免带有悲凉的气氛和色彩。'拟野草'的言志抒情之作，篇幅短小，字里行间洋溢浓郁的诗情画意，并有丰富的象征、寓意，表达一种讴歌生命、激励上进的志向。谭正璧认为自己当时的散文，'缺少一种青年人的朝气和毅力，虽然在《拟野草》中也曾经喊出一些似乎'希望''前进'的呼号，但是如果放在世故老人的显微镜下，就会给它发现已是'外强中干''力竭声嘶'的。这当中可以看到谭正璧的自知之明和自律自严，也可以看到当时的社会环境和生活境况，给作者心境和文学写作留下的历史印痕。谭正璧在这一时期，还发表了不少研究中国古代小说、戏曲的文章，钩沉辑佚，掘隐发微，不乏学术创见。"

五、与黑暗搏斗迎接黎明的曙光

艰辛不屈隐故乡，埋首操觚志如钢。皂白是非秤一杆，尽扫阴霾迎曙光。

1945年9月3日，在经历了十四年的艰苦的奋战，终于迎来了抗日战争的最后胜利。但和平没有真正到来，生活依然十分艰难。谭正璧任中国书报社编译所所长，主编《书报》，因受坐班制约束而无法顾家，一月后即辞职，在家为其审稿，拿一半薪金一万元法币。当时米价为几十万元一石，可知生活之艰辛，曾以苞米粉、洋山芋等充饥。

年底前，短篇小说集《琵琶弦》《血的历史》由中国书报社出版发行。两书分别用历史借喻和现实直书的手法，揭露和鞭挞了日伪汉奸凶残奸诈的险恶行径；颂扬了普通老百姓反抗外倭，殊死相拼的民族正气。《琵琶弦》由发表在抗战时期的作品集成；《血的历史》则由抗战前后的作品集成。说起此书的出版，还有一段缘由：

"昨天之前，我根本没有想到过，我会有着把这一本小册子出版的必要的。但是，昨天，我看到了一篇文章，这是几位最能知道我的

《书报》《琵琶弦》《血的历史》（1945年）书影

学生专程跑来告诉我而我才看到的，竟无缘无故地置我于什么文坛健将之林，我便觉得有一种严重的力在压迫着我。八年来一言难尽的困苦生活没有把我磨折死，而这一种力却在威胁着我此后的生存，于是我不能不把这几篇曾在各种不同的刊物上发表过的文章重印出来，请大众来作公平的判断。因为'事实胜于雄辩'。

"但是这些文章大半都发表在与敌伪不无多少关系的刊物上，所以不能不在这里略作申明。我以为如果一个做地下工作的人，为了工作上的必要，而不得不混到敌伪组织里面去，国法不以为有罪，那么我虽然不是奉命而行，而把这种普通刊物所不能发表的文章在与敌伪有关的刊物上发表出来，在我良心上是万分可告无愧的。这全是事实，像本册里的《琵琶弦》，因为在《春秋》发表，所以那本来和前两段文章同样长短的第三段文字，系影射敌人加我的暴行，全给敌伪检查处删去了，只剩了寥寥数语，以致第一段中所写秦努才经过那荆棘遍地的街道所引起悲愤的原因，在后文中竟失去了交代。又如《孟津渡》原名《迎王师》，《永安月刊》已排就将付印，给伪检查处全部抽去，但我不甘心，终经改换题目在外埠的一个有背景的周刊上一字不删的发表了出来。还有其他的因了我的文章而牵累编者受到种种麻烦，和出版者受到无谓损失的事，不知道有过多少次，正是一时言之难尽。"

第二部　激荡的岁月　　149

下面是当年（1943年）《永安月刊》的郑逸梅给谭正璧的退稿信函：

正璧先生：

　　许久不晤，念念。

　　尊著《迎王师》一篇，经检查处察阅，认为有抵触语，不许刊登，兹特奉还。乞台端别撰一篇，俾增光《永安月刊》篇幅。但该刊十日发稿，务祈于十日前赐寄南京路永安公司五楼广告部郑留君收是幸。匆此

　　即颂

著安

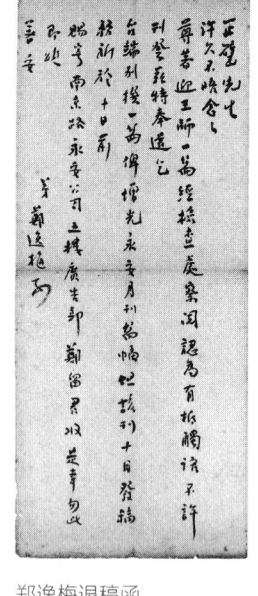

弟郑逸梅顿首

郑逸梅退稿函

　　"我认为莫大遗憾的，就是在敌伪势力笼罩下的文坛上，反而从不曾有人目我为他们的同类；到了现在应该分别黑白的时代，反武断地置我于我向所不屑与之为伍的什么文坛健将之林，那即使斫去我的头颅，夷我的十族，我也不甘于承受。而且因此使我深深后悔，我不曾学那真的存心只为稿费，而始终不露他的真姓名写稿的人。因为假使当时我也这样做，至少可以不致引起敌伪的注意，而且还可以写些阿谀敌伪的文章来博取较高的稿费，而又永远没有人加我以什么文坛健将的丑号。如果做得十分秘密，到了现在，还可以摇身一变，而博得'忠贞文人'的荣名。但是在我，如果真是这样做时，虽然或许可以一时侥幸免去别人的指摘，可是良心的责备，将使我终身感受莫大的痛苦而无以自拔，我还是绝不愿意这样地做的。（以上均摘自《琵琶弦》题记）

　　王慧青在《档案集萃》中，就看到的《书报》第一期评论说：

　　"《书报》1945年11月20日在上海创刊，由中国书报社编译所编辑，郑友灯发行。该刊以研究复兴民族文化、介绍新书刊、文化动态和重要作家、刊载读书感想和文化人士的抗战生活回忆、新书题记等

为主，仅出一期即终刊。

"上海市档案馆馆藏《书报》第一辑，1945年11月20日初版，16开本。

"该刊主编谭正璧（1901—1991）一名谭雯，字仲圭。江苏嘉定人（今属上海）。1923年入上海大学中文系学习。1934年任北新书局编辑。抗战期间，任新中国艺术学院院长。抗战胜利后，在中国书报编译所任职，主编《书报》杂志。短篇小说集《琵琶弦》是谭正璧四年中借史事来暴露敌伪丑恶的小说，曾在抗战期间严密的敌伪检查制度下漏网登出，而博得大量读者的赞许。经作者重新整理，这次由中国书报社作为中国文库之四出版。该刊上他的《"琵琶弦"题记》就是为该书出版而作。文中写出了该书出版缘由，作者当初写这些文章的用意'我始终紧抱着两个主旨："一是借题来灌输抗战意识；一是借事来暴露丑恶。"'同时，作者讲述了自己被人误会、曲解和遭受敌人迫害，以致家人贫、病和离散的苦难。并表示'此后如有适当的机会，我还要把我和这相类的文章陆续重印出来。'

"该刊第一篇文章是梧群的《复兴中国新文化之路》，从世界文化的趋向与中国新文化运动的起来、抗战前后的文化动态、如何适应民族特性、肃清恶劣的行帮主义和别忘了学术无国界一句话五个方面来阐述其观点；易成章的《郑振铎先生》一文作为专门的作家介绍介绍了郑先生的工作、爱好、著作和他的研究，尤其是着重介绍了日军占领上海租界后，郑先生便正式隐居了，虽也有人逼他出山，参加敌伪组织，可是他坚持不屈，保全名节。

"赵易的《痛苦的回忆》讲述了作者因为日本的侵华战争损失了收藏的新文化运动以来直到战事开始为止的各种珍贵文学资料和书籍，以及作者自己历年来出版的著作、日记等，所有这些都成了作者痛苦的回忆，由此说明战争给中华人民带来的损失是不以计数的。

"书评汇辑栏目汇辑了登载在各大书刊的文人写的书评文章，有傅雷的《〈勇士们〉读后感》（美国EiniePyle著，林疑今译，生活书店经售）、杜若的《腐蚀》（茅盾著，知识出版社发行）、奴斋的《读

〈甲申三百年祭〉》（郭沫若著，野草出版社刊行，生活书店经售）、平凡的《啼笑皆非》（林语堂著，商务印书馆发行）、史漪湄的《读〈谢晋元日记钞〉后》（朱雯编选，正言出版社发行）。此外，还有〈文化动态〉登载了国外、国内和本市的文化新闻等。

"《书报》虽仅出一期，但对了解抗战结束后的人民复兴中国文化、揭露敌伪的罪恶和抗战中百姓生活的战争文学，是不可多得的资料。（来自"上海档案信息网"）

这里需要说明的是赵易的《痛苦的回忆》是谭正璧用"赵易"笔名叙说的亲身经历。

《复兴中国新交化之路》一文，实为谭正璧亲笔所作。"梧群"这个笔名在他作品中共见到两次。这是第一次，第二次是1946年，在《茶话》杂志上所发表的文章——《狸猫案抉真》。"梧群"应该是"悟群"的谐音，意为唤起民众建设中国新文化。抗战胜利的到来，他踌躇满志，期望看到新文化走上健康之路。

其时，谭正璧编辑了一套"中国文库"。《书报》首页，即封面上刊登了的广告：

《中国文库》第一辑出版预告
　血的历史　白荻著　怎样惩治汉奸　张天百著　苏联的胜利　徐金寿著　琵琶弦　谭正璧著　重归祖国的土地　怀无疑著　缅甸远征记　百里文著　胜利的故事　杨荫深著（以上七种即将出版）　罗斯福总统　义民新传　大战中的新发明　曹禺论　鲁迅先生这样说

中国书报社发行这套书我能看到的是六册——《血的历史》《怎样惩治汉奸》《琵琶弦》《重归祖国的土地》《缅甸远征记》《胜利的故事》，其余的大概都未出版。

这年冬天，陆士谔医师已病故，幼子陆清源自后方回来。其表兄弟是杜月笙的学生，因为看中了谭正璧住的客堂楼，当时此屋可顶十到二十根金条，地段又好，不知他又如何探得谭正璧在抗战时为党做

黄渡东街故居遗址

过地下工作，遂冒充中统，再三威胁谭正璧。为了一家老小的安全，谭正璧被迫率全家离开上海，于1946年初的农历年底重返故乡黄渡老宅（现为新黄路11弄14号）隐居。不久有《大都会》报刊登了署名惜春的短文《谭正璧病困乡居》：

"谭正璧——好久不听见他的消息了，他自从被房东勒逼他搬出汕头路后，便一脚边把全家索性一起搬到了故乡——黄渡。

"他在黄渡过着悠闲的生活之余，闲常也写写稿子寄到沪上各刊物来发表，但是因为感到稿费的如此低廉，最近他更在东门租了几亩田，预备丢掉笔耕生活让锄耕来代。

"然而手无缚鸡之力的劳心的文人如何抵得住出卖劳力的劳工生活？终于最近他的气喘病旧疾复发起来，他病倒了。

"一病倒，写稿更不能为了，生活上当然因之生了问题！写到这里我不禁为文人们奋笔三叹，文人诚大不易也！"

长子中时在立信会计学校学习，下半年入江苏省立黄渡乡师读高一；二子庸在上海苏民中学读初二，暂居"正丰"典当行的表姐家，秋天转入震川中学读初三。这又是一段终生难忘的历史："血雨腥风压锦城，蹂珠攫玉一轮轻，路人侧目泪盈盈。　避地自推世外好，宁家那得桃源行，奈何虎穴潜偷生。"（摘自《花残月缺词》，调寄《浣溪沙》，作于1975年）这时有储品良和谭正璧的学生叶联薰一起去探望他，谈及此事时，谭正璧不由得感慨不已。

嗣后，大东书局经理陶百川（原《民国日报》副刊《觉悟》的副

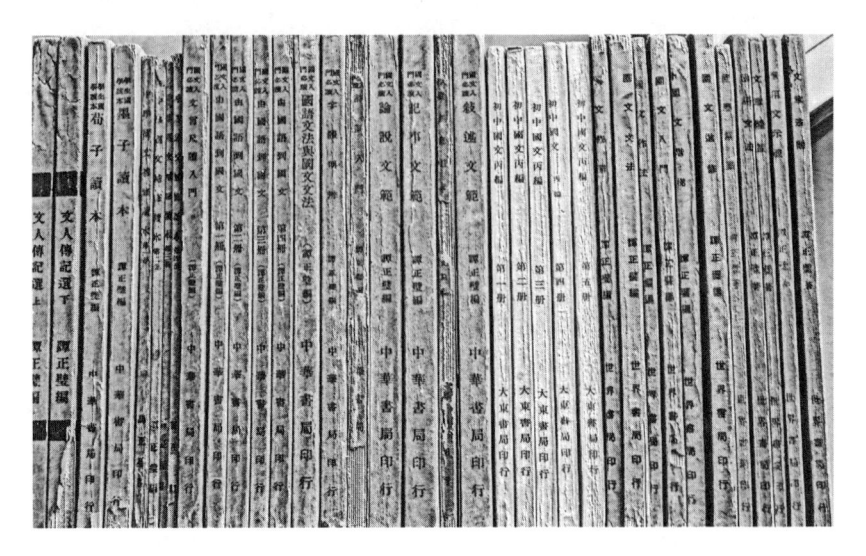

谭正璧的部分著作

主编）约谭正璧编高中读本一组，为语法、修辞、国学六种，预支了一半稿费一千五百元，当时没有经验，未换成米，到过了年已不值钱了。几经惊吓，身体甚感疲惫。时还为广益书局编译白话文的《古文观止》（未出版），并在《茶话》《海风》等杂志投稿。

"在四十年代后半期的上海文学中，小说创作最为兴盛。这一时期先后发表过小说的作家，少说也有百余位。而经常发表小说及文学写作以小说为主的作家，或小说作品虽然不多却产生一定影响的作家，则有四十余位，其中包括巴金、师陀、艾芜、包天笑、徐卓呆、谭正璧……这时期上海小说创作的大部分作品，特别是足以作为这时期上海小说创作代表性成绩的作品，基本上都出自上述四十余位作家之手。可以说，这四十余位作家是这时期上海小说创作的主干。""谭正璧的短篇历史小说，取材的视野更为广泛，从春秋战国到唐、宋、明、清，……这些现实题材的作品，也对当时的社会黑暗与邪恶，给予一定的揭露和谴责，对受侮辱、受迫害者给予真切的同情。"（摘自陈青生《年轮》）

1947年黄渡乡国民教育研究会成立，盛慕莱任会长，谭正璧为顾问。当年，寻、常入小学读书。3月12日，双生儿壎、篪诞生，因

谭寻的毕业证书

妻慧频病重难愈，女儿寻读完了小学五年级遂辍学，帮助父亲料理家事。

当年，乡民代表会成立。对此，谭正璧写下了《我做了乡民代表》一文，登载于1947年3月26日《申报》副刊《春秋》上，文章中一针见血地揭露了某些蒙骗百姓的假民主、假民意现象以及当时社会中的某些丑陋行为，同时他也盼望早日实现真正的民主宪政。现摘要如下：

"在这实行宪政的呼声高涨之际，我也当起乡民代表来了。经过了种种接触后，却发生了许多感想。因为这是感想，所以写出来在这里发表。

"乡民代表是一乡的民意机构，在一乡里等于县参议员，一省一市里等于县市参议员。所以乡民代表会是民意机构的最下层组织，却是最最能够直接代表民意的。但说来可怜，一般乡民代表当选的时候，却不知道这是一个什么玩意儿。都以为不过用来代表乡民选举县参议员，替人抬抬轿子罢了，所以大家都有些讨厌担任这个名义。我想：这不单是我们这里一乡是这样，恐怕全国倒有百分之九十九的乡镇是这样吧！而且，说也可怜，不要说一般的代表，都曾身历训政时期,而都还不明瞭自己所负的责任是什么。就是我这个在大学毕过业得称文学士,而又当过大学教师的人,平时也留心一切法令,起初也委实不曾十分明瞭乡民代表到底是什么玩意儿。还是在当选之后,拿有关的法令来研究了一下才恍然大悟的。

"因此我想:假使一乡的乡民代表选出了,乡民代表会成立了。而这些乡民代表都不知自己应该做的是什么而一味听受乡行政机关的指挥,乡行政机关要叫你通过什么议案,你就通过什么议案,这么一来,本来有许多事情是由乡行政机关负责任的,现在他可以把责任推到你身上来。你不但不能代表民意,有负乡民的推选,反而代乡行政机关捐起木梢来。自己做了傀儡,受了利用还没知道,这是实行宪政时期一件非常危险的事情。

"还有一种情形,当了代表的,虽至不知自己应该做些什么事情,可是有些略懂皮毛的,又以为乡民代表会是一乡最高的权力机关,乡民代表是一乡的特殊人物,有着特殊权力,便假用代表的名义和力量,在当地武断乡曲,鱼肉乡民,承袭那过去土豪劣绅的行为。这不是我的杞人忧天,实在已经听到过,在县参议员中有过这样人物,所以不敢说在乡民代表中一定没有。这种情形和前述情形是一样的不利于宪政的推行,这都是一看就明白的。

"所以我有一种愚见,以为:乡民代表不比县省市参议员,因为他们的知识程度只要有国民学校毕业的程度就可以,所以在当选之后,当由上级机关加以训练,至少须用方法使得他们明白自己处于怎样一种地位,应该做些什么事情,和乡行政机关的关系如何,然后可以教他们行使职权,成为真正的民意的机构,而促成宪政的实现。

"这次我当了乡民代表去参加第一次代表会议时,承大家推我做主席,我就不客气立即对各位代表申述两点:一、不要因为是个起码的乡民代表,不像县市参议员的显赫而以为不屑做,因为这倒是民意机构最最下层的组织,是最直接的民意机构,是代表民意最直接的代表;二、在座是代表全乡民众的意见,并且监督乡行政机关的,和乡行政机关处于对立地位,所以如果不能监督乡行政机关,或乡行政机关有了错误而不去纠正，和一切不行使法律上所规定的我们应该做的职权，那就是失职而对不起全乡民众的付托。接着我又把法律上所规定的我们应该行使的职权大略说了一些。……"

对于当时社会上的丑陋现象，谭正璧总是给予毫不留情的抨击，发表在《申报》的《"王魁型"》就是一例，现摘录在此：

"……'王魁负心'在当时别的戏曲小说里成为常见的口头语，比了现在的'阿 Q'更见常用，这是欢喜阅读通俗文学的人谁都知道的。……

"另外，我还可告诉出一桩实事：胜利后，有个青年得了官回到上海，他在乡下的父亲知道了，会同几个至亲，带了许多土产来看他。他住的是洋房，坐的是汽车，父亲到了他家里，他从办公处一回来，就进入太太房里，始终没有和父亲见面。后父亲不耐烦了，等他早上出门上汽车时截住他，他还是一语不发，皱着眉头，连连摇手。父亲不知所以，怔了一怔，就给他坐上汽车，一溜烟地逃走了。后来父亲问那佣人，佣人告诉他，因为老爷怕太太听见了惹恼，所以叫你别响。父亲一怒，就带了至亲回乡去，从此立誓不再和他这位做官的儿子相见。这是一桩千真万确的事，这不是个很典型的'王魁'式人物吗？

"所以我们别看《王魁负心》是个庸俗的故事，他在当前时代的社会里，还是做官人物的'典型'，这就是我所谓的'王魁型'。"

另一篇登载于《申报》的《河阳猪肉和惠山泉》一文，更是借喻苏东坡——河阳猪肉的故事，以及丘长孺——惠山泉的故事来展开，无情地讽刺当时社会"月亮也是外国的好"的那种奴隶相，矛头直指当时的统治阶级——"权威"，现摘录在下：

"……月亮是外国的好早已成为大众的口头禅，连货币也是外国的好，银行也是外国的好，所以美金票的价格尽管在高上去，而外国银行里的中国存款也只有增加而不见汇回本国来。就拿我们本行来说，同样一句话，如果出于一位被捧为权威的口头或笔下，不都认为金科玉律，谁也不能加以非议反对吗？

"然而河阳猪肉和惠山泉,在没有辨别力的人的嘴里果然真伪莫辨,然而在实际上多少有些和普通不同的地方,而现代的外国的什么都好,权威者的什么都对,这个所谓'好'和'对',却大可研究,究竟如何,还是要看下回分解,现在却还不能就下定论。

"多年前,我曾经把袁宏道那篇文章编入一本给中学生读的《国文选本》里,下文有'此事正与东坡河阳美猪肉事相类'一语,当时因没有查出'河阳猪肉'的典故,所以全部书中独有这个典故没有注出。后来有一位细心的读者专程写信来问我,我就老实告诉他,且许他查出后必定奉告,谁知等到查得时,我已把他的通讯处遗失,使我一时无法告知,很是怅怅!现在附记在这里,权当给我那部《国文选本》的一般读者们一封公开的信,而且顺便写出了如上的一些感想。"

这年,谭中在黄渡乡师就学期间,积极参加我地下党领导的反饥饿、反迫害的学生民主运动,教师也支持学生,校长却要家长领回学生,谭正璧去领回儿子中时对校长说:"学生组织自治会提出的要求是合理的,校方要向学生借米一石(所谓'借',实质不还),我付不起。"时任校长的龚家驷向嘉定县政府告发,县长徐竹漪派法警持传票来要谭正璧去,另外县长徐竹漪又发了函请。他对谭正璧说:"你

谭中(1929—2004)

儿子是共产党，常去上海。"谭正璧答以："去上海是和我一同去的，为了约稿的事；你们不要逼他当共产党，过去我也参加过学潮，为此说我是国民党，结果我真的对国民党感兴趣了。"徐听了后，表面上同意学生组织自治会，但反对游行、贴标语，并答应谭正璧从中调解。不久，学生的开除信来了，当时县长上属民政厅管，校长上属教育厅管，双方亦有矛盾。为此谭正璧又去找徐竹漪交涉，遂与八位学生家长一起商量，最后在徐竹漪的调解下，学生得以复学，学潮得以平静。

谭正璧当年曾写了一篇《"名"与"实"》的文章，就是针对此事所作："在公立学校里，所谓公费生，当然一切学、膳、宿，甚至制服杂用等费，例由公家供给，而且我也在报上，看到过教育部颁布的堂皇条例，也是这样规定。然而事实呢？我有一个孩子，去年考入了一个省立师范学校，初入学时，照例要交医药、图书、实验、材料、制服等费不必说，而且还要白米八十斤，不交清楚，休想住进学校里，当然更休想上课。据说白米八十斤，是因省里公费拖欠，学校里垫不出来，所以暂借，等到学期结束，照数发还。话既说得颇近情理，而且所费总比其他学校为省，不缴又不成，那只有奉命唯谨了。

"谁知这却成了例规，每个学期开始，总是通知因为公费拖欠，要学生每人暂交八十斤白米。去年上学期粒米不还，下学期到将近暑假，学生要求发还，闹了一次风潮，弄得大众皆知了，于是才允许发还。然而发还了多少呢？大概是不到七折八扣。本学期呢？听说要请学生捐助给学校，又不发还了。

"我以为要收膳米，爽爽快快明白规定，要多要少，让大众公开知道，读得起的自会来读。现在学生担了公费生之名，将来毕业后每人都有服务三年的义务，而权利却只享得一部分，那不是名不副实吗？在外国的所谓公费生，我想决不如是。

"因此，我想到，这全是个'名'与'实'的问题，中国古代圣人，对于名实问题，看得十分严重，可是从古以来，中国民族，一向犯着这个名不副实的大病。甚至建立一种学说，创办一种事业，动机缘由,都找得极好,可是大都另有目的。嘴里所说,往往和心里所想的,完全不是一样。"

其时,大革命时期被打倒的土豪劣绅金翰林之女儿,在抗战前曾嫁给甘肃省某厅长,抗战胜利回来时,与他人相搭,被丈夫抛弃。谭正璧曾写小说《桃色的复仇》,所叙即以金曾诬告谭正璧的盛姓同学的父亲吃鸦片,而使被投入狱中,经设法递状保出,而金从中渔利为蓝本的故事。此时,她搭上的一个米店老板正在当乡长,又欲寻机诬陷报复。为了免遭不测,夏日,谭正璧一家又迁居母舅家的安亭南镇(井亭桥石角厅南面钱家七坊里)居住,时不属嘉定而属昆山管。

谭正璧继续从事写作,除了受中华书局之约,编注《学生国学读本》六种《老子》《荀子》《墨子》《庄子》《韩非子》《礼记》外,又修订抗战时期所写历史故事、社会小说和历史剧,分别编成《拟故事新编》六辑,有《三都赋》《还乡记》《莎乐美》《摩登伽女》《胜利之歌》《龙耦》,及社会小说二十五篇编成的《蘖楼小说集》、历史短剧八种和长剧四种编成的《蘖楼史剧集》,其他论文杂著编成的《中国文学枝谈》《中国文学韵谈》等。

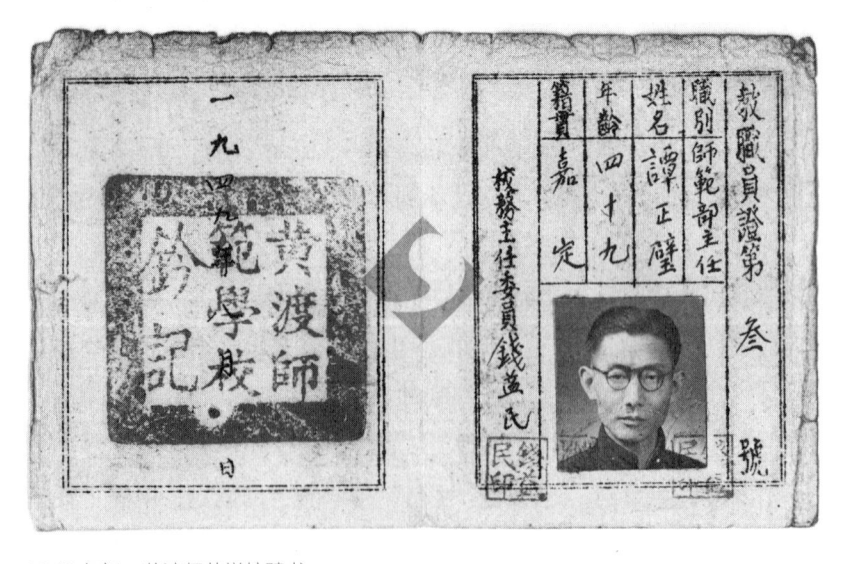

1949年初,黄渡师范学校聘书

"我现在住的地方，是在镇（安亭）的南梢，离祖居和震川书院有一里左右路程，可是和这里只有一水之隔，却是震川先生生前常居住在那里读书的地方——就是'世美堂'遗址。世美堂本是震川先生岳家王姓的产业，筑于明朝成化年间，'有屋百楹，堂宇闳敞，极优雅之致'，可见这所建筑是相当宏大的。到了嘉靖年间，王姓中落，把它抵偿了欠债。那时，震川先生恰在岳家读书，经夫妇商酌之后，因王夫人不忍'顿有黍离之悲'，震川先生也爱它地方幽静，就决定由他分年偿还债款，把它赎了回来。……

"可是说来惭怍，迁到这里已经半年，我对于这近在咫尺，而又是平时万分景仰的大作家的故居遗址，时时想去拜访，却是始终没有实现。虽说是为了生活，没有一刻儿放得下笔，然而毕竟也近乎荒唐。近日'寒风惨慄，木叶黄落'，终日伏案，手僵足缩，忽然想起了震川先生《畏垒亭记》中的名句，追缅他当时'呼儿酌酒，登厅而啸'的景况，更不禁悠然神往。于是掷笔而起，戴帽围巾，决定前去寻访。

"下楼出门，迎着北风，渡过小桥，向西过了井亭桥，再回身向南，渡过一座木栏小桥，便到了田野。背江西望，除远处村庄外，平畴一片，只见橘黄颜色，这时心中早已满怀着苍凉之感。于是按照《安亭镇志》所载，循路前去，仿佛到了所谓'世美堂'的遗址。但只有枯草半村，不见墙基柱础，似乎久已没有屋宇。就是堂北那座万福桥，三接的石梁，靠河北的那一接也已经断掉。走到桥上，回身四顾，满目荒凉，不堪久望。俯视断梁之下，流水潺湲，亦莫睹浮鳞来往。这时北风更烈，吹人欲堕，遂退下桥来，想找人问讯。可是这时正是农暇时节，四下无人，即牧牛村童，也不见影踪。漫步再向南走去，不知不觉走到了公路，偶然回头观望，只见镇上白墙黑垣之中，夹露着几处红墙，那是这里著名特多的庙宇。看见了这些，忽然想起如归震川先生那样一代文豪，凡是进过学校的人谁都读过他的文章而知道他的名字，可是他的住居之地，却没有人崇敬他，甚至只有极少的人知道有他这样一个人，不如那灶神火神，反而到处有人立庙礼拜，不禁为之愤愤不平！"（摘自《记抒情文大家归震川》，原载 1947

年7月《申报》之《自由谈》）

1948年，谭正璧在震川中学任图书馆主任，兼教简易师范及初三的国文，时任校长是樊翔。震川中学因归震川先生及震川书院而得名，1946年5月，由昆山、青浦、嘉定三县商定改组"私立震川中学"为"昆青嘉三县公立震川中学"，并将震川书院产业全部拨充震川中学基金。

当时由香港海洋书屋寄来的解放区出版的书籍，如《北方丛书》《大众文艺》《北方画报》及其他共产党的宣传品等，有些名

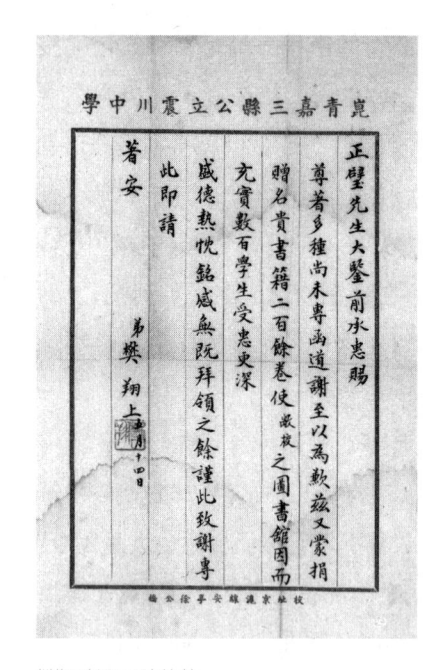

樊翔致谭正璧的信

义上给图书馆，实际上是给谭中的；因为图书馆收到宣传品是可以不承担责任的，但寄给个人就会有麻烦了。邮局局长侯清廉与谭正璧很友好，把寄来的书都直接送到他家中。谭中在1948年4月5日即加入中国共产党，并参加党的地下工作。

1949年5月上旬，中国人民解放军直捣国民党反动派的老巢——南京，又挥师南下。国民党反动派苟延残喘，垂死挣扎，百倍疯狂地杀害共产党人和进步师生。时黄渡乡师被责令解散，学生也被迫离校。谭正璧冒着被敌人察觉便会砍头的危险，把长子中及因交通被中断无法回家而偕同前来的进步学生（其中有共产党员及青年学生孙镇、张佳佩、周瑞珍、朱雅芳等）藏匿家中。风声鹤唳，一夕数惊，漫漫长夜，盼迎曙光。据孙镇回忆："人民解放军以雷霆万钧之力，以泰山压顶之势，连连歼灭敌军，国民党兵败如江堤溃决，望风窜逃，连克了丹阳、常州、无锡，我的家乡昆山县正仪镇也在4月28日上午解放了，我与家里暂时失去了联系。5月11日上午接到组织上通知，为了我们的安全，要我们12日晨分散撤离学校。……谭中同

志来看我。他对我讲：我家在安亭镇上，到我家暂住几天。我毫不犹豫地跟着他就走。谭中同志的父亲谭正璧是一位著名作家，他当时在安亭震川中学任教，他平易谦和，可敬可亲，同情和爱护革命青年。当晚我和谭中同志住在一起，一灯荧荧，斜月在窗，促膝谈心到深夜。因为地下党组织都是单线联系，为了遵守党的纪律，所以我们都没有暴露身份（直到中华人民共和国成立后我们在昆山旧米业公会会址集训时，才公开了党员身份）。黎明前传来了阵阵枪声，清晨我走到街上，天空下着蒙蒙细雨，看到人民解放军先遣部队已经到了，发现街头巷尾有人跑来跑去，相互转告安亭解放了！度过了漫漫难明的长夜，终于迎来了新的曙光，心中充满着无限欣慰，我转身回到谭中同志家里，兴奋地告诉他'天亮了'！并向他提出要立即回学校去，谭中同志的年纪比我大，是一位可敬的老大哥，他性格内向、深邃，处事老成稳健，尤其在紧要时刻显得更加成熟、冷静，他沉思了一下说：'今天不要急于回校，仍留在我家里，等到明天再定。'那天似乎过得特别长。14日早晨吃过早饭，我匆匆地告别了谭中同志，道谢了谭正璧老师后回到了学校。家住在附近的同志也都返校了。几天不见面，有隔世之感，大家握手言欢，兴奋激动……"（孙镇《往事回忆》，载1989年《嘉定文史资料》第三辑）还有让他记忆深刻的是谭正璧家中的书籍比学校图书馆里的还要多。

暑假后，谭正璧奉命参加接收黄渡乡师与震川中学，两校合并为黄渡师范学校，并任校务委员、师范部主任及图书馆主任。同年，代表黄渡师范出席苏南区第一届教育工作者代表大会，被推为起草委员会委员。

第三部

青史留长卷

一、执教黄渡师范和齐鲁大学、山东大学

受聘北上执教鞭,幸逢知遇勤作茧。养病南归行路难,风雨人生奋力攀。

黄渡师范学校

1949年下半年,黄渡乡村师范与震川中学两校合并为黄渡师范学校。谭正璧受时任松江专区文教处王处长委派,负责接收黄渡师范。到正式接收开始时,却没有让他参加有关工作,而是由上面派来的钱局长(钱益民)来接收并兼任校长,同时委派了教务主任,对此变化他当然难以理解。

大概是年底或1950年初,谭正璧到上海的华东军政委员会,找到时任财经办公室主任的蔡辉,由他为谭正璧开具了抗战期间参加中共皖江区城市工作委员会的地下工作的证明。随后谭正璧又到嘉定县政府将此件交给时任县委书记的王雨洛政委,王政委当场即将此证明面交组织部部长陈如同志保管。同时,谭正璧向王政委提出了加入共产党的愿望,王政委要其留在党外为革命工作。其实,中华人民共和国尚未成立时,就有朋友以为谭正璧是共产党内的人,如当时安亭邮局的局长侯清廉,为此在1949年临近解放时,他就来问谭正璧是否应该

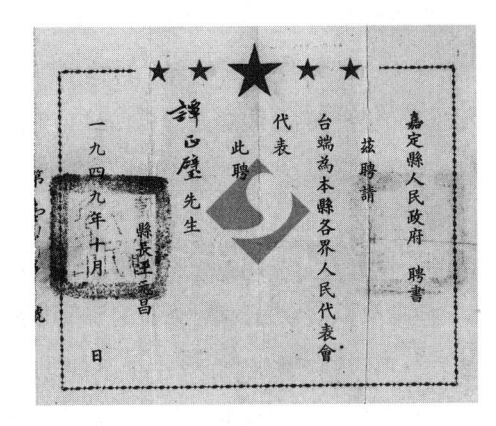

1949年10月,谭正璧被聘为嘉定县各界人民代表。这是聘书。

留下来迎接胜利，而他也正是听了其意见，没有跟国民党去台湾。以后他们一直是好朋友。还有安亭送报的苏志高，他曾惊奇地对谭正璧说："你不是共产党员啊？"

黄渡师范分为师范部和初中部，谭正璧任校务委员、师范部主任、图书馆主任，并担任师范部全部历史课程。钱局长担任校长半年后，曾对谭正璧说过如有困难可申请补助，并说有一笔不入账的钱，可以每月给予补助。谭正璧知道这种钱是"烫手"的，当面就给予回绝了。记得当时有一次，钱局长和谭正璧一起去无锡参加文教工作会议（时嘉定属江苏省管辖），还为其派了勤务员，并要其代为管钱，他每天问其拿了钱出去花。文教处的干部要谭正璧发挥老教育工作者的作用，给外行的钱局长多提意见。谭正璧知道那时就有一位党员曾对钱局长提过意见，但不久后就被调走了。无锡的苏南文教处曾两次来信邀谭正璧去商谈，但他都未收到来信，也不知是何缘故。

1949年、1950年，谭正璧先后被推选为嘉定县第一、第二届人民代表，又任苏南文教工作者代表大会代表暨起草委员会委员，并担任嘉定教工筹备委员会委员兼宣教科长。同时还加入了文学工作者协会华东分会。又被聘为苏南文联青年创作指导委员会委员。

1950年5月，值上海解放一周年前夕，更使谭正璧缅怀起在上海即将解放时为中华人民共和国的诞生而殉难的盛慕莱烈士，为此作《追念盛慕莱烈士》一文以记之，载25日《新闻日报》上，全文如下：

"大上海解放的周年纪念日快要到临，盛慕莱烈士被害也快一周年了。他被害的日子是五月廿四日，正是大上海开始解放的前一天。

"盛烈士是华东苏南区嘉定县黄渡镇人，和我是同乡，所以我们自幼就常在一起。他从省立黄渡乡村师范毕业后，一直在本地教育界服务，他被害时，还正担任着黄渡中心小学校的校长的名义。

"他的已故妹妹盛毓芸同志，也是黄渡乡师毕业生，早就加入共产党，所以盛烈士得和党中地下同志发生联系，参加工作。抗战期间，和中共皖江区贸易局长蔡辉同志取得联系，在上海以中华物产公司名义为掩护，采办电料、药品、棉布、机器、钞票纸等主要物资，

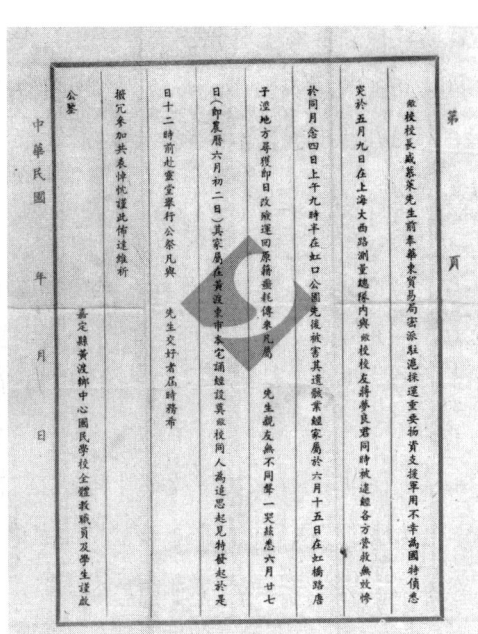

盛慕莱

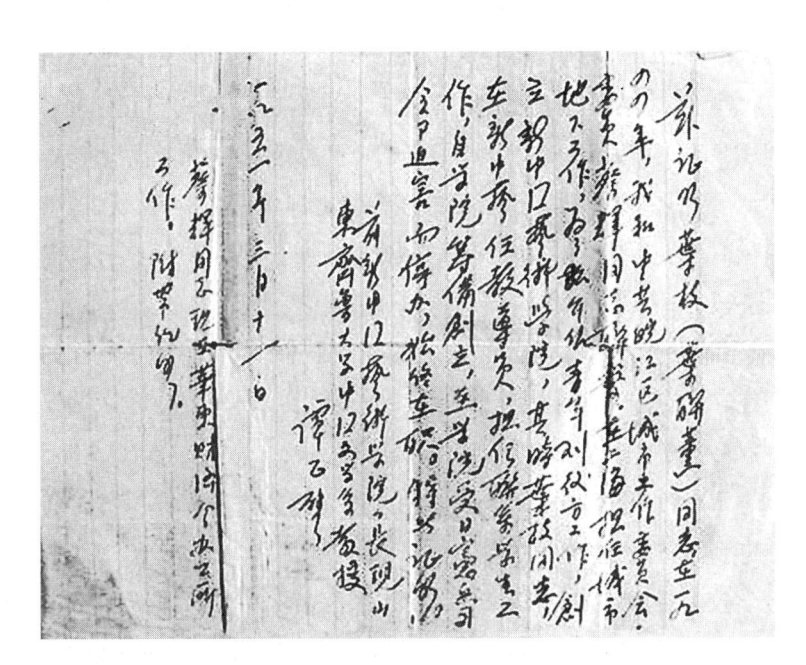

谭正璧为学生叶枝出具的有关中共皖江区城市工作委员会地下工作的证明

第三部 青史留长卷 169

秘密运往皖江区新四军七师辖区支援军用,很有劳绩。那时我也和中共皖江区城市工作委员会取得联系,招致上海爱国青年到后方工作,因此在上海开办新中国艺术学院,这学院大部分经费,就是由中华物产公司支持的。

"胜利后,盛烈士继续接受指示,经常往来青岛、扬州、上海等地,致力于物资交换工作。对于此后人民解放军的进展,曾尽了他可能尽的力。一九四八年底,汤匪恩伯密令嘉定县长徐竹漪逮捕他,卒由他堂兄盛俊才先生设法掩护,得以逃脱到上海。但从此不能再在本乡露面了。

"一九四九年四月,人民解放军胜利渡江,盛烈士化名蒋梦兰,住在他的学生伪地政局测量总队职员蒋梦良的家里,更是积极参加地下工作,策动义警及工人,迎接解放军解放大上海。不料因采购卡车预备军用,事机不密,经手人方松声被捕,盛烈士同蒋梦良也都于五月九日被捕。初时拘入四马路警察总局,严刑逼供,冀得重要线索,扩大逮捕地下同志。但是时解放军已迫近上海,匪军准备逃走,遂于二十四日上午九时,把盛烈士和蒋梦良在虹口公园枪杀。他们的遗骸都由普善山庄派工收埋于虹桥路唐子泾公地。解放后,盛蒋二家属多方找寻遗骸,直到六月十五日才发现,遂于十七日迁回黄渡原籍,正式举行了葬礼。

"目下台湾快要解放,蒋匪帮的残余势力即将完全消灭,盛烈士虽然在世时没有目睹大上海的解放(仅仅相差了一天),但也可以含笑九泉了。"

"浮图耸立入玄穹,无数英雄终此中。日暮凭栏低首望,浦江如梦夕阳红。"(摘自《古稀忆游集》之《龙华塔》,作于1972年)这就是对盛慕莱、夏采曦及所有烈士的深切怀念。

蔡辉(1913—1952),又名蔡志伦、蔡悲鸿,农民家庭出身,南汇县新港乡人。蔡辉年幼时,在家乡和川沙读小学,1927年进入黄渡师范学校。因闹学潮被开除,后转入上海吴淞中学。1928年加入共产主义青年团。1930年蔡辉考取新陆师范学校插班生,继续读书,并从事学生运动。1932年,蔡辉于新陆师范毕业后,担任川沙县民众文化教育馆馆长，因搞革命活动，不久被免职，遂去上海从事工人运动，于 1933 年转为中共正式党员。1934 年蔡辉回本县组织了社会科学研究社，但不久被迫解散。1936 年，蔡辉在上海因出版秘密刊物《求生》而被法租界逮捕，判刑一年，抗日战争前夕出狱。1937 年冬，蔡辉在浦东从事抗日活动，成立"浦东抗日救国宣传团"，并任团长。1938 年，蔡辉又在奉贤县筹建奉贤县人民自卫团，自任团长。因处境困难，自卫团只存在两三个月便自行解散。1940 年，蔡辉任江南抗日救国军司令部的财经处处长，兼任沙洲县长。其间，他领导反对日军经济封锁的斗争，取得了显著的成绩。1941 年，蔡辉撤到苏北后，担任新四军六师后方办事处主任。1942 年秋，皖江贸易局正式成立，蔡辉任局长。1945 年 2 月，新四军七师的皖江贸易局改为"大成贸易公司"，蔡辉任经理。他为解决新四军和根据地所需的医药器材、药品而忘我工作。国共和谈破裂后，大成公司奉命北撤到山东。1948 年 8 月，胶东解放，大成公司宣告结束，蔡辉转任山东省政策研究所主任。中华人民共和国成立后，蔡辉任华东军政委员会财委办公室主任。1951 年的"三反""五反"运动中，蔡辉被审查，并于 1952 年 1 月 15 日含冤去世，终年三十九岁。1982 年，中共中央组织部委托上海市委给蔡辉复查平反，恢复党籍，恢复名誉。

当年，二儿子庸自国立高等机械学校毕业，分入上海电线厂（后改为上海冶炼厂）工作。而长子谭中自中华人民共和国成立后即参加革命工作，被安排在昆山县政府工作，为供给制。

这一年的下半年，谭正璧因病辞职，在家养病期间，为中华书局、北新书局、广益书局等特约撰稿。其中有中华书局出版的《农村应用文》、北新书局出版的《大众书信》《大众应用文》、广益书局的《太平天国》《楚汉春秋》已交稿，未出版，等书。

1950 年，美帝国主义悍然发动了侵略朝鲜的战争，战火一直燃烧到鸭绿江畔长白山下，严重地威胁着中国的安全与生存。在这生死存亡的危急关头，党中央及时作出果断决策，号召全国人民奋起反击并派出志愿军赴朝参战，与朝鲜人民同仇敌忾，并肩战斗。

1950年，谭正璧与儿女们。前排：谭篪；中间：谭正璧（左）、谭壎、谭中（长子）；后排：谭庸（二子）、谭寻（姐姐）

齐鲁大学与山东大学

　　1951年2月，由上海转来齐鲁大学的信，邀谭正璧前去任教，后来得知厦门大学当时亦曾发信邀他前去任教，但未能联系上。遂携全家同往济南，任该校中文系中国文学史与语法修辞教授，兼任《齐鲁学报》编委。"解放后，他曾到苏南文教学院来接洽过工作，那时我亦在那里，见过他。工作没有成功，后来就到了山东齐鲁大学，在中文系任教。他身体不很强健，视力尤其差，不久，便回到了上海。"（胡山源《文坛管窥》）当时同往的还有孔另境（他是沈雁冰的妻弟）。齐鲁大学的发端可追溯至1864年的登州文会馆，那是旧中国十三座教会大学之一，1917年由其与几所学堂合并后在济南扩建，正式定名为齐鲁大学，堪称中国最老的大学。

　　当年的学生纪馥华回忆："谭老师备课十分认真，讲课内容充实，重点明确，能一层层进入问题的核心，使学生容易听懂，更重要的是，他并不要求学生死背传授的知识，而是把掌握知识的钥匙交给学生，使学生能够举一反三的运用知识，在老师教的'中国文学史'一

谭正璧与三子谭常在齐鲁大学寓所（1951年）

课的学期考试中，我意外地荣获一百分，使许多同学都感到惊异，于是纷纷询问老师，老师答曰：'因为他能举一反三，解答了我所没有教的。'可见老师要求学生读书不要死记硬背，而要灵活有创意。其实那时我刚上完一年大学，虽然读了几本中国文学史、文学理论以及中外一些文学名著，在老师讲完课以后，再去读一些与论题有关的著作，解答考试题时能将课外接触的资料和看法糅合到老师讲的内容中去，自己并没有什么独特的见解，不过可以使答案显得较为充实较为完整而已。但对我而言，老师的这种鼓励无疑增加了我对古典文学的兴趣，并从此走上了研究古典文学的道路。可见多鼓励学生是教育学生使学生成长的好方法，这在当今来说是公认的教育原则，可是在六十年前只有少数的教师才能做到这点。"

谭正璧在受邀参加了山东省文联召开的全省文学工作者代表大会后，参与发起组织山东省文学工作者协会，被推为省文协发起人并被选为委员。其时，正值抗美援朝高潮，他被校内推任宣传工作。耳闻目睹美帝国主义的罪恶行径，谭正璧再也按捺不住满腔怒火，疾笔奋书，写下了三千六百行字的《生产捐献四字经》，鼓励人们响应党中央的号召，努力增产，积极捐献，全力支持抗美援朝的正义斗争。此文读来朗朗上口，铿锵有力，现摘录数段。这是声讨美帝侵

略野心的:"和平阵营,巩固坚强。美帝强盗,害怕成狂。不顾信义,昧尽天良。占我台湾,侵我邻邦。人民朝鲜,无辜遭殃。城毁村灭,人死田荒。狼子野心,非常显明。侵占朝鲜,继续北进。犯我领空,伤我居民。消息频传,全国共愤。"这是歌颂中国人民志愿军英勇杀敌的:"我军作战,气概威武。一以当百,勇猛如虎。飞机坦克,视有若无。弹雨枪林,一切不顾。敌人惊逃,友邦欢呼。最后胜利,必属于吾。"这是揭露

谭正璧与女儿谭寻,儿子谭常、谭壎、谭篪在大明湖历下亭(1951年)

美帝暴行的:"传闻有虚,眼见必真。美匪暴行,说也可恨。城市成墟,庐舍无存。男遭屠杀,女被奸淫。如此残酷,灭绝人性。更有婴儿,枪端殒命。"这是高声疾呼努力生产支援前线的:"工人进厂,早到迟出。日增一时,星期不息。如此加工,月增八日。工日既增,便多收入。捐献自易,达到目的。……农民下田,晚归早出。深耕细作,多打粮食。找寻荒地,加工垦殖。还可畜牧,发展副业。多编草器,勤织布匹。增产所得,尽以献纳。……文艺人士,教育人士。经济乏力,爱国有志。加紧学习,提高政治。努力写稿,义演艺事。一次不足,分期分次。坦克大炮,源源自至。"这是满怀信心展望胜利的:"集腋成裘,点滴成川。所得尽多,尽以捐献。人民银行,代收代办。捐献汇集,送往前线。飞机成群,大炮齐全。新型坦克,凌厉无前。以此御敌,敌人逃歼。以此攻坚,无坚不陷。敌寇消灭,和平实现。"当时,全国人民在党中央的领导下,团结一心,同仇敌忾,抗击美帝侵略行径的决心和行动——展现在眼前。

抗美援朝斗争的节节胜利，极大地鼓舞着全国人民。谭正璧怀着对党对祖国对人民的一片赤忱之心和对帝国主义侵略者的切齿痛恨，在女儿谭寻的协同努力下，编撰了"真实的故事"丛书，其中有颂扬中朝两国军队和人民奋勇抗击侵略者可歌可泣事迹的《英勇的战士》《血战长津湖》《无敌志愿军》《百战百胜》《活捉美国兵》《朝鲜英雄》；有讴歌抗日战争与解放战争中涌现的中朝英雄战士和英雄人民的《血溅运河桥》《光荣的母亲》《朝鲜姑娘》；有赞美劳动模范努力增产支援前线的《三夺红旗》《白衣战士》；更有揭露美帝和日寇侵略暴行的《血海深仇》《阴谋毒计》《日帝的血掌》等十四册。由于这些小册子通俗易懂，真实可信，深深激发了读者的爱国主义、国际主义精神和打败侵略者的高昂斗志。此书亦因此再版、三版。经修改的宣扬中华民族爱国主义精神的历史演义丛书《苏武牧羊》等十四种重新出版。谭正璧也尽了一个炎黄子孙应尽的努力。

近暑假，院校合并，齐鲁大学的中文系、历史系两系并入青岛的山东大学，医学院仍留在济南。

山东大学，其前身是 1901 年在济南创办的官立山东大学堂，历

《生产捐献四字经》、"真实的故事"丛书（1951年）书影

第三部　青史留长卷　175

经社会变革,她在曲折前进的道路上和祖国同呼吸、共命运,拥有和培养出大批有真才实学的人才,为祖国的社会主义建设事业做出了应有的贡献。

王统照(1897—1957),现代作家,山东省诸城相州镇人。曾就读于北京中国大学英国文学系。参加过五四运动,编辑杂志《曙光》等,1924年就任中国大学教授。1934年赴欧,并在英国剑桥大学研究文学。1935年回国后,从事文学创作。抗战胜利后,任山东大学教授。中华人民共和国成立后,任山东省文联主席、省文化局局长等。作品有小说集、散文集、诗集、译诗集等。

齐鲁大学并入山东大学后,时任大学校长为华岗,兼任党委书记,中文系主任为吕荧,都是当代学者。并校时谭正璧原本打算辞职,但所教学生,其中有纪馥华、卢海英等(成为终生挚友)希望其带他们到毕业。吕荧得知后,给谭正璧发了聘书竭力邀请,于是1951年9月全家迁居青岛,华岗、吕荧对谭正璧颇加礼待,安排他的一家住在一座小山半山腰的一栋大房子的底层两间。山东大学人才济济,教中国文学史的有著名学者陆侃如(他还是学校的副校长)、冯沅君

谭正璧与女儿谭寻,儿子谭常、谭壎、谭篪在青岛鲁迅公园海滨水族馆前

夫妇,时任副校长还有童第周。谭正璧被安排任中文系的国文语法修辞教授,并任校刊《文史哲》编委。同年加入中国历史协会山东分会。同时并入山东大学的还有另一所华东大学,并由该校原领导任山东大学的教务主任,其人与校长华岗不合,他们之间的派系争斗连学生也能看出来,那时就有谭正璧的学生对他说:靠你自己一个人在这里是站不住脚的。谭正璧是一个只知认真做学问和认真教授学问,而讨厌那些无谓纷争的人。在怀念当年与学生纪馥华的师生间深情厚谊时赋诗:"十年阔别梦相守,积愫难凭鱼雁倾。桃李盈门满千百,缘何独见一枝亲。""山岛风云别一天,独怜孤客劝南迁。方知海市非真事,铩羽归来白发添。"(摘自《古稀忆人集》)

在纪馥华的《师恩如山,无日能忘》中说到当时景况:"在老师任教的三四个月期间,我经常到他住家的半山宿舍去,除了聆听教诲外,还拜读书架上陈列的众多书籍,其中有老师早年出版的《中国女性的文学生活》(1930年出版)和《中国文学家大辞典》(1934年出版),前者约三十余万字,后者百余万字。当时我经常翻阅商务印书馆出版的《辞源》,共四百多万字,编写者多达二十四人,而老师的

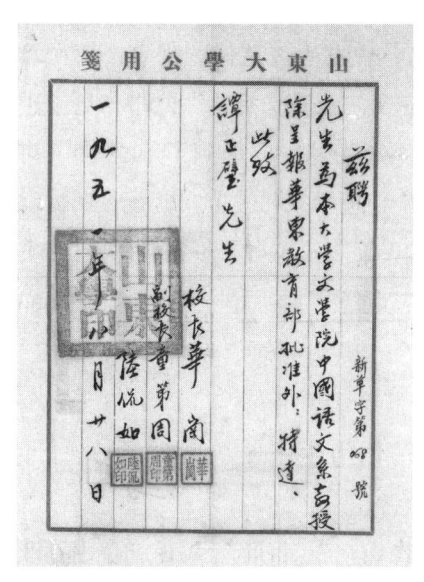

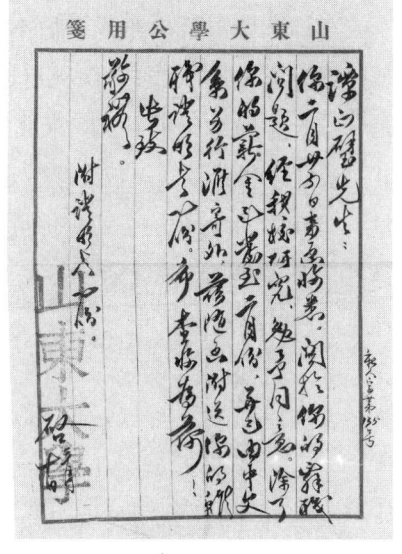

山东大学的聘书、信件

那两本书却是一人独立完成的。不说别的,以前没有中文打字机,更没有电脑之类的工具,这一百多万余字全仗一笔一画写出来的。在闲聊时,我问老师是什么力量驱使他从事这么艰辛的工作。回答是:'家境贫穷,要靠版税养家;兴趣,因为对所写的内容有浓厚的兴趣,写时并不以为苦;使命感,当时以上两种工具书奇缺,读者有此需要。至于《中国女性的文学生活》一书,写这本书的动机,绝大部分是源于对中国妇女几千年来被压迫的同情。你有没有注意到,与客观叙述女性的文学生活不同,我在书中是倾注了全部感情的。'这番话对我影响至深,终生难忘。特别是后两点成为我此后学习和著述的座右铭。"

时值秋冬季节,谭正璧的宿疾支气管哮喘大发,不得不经常请病假,无法按时正常上课,经医生检查,发现有肺结核的嫌疑。医生告诉他:青岛系海洋性气候,你的病在这里不易治愈,以回南方休养为宜。实际上是早年肺病已愈的灶斑,也不知是什么时候得过的,而当时的医疗水平还不能确诊。谭正璧遂向华岗校长请假,他颇加安慰,并即允准,嘱其安心回南方医治,待康复后再销假不迟。但他对其及其他知识分子的关心使谭正璧终生不忘。

在谭正璧离开山东大学后不久,曾发生过这样一件事:束星北教授因为侠义肝胆之举,险被迫害追究"反革命行为"之事,后来硬是让校长华岗给压了下去,束北星在劫难逃……但到了1958年,束北星被送强制劳教,一位杰出的理论物理学家和教育家就此长期被埋没,"学可济世何坎坷,言堪惊世太天真"。(摘自苏步青所作挽诗句;详见《李政道的启蒙老师——大学者束星北》一文)而此时,华岗亦在先前已身陷囹圄。

南归昆山写作为生

1952年1月,谭正璧率全家到昆山,因当时长子谭中在昆山县政府工作,借住在任家弄3号,这是有着一个大院子、近乎花园小洋房的住处，屋主是一位正在就读的小姑娘，她的父母到台湾去了，而她则依靠出租房子供自己读书和生活；后又迁至半山桥居住，即亭林路68号。不及三月，山东大学教务处来信紧促返校，其时谭正璧尚在医疗中，即使返校亦不能上课，为此迳请辞职，嗣得回信同意，且附离职证明书一纸。从此，就在昆山安心养病，但为了生活，继续写作。同年次子庸加入共产党；四子常入南翔农业学校就读；幼子壎、篪上半年入里所小学幼稚班，下半年入昆山第一小学初小一年级读书。其间，谭正璧曾去苏州治病。是年夏日，苏州东吴大学中文系主任凌景埏教授曾邀请他下学年去担任中国文学史课，但到时东吴大学改组为苏南师范学院，人事变动，此事遂作罢。

1952年，谭正璧响应《人民日报》社论所提出的"正确地使用祖国的语言，为语言的纯洁和健康而斗争"的号召，重新整理在齐鲁大学、山东大学两校授课时自己所编写的教材，在女儿的襄助下，编写成《基本语法》和《修辞新例》。另外，又编写成"语文小丛书"七种，其中《语法初步》是采用当时小学语文课本中的句子作例句编写成的，为供小学语文教师参考之用；《修辞浅说》是作为通俗读物来编写的，所用辞格虽不满二十，但常见者都已包含在内。由北新书局出版。早在1949年前，谭正璧就曾编写过《国文文法》与《国语文法》等语法修辞类著作，即将文言文法和白话文法相互并提做比较，列出异同之处，在文言文的例句后均附白话译文。这年，谭正璧北上山东时留在安亭的藏书用房被占他用，只能另租别处。年底，上海棠棣出版社聘谭正璧去任总编辑。

棠棣出版社成立于1938年10月，设址广东路广福里内，经理徐柏堂，系绍兴稽山中学上海分校校长，兼出版社编辑，1941年在香港病故。经改组后由徐启堂任经理。出版的第一本书是史沫特莱著《为中国自由而战》，出版后即遭查禁。当时主要出版物有《华北前线》《新四军漫记》等二十余种。因时遭敌伪搜查而改用长风书店名义发行，该社被迫改营文具。太平洋战争爆发后，曾先后内迁桂林、重庆，其存货纸型在柳州车站的大火中损失。抗战期间出版过平心的

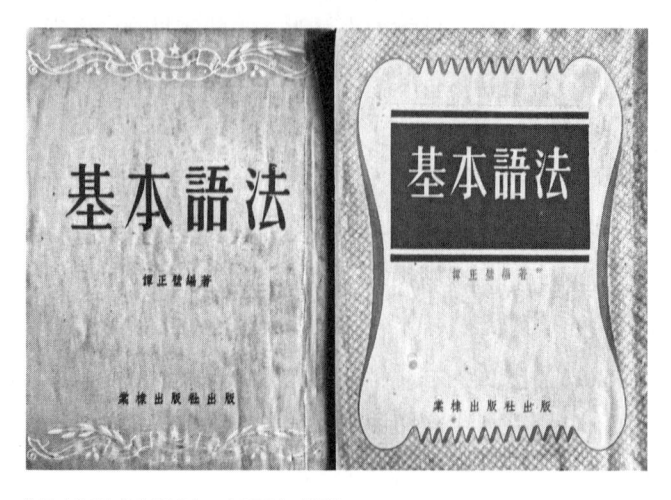

《基本语法》(1952—1953)书影

《习作初步》书影　　　　《修辞新例》书影

《论鲁迅的思想》等书。抗战胜利后迁回上海，以长风书店名义复业，店址山东中路128弄201号，1953年加入上海文艺联合出版社。(《上海出版志》)

1951年以后，棠棣出版社出版工作改由许泉林负责。1953年前后，棠棣与文光、文工、国际、上杂等联合组成上海文艺联合出版社，1956年大合营时，五家同时并入新文艺出版社（今上海文艺出版社）。(摘自《百年书业》之徐鉴堂《上海棠棣出版社简史》)

二、《基本语法》《文史哲》案和著述

《语法》《修辞》与《习作》，热销何故起风波？莫名险入胡风案，杏林砚田颠沛多。

《基本语法》及其命运

《基本语法》和《修辞新例》两书中所用例句完全采用《中国人民文艺丛书》《中国文艺建设丛书》等最新文艺作品中的句子，而内容较教学时尤为充实；其间谭正璧为收集例句，得到女儿谭寻不少努力相助。当年，谭正璧在齐鲁大学初教修辞课时即根据陈望道氏《修辞学发凡》授课的，故举例全用古文诗词中的句子，当时同学曾提出要求，希望兼用白话文句子做例句，因为多数的修辞格式的例句在白话文中颇难找见，所以以前讲修辞格著作，绝少有引用白话文做例句的，他也只能从众。谭正璧在后来编写成的《基本语法》中全部采用新文艺作品中的例句。《基本语法》一书系综合各家所有语法系统，以具有普遍性和一般性为原则，讲述本国现代语法的种种基本规律，有分析词、语、句的组织形态，词类的性质，短句的属性，句子的成分，直到词位的变化；并一一举例详加阐说。《修辞新例》系总结中国历来种种的修辞形式，依据构造和作用，分为材料方面、意境方面、词语方面、章句方面四大类，每类再详分细目，举例说明用法；其主要目的在于显示：使用修辞在写作上所起的种种效用及新文艺作品的成就。此书采用陈望道先生的《修辞学发凡》所定的三十八种格式时，仅增加了"抑扬"一目，并将"节缩"和"省略"合为"节省"一目，而其例句亦全从新文艺作品中去找，开始着手时还以为那些比较曲折深奥的格式，必不能在新文艺作品中找到，谁知结果竟大

谬不然，而且那些在古文诗词中亦不易找到的例句，在白话文中反而不属罕见，有的还触目可得，可见"事贵实践"，确是真理，故《修辞新例》全书竟得意外顺利地完稿。又编写的《习作初步》，所述不是一般的作文方法，而是指导学习写作文艺作品的初步方法，从修辞炼句谈起，一直至怎样成段成篇地叙述故事的过程及描写种种人物和不同环境的方法，并引用新文艺作品中的成句或成文做例证来说明。为此，谭正璧购买了全套"中国人民文艺丛书"和"中国文艺建设丛书"，并认真浏览，摘录资料。

谭正璧编著的《基本语法》《修辞新例》《习作初步》于1952、1953年陆续出版。《基本语法》送新华书店，月销一版一万册，风行一时，以后每月添印一万册，当年共印了十万册。《修辞新例》《习作初步》亦如此，《习作初步》出到五万册。当时家庭的日常生活及所购藏书就依靠这些收入维持。就在此时，由北京发行的《中国语文》杂志上发表了加上"编者按"的批评文章，暗示这是一部反动著作，因此新华书店停止发行，且退回存书。《修辞新例》同出版不久的《习作初步》一起遭受殃及池鱼的命运，被打入了冷宫。在每年出版的《全国新书目》内，凡署谭正璧真名的著作都受到"无情打击"的遭遇。谭正璧《基本语法》所遭遇的只不过是当年文艺界中所发生的一系列"故事"的一部分，这就是耐人寻味的历史。

胡山源先生在《文坛管窥》中谈及此事时一针见血地指出："他因身体健康关系，不能再出外教书，唯一的出路，那就只有奋其如椽之笔，多多写作。也许可说'运气'，一本《基本语法》，在经济上大大挽救了他。因为解放还不久，这类书籍，新型的就只有他一本，全国需要量非常大。此书有那时私营'棠棣出版社'出版，可抽版税，在此书被扼杀时，大约就抽到二万元。不久，同类的书，由国营的书店出版了，不言而喻，《基本语法》遇到了无情的打击，从此毁版。

"这时，我也编了一本工具书《小说习作》，由谭兄介绍，也在'棠棣出版社'出版。大约只发售几天，就遭扼杀，并且这本书和另一本《小说是什么》（北新书局出版），一直受到围攻，经数年之久。他的《基本语法》虽然'运气'，但其最后的命运，也和我的书差不多，同归于尽，我们真有些同病相怜的情况。……"

经与棠棣出版社联系，拟迁居上海，这是许泉林给谭正璧的信件之一：

正璧先生：

惠函及证明书收到，劳动局已发给自行雇佣申请书交我店填报，问题大致可以解决，关于迁移会籍，名称前已抄给，但我的意见认为经劳动局核准后迁移此比较妥善，好在定为时不久的，《基本语法》新华开始添货，并主动发往各地希洽之，劳动局的意见希望你在山东大学离职时的文件交来一阅，所以希望你寄来。

明由人行汇上百万元，希收。此致
敬礼

弟许泉林启

一九五二年十二月十一日

《红楼梦研究》成书请校阅一次，有误可在三校时更正。

1953年，谭正璧举家迁至上海市南京西路591弄（润康邨）140号。为将户口迁入，先到上海市的劳动局登记，起初不予准许，后经证明他是"工属"，即儿子是供给制，他需自己赚钱养家，遂被允许"转入"。谭正璧每天去棠棣出版社坐班半天，另半天在家编写了《习作初步》一书。壎、篪入南京西路第一小学读书。妻子寄居在安亭堂侄谭梅生家，由谭正璧出钱盖的新屋中养病。

南京西路591弄，又名润康邨，这是一条地处市中心静安区（原属新成区）、近成都北路的一条不小的弄堂。正对南京西路弄堂口的对马路是新成游泳池，游泳池旁边是静安新邨，马路的中间横着四根有轨电车的铁轨。

走进大弄堂，地上是一块块方正的小花岗石铺成的"弹格路"，

谭正璧上海寓所所在小区

左手边有一所小学——南京西路第一小学，早年叫清心小学；右手边则属上海体育学院；往前有两扇大木门，记得"润康邨"三个大字就在大木门的上方。走进大门，左手边开着一家小烟杂店；往右边转个弯，一条当年感觉很宽阔的大弄堂展现在眼前，两旁各有七八条小弄堂。整个弄堂几十幢房屋的结构和外形各不相同，它是由不同的老板买下地后按各自的意愿设计建造的。位于左手边好多的房子的楼下都是以前的汽车间，它们比一般的住房要矮了许多，这时都已成了住户的房间，而且还有地下室。当时在弄堂里还有几家小饭店、酱油店……

　　谭正璧所租的房子在右手边第四条小弄堂底，由一向北的没有门的门进去，右手边的142号到弄底是老板一家住宅。左手边就是140号，谭正璧的新家就在这里的底楼，这两幢连在一起的楼是一个老板建造的四层楼建筑，140号出租给房客，由二房东打理。这里就是平时进出走的后门。这底楼前后南北两间，原先是二楼贺家的客堂，谭正璧通过朋友介绍，租下了这里。

这幢房子的外墙是红砖的、清水墙面，居住的人家多了，当然只能从后门进出，而位于天井中的大铁门则是很少开启了。这个家前面朝南的一间大约十八平方米，外面还有一个十多平方米的天井；后间楼梯旁是约十平方米的一小间，只有朝北的两扇小窗靠着东墙，这窗正夹在与右边相邻的那幢房子的夹弄内，窗外就是灶间外的小天井，这里一天到晚几乎都晒不到太阳。原先这是设计给用人住的房间，现在这一间就成了谭正璧必不可少的藏书库。前面一间放上了一张很大的双人写字台，一张床，当年还有一只晚上可以翻开当大床用的大沙发，靠墙当然还是书架。吃饭自然也在同一间屋里。以后随着子女长大，只能在螺蛳壳里做道场——在后面的小间里安了一张自己加工成的双层叠床……

因为到家要走进弄堂里百米多深，所以可算是一个闹中取静、比较适宜写作和居住的地方。朝南的天井隔着小弄堂，对面是一排四层楼青砖外墙的建筑，在正对家对面的四楼屋顶的平台上又加出了第五层，把本来不太好的光线又给吞噬了一部分；而弄底的大墙外就是体育学院的大操场，靠墙有两棵参天的大树，春天一到浓荫遮天，既挡住了西晒的太阳，又抹掉了一部分射来的光线。为了使房间变亮堂一些，谭正璧淘来了几扇旧的门窗，自己动手进行了改造后，在原来通往天井的房间大门的门框上安装了玻璃的门窗，原来那扇不透亮光的大门只是在家中没人时才会被关上。

在小天井里种上了花草，那棵几十年的木香早已攀上了墙头，如今还能在墙外看到它的身影，每到春天就会缀满数不清的白色的重瓣小花，散发出沁人肺腑的阵阵幽香；它伴随和见证了谭正璧后半生近四十年所走过的风风雨雨；也阅尽了谭正璧埋首窗前，生命不息、研读不休、笔耕不止的朝朝暮暮。院中还有粉红色的胭脂花、大红的美人蕉、蓝的红的牵牛花、会结金黄色果实的金丽子、刺人的月季蔷薇……；清晨，鸟儿飞来栖息歌唱，白天蝴蝶翩翩飞舞采蜜；到了秋日的晚上，秋虫奏鸣……；侍弄花草也是谭正璧调养身心的一桩乐事。"夜色茫茫翠色微，木香摇曳蔷薇低。芭蕉着露珠沉落，蛱蝶恋香款款飞。"这是谭正璧于 1979 年在《秋夕偶成》中所描述的居舍小园，夕阳西下时的情景。

那时候，家里有一台收音机，当然是电子管的，虽然其貌不扬，但在当年已是一宝了。除了每天必然要听的新闻，记得傍晚的滑稽档、晚饭后的评弹档都是谭正璧每天工作和生活中必不可少的一部分。20 世纪 50 年代中，谭正璧还曾与女儿谭寻一起用它在广播中认真学习俄语呢。

谭正璧在棠棣出版社任职一年，主持出版了《中国古典文学研究丛刊》。

当年谭正璧应邀参加了《解放日报》的《红楼梦》座谈会及市政协召集的《红楼梦》座谈会与文字改革座谈会。

一年后的 1954 年，上海各私营文艺出版社奉命合并成上海文艺联合出版社，社长为李俊民，谭正璧被聘为社外编审委员。王古鲁所译日本青木正儿《中国近世戏曲史》曾交由他校勘一通，他为其订正了多处日文本原有的错误和遗漏。

"1954 年 9 月，中华书局出版了《中国近世戏曲史》的修订版，署名'青木正儿原著，王古鲁译著'，王氏得以分享部分著作权，是因为增订版中王氏增补了近三分之一的内容和材料。至于郑译本，因为被王译本的迅速取代，以后再没有重印过。对于中华书局版，王古

《中国近世戏曲史》（1954 年）　　《元曲六大家略传》（1955 年）

鲁是十分不满意的，他在 1955 年 8 月的一篇识语中，很不客气的批评了中华书局的编印质量，所以才有了 1956 年 1 月的上海文艺联合出版社新版。王氏在新版识语中提到，'请人校阅，经细心校核，除校出标点混乱及错别字不少外，还校出好几处原书错误的，我过去所没有注意到的地方，这是我必须郑重表示谢意的'，这里的'校阅'的'人'，其实就是谭正璧，不知为何隐去其名，现在恢复其名，以彰谭氏为此书做出的些许贡献。"（摘自《中国文学史旧版书目提要》补遗二十四，陈玉堂编著，黄山书社 1985 年版）

出版社又交给他校对了俞平伯的《脂批红楼梦辑本》。

1955 年谭正璧编著的《元曲六大家略传》由上海文艺联合出版社出版，这是他几十年研究的成果。《元曲六大家略传》为《中国古典文学研究丛刊》之一，曾请吴晓铃先生（1914—1995，我国著名的戏曲研究专家。1937 年毕业于北京大学中国语言文学系。1949 年后任文学研究所研究员）作序，其中说："谭正璧先生的《元曲六大家略传》对于研究中国戏剧历史的人们是有用处的。他把所能见到的资料都搜集在一起，并且细心地排列了一下，这会节省人们的无数时间和精力。在这样的资料供给的情况下，人们可以对这六个有名的戏剧家做进一步的、更深入的研究工作，给他们以适当的评价。""关于资料的搜集可以说是无穷无尽，费力而不易讨好的，然而这是一个基础，有人在做这类工作是会得到人们的欢迎的。""费力而不易讨好的"，吴晓铃先生的说法十分正确，只有这方面的专家才能如此一言中的。元代杂剧作家的生平事迹向来绝无整篇传记可考，仅能在野史杂记中发现一鳞半爪，如《录鬼簿》《辍耕录》《尧山堂外记》之类，故《元曲六大家略传》的编成采用纲目体，以极简单的记传及作品名目为纲，而据纲作详细的阐发和考证为目，因此只叙王实甫、关汉卿、马致远、白朴、乔吉、郑光祖等六人的传略，全书竟有二十余万字之多，反而较之一般整篇传记为详尽。三版时又修订一过，故日本汉学家波多野太郎教授曾两次为此撰文介绍。

谭正璧开始编辑《清平山堂话本校注》。宋元话本在中国小说史上占有十分重要的地位，它继承和发展了前代说唱文学的成果，确立了白话小说这样一种崭新文体，形成了人民群众喜闻乐见的民族形式和风格，为后世通俗小说的繁荣开启了先路。当时话本的数量很多，仅据《醉翁谈录》所著述，就不下百余种，但大多散佚。此书系汇集明清平山堂所刊《六十家小说》总集另本十五种并《雨窗》《欹枕》两集残本十二种以及阿英所得残篇两种而成，用其他话本集中相同的话本互相校勘，且每篇附加考证，校勘记共有五万余言。《清平山堂话本》是较早期且有影响的一种话本集，所以弥觉珍贵。《校注》中对于各篇中人名地名，见于古代典籍的，如有误谬，悉据古代典籍改正，附入校中。原为缺文或墨丁，以及印刷模糊，不能辨正之处，亦皆校中注明；其可臆断改正者，并注明当作或疑是某字，以俟再考。其误文夺字，以及颠词倒句，可以臆断改正者，亦皆在校中注明；不可者仅出校而不做改正。此外，经后来各选本修改之处，亦逐一出校说明，以资比较，而兼借此以正误夺。

胡风案及《文史哲》风波

此时不能不说一说若干年后的一桩公案——由胡风案引出的山东大学的《文史哲》风波。那是 1955 年"胡风反革命集团"案发时的事，校长华岗不知为何也被牵连。华岗生于 1903 年，1925 年加入中国共产党，一生为事业而奋斗。1949 年春到山东大学任教授，讲《社会发展史》。1951 年，院校合并后，受命任山东大学校长兼党委书记，由于胡风案牵连的强加罪名而被捕入狱。他在狱中写下近百万字的文稿，有《规律论》《美学论要》等，正是"双膝未膑当知足，可酬热血换文章"。这样一位有才有志的备受师生尊敬的共产党人于 1972 年 5 月 17 日在狱中含冤去世，直至 1980 年 3 月 28 日被彻底平反。

原山东大学中文系主任吕荧生于 1915 年，学成于北京大学，在校主讲文艺理论课，年轻有为。1951 年，校内有人在《文艺报》（5 卷 2 期）上发表文章歪曲指责他的学术观点后，他据理力辩，却未获支持，于是愤然离开了山东大学，到人民文学出版社任高级翻译员，时任该社社长为冯雪峰。1955年的5月25日，在中国文联与作协主席团召开的联席扩大会议上，宣布了对胡风的处理，吕荧站出来说："胡风不是政治问题，是认识问题，不能说他是……"这时即被人打断话语，他的政治观点当然受到了无情的批判，而他本人也理所当然地被打成了胡风分子，来年被甄别。

就在1955年山东大学《文史哲》第八期上，刊登了由袁某等三位同学写的《揭露吕荧反革命的文艺思想》一文，将谭正璧作为吕荧结党营私的拉拢对象，并加以莫须有的诽谤。谭正璧当时早已离开山东大学，根本没有也不可能有这一回事。但在当年此说非同小可，直接地影响到谭正璧的前程和生活，文化出版社原准备给他出书，却因此不敢再约他了；文联出版社约他审好了的稿（戏曲方面的）也不敢公开表示感谢了；当地的户籍警也经常上门来"访"；反右时更不敢约他写稿。谭正璧为此向市检察院提出了申诉，市检察院叫他向山东的地方报纸反映。谭正璧写给好几个地方的信都没有结果。当时幸好有一位在全国人大工作的朋友，他建议谭正璧向高等教育局反映，高等教育局果然转信给了山东大学，要他们认真处理。起初山东大学来信答复他说：因他没发言，就认为他是在袒护吕荧，其实这是不对的，表示歉意。谭正璧对此当然不满意，于是要求他们仍在《文史哲》上声明道歉，以消除由此所造成的无理恶劣影响，他们却不予理睬。为此谭正璧只能再写信到高等检察院申诉，此信又转去后，他们才不得不在该刊物上刊登了由写文章攻击他的作者所写的道歉文章进行公开道歉，这样的结局在当时已经算是破天荒的了。

《更正启事》全文如下：

在一九五五年夏天，为了揭露吕莹过去在山东大学中文系的许多活动，我们曾根据了一些教师和同学们的检举材料，综合写成了"彻底清算胡风分子吕荧的罪恶活动"一文，发表在"文史哲"五五年八月号上。（编者按：原文先在"新山大"同年七月十三日发表）

> **更正啟事**
>
> 在一九五五年夏天，為了揭露呂熒過去在山東大學中文系的許多活動，我們曾根據了一些教師和同學們的檢舉材料，綜合寫成了《徹底清算胡風分子呂熒的罪惡活動》一文，發表在"文史哲"五五年八月號上。（編者按：原文先在"新山大"同年七月十三日發表。）
>
> 這篇文章第三節的開頭，曾提到了譚正璧先生。原文是這樣兩句話：
>
> "呂熒曾利用其系主任的職位，把候令調整的譚正璧拉到山大來作為其親信。這位譚正璧為了效忠呂熒，曾經舉起了那根枯黃的手贊成全系教師寫信並加蓋中文系的圖章到文藝報去為呂熒的卑劣行為辯護。"
>
> 由於當時寫稿的急促和疏忽，沒有能夠作到采取最嚴肅負責的態度，對所引用的材料，也未一一加以對證，致使上面的兩句話中，有與事實不符處。
>
> 為此，我們提出做一更正；並向譚正璧先生表示歉意！
>
> 　　　　　　　　　　　邢　　袁　　楊
> 　　　　　　　　　　　　　1956.11.19。

《文史哲》与胡风案（1955年）

这篇文章第三节的开头，曾提到了谭正璧先生。原文是这样两句话："吕荧曾利用其系主任的职位，把候令调整的谭正璧拉到山大来作为其亲信。这位谭正璧为了效忠吕荧，曾经举起了那根枯黄的手赞成全系教师写信并加盖中文系的图章到文艺报去为吕莹的卑劣行为辩护。"

由于当时写稿的急促和疏忽，没有能够作到采取最严肃负责的态度，对所引用的材料，也未一一加以对证，致使上面的两句话中，有与事实不符处。

为此，我们提出做一更正；并向谭正璧先生表示歉意！

邢××、袁××、杨××

1956.11.19

事后户籍警告诉谭正璧"你总算没有事了"；统战部也约他相谈以征求意见，谭正璧提出四子常即为此事影响了入团——当时常已在实习，因此直至分配到上海工作后才入了团。事后谭正璧回想起来，还真叫后怕，如果他当年没有离开山东大学，真不知会有什么样的后果呢！这里不能不联想起前面的《基本语法》及由此引起的一切。不知是何人，必欲置谭正璧于死地而后快？

一个对祖国、对党一贯忠诚的中华儿女，在经历了如此耐人寻味的风波后，不能不感到后怕。为此，他先后写信给时中共江苏省监委、松江地委等有关联的部门查找与当年地下工作有关的人和证明材料，然终无结果。

1957年，吕荧的美学观点得到认同，《美是什么》一文在《人民日报》上发表。在"编者按"中写道："后来查明，作者和胡风反革命集团无政治上的联系。"可是，到"文革"初期，有人又搬出当年的胡风案，他竟又被安上了"胡风分子"的莫须有罪名，再次被捕入狱，于1969年3月5日惨死于河北省清河县劳改农场。党的十一届三中全会以后，中华人民共和国公安部于1979年5月31日做出的《关于吕荧同志被收容强制劳动问题的复查结论》说："……吕荧同志在林彪、'四人帮'干扰和破坏下，于1969年3月5日在清河农场含冤病亡，现撤销原收容吕荧同志强制劳动的决定，推倒一切不实之词，予以平反，恢复政治名誉。"至于"胡风反革命集团"一案的真相如今也已大白于天下了。

"我曾告诉耿庸，1960年，吕荧在北京病得厉害，感到快被闷死了，把家里的地板也拆了。后来，被送到了上海，由叶以群陪送，住入上海的一家医院。但他家在北京，平日里，没有人去探望，感到非常孤独。医院里的人指着他告诉我，他曾是山东大学中文系的主任、作家吕荧。在病房里，他很少开口，常常一个人玩牌。我对他说：'《人民日报》欢迎您参加美学问题讨论的"编者按"，许多人都看到了。'他一听此话非常高兴，就说：'想不到在这里也有人知道我不是反革命。'他告诉我，上海熟人少，也都忙。他写了一张明信片，要我代他寄给谭正璧。谭不久就来探望了他，他又难得高兴了一阵。有一天，出版社送来了他的新书《美学书怀》，他非常兴奋，我也为他高兴，向他祝贺。他题签赠我新书，可惜这本不寻常的签名本后来却不知去向了。

"我又在电话里对耿庸说，最近山东出版的《老照片》上有人高度评价1955年吕荧在作协理事会上那次惊世骇俗的发言。耿庸说：'你告诉我听的这些情况，许多人不全知道，你可以写一篇回忆文章嘛。'可是，觉得素材太少，也不一定能发表，我一直没有动笔。耿庸去世后，我想起了他的这一关照，姑且在此带上几句。"（吴正明

《怀耿庸、忆吴强》，原载 2008 年 7 月 21 日《文汇报》）

1954 年，长子中去常熟的江苏干部学校学习，次年到宿迁工作。

1955 年 5 月 8 日，妻蒋慧频因病逝世。

1955 年国庆，次子庸与赵淑君完婚。

三、费力而不讨好的著书历程

螺居笔耕几沉浮，书海寻觅多甘苦。斟字酌句心血付，钩沉辑佚谱寒暑。

加入作家协会的艰难历程

1956 年，华东文学工作者协会改为华东作家协会，谭正璧原来就是会员，此时却被取消了他的作家协会会员资格。谭正璧只得重新填了表格申请，可就是迟迟不批。适人民代表许广平来沪召集文艺界的座谈会，谭正璧谈了自己的看法。并再次向全国作协申请，次年再写信给许广平，后得统战部联系，并于 12 月 13 日得通过加入中国作家协会。

胡山源在《文坛管窥》中说道：

"在山东时，他加入了'作家协会'。到上海后，要转关系，上海作协却不接受，几经交涉，都归无用。这也和我想加入作协而难成功，差不多。我曾请郭绍虞兄、赵景深兄，作为我的介绍人，填好了表格，到作协去。我刚刚说出想加入作协，还没有等我取出填好的表格，接见我的人就一口说：'现在作协不吸收新会员。'那只好废然而返。

"对于此事，我与谭兄谈谈，确实感到了一些不愉快。我们一生，几乎全与笔墨打交道，自问从无反革命的思想而只有热烈拥护共产党，为什么不能加入这个组织呢？许君远也是如此，曾说，我们来组织一个'非作家协会'吧。这只能是当作发牢骚的笑话，当然不能成为事实。

"后来，谭兄到北京去了一次，加入了全国作协，回到上海，带着'关系'来，上海也就不能不接受。可是，其歧视也依然如故；有些集会，并不通知他，会员的福利，根本与他无份。"

胡山源（1897—1988），江苏省江阴县人，三岁丧父，得族伯相助入学。20年代步入文坛，从事

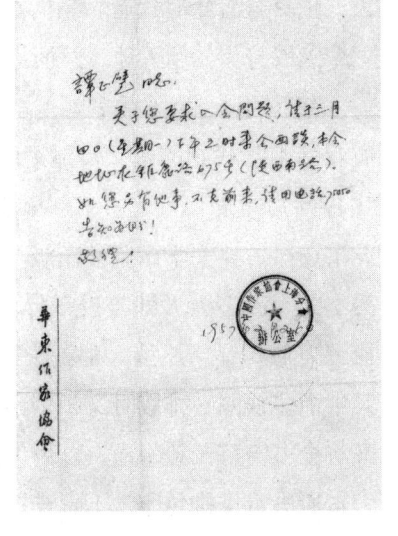

加入华东作家协会的信件

文学的翻译和创作，以后又长期在学校任教，最后从上海师范学院退休返回故里。经历了反右和"文革"的坎坷。一生留下一千万字左右的著译作品。他一生荣辱不惊，颇受争议，直到盖棺以后才获得正确和肯定的评价。

11月，中国戏剧家协会上海分会与上海市文化局联合举行昆曲观摩演出大会，谭正璧被邀请参加该会艺术研究委员会剧本组，得以观看连场演出并出席座谈会。此后，各省市地方戏剧团体来上海演出，他经常被邀请观摩，获得不少有关戏剧研究的新知识。翌年，历经艰难他终于加入了作协上海分会及中国剧协上海分会，自此成为专业作家。

这年，由老同学徐亚倩（翻译工作者）介绍加入农工民主党。

同年4月游杭州，5月游无锡，10月游苏州。

长子中考入合肥矿业学院就读。四子常毕业于南翔农校，分配入中国科学院华东分院植物生理研究所，任见习员。

在经历了两场几被黑风恶浪吞没的危险之后，谭正璧不得不完全放弃他所擅长和喜爱的文学创作，转而一门心思地进行他亦喜好并苦心钻研了几十年的中国文学史，特别是古典文学和通俗文学的研究中

第三部 青史留长卷

去，依靠自青年时代起积累的扎实功底和不断的苦心钻研，开辟了又一个大展身手的新天地，然而道路仍然是那样地崎岖不平……

1956年6月，《话本与古剧》由上海古典文学出版社出版，本书所收话本与戏剧的论文，都是谭正璧在抗战时期所撰写和发表过的，1949年后重加修订。本书刚出清样，私营出版社又皆并入国营企业，此书遂由古典文学出版社出版。出版后即颇得海内外学者的重视，广为引用，波多野太郎教授亦曾著专文逐篇介绍。一年之中连印三次，恰一万册。鉴于原稿大都撰于1949年以前，虽然经过整理成集，但其中尚多缺漏，排版时又颇多误植，为此加上新发现的材料，谭正璧又将全书增订校补一通，已由古典文学出版社改组成的中华书局上海编辑所决定重排付印，不意校补完竣后，因批判"厚古薄今"之风勃起，此书就此被打入冷宫，搁置达二十五年之久。

《清平山堂话本》书影　　　《话本与古剧》书影　　　《庾信诗赋选》书影

1956年10月，盛俊才曾为谭正璧做证，写了下面这份证明材料：

谭正璧同志在抗战时间曾在上海设立新中国艺术学院他任院长我任秘书。这个学院通过盛慕莱同志的联系受中共皖江区城市工作委员会委员蔡辉同志的领导专门负责吸收进步青年送往皖江区参加抗战作为皖江区工作的一个部分。所有经费由盛慕莱同志具领后交给我在我服务的盛大钱庄开立帐户，按期转拨。现因盛蔡两同志都已去世，特作书面证明为上。

盛俊才（盖章）1956.10.1

当时为何会写这份证明，想来应与上述遭遇有关联，此原件现已交嘉定档案局保存。

1957年4月，《清平山堂话本校注》由古典文学出版社出版。《元曲六大家略传》经修订后亦由古典文学出版社出版。并应古典文学出版社所约，与纪馥华合编《庾信诗赋选》。所写《浣纱记》本事由上海文化出版社出版。这年，还受人民文学出版社之约，谭正璧为校注《红拂记》传奇（为吴晓铃主编的《古典戏剧丛刊》之一）。交稿后，正欲付排，忽因内容有碍国际友谊之嫌，遂与该社也在准备付印的郭沫若校订作序的《再生缘弹词》一并停止出版。

肖伊绯在《〈清平山堂话本〉的发现与研究》中评价：

1957年谭正璧仍以'古今小品书籍印行会'影印原本为底本，重新做了全书校注。应该说，谭氏校本是继马廉影印刊行《雨窗欹枕集》之后，对这部古本小说展开全面整理研究的继往开来之作。

谭正璧又曾应戏剧学院邀请做过几次戏剧专题报告。

纪馥华，另有笔名璧华、怀冰，福建省福清县人，1934年出生于印尼西爪哇首府万隆市。1947年回中国，1952年毕业于青岛山东大学中国语文系。20世纪70年代初赴港。1994年获香港大学哲学硕士。曾任麦克米伦出版（香港）有限公司中文总编辑，新亚洲出版社顾问、资深作家，著有《意境的探索》《中国新写真主义论稿》，编纂的选集有《中国现代抒情诗一百首》等。"跻跻群昆谁恤老，茕茕一士独怜贫。生来光景颇萧瑟，幸有天涯知己存。"谭正璧在诗中既是怀念也是在称赞与这位学生之间的忘年之交的。对编注《庾信诗赋选》一书，纪馥华回忆道："1952年老师离开山大后，老师经

部分文友的来信

常关怀我的事业。记得 1956 年初，老师写信给我，问我有没有兴趣编一本魏晋南北朝作家的作品选，由他介绍给古典文学出版社出版，至于是哪一个作家，文体由我决定。我答以毫无编选经验，不敢接受，他鼓励我说，可以由他把关，于是采用合作编选的方式。至于选哪一个作家，选哪些作品，选注的体例等，都由我先拟稿，老师改定。由于我是新手，有许多不足之处，老师都不厌其烦地修正，并作详细说明，所有改动都能切中肯綮，给我不少启发，偶有不同看法，老师也会细心倾听，商酌解决，所以在合编过程中，我学到了许多为人和治学的道理。……骈赋最使读者头疼的是一句一典故，选注者除了要讲清楚典故的来源及其内容外，还得解释明白它在句中蕴蓄的内涵。老师叮嘱道：'我们现在选注古书的目的是普及中国文化，因此，注释每一词每一句都要考虑读者的接受能力，千万不要以为自己懂了，读者也一定懂，时时刻刻要设身处地为读者着想，内容务必深入浅出，把自己与作者感情碰撞的火花充分显示出来，这样的注释才不会是干巴巴的，而是生动的，有生命力的，读起来才

会兴致盎然，足以提升读者的欣赏水平，认识到中国文化的美妙并热爱它。'

"这些原则我不但在选注古代作品时牢牢记住，在撰写各种学术论文时也都极力遵循，不敢或忘。来香港后，我的所有著作均以璧华为笔名发表出版，为的是表示饮水思源，以及对老师永恒的怀念。"（摘自《师恩如山，无日能忘》）

"纪馥华定居香港后，与谭正璧亦一直保持着通信，浙江古籍出版社 2021 年出版、樊昕编的《谭正璧友朋书札》中，纪馥华的书信收入了二十四通，皆是 1970 年赴港以后所写，属于书信来往比较频密的。在这些书信中，数次提到《庾信诗赋选》。如第九通：'目前国内想要出许多古典文学选本，那本《阴何诗选》不知有无面世之日，我常怀想写《庾信诗赋选》的那些日子，那是一段多么有意义的日子啊！'第十七通又说：'获悉《八百种古典文学著作介绍》中亦收有《庾信诗赋选》，十分欣慰，因为那说明了我们做了一件有意义的工作，这可为证，《庾信诗赋选》还是独一无二的书，这应归功于您，因为没有您，根本就不会有这本书，您的指导是起决定性作用的。……《庾选》受批判的情况犹历历在目，而回忆总是甜蜜的。'信中提到《庾信诗赋选》受重视、受批判的诸多情况，并又提到二人应还有一部未刊的《阴何诗选》。从字里行间可见纪先生十分重视这本他初出茅庐时合作编纂的小书，或者说是重视与谭正璧先生一起编书、跟随他学习时的那段经历，至以'甜蜜'来形容。纪馥华先生亦一直在从事着文学的研究、普及、出版等工作，这正是谭正璧先生在'三身著作'之外，教书育人方面成就活生生的例子了。"（戎默《"刑天舞干戚"新解——兼谈《庾信诗赋选》》）

当年，开展了反右运动，谭正璧的朋友中亦有好几位被错划"戴帽"的，有徐亚倩、胡山源、施蛰存、陈洁等；此后，他遂不再联系和参加农工民主党的活动。

这年，长孙女缨于 4 月 17 日诞生。

1958 年 2 月，《庾信诗赋选》出版。此书至今一直被列入大学中文系学生自修必读的书目中。谭正璧又应古典文学出版社约，与纪馥华合编《阴何诗选》，于次年完稿。补充新的资料修订了《元曲六大家略传》。又应人民文学出版社约定，校注《杀狗记》。

同年，谭正璧受华东师范大学中文系之聘，任古典小说戏曲研究生导师，指导黄立业等五位同学撰写论文。

是年为元代戏剧家关汉卿创作七百年纪念，并被列为本年的受纪念的世界文化名人之一。因此华东师范大学请他去做了一次有关专题的报告。同时谭正璧又编著了一本《元代戏剧家关汉卿》，由文化出版社出版。后来复旦大学教授赵景深氏的《关汉卿传》亦参考《元代戏剧家关汉卿》等书而作（见《曲论初探》）。谭正璧还应文怀沙所约编的话剧《窦娥冤》《拜月亭》二稿交稿，以备纪念关汉卿时采用。又写了《关汉卿作或续作〈西厢〉说溯源》一文。

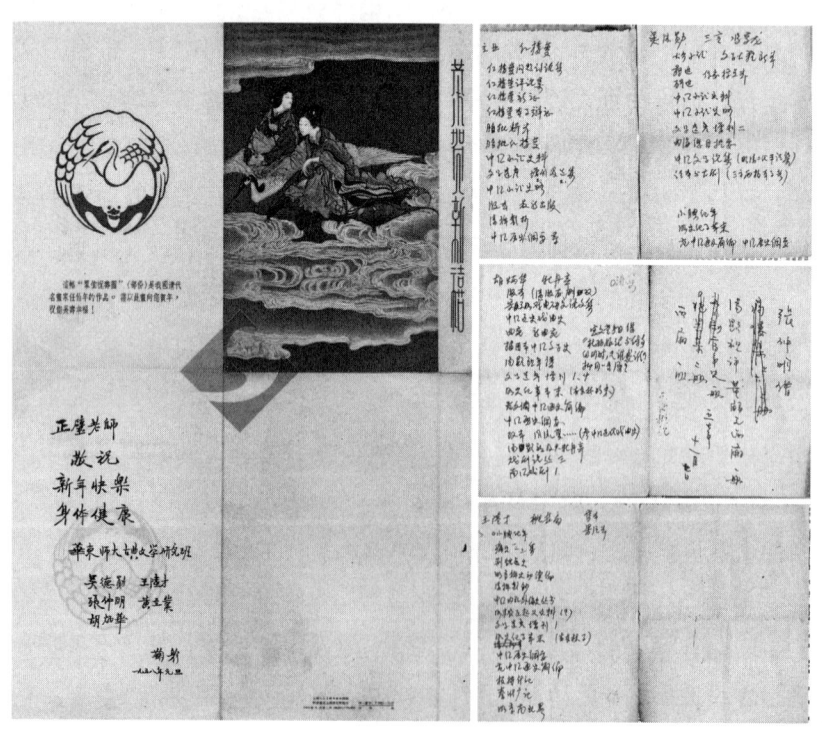

华东师大古典文学研究班学生贺卡　　　　谭正璧任华师大研究生导师时，为学生拟的读书目录

《明清说唱文学叙录》与《三言两拍源流考》

谭正璧自童年起即爱好听讲弹词和小说的故事，因此爱看小说的故事作品。及至长大，因爱好文学，有了一些文学知识，由此引起了他对弹词及其他民间说唱文学作品在文学中地位的看法，以为在当时所谓的通俗文学中，其地位应该与平话小说相等。因此在他历来编著的几部文学史、文学概论中，都把弹词等说唱文学列为中国文学的重要体裁之一，与小说、戏曲等量齐观。这之先，曾在李家瑞《说弹词》一文之末，见有"将来材料集中一点，想仿黄文旸《曲海总目》之例，作《弹词提要》一书，替中国弹词记一笔细帐"云云，很使人钦佩他的宏愿，但书成与否未见下文。因此谭正璧亦有为说唱文学作品作叙录的夙愿，范围较李氏拟编的《弹词提要》为广。1949年后，因患痼疾，不堪续任教职，借写稿为生，遂思勉力完成此愿，因开始广泛搜集各种说唱文学作品，以及与之有关的研究参考资料，准备编写《明清说唱文学作品叙录》。这部著作在1958年曾列入谭正璧为应全国作家协会征集各会员写作计划而订的计划中，作为在此后十年内完成的中国古典小说史的初步工作（见1958年《作家通讯》第二期）。这个计划还曾得到北京中华书局的赞许和鼓励（见1961年第9号《古籍整理出版情况简报》）。

自1958年起，谭正璧即开始了《明清说唱文学作品叙录》的编写工作，暂分弹词、鼓词、木鱼歌、潮州歌、宝卷五种，首先辑录每部作品内容大要作为底稿。弹词、宝卷两种由女儿寻担任，其余三种由他自己执笔。当年先自《潮州歌叙录》着手分类辑录每种作品内容大要作为底稿。每阅一书，卷少者可不需全日，卷多者竟达兼旬，阅毕一书即草一篇，前后共阅读各类说唱文学作品近千种，编写大要亦近千种，共约二百余万言。历七年之久，全部摘录工作始告完成，然后发凡起例，存精去芜，节缩文字，附以考证。

为完成编纂《叙录》这一宏愿，谭正璧又不惜掷重金，如大海捞针般地搜集有关书籍资料，其中木鱼歌与潮州歌几乎悉数收入……可惜这些如今价值连城的书籍，都已在"文革"中为生存而迫不得已被贱卖，真可谓忍痛以易书果腹了。

又在《文学遗产》191、193、206期上发表了他的《釜底治曲记》三则。又编著了《汤显祖及其戏剧》一书。

这年春，4月12日到21日谭正璧游览了北京，有《初到北京》为证："江南四月已残春，北地风寒绿未萌。讵意一宵阳气发，满城枯林尽成荫。"又有《天桥》诗："百艺天桥竞巧新，天坛咫厂近相邻。一般都用天名字，彼岸皇家此属民。"又《燕园》诗："学官宏敞首都城，昔是'燕京'今北京。掌教尽多名下士，我来特访游林孙。"其心境从中可见。谭正璧会见了一些同行的朋友：有王古鲁，中国古代小说戏曲研究专家；孙楷第（1898—1986），河北沧县人，1928年毕业于北京师范大学国文系，1929年至1941年任北平中国大辞典编纂处编辑、北平图书馆编辑、写作组组长。1945年至1952年任北京大学、燕京大学教授；1953年起任中国科学院文学研究所研究员；他的治学范围较广，尤精于古典小说戏曲研究；吴组缃（1908—1994），原名祖襄，笔名寄谷、野松，泾县人；民国二十二年（1933）清华大学中文系毕业；曾参加社会科学研究会和反帝同盟；民国二十四年起，任冯玉祥国文教师和秘书达十二年；抗日战争时期，任中华全国文艺界抗敌协会理事；1949年后，历任中国作协理事、书记处书记，北京市文联副主席，清华大学、北京大学教授，《红楼梦》研究会会长；后加入中国共产党；所著《一千八百担》是现代文学

谭正璧在故宫博物院

史上的名篇；著有小说集《西柳集》《饭余集》，长篇小说《鸭嘴崂》等；文怀沙，历任国立妇女师范、上海剧专教授；1949年后曾在北京大学、清华大学、北京师范大学、中央美术学院等国内多所大学任教；以及吕荧、纪馥华，还有老同乡张书绅。还会见了时在北京大学新闻系学习的张佳佩，她是当年长子谭中在黄渡乡师的同学，中华人民共和国成立前夕为躲避反动派的迫害曾在安亭谭正璧家中居住，谭正璧有诗回忆这次相见的情景："窗明楼静忆相逢，抵掌长谈目若空。论到词综惊莫逆，晏殊清丽小山秾。"又："隔帷桃李独鲜妍，聚首燕京逾十年。酒罄夜光情未尽，羡君夫婿是英男。"又曾去访问在人民出版社工作的当年山东大学的学生卢海英，却因她已调离到南方而未遇，为此不觉怅然："人情犹未绝师门，千里贻书为疗贫。枯尽砚田天不管，怜才幸有女诸生。"又："春风桃李久相违，北地乍临绿尚稀。两访伊人都不见，怀乡旅雁早南归。"次子谭庸当时也刚好出差在北京。

次子庸支内到云南省昆明炼钢厂，参加云南冶炼厂的筹建工作，夫妻同往，其子宁诞生。

秋，幼子壎、篾入成都中学初中学习。

1959年春节全家游杭州。这年谭正璧应约，为新《辞海》撰写古典文学部分条目中的神话、典型人物、散曲、文章体裁及流派等共九百十四条，计十余万字，约占古典文学条目的二分之一，伏案捉笔，于次年完成交稿。采用之后，但无署名，此为他一生中仅遇之事。

同时，谭正璧所编辑的《三言两拍本事研究资料》初稿完成，计九十余万字。明末冯梦龙（1574—1646）编纂的《喻世明言》（即《古今小说》）、《警世通言》《醒世恒言》（简称"三言"）和凌蒙初（1580—1644）编著的《初刻拍案惊奇》《二刻拍案惊奇》（简称"两拍"），是我国古代重要的白话短篇小说集，它以众多的篇幅反映了当时的思想、生活和情趣，对后来的白话小说和戏曲都产生过很大影响。"三言""两拍"是宋元两代说书人的话本及明代文人创作的拟话本，其题材极大部分取自前代史传、唐宋小说、稗官杂记，或者是民

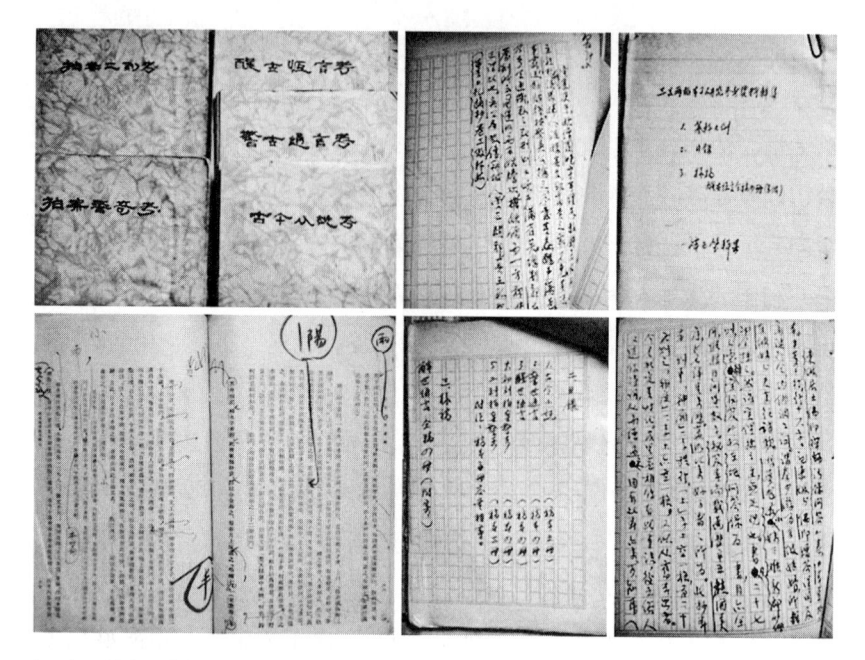

《三言两拍资料》（1959年）

间流传的神话故事等，编撰者在加工改写的过程中，不能不受当时客观现实的影响和自己主观世界的左右，因而其思想内容、结构情节都有新的发展变化，体现出明朝的时代特征。正因为"三言""两拍"的故事有一个发展变化的过程，所以研究这两种小说就有必要追本溯源，探究其故事的来源出处、影响关联。

此书发轫于谭正璧1926年在中村任教时，初仅为研究《今古奇观》收集资料，嗣后逐渐扩大，由"三言"而"两拍"，历时三十年之久，查阅了数百种参考书；始定稿时，曾请老友盛俊才校勘一通。并编有该书采撷书目综录。可以说这又是一桩"费力而不易讨好的"工作。北京文学研究所图书馆曾登报征求作者原稿，去信后回复不买，遂罢。这时，古典文学出版社代理社长陈向平得知此事，欣然应允，由此可见，他是一个真正懂得此书在中国文学史上的价值的人。编辑部审了三次，通过后不出，搁置了好久。北京中华书局知道后要出，1961年上海决定出版了，出版社当时要求谭正璧删至四十万字，他忍痛只删去二十多万字，觉得不能再删了，到付排时不知又被出版社删去了多少字；以后又要他将删去的稿子保存好，以备将来将来出补编之用，可惜都在"文革"中失散了，甚是痛惜。"六十余万言的《三言两拍资料》是谭正璧先生以数十年之功，查阅了数百种参考书而搜辑而成的。《三言两拍资料》以篇为单元，所搜辑的范围，包括每篇的入话和正话，包括本事来源、本事影响及有关本篇的引述、介绍、评论或考证文字。这些材料均按写作年代排列，并一一注明出处书名、篇名与卷数、册数或章节。十分便于查考原文。但在搜集'三言''两拍'影响方面的材料，尚多缺佚。"此位当然不知曾被要求删去那么多内容一事。到清样排好校正后，因为当时中央谈到几个协会的问题，加上那时"两拍"属于黄色书刊，因而被迫停印了。陈向平还因为在内部发行了由王古鲁自日本搞回来的《二刻拍案惊奇》一书挨了批评。

陈向平（1909—1974），宝山庙行人，原名增善。读师范时加入中国共产主义青年团；1932年考入上海中国公学，1937年在浙南云和县任教育科长时秘密加入共产党，受命打进东南日报社（金华版），主编《笔垒》副刊。1949年后，历任上海市教育局研究室主任、市文教委员会办公室主任。1956年后，先后任上海新知识出版社社长、上海古典文学出版社社长；1960年后，任中华书局上海编辑所副主任、副总编辑，专门从事古籍的整理出版。

这年，谭正璧开始鼓词与木鱼歌的提要摘录工作，并对《西厢》作者问题进行新的资料收集工作。

1960年，少时同学、终身挚友盛俊才书赠对联：

简编充栋著述等身最难名重鸡林三岛曾传文学史
桃李成行芝兰吐秀更喜筹添海屋六旬还作校书郎

前题"正璧学长兄　六秩华诞"后书"学弟盛毓俊撰贺"。

长子中自合肥工业大学毕业，分配到江西萍乡的江西煤矿学院井巷工程教研组工作，后调至萍乡市巨源煤矿。次子庸在云南冶炼厂任

1961年黄渡东江桥

技术革新室负责工作（时为保密厂）。四子常升任研究实习员，派到海南岛那大亚热带研究所进行研究工作。

1961年4月9日到10日，谭正璧偕女儿和双生幼子作黄渡游，掐指已有十几年没有回故乡了。"千家灯火对江明，百步穿桥高入云。淞水西来分复合，东流直向大江行。"（《古稀忆游集》之《黄渡》）这年《读老友孙君退休述怀四绝欣成之作书以贺之》："正切伊人思，鸿书天外至。欣闻息仔肩，深羡遂逸志。良骥应伏枥，佳句溢新意。此调不轻弹，为君一破例。"孙君即孙德余（1901—1966），至交五十余年，长年任教职，擅书法，精数学。

六十岁留影

是年5月15日，谭正璧受聘中华书局上海编辑所特约编辑。"1961年3月，中华上编为拟设置特约编辑编审向上海市出版局请示：'我所本身编辑审稿力量原感不足，有些书稿不得不运用社会力量进行外审或外校。兹为更好地组织社会力量，加强编辑审稿工作，拟将经常为我所进行外审、外校工作的社会力量，作为我所特约编辑或特约编审，担任我所制定的编审校勘等工作，每月给予一定的待遇，但不列在我所人员编制之内。此项支出费用，经初步估计，较外审、外校之按件计酬者仍属节约。兹呈上'中华书局上海编辑所特约编辑编审办法（草案）'一份，并附暂定名单四名，请一并核示。'"（摘自高克勤《瞿蜕园与中华上编》，原文载于 2011 年 7 月 24 日《东方早报》）

此亦当时中宣部意见，意为安定专业作家生活，专任审稿工作；当年为校勘《南戏瓯拾》《读曲笔谈》《明清平话小说选》等。这年他原计划到苏联列宁格勒去治疗目疾，因各种因素未能成行。是年秋赴海宁观潮。又幼子壎、篾考入上海纺织工业学校（现已并入东华大学）读书。

1962 年，谭正璧以作协代表资格参加上海市第二次文学工作者代表大会。是年秋，日本横滨大学波多野太郎教授来中国访问，谭正璧应邀去和平饭店相晤，同往的有赵景深、胡道静等，共五人。波多野太郎"后来多次来上海，对赵景深、谭正璧、陈汝衡等年长者，他总是尽可能登门造访，赠送新书"。（摘自蒋星煜《日本汉学家波多野太郎》）

这年，校勘《子弟书初探》《三打祝家庄演义》《元曲纪事》等。10 月，与女儿寻、四子常游杭州。

次年（1963 年）1 月，谭正璧突发肺气肿，来势汹汹，当月 20 日遂入医院治疗，经检查迸发肺源性心脏病，及病情稳定，于 2 月 5 日出院，继续休养。又因亲自校勘《三言两拍资料》清样，至过度劳累，4 月份，经检查后发现患有冠状动脉粥样性心脏病，其后两年连续医治，至 1965 年始得安稳。这年，校审有《荆钗记》《刘知远白兔记》《拜月亭》《杀狗记》四种及《牧羊记》。写成《说潮州歌》及《叙录》；《三言两拍资料》的《后记》和参考书目表。

是年 7 月携女游南翔古猗园时，不禁忆起四十年前与妻子蒋慧频偕游之情："犹忆当年偕伴游，花间小驻影双留。一从撒手人天别，回首星霜又几秋。"沧海桑田，人天各别，思念难忘。

1964 年，为休养生息，谭正璧先后作苏州园林、苏州洞庭、无锡游，10 月又作南京、镇江游。暑期完成了弹词百种叙录稿。这年劳动

波多野太郎教授给谭正璧的部分信件（1962年）

节，长子中与高美亭成婚。

1965年，谭正璧历经数年，虽已搜集说唱文学资料二十余万字，甫具规模，然8月12日却视力突变，左眼几近失明。女儿寻安排工作一事也在联系和顺利进行中，后因"文革"事起被中断。

这年3月23日，中得女儿，取名葳。子壎、篪毕业后，分别分配到新亚羊毛衫厂、荣泰羊毛衫厂工作。

谭正璧为调养身心，彻底休息。由于长期伏案工作，加上1949年以前，特别是抗战时期的艰难生活，谭正璧除了有高度近视外，还患有气喘等多种疾病，他曾在当年写下《一身七创记》，以控诉"敌人赐给我的'恩典'，也是他们所谓的'亲善'，……"1949年后，他以更全身心的热情投入到文学领域中去，囿于居住条件和工作条件，高度近视的眼睛当然是越来越坏了，几种痼疾也无法痊愈，为了保持相对良好的健康状态，他就用旅游进行调节。一方面是受了古人的影响，另一方面他自己也确实从中有所收获。既游览了祖国大好的河山，放松了身心，更增添了阅历，陶冶了情操，并写下了许多美好的诗篇，尽抒胸怀。嗣后振奋精神，又埋首投入到他孜孜以求的事业中去。

5月中偕寻游杭州，归作《西湖百一颂》，为七绝一百零一首。现录其三首，《晨兴湖滨远眺》："雨梦连宵未入眠，晓楼人起欣晴天。靓妆西子临波笑，寂寞湖山顷刻欢。"又《慈云岭怀亡友虚舟》："慈云南接大江滨，古道依稀携手登。岭半野亭犹独立，不禁痛念黄垆情。"又《酒后解嘲》："李白斗酒诗百篇，我颂西湖当论千。只恐诗囊担不起，且留九百在心田。"

9月初携寻、筦游无锡鼋头渚、锡惠公园及宜兴善卷洞，当时从无锡到宜兴善卷洞乘汽车历时足足三小时二十分钟。时却逢大雨后，《宜兴善卷洞》："一夜山洪塞洞溪，螺岩双蝶踪迷离。祝陵遥对英台阁，山伯梁兄何处楼？"

9月中，又作南京、黄山游，归作《黄山百咏》及《登天都顶诗》，并作《生辰感事》；录其四首，《金陵怀古》："石城屹立大江东，脂粉秦淮业已终。独剩明宫双凤阙，朝阳依然照窗红。"《雨花台》：

杭州留影（1965年）　　　黄山留影（1965年）

"烈墓碑高鬼窟深，雨花台上吊忠魂。成仁志士千千万，青史留名有几人？"《赴黄山感兴》："一生常作黄山梦，有日登临死也甘。况且生来腰腿健，蹈危履险早经谙。"又《天都峰顶望群山》："巉壁悬崖万丈根，群峦俯伏如儿孙。若能此际乘风去，定上玄穹驾白云。"在黄山游览时遇到一位年龄相仿的从苏州来的退休工程师韩士元先生，交谈之下竟成至交，以后经常书信往来；有诗为证，《邂逅西安韩士元君》："君住陇西我海东，何缘垂老得相逢。听君一席谈瀛话，恍惚并驱破浪风。"1989年又曾作《岁暮怀韩士元先生》，今录其二首："黄山瀑布记依稀，怅望苏城无限思。夙约难酬常入梦，欣然携手上娥媚。""回忆游踪梦亦酣，贻来佳什意绵绵。芜湖倾盖金陵别，入世相逢信有缘。"韩士元获后和诗有："惠书尊章得如鸢，琳琅满目意缠绵。人生难得逢知己，邂逅惠书岂偶然。"

韩士元（1899—2001），字秋岩，先后毕业于国立北京工专、巴黎航空工程学院，回国后在中央大学任教；退休后定居苏州；曾任苏州市政协常委、沧浪诗社社长。

这年初，谭正璧在《遣怀八章》中对历年来所遭遇到的坷坷坎坎不由得流露出无限的感慨："踏遍飞花和落蓬，霜林但睹夕阳红。藏山无志偏成业，破浪有心未见功。俗世人情多白眼，暮年生事仰东风。终究意气消磨尽，欲请长缨途路穷。"

1966年4月8日到30日，偕寻作宁波、新昌、天台、雁荡、金华、绍兴之游，归来后，作《浙东行》七绝一百首，以志纪念。现选录四首，《雪窦寺夜宿与唐君话旧》："星火燎原不可挡，出生入死只寻常。与君共话当年事，不觉黄垆旧恨长。"《夜宿灵岩西楼》："寂静楼台天柱前，双鸾相对雨中鲜。奔腾不断龙湫瀑，惹起游人吟兴颠。"《别雁荡》："七日雁山春未残，一晴九雨愁无边。此行聊尽溪山趣，梦里重温也觉欢。"《过青田吊刘基》："知机善变识时贤，开国功勋独占先。伴虎谁能免虎噬，封建冤狱不胜怜。"

嗣后，谭正璧续纂说唱文学资料完成。1960年至1962年先后发表的文章有：《汤显祖戏剧本事的历史探溯》(《戏剧研究》1960年第

谭正璧与女儿谭寻在雁荡石门潭（1966年）

四期）；《我也来谈文学遗产研究与说唱文学》（《文学遗产》1961年391期）；《关汉卿作或续作〈西厢〉说溯源》（《学术月刊》1962年十月号）；《〈三元记〉作者沈寿卿生平事迹的发现》（《文学遗产》1962年431期）；《〈粤风续九〉即〈粤风〉辩》（《民间文学》1962年第三期）；《顾思义及其作品〈余慈相会〉的发现》（《上海戏剧》1962年第二期）；《〈双渐苏卿〉本事新证》（《戏剧报》1962年第四期）；《古代儿童戏剧初探》（《儿童文学研究》1962年7月）等。

终身的好朋友——书籍

这里不能不说一说谭正璧最好的朋友——书籍。自二三十年代起，谭正璧就因为对文学事业的追求而酷爱上了买书、藏书，其目的当然是为了工作和研究的方便和需要。当年的一部分书跟随他在兵荒马乱的时代东逃西躲，其中有些如跟着他到无锡的被他视若生命一部分的书那样早已流散于民间，使他为之扼腕叹息。以后虽然生活十分窘困，由于工作和爱好，他依然嗜书如命，省吃俭用又积累下许多书。1949年后谭正璧去山东任教时，大部分的藏书都寄居在安亭所租借的房子里。回到上海生活基本稳定后，他每年都要几次回故乡，开始时交通工具只有火车，而从火车站走到镇上有好几里路，后来有了长途汽车，离镇上就近得多了，每次去就居住在堂侄谭梅生家中。除了去探望一些亲戚朋友外，最主要的目的就是去所租的书屋内，把那些因平时无人照管而蒙满灰尘、经过劫后幸得余生的他所喜爱的书籍整理出来，每次都要带回上海几捆。当然这些书比起他1949年后回沪添置和收藏的来讲，还只是小巫见大巫，可是那些书的历史和使用价值却非同一般，它们不仅是谭正璧一生不可缺少的伙伴，而且陪同谭正璧一起见证了最艰难的历史时期。

　　谭正璧经常去的有福州路的古籍书店，久而久之书店内的营业员林志泉先生成了他搜寻有关古籍书的好帮手、好朋友，书店如有收到有关的木刻本、石印本或排印本的古典小说、戏曲、唱本之类的，林先生都会为他保存，一俟他去就会拿出来给他选择，使他得益非小。其中亦有难得一见的孤本，现已千金难求。除此之外，南京东路的新华书店是当时上海最大的书店，也是谭正璧常去之地。每次回家总有不少的收获。除此以外，谭正璧还经常与外地有关的书店保持联络，购买与中国文学、戏剧有关的书籍及各地方的戏剧丛书。

　　家里只有二十来平方米的房间，除了生活不可缺少的一小片地外，绝大部分的地方就是一个藏书楼。家具是尽可能的简单，床铺放不下，就设法将两张床叠起来，变成双层床；书架上再接半个，高至屋顶，还有的在书架上搭阁楼；总之，借天借地借床边，连工作必需的写字台上也堆满了书，除了睡觉及留下一片写稿所需的地方，真可谓见缝插针，称得上寸金之地了。当然，这些书不只是摆设，可以说基本上谭正璧都会看过，并摘录他研究所需的材料，另外还有有关的各类报刊亦不下十余种。写作时如有什么需要的，便可信手拈来，予以使用。至"文革"前，家中藏书已有上万册之多。一些与谭正璧有相同嗜好的老友，有工作需要也会来借用或来信咨询，就如赵景深先生家有比谭正璧大得多的专门书房，谭正璧也常去问他借书或探讨所遇到的问题；还有如胡士莹先生等……在施蛰存的《闲寂日记》中也可以读到曾向谭正璧借阅书籍的记录。"梅雪争春事可哀,同文相嫉为何来?独君雅具人间爱,既重斯文又惜才。""猎得异书必互传,文人积习终痴呆。君更与我同嗜,不重宋元重别裁。"这就是谭正璧与赵景深之间交往的写照。1985年,赵景深不幸去世,"鸿书实自云间降,读罢无端泪满襟"。两人交情之深历历在目。"胡士莹避居上海时,与郑振铎、赵景深、谭正璧等交游,研讨小说、戏曲、通俗文学。"他们之间相互尊重、相互交流,共同为中国文学的研究和发展踏踏实实地默默耕耘并努力着,完全没有那些文人相轻、文人相妒的恶劣习气。

赵景深(1902—1985),戏曲史家、教育家。曾任开明书店及北新书局编辑;1930年起,任复旦大学中文系教授,直至逝世。专心致力于古代戏曲的研究,著有《宋元戏曲本事》《元人杂剧辑选》《元明南戏考略》《读曲小记》《曲论初探》《中国戏曲初考》等。又曾为研究生及报社讲习班开设《中国戏曲史》《中国古代戏曲理论批评史》等课程。

像谭正璧这样爱书如"痴"的文学家还有不少,如孙楷第先生。《文史知识》2006年6月号上有如下记述:

"孙楷第先生是文学研究所古代室的研究员,专攻通俗小说。'文革'当中,文学所没有抄他的书。执行林彪一号命令时必须下干校,孙先生有书一万余册,所里答应给他一间小房储存书。不料家人把这一万多册书卖给了中国书店,书店给了数百元,但并未向孙先生说。1974年孙先生返城,所里研究工作有所松动,孙先生这时知道书被卖了,很着急,因为他的一些想法写在书上。向中国书店商量把书赎回。中国书店要价巨大。孙先生没有钱,就给周总理写了一封信。总理办公厅有所批示,表示关注,希望能从中国书店把孙先生的书赎还。书店得知此事,赶紧把孙先生的书拆散卖了。解放军政治部的某位爱书的领导买到一些,看有孙先生的藏书印,找到孙先生请他题签。孙先生得知书已散,从此一病不起。80年代中去世时,当时的所长刘再复去看他,他已经不能言,唯在手心写'书'字,抱恨而逝。"

又,"1981年,有一位名为慕湘的部队作家在隆福寺旧货摊上买到了《也是园古今杂剧考》,书的天头地脚写满了批语,有许多是对原书内容的修订。他当即决定将书赠还,并于书后题诗《璧还孙楷第先生〈也是园古今杂剧考〉改定稿本》:'天上风云可预测,人间祸福无定时。古今典籍聚还散,得书失书寻常事。秦火隋禁明清狱,难比举国毁书日。穷探曲海杂剧考,改订待印弃商肆。偶见此书难释手,皓首通人春蚕丝。我今得书心虽喜,但念失者梦魂思。爱书颇知失书苦,怎如原书归原主。同是劫中识书人,相赠何必曾相识。'孙楷第先生称慕湘先生为'尚义君子'。"

孙先生的经历与谭正璧有着不少相同之处。书籍陪伴谭正璧从少年走向成年直至终身,书籍陪伴谭正璧经历了人生的风风雨雨、酸甜苦辣,谭正璧的一生是读书、教书、著书的一生。如他自己所说的是"煮字生涯",由于家庭条件的限制,没有能够进入所梦寐以求的高等学府深造的他靠着坚毅不拔的精神,靠着这个"煮"字,博览群书,刻苦自学,取得了难能可贵的成就。这个"煮"字告诉我们:做学问不是简单的抄袭,也不能急功近利,更不能为了哗众取宠而不择手段;而是要在浩瀚的书海中认真阅读、反复研究、详尽考证,方能除伪存真、去粗取精,从而达到继承和发扬中华文化的优秀历史和遗产。"佳景因时从不虚,春风杨柳夏芙蕖。中秋月色隆冬雪,误尽芳年是蠹鱼!"(写于1972年)谭正璧一生嗜书如醉,嗜书如蠹!

四、致力中国文学事业,痴心不改

嗜书情醉苦煮字,丹心一片铸青史。冰封自到消融时,劫后衰骥耕耘疾。

坎坷时代的遭际

正当谭正璧经过休养后，感到精力有所恢复，准备全神贯注加紧工作，以完成夙愿时，"文化大革命"开始了，谭正璧难逃厄运。

1966年10月11日，中华书局上海编辑所来"破四旧"抄家，带走了谭正璧的一些稿件、资料、信件等。11月5日，中华书局上海编辑所又来电话通知他：因为搞运动，暂停发放他的津贴，自此他被断绝了生活来源，更无法继续他为之奋斗一生的工作。谭正璧只得依靠几个儿子从本来就不多的工资中来补贴。1967年2月，中华书局上海编辑所时任党支部书记倪墨炎等来谭正璧家贴榜道歉，但未给予恢复津贴。

5月，儿常与庄智慧完婚。

秋，因昆明发生武斗，媳淑君携孙女缨、孙子宁来沪，不久事态稍平，就回家了。至冬日，昆明武斗愈演愈烈，儿庸被迫携妻儿全家来沪躲避，居岳父母家，直至来年3月昆明事态平息，方才回去。

1968年3月，长子中得子，名蓁。四子常得女，名苹。4月，中探亲携全家来沪，住家中，至5月初回巨源。而谭正璧自己从3月到5月大病了一场。

8月1日晚，街道造反大队来谭正璧家中冲击；2日晚，工农兵辞书出版社（即原辞海编辑所）和解放出版社（即原中华书局上海编辑所）又来冲击批斗，张贴大字报，给谭正璧扣上了"大汉奸、大特务"的莫须有罪名，家中藏书亦全部被封，从此他被剥夺了人身自由，三天两头地写检查交代，接受"专政监督"。

1970年，长子中又得一女，名芸。

1971年，谭正璧家中藏书得以启封。笔者曾前往当年的解放出版社，找工宣队，要求对强加给父亲的莫须有罪名予以平反，但未获结果。冬日，儿庸去北京开会，回昆明途中顺道回家探亲。12月，谭正璧写信给当时的市革命委员会办公室，敦促澄清强加于他的莫须有罪名，并要求归还被抄物资。那些稿件、资料对他们是无所谓的，而对于谭正璧却是花费了不知多少心血而获得的钻研成果。面对"莫须有"的罪名和被断绝生活来源的困境，谭正璧不由发出"孤贫偏好学，未得从名师。煮字累千万，瘁心在岁时。""病衰人不晓，辛苦蠹鱼知。掷笔愤然起，摇摇谁扶之"的感叹。

1972年春，谭正璧再次写信给市革会办公室。5月18日，当时中华书局上海编辑所的工宣队的曹、唐两位师傅送来"破四旧"时被抄物资，因缺少重要稿件，谭正璧无法收下。6月21日，谭正璧去中华书局上海编辑所寻找遗失的稿件，未获结果，遂先取回其他物件。12月1日，接中华书局上海编辑所来电话，告诉他找到了遗失的稿件，4日，他又去取回了尚未失散的大部分稿件、资料等。这些东西的回归也算是不幸中的大幸了！

在此前的7月4日，里委的党支部书记李瑞绮、胡佳英来通知谭正璧：已由威海街道对他做出"一般政历问题"的结论并向里弄宣布，自此他始得恢复人身自由。而谭正璧抗战时参加我党地下工作的证明无法找到。这个结论显然也是错误的，它没有推倒强加给谭正璧的一切不实之词，然而这在当年已是不错的结果了。

经历"文革"，谭正璧历受停职停薪、抄家批斗等种种磨难，不但无法继续工作，且身心两受摧残煎熬，九死一生，终得儿辈扶持，幸免一死。谭正璧只是千百万惨遭这场灾难的知识分子中的一人，他自慰经过情况虽诉说难尽，但能得残生，亦已属万幸。"一世清贫何足论，三身著作任讥评。耐饥煮字非易事，摧毁从无显贵亲！""山穷水尽非无路，绝处逢生不一朝。鹦鹉无知防潽口，光明磊落勉儿曹！"（摘自《咏怀十章》，1972年作）

11月初，谭正璧住进新华医院，做了右眼的白内障摘除手术，于5日出院；来年（1973年）的3月5日又住入新华医院，于7日做了左眼的白内障摘除手术，并于14日出院。手术后，视力一度有好转，不久因高度近视所造成的眼底黄斑萎缩而日趋失明。（当年尚无人工晶体植入术）

1	2
3	4
	5

1. 谭正璧与家人在长风公园（1974年）
2. 谭正璧与儿子谭箎在中山公园（1972年）
3. 谭正璧与女儿谭寻在庐山石松（1975年）
4. 谭正璧与女儿谭寻在庐山人民剧场（1975年）
5. 谭正璧与家人在长风公园（1978年）

第三部 青史留长卷

1974年6月，长子中携全家来沪探亲，住半月余归赣。

同年暑期，孙女缨自中专毕业待分配，从昆明来上海，至11月回家。

是年在《甲寅岁暮醉中作八章》中对当时社会上的丑恶行径进行无情的痛斥："吾生早忘年，镇日听啼鹃。阿谀能邀约，辛苦不见天。连山藏虎豹，遍地尽尘烟。只待罡风起，群魔一扫光。"

女儿寻于1972年4月被安排到井冈山（新成）食堂任财务工作，至1974年11月因病请了长假，于1975年设法去医院拍片、检查，确诊为十二指肠球部溃疡。

1975年8月，谭正璧应老友钱长龄（同乡，中学教师）之约，到江西庐山一游。时钱君夫妇适往庐山住在庐山第一小学任教的女儿文群家中。8月14日，谭正璧偕寻女乘上东方红11号轮，踏上旅程，16日在九江遇上中儿。18日冒雨乘车上了庐山，先住入第四招待所，翌日起移居第二招待所。连日来，游玩了花径、仙人洞、天池、龙鱼潭、黄龙潭、白龙潭、三宝树、芦林大桥、含鄱口、五老峰、植物园、小天池、望江亭等，钱君也有时相陪伴。直至9月11日下山到九江，真是痛痛快快了一番，一吐近十年来郁结心中的沉闷之气，享受重新获得的自由。有《书愤》句："非谪非迁曾几时，愤然一鼓到江西。青衫湿透无人会，谁解当年白傅诗？"又《庐山》："匡庐雄踞鄱阳边，叠翠层峦千万旋。群壑齐奔三峡间，一峰独接汉江天。狂洪莫阻东山展，夕阳难消松岭烟。时代应无迁客恨，荒坡欣睹大寨田。"

9月12日，谭正璧乘火车赴萍乡，由中儿陪伴，住萍乡矿务局招待所，于翌日乘汽车到巨源的中儿家中。有《山居杂咏》记之："山中儿女早当家，橱下羹汤炉上茶。弱妹幼昆须照顾，再无余暇绣衣花。"10月7日，再经萍乡乘火车回上海，于8日抵家。

"国事纷纭集一身，外交内政独操勤。鞠躬尽瘁心忘己，诸葛以来无二人。"（摘自《悼周总理四章》）"春霜秋露何时了，恨事知多少！去年几度发罡风，残破金瓯憔悴夕阳中。　擎天大树今安在？总是沧桑改。问君何事又生愁？大好河山不忍看东流！"年初周总理去世，谭正璧年老体弱又身处逆境，依然为国家的前途担忧。又在《杂咏》中有："光明辨缁白，黑暗混朱青。刑赏宜齐一，逸劳应有分。既能规后进，又可励前人。倘若无分别，自然民愤生。"正直之言，字字铿锵。

是年又作《花残月缺词》(《浣溪沙》五十首）现录其二："五代《花间》尽大家，生平最爱《浣溪沙》，和吟不觉夕阳斜。　鹂唱声声花亦泪，莺歌曲曲玉生霞，寄情总是在天涯。""天上银河涨绿苔，鹊桥通路两边开，双星情极紧相偎。　总是欢娱嫌夜短，何如风月迟人还，明年七月约重来。"从中可见他对亡妻依然深深地怀念。

1976年4月初，谭正璧携寻女、壎儿到久别的安亭探望亲友，住堂侄谭梅生家。4月20日，幼子篪与冯美玲成婚。6月3日同寻女重游杭州，居十日；其间，壎儿携女友杨耀丽亦来，一同游览。

这年初，谭正璧的表姐陈翠文（妻舅陈启人的姐姐）病故。初夏，其姨母俞耕莘仙逝。10月，老友钱长龄不幸身故。

这年的十月，"四凶"被擒，疮痍得以渐复。谭正璧在历经十年磨炼后，依然忠于祖国，热爱党和醉心中国文学事业的痴心始终不变。"曾上天都顶，再攀五老峰。未完山水愿，尚欠峨嵋游。"意志坚定，执着不变。

谭正璧虽得以平反，但自1966年冬起足足十一年，经济上无分文收入，以前稍有积蓄，瞬息即尽；于迫不得已之下，他忍痛将数十年积攒起来的藏书万册，或秤斤或贱价卖去，以维持生活，一直不能不为之扼腕！在1974年的《乙卯立春感事》中有："光景异寻常，生涯老更伤。搜书早罄架，觅句已空肠。话旧故人稀，遗愁病酒荒。如斯度晚年，落寞谁能当。"其中对日后的期盼何等殷切！

1977年，谭正璧作《夕阳衰草词》五十阕；其中有句："乞食无能且闭关，书空邺架芸窗困，病苏惟有待冬残。""怀远曼成午夜梦，悼亡只盼玉魂还，人间天上寄情难。"又："人世相逢能几回，互悲身世互怜才，春风赢得笑颜开。无可奈何人远逝，更难消受雁空来，离愁无限泪盈杯。"这里尽是触景伤情，怀念与倾诉与妻子生离死别之词。又在《五一感事》中有："英雄肝胆女儿肠，四十余年共一堂。形影何曾离片刻，苦甘毕竟备同尝。修成慧业命偏薄，赢得沉疴医少方。地冻天寒春不至，一生遭际太凄凉。"

当年卖去最后一批书，给烟台市师范专科学校。"总是人间薄命人，未能学稼慕斯文。师承有自难终业，家学无源更少成。运比颜鲁姑乐道，志同梁孟乐长贫。如今憔悴秋风里，白发髡髡仅一身。"（摘自《秋怀四章》，1974年作）古稀之年，又逢乱世，怎不怅怅。

在这段时期中，由于无法从事自己所追求的事业，为排除寂寞忧愁，唯有作诗以遣之，其中有不少寓意深刻的佳作。《论诗绝句》："多情自古属诗人，《本事》《无题》都纯真，婉委《闲情》更绝世，《关雎》温厚首《葩经》。""求解《无题》先索隐，欲寻《本事》必探微。若论蓄意深和浅，商隐当胜杜牧之。""世乱纷纷无纪年？冷观日月换新天！如何独有《闲情赋》，绝圣超仙万代传。""旷世才情孔圣人，《桑间》《濮上》尽留存。《关雎》更占《风》诗首，镇夕相思求有情。"（注解：略）

这年的9月28日，箧得一女，名琥。

耄耋之年，竭力完成被中断的事业

陈金生的《谭正璧先生谈"回译"》一文，让我们看到耄耋之年的谭正璧，记忆力依然惊人，这与他对事业孜孜不倦的追求不无关系，现摘录如下：

谭正璧先生是古典文学家、文史文献家、文学家和教育家，作品达一百五十种之多，字数逾千万。如此著作等身，却鲜为人知，被称为"被遗忘的缪斯"。我爱好古典文学，十分仰慕谭老，一直无缘识荆。1977年高考恢复，我准备考研（古典文学研究方向），可是备考书籍奇缺。踌躇之际，高中语文老师陈洁伸出援手，引荐我去谭老家借书。

是日，我和陈老师走进青海路附近一条弄堂，往南再往西拐弯，隔墙可见电视台的发射塔，再通过逼仄的小弄，进木门、底楼，便来到谭老寓所。进门所见皆书，让人想到陆游《书巢记》的句子："吾室之内，或栖于椟，或陈于前，或枕于床，俯仰四顾，无非书者。"

我忙拿起谭老递来的材料细看，是苏联汉学家阿列克塞也夫评论谭老的《中国文学家大辞典》（下文称《大辞典》）的一篇论文。我边看边翻译了起来：

"该书的作者谭正璧，或是出于谦逊，不认为编纂者（尽管包括他本人）是作家；或是基于活着的当代人除外的原则，他本人并未列入书中。这样，比引为荣耀和自我夸赞显得更为严肃……"

谭老听着，微微颔首。我还想继续往下翻译，不料两个音译的书名《шан ю лу》《ван син тун пу》，反复拼读也不知所云。我不由得低声探问：有本书叫……《上有路》吗？

谭老一听笑出声来，马上纠正道：这本书叫《尚友录》，还有一本叫《万姓统谱》。光靠拼音是翻不好的；"熟知其名，概知其书"，才能翻得准确。他嘱我回去慢慢翻，查查资料。

……

谭老谈回译人名书名，概括起来说，是"一字不苟"和"积累知识"。他怕我听不仔细，还特地强调"不是'一丝不苟'"。他说，如果中译者既精通外文，又熟谙中文人名，那么，回译就能"服服帖帖"；否则，单凭音译，一字之差就要"搞错人头"。

……

谭老针对回译书名（篇名），着重强调"积累知识"。谭老说，外文文章引到中国文学家的书名、篇名，如果你掌握了一些基本的作家作品知识，回译也能迎刃而解。

我译到《Вэнь фу》（《文赋》）时，反复拼读，仍不知是何书名。谭老说，文中提到西晋文学家陆机，你如果有知识积累，应该能联想出他著名的《文赋》《辨亡论》《吊魏武帝文》等作品。有积累犹如有"中气"，就不会单凭拼音瞎猜。

在谭老当面悉心指点下，汉学家论文的中译较为稳妥，尤其是回译规避了鲁鱼亥豕的"低级错误"。谭老不是翻译家,却深得回译的真谛,叫人感佩不置。上海外国语大学翻译研究所所长谢天振曾概括回译"必须找到原文,必须下这个苦功夫""功夫在翻译外"等要旨,我以为,谭老可谓已提早践行了。(全文载 2013 年 6 月 6 日《文学报》)

  读了这篇文章,它让我回忆起一件事,大概是 1953 年我们搬家到上海后,家里有一台电子管的收音机,虽然其貌不扬,可还管用,在当年已算是稀罕之物了。恰好那时上海中苏友好协会与华东、上海人民广播电台合办俄语广播学校,每天早上学习俄语的时间,父亲还有姐姐就会拿出俄文课本和笔记,记得那课本的封面是橘色的,坐在写字台前,跟着电台中的老师认真学习,……"А、Б、В、Г、Д、……""товарищи""Москва"……,我在一旁听到,至今还依稀记得几个单词。父亲和陈金生交谈中听他用俄语读出书名,而能很快辨别出来,应该是得益于早年曾经有过的这次学习。

  1978 年,谭正璧为《鲁迅回忆录》撰写《回忆我和鲁迅先生的一段往事》"生平和鲁迅先生未尝会过一次面,只是在某一时期和他通过书信,并互赠自己的著述。如斯而已!而这些琐事,鲁迅先生都记载在他的日记里,且一事不漏。屈指数来,这已是五十多年以前的事了,追忆往昔,恍惚如昨,光阴过得真不慢啊!"6 月,作《读陈毅同志遗诗》中有:"才情横溢气刚强,慧业戎功两可扬。拼死重围偏不死,三章《梅岭》永留芳!"

  这年 2 月 18 日,儿庸自昆明来沪治病,其间帮助他校勘了《弹词叙录》一遍,并誊写了《小说叙录》,至 5 月回昆明。中携幼女茵来沪探亲,至 4 月 3 日回江西。

  1979 年 1 月,孪生子壎与杨耀丽成婚;12 月 18 日得女,名翼。

1978年的谭正璧

1979年4月初,谭正璧与子女赴苏州灵岩山营兆,为亡妻蒋慧频的骨灰下葬。

5月,经谭正璧自己屡屡反映及各方的关心,由上海市市长汪道涵签署聘书,被聘为市文史研究馆馆员,自此生活有了基本保障。

上海文史研究馆聘书

6月,谭正璧应嘉定方面邀请,前去出席博物馆的座谈会,遇惠印林、孙镇、钱乃之、卫镜川(光炯)、盛俊才、浦掬灵等。

11月,谭正璧任第四次全国文代大会特邀代表,因年老体弱,被劝阻而未能前往。又被吸收为北京鲁迅研究会会员;中国民间文艺家协会会员。

同年9月,上海书店有意出版谭正璧的《中国文学家大辞典》,前来取去该书;10月,谭正璧为此作新版前记。又有上海古籍出版社

无锡梅园、鼋头渚留影(1980年)　　在赵景深家与日本友人合影

第三部　青史留长卷　221

("文革"后,中华书局上海编辑所取消,改为古籍出版社)前来取去《三言两拍资料》清样(已被删改过的),拟出版。谭正璧又再校《弹词叙录》原稿;冬日,完成《释潮州歌》稿。

1980年2月中旬起谭正璧气喘病严重发作,约三个月始愈。2月24日,波多野太郎教授登门来访。

5月27日至31日,谭正璧久病初愈,应无锡的蒋宪基、孙云年等相邀,携寻女赴无锡一游,得小住梅园休养五日,盖游鼋头渚、锡惠公园,宜兴善卷、张公二洞,始尽兴而归。为赋《梅园杂咏》十四首。

今录其四首:"罗浮未见一琼枝,莫怨寻芳到太迟。却好金莲塘上发,纵非香海亦香池。""绿满江南草正长,暖风拂处落花忙。梅魂早与诗魂合,信口拈来字字香。""玉骨冰肌已杳然,江郎才尽忆当年。氍毹一曲《梅花梦》,赢得场头泪万千。""银灯照耀夜谈文,不觉更深月半沉。林鸟高眠虫寂寂,吟笺堕地耳能闻。"

11月13日至23日,谭正璧赴杭州游览,住华侨饭店。是年冬,儿中出差来沪。

当年,谭正璧被推为中国民间文艺家协会上海分会顾问;受聘为华东师范大学中文系古典文学兼职教授。时又两次校勘《弹词叙录》,并作《后记》《凡例》;又完成《明成化刊说唱词话述考》一文,发表于《文献》1981年三、四辑上。

《三言两拍资料》也在11月出版,印五万册。此书初稿九十余万言,当年应出版社要求删至六十万字。"然此书之得完成,获助他山,实费浅显。在此必须特别提出者,则

谭正璧与女儿谭寻在杭州(1980年)

为孙楷第先生与赵景深先生多种有关'三言''两拍'之著作。有此诸作之提示与启发，所省搜检功夫，奚啻倍蓰。而中间之勖勉鼓励，尤以王古鲁先生为多。设非王先生于其所搜辑之《二刻拍案惊奇》序言中特致期望与拙业，则此书之成，容或有待。惜先生不及见之矣！在搜集过程中，始终助我任搜检移录之劳者，始为亡妻慧频，继之以吾女寻。此书历经波折，得以问世，终不枉我数十年的心血付出。倘能假吾以岁月与精力，俾得继续搜集与阅览，一矣稍稍完备，自当辑成续书。"此书搜罗宏博，受到国内外人士之重视。美国夏威夷大学马幼桓教授惊呼"仅收有关五部话本集的史料竟达九百多页"。日本小川阳一编著的《三言两拍本事考集成》一书中曾引用了他的资料，小川阳一曾于1983年来上海，同谭正璧、赵景深、谭寻等见了面，并合影留念，还赠送了自己的著作。

《中国文学家大辞典》应约由香港天地图书有限公司出版，《前言》先期载《七十年代》1980年第七期上。

是年作《飞花纤雨词》，现录其二："纤雨飞花绕小楼，院庭萧瑟似深秋，和风吹送笛声幽。　恰恰莺啼惊好梦，喃喃燕语动离愁，何时脱却世情钩。""月映栏杆人倚楼，眼前又是一番秋，悲欢无限柝声幽。　梦里梅飞空惆怅，云中雁唳徒悲哀，不知忘却下帘钩。"其中皆是对往事的一再追诉。

当年谭正璧应约所写《煮字生涯六十年》，载入吉林的《中国当代社会科学家》第三辑上（1983年3月）。《木鱼歌溯源》发表于《华东师范大学学报》上。《释"木鱼歌"》发表于《文学遗产》第三期上。《投钥泉》发表于《采风》杂志上。《广椒花颂》发表于《嘉定文艺》上。

1981年2月，长孙女与邹劲松成婚，10月29日生女，名紫怡。8月，儿中出差来沪。

10月27日至11月3日，谭正璧由浙江人民出版社接待再游杭州，住交通厅招待所，并游瑶琳仙境及鹳山。

7月，《弹词叙录》由上海古籍出版社出版。"此书之完成，积年累月，朝阅夕录，曾耗去我父女多年不少的心血，自不待言，但若非获得社会力量的协助,则此书之出版问世,恐终我生亦难实现。其中上海古籍书店林志泉先生,历年不懈,助我搜罗有关之资料,至千百种之多,最为难能可贵!又如,复旦大学赵景深教授、华东师大施蛰存教授、上海辞书出版社杨荫深先生、上海古籍出版社陈振鹏先生以及上海人民评弹团资料室等等,都不吝出其所藏罕见之本,或借或赠;而杭州大学胡士莹教授,在杭每得一书(大多为目录家所未收录的旧刊旧抄孤本),即不远千里邮递惠借,数年如一日,高情雅谊,尤感钦难名;不幸此书定稿付印之日,胡教授已于去岁溘然长逝,不及目睹此书之出版,黄垆之痛,将终世靡已!"

"明清以来弹词作品总数,考诸各家书目所载。以及图书馆和私家藏书,估计至少可有四百种。进兹所得仅二百种,将来如能全数阅到,当继续编写续编,使成全豹。因十年浩劫,工作夭折,藏书殆尽,资料散失,只能将已成之稿,重加整理,而无从比勘,待日后,如有可能,再加增订。"(摘自《弹词叙录后记》)

《中国文学家大辞典》由上海书店影印出版三万册。《曲海蠡测》完稿后交浙江人民出版社。《木鱼歌·潮州歌叙录》完稿后交北京书目文献出版社。同时,《古本稀见本小说汇考》在编写中。面对此景,谭正璧在《溽暑有感》中道:"零落梅花再度开,严冬消尽春又回,相逢不是梦中事。　断简残编任续谱,绛桃银李尽培栽,东风处处暖人怀。"一片欣慰之情。

当年,在《文献》第七期上发表了谭正璧所著《王实甫以外二十七家〈西厢〉考》,在《嘉定文艺》上发表了《明代剧作家沈龄及其作品述考》;在《河北大学学报》第三期上发表了《论张凤翼及其〈红拂记〉》;在《说新书》第三期上发表了《〈弹词叙录〉后记》;在《文学报》发表了《〈浣溪沙〉词二首》;在《曲艺艺术论丛》第一辑上发表了译文《论木鱼、龙舟、粤讴》。还有《漫谈修订本〈中国小说史略〉》收录在《鲁迅诞生百年纪念集》中。

1982年,《三言两拍资料》重版十万册。《古本稀见小说汇考》一书完稿。

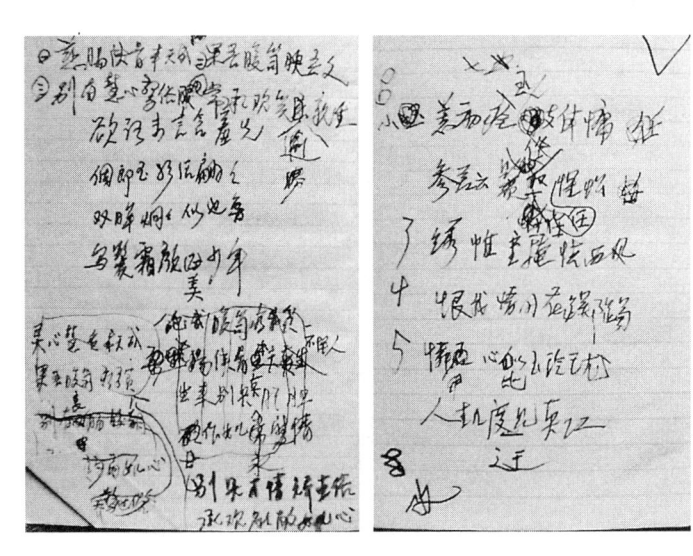

几近失明的谭正璧写的诗稿

当年，《漫谈〈再生缘〉作者及其他》在《抖擞》1月号（总48期）发表；《释"潮州歌"》在《曲艺艺术论丛》第二辑上发表。《晋阳学刊》所约稿《我的生平与著作》在第三期上发表，并收入1985年出版的《中国现代社会科学家传略》中，改名为《谭正璧自传》。这几年来，谭正璧双目已瞆，全靠女儿执笔，才得以一一完成。

同年，《木鱼歌·潮州歌叙录》出版。"本书目的在于就明清以来木鱼歌、潮州歌作一次初步结集，旨在收集并保存有关粤语系民间说唱文学的文献，故不问精粗巨细，兼容并蓄，供中国文学史及中国民间说唱文学研究者参考之用。但囿于个人力量有限，只能就已获见者先编成集。其流传较广或民间习见之作，大致都已录入。本书收录木鱼歌（包括南音、龙舟）共计二百八十种，潮州歌一百二十六种，由于文献有阙，未收录者实难估计。兹后如续有所得，积有成数，当辑为续编。"

木鱼歌也称"木鱼书"，是一种流行于中国南方广州语区域的民间说唱文学。潮州歌则是流行于广东省旧潮州府属九县和邻近一带潮州语区域的一种古老相传的民间说唱文学。根据一般记载，中国南方人民对于唱歌有着天然的爱好。广州的木鱼歌和潮州的潮州

第三部 青史留长卷 225

《三言两拍资料》（1980年）

歌，不独它们流传都有悠久的岁月，即作品的数量和其他地区的民间说唱文学，如中国北部地方的鼓词，江浙一带的弹词，实可并驾齐驱。

本书对木鱼歌、潮州歌先以专文就其源流、特色等做深入、细致的探讨，继以叙录形式介绍了数百种作品的内容。读者可以从中了解木鱼歌、潮州歌自明清以来发展的概貌，及其同其他文艺作品在题材上的相互影响，可以获知阅读歌本原本的线索。

"八十年代初，中国学术界兴起了一股民间文学（即俗民学）研究的复兴热潮。其中出现了一本北方籍学者研究木鱼歌的著作——《木鱼歌·潮州歌叙录》，木鱼书是广府方言的产物，身为上海方言籍的谭正璧和谭寻父女的学术钻研精神直令岭南研俗民学的同仁汗颜。

"此书不但收录了《花笺记》和《二荷花史》以及其他木鱼书的版本情况，而且几乎总结了木鱼书有史以来关于起源的讨论，提出了包括蛋歌和木鱼书的血肉关系，使读者对木鱼歌这种岭南说唱文学获得全面的认识，是开国以来第一本关于木鱼歌综合性的研究专著。

"三十年代以厚厚一本《中国文学家辞典》闻名，在学术界以收集小说、戏曲和讲唱文学的研究资料而称著的谭氏，在《木鱼歌叙录》中收录了木鱼歌凡280种。每种分别以版本：包括作品的全称；

1982年，谭正璧在家中

作品所署作者姓名或别号；出版堂号或局名；曾见着录于某书目，均作了实录。

"内容上，每首木鱼书歌分别以本事概要；本事来源及影响；同题材其他品种文艺作品均作以详细介绍。文中又言'由于文献有阙，实难估计，兹后如读所得，积有成数，辑为续篇'。积勤成术，壮心不已。谭氏此书当为中国研究木鱼书之入门。"

此年，受聘为《中国大百科全书》戏曲·曲艺卷编委会委员，并撰写《天雨花》等条目。

是年秋，与赵景深、穆尼创办民办业余艺校。"他从前的中学教书时的一个学生，曾在红旗歌舞团担任领导的穆尼来拜访他，提出办一个民办业余艺校的设想，他十分赞成。不久，由赵景深、谭正璧、穆尼三人发起的上海民办业余艺校就开办了。这是上海第一个民办的艺校，后来改名鲁迅业余艺校，仍旧是上海所有艺校中班次最多、师资最整齐的一所。十多年来，我曾去上课多次，去讲古典文学或古典戏曲，……"（摘自蒋星煜《谭正璧和他的戏曲史著作》）

1983年，《曲海蠡测》出版。这是"文革"前，"我所写的有关中国古代戏剧研究的一些心得记录，其中或许有一些别人所未注意而且也没有研究过的'千虑一得'，如斯而已！这十二篇短文、一篇长文，有论作品的、有论作家的、有为读曲笔记的，一篇长文是尚属于草创性而不很成熟的儿童戏剧史初稿。这些文章所论述的大多数似乎是一些枝节问题，但如果放在整部戏剧史上衡量起来却不是小枝小节。是年我已年逾八旬，又经十年内乱，双目几瞽，精力大衰，已不能再如往昔之勤力写作。回想一生所写文章，大都专务实学，不尚空谈，所以一书一文之成，往往积年累月，专力于推敲词句，引经据典，有时引据不得，翻箧搜架，至于废寝忘食。但自壮至老，从不觉其苦，反觉其乐无穷。抚今追昔，恍如隔世！所以对于一生的著作不免要蹈'敝帚自珍'之习，而这本小册子又为我在建国之后唯一的戏曲著述文集，所以尤自珍惜！

"我早年已患深度近视，中年益甚，故建国后所著述，皆赖吾女儿谭寻从旁相助。'文革'后，更是无法独立写作，全由我口述，由女儿代为着笔。故此书编写时，凡检寻资料，核证故实亦由伊任之，而整理校订亦由其全出其力。我女又需兼顾家事，阅读书报，所以写作时间常感不足，每日只是下午至夜深为我们写作时间，往往由于我体倦先卧，而我女犹在灯下操觚不休。"（《曲海蠡测》自序）可以从中体会其艰辛，其快乐！

对《西厢记》等戏曲颇有研究的蒋星煜在所著《谭正璧和他的戏曲史著作》一文中赞道："还有一本篇幅不大的《曲海蠡测》，容易被人忽略，而其中《王实甫以外二十七家西厢考》等文均不愧为钩沉辑佚的力作，非有十二分功力是写不出来的。

"1983年冬，日本横滨市立大学的波多野名誉教授来上海，曾和他的高足一起在我家晚餐，席间他说起因为日程安排得紧，原定到谭正璧教授、陈汝衡教授两家拜访，并且赠送印刷精美绝伦的《中国京剧团访日公演》纪念刊，这一件事已经没有时间办，明晨即将飞回日本，请我代他走一趟。对这位严师益友的叮嘱，我自然照办，这才去了谭老的家。"

1984年，《古本稀见小说汇考》由浙江文艺出版社出版。"我于1945年编写出版过《中国佚本小说述考》，几十年过去了，中国佚本

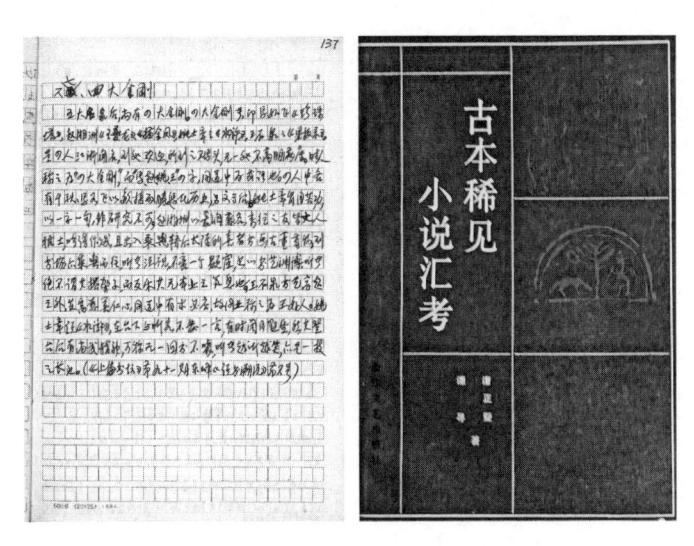

《弹词叙录》手迹　　　　　　《古本稀见小说汇考》（1984年）

小说不断有所发现，这样，我那本《中国佚本小说述考》就显得非常不够了。因此于1980年冬天，在获得浙江人民出版社编辑同志的赞许与敦促之下，决定以前书为底本，增加内容，扩充材料，撰成这部《古本稀见小说汇考》。

"《中国佚本小说述考》所考的佚本只限于日本所藏，这次扩充内容，除继续增收日本藏本外，还尽量把英、法等国的藏本补充进来；同时，国内某些孤本、稀本，也尽我所知，酌情收录。这样，本书所考已不限于国外佚本，也包括国内部分珍本，故更名为《古本稀见小说汇考》。中日两国人民自唐代起即往来频繁，宋元话本、明清小说，一经问世，亦即流传至彼土，所以原刊本或较早刊本在日本收藏颇多。又经明清两代三令五申查禁'违碍'，所以部分小说在中国早已绝迹，而在日本反多收藏，得以保存至今。至于英、法两国建国较晚，与中国有所交往亦迟至明清两朝，而藏于伦敦英国博物院图书馆、巴黎国家图书馆的中国小说，皆系历次侵略中国劫掠去的较为珍贵的刊本。有的只剩残书，这是中国文化史上的一大损失。

"国内所藏古本稀见小说据说以北京图书馆、大连图书馆、北京大学图书馆及首都图书馆最为丰富。其中大连图书馆的前身即日本侵占东北时期的满铁图书馆。解放后苏军撤离旅顺、大连时,该馆正式还归中国,据说其中所藏已有缺佚,故孙楷第氏《大连图书馆所见小说书目》中所收小说现在已非全璧。本书收古本稀见小说共有一百六十三种,每种首先考明卷数、回数、撰者、评者、作序者姓名、别号及里居,刊刻年代及书铺名称,正式版式及有无图像,在何处收藏,尽可能考正作者生平事迹,附于其后,列回目(限四十回内),再叙内容大要、故事来源及其影响。"(《古本稀见小说汇考》叙论)

"此书是在历经十年内乱后撰写的。因我年事已高,体衰愈甚,加之患有冠心病及脑动脉硬化等症,双目又已近瞎,因此一切撰作全需我女儿相助,先是共同商讨,推敲文字,修饰辞句。故一文一书之成,所费时间较之我自己执笔撰写,不啻倍蓰。常年如此,寒暑无间。此中自有至乐,非个中人不能体会。因此我虽年迈多病,由于乐而忘倦,精神尚可勉力支持,而这本书也就是这样的境况中写成的。

"由于我一生积贮的藏书,在十年内乱中十去八九。故现在则每有所需,只能望空兴叹,无所措手。唯有向各地同文求援。因此,老友如赵景深、杨荫深诸兄,将个人所藏,尽应我所求,而王子澄兄亦为我向旧书店借用。新交如陈翔华、萧欣桥、陆树仑、王文宝、于文

1979年6月,嘉定县文史工作第二次座谈会合影。前排右第四人为谭正璧。

1985年7月16日，倪所安、赵春华、葛秋栋与谭正璧先生（严翠娥摄）

兹聘请谭正璧同志为《中国大百科全书》曲艺分编委会委员

中国大百科全书聘书

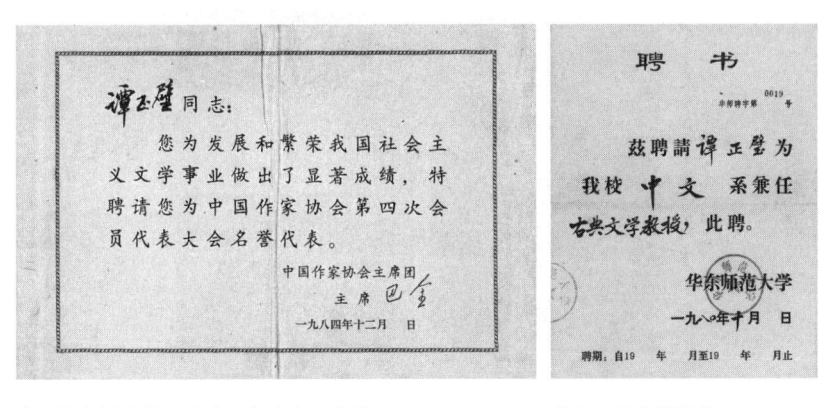

谭正璧同志：

您为发展和繁荣我国社会主义文学事业做出了显著成绩，特聘请您为中国作家协会第四次会员代表大会名誉代表。

中国作家协会主席团
主席 巴金
一九八四年十二月 日

中国作家协会第四次会员代表大会聘书

聘 书

兹聘请谭正璧为我校中文系兼任古典文学教授，此聘。

华东师范大学
一九八〇年十月 日

华东师范大学聘书

第三部　青史留长卷　231

藻诸同志，亦多方热心支持，给予不少助力。而王、于二同志，千里神交，素未一面。王文宝同志多次抽暇分别从首都图书馆及北京大学图书馆等处，为我抄录到很多外间不易见到的宝贵资料。于文藻同志专力为我复印到大连图书馆所藏珍本小说书影，不下数十种。总之，这本书的撰写能循次进行，顺利完稿，全仗诸同文的热忱支持、大力协助。"（《古本稀见小说汇考》后记）

同年，谭正璧被推为上海市第三次文代会代表和中国作协第四次代表大会名誉代表。又与赵景深、薛汕、陈翔华等十四人发起成立中国俗文学学会，并任顾问。

当年10月1日，昆明的长孙谭宁与李祚春成婚。

1985年《评弹通考》由中国曲艺出版社出版。本书为《民间说唱研究文献汇编》之一，以辑录有关评话、弹词的考证材料为主。本书

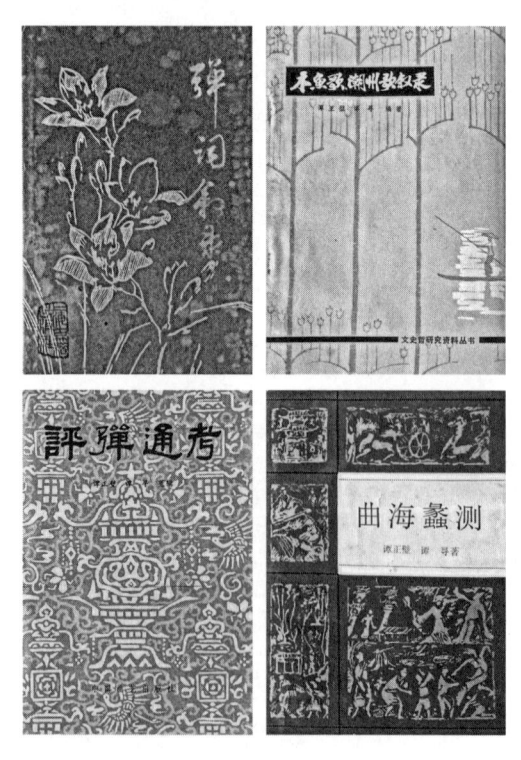

《弹词》《木鱼歌·潮州歌叙录》《曲海蠡测》《评弹通考》（1981—1985）

所收材料来源极广，凡书籍报刊所载有关评话、弹词的文字，每有所见，不论长篇累牍，或一枝一节，无不收录，但其中有若干过长的篇幅，以不损及全文内容予以删节。本书为《弹词叙录》的姐妹篇，可相互为用。

"谭正璧，笔名谭雯，上海嘉定人，是我国著名文学史家和弹词理论家。他早年参加五四运动和新文学运动。从1920年起就开始发表作品，文学史、文学概论、文字学等著作近百种，致力于弹词研究，倾一生精力搜集评话、弹词版本，加以统编、评论。他编著的《评弹通考》一书中，博采群长，尽揽弹词精华，其中就有选录《榴花梦》序跋题记，可资稽考的五则：一是《榴花梦自序》，二是《榴花梦序》，三是《谈〈榴花梦传奇〉》，四是王铁藩、张传兴《访〈榴花梦〉续作者浣梅女史》，五是转载《人民画报》1962年第12期萨兆寅写的《榴花梦》。谭正璧不是福州人，确比福州人更熟悉和关心《榴花梦》的流传存佚，在无刊本下，作者向国人展示上述五篇文章，对《榴花梦》作者的籍贯乡里、异名字号、家庭身世、生平著述、创作始末及续作情况的简述，对研究《榴花梦》起搭桥铺路的作用。"（《福建史志》载郑豫广《榴花梦》稿本的流传）

同年，《中国女性文学史话》得天津百花文艺出版社的热心支持和关心，以较快速度重版；此书对原《中国女性文学史》第一章进行了重撰，并有所修订。"在当年此书三版后的数十年中，我于读书、教学、著述时复加留心，凡遇与之有关的材料，无论多寡，悉心钩稽，笔录甚勤，准备在适当时机，再加修订。至一九六六年'文化大革命'前夕，已得数万言。不意在十年浩劫中全被抄走，丧失殆尽。而这些资料本属难得，今已无力重新搜集，真是一大憾事！"

是年8月22日（农历七夕），孙子谭宁得女，名冰星（后改名舒文）。

1986年3月2日的《解放日报》副刊《朝花》上登载了周幼瑞的《〈申报〉另一文艺副刊〈春秋〉》一文中，又特别列举出谢冰莹、顾一樵、刘开渠、朱雯、谭正璧的作品，借以说明内容之一斑……

以后，谭正璧双目至完全失明。1989年，孙子谭宁夫妻曾携女由云南昆明来沪，四世同堂，他的眼睛虽然不能看见，然听觉更敏锐，曾孙女唱歌颂诗，满室欢笑，亦可谓天伦之乐！

1986年，《话本与古剧》（修订本）在被搁置二十五年后，在女儿谭寻执笔之下经再次整理修订后，终由上海古籍出版社出版。

1987年，上海古籍出版社重版《清平山堂话本》。

1991年，蒙天津百花文艺出版社又重印《中国女性文学史》，即将1985年改名的《中国女性文学史话》，作为"20世纪经典学术史"精装并仍以1935年版之原名《中国女性文学史》出版。并对凡书中在1985年出版时有删节的，此次全部补上，以维持原书面貌。

2002年《中国妇女报》发表了周瓒《谭正璧之灼见——读新版〈中国女性文学史〉》一文，现摘录部分："'时代文学'的视野给谭正璧以时代批评的立场，他同情历代女性的遭遇、肯定她们的才能，即便她们的作品题材窄狭，风格单调，他也表示了充分的理解，因为他不单单看到作品表层的意义，更联系到作家的生活和性格。""因此，当你读到，'真的，历来女性的成功的作品，只有弹词'也就不会过于吃惊了。因为，'诗，词，曲，小说的世界，总为男性占先，独有弹词，几部著名的伟大的弹词，像《天雨花》《笔生花》《再生缘》，哪一部不是出于女性之手？'就此判断大概还可以做一番大文章，这

《话本与古剧（修订本）》书影　《清平山堂话本校注》书影　《中国女性文学史》书影

里且不深谈。'成功的作品——这个短语道出了谭正璧研究女性文学的一个立足点。历来文学中，成功者都是男性及其作品，女性和她们的写作都是男性主宰的社会的附庸之物，因此，如谢、梁二氏那样挖掘历代女性作家及其作品，至多只是做了些资料积累的工作，而离真正肯定女性的写作才能，为女性的才能在男权社会中遭受压抑而鸣不平，尚存距离。从这个角度一看，就可以发现，谭正璧的意识是何等先锋，何等正确了！""该著后来再版五次之多，可见它深受读者欢迎的程度。对今天的读者来讲，它所提供的历代女性文学资料不仅丰富翔实，而且，作者的许多观点也值得记取，他所立足的'时代文学'基点仍然没有过时。"

五、飞雪送忠魂，青史留长卷

隆冬飞雪送忠魂，寒梅晓春迹永存。长夜遥望魁星觐，百年凌霄论古今。

在1976年4月，谭正璧所作《落花风雨词》的《自序》中对自己的一生，可以说有一个简洁的回顾，现录在此：

夫人非草木，佛璺称为'有情'；仙住重天，绛草亦知酬爱！况桃李芳菲，自生遐想；春风骀荡，易起离愁；未免有情，谁能遣此！雯也生不逢辰，历经沧桑患难；年将及耋，犹复漂泊无依。亲朋多遭不虞之忧；儿女几罹覆巢之痛。目极天涯，望伊人兮不见；怀念知己，伤兰芷之长离！恨何可言；郁将谁诉！哀莫能泄，乐无从兴。欲倾镂骨之心；愧乏生花之笔！缅怀既往，未免怅怅，展望前途，犹觉茫茫！

吾少即伶仃，老不显达。生而善感，长复多愁。复车早鉴，幸免泥犁之灾；惑溺綦深，终入梅花之梦。厥后大梦大觉，有执有迷。似真似假，可啼可笑。既难于断爱，又何妨遣情！

吾幼即嗜读，腹笥几罗古今中外之名篇，长又好文，著作曾获域内海外之虚誉。虽受宵小之嫉，横加诋毁；终获风雅之惠，得恢全名。统计历年煮字，何止千倍万言；若论先后成书，亦逾万页百册册。稿本另册，尚未计数。即此劳绩，已足自豪。

吾虽椿萱早逝几作幼殇；终赖萱祖多恩，终得成长。壮而有家，幸谐嘉偶；继得胤嗣，又多祥麟。故老怀寂寞，辄动悼亡念远之心；病榻缠绵，祇惟扪孤舐犊是爱。而兰桂齐芳，螽斯延庆；春风不赖，桃李多辉。若长此燕居，亦侭可终也。岂不快哉！

呜呼！帐中锦瑟，早痛断弦；怀里银雏，将悲分坌。虽从此向平愿了，儿女债完，若在他人，宁非佳事。而吾弱女，卅载服劳，未有片词之怨；一生随侍，几无跬步之离。患难相从，苦甘同享。织锦年年，与诸昆同担菽水承欢之资，非图邀宠；为慈父分任耕耘砚田之劳，亦可添薪。文续汉书，宛若班姬有善继父志之才；诗联柳絮，毋如谢女有天壤王郎之痛。箴幼弟则良言娓娓；谏老父则铮语硁硁。而二竖恃以成长，家声因之不坠。

然而日月不居，韶华易逝，青春虚度，迟暮将临。老父则白发日新，弱女则靓貌渐淡。儿不负父，父实误儿！况乎际此春阳放媚；风物昵人。梅叶成荫，杏葩吐艳。闺中万籁寂寂，帘外鸟鸣嘤嘤。忽感之子无归，天桃未赋。爱无所至，情莫能钟。而驹光冉冉，前路茫茫。万念俱灰，百感交集。此情此景，难笑难啼。非怨老父，乃悲薄命。儿怀如是，父心何安。

于是冬极春来，否消泰复。柳暗花明，忽睹花径；水穷山尽，重现桃源，飞来青鸟，愿作蹇修；出谷银莺，得窥吉士。但愿郎情温顺，女亦柔和，则两心萦结，自偕伉俪。斯因老父之夙愿，诸昆所深望者也。

然而一朝遽赋将离，而必依依惜别；勿听俪唱，父将寂寂寡欢。况从此邺架尘封，药炉灰冷。室迹人远；凤去楼空。瞻望将来，回顾往昔，安能不魂消南浦，肠断河梁乎？

嗟乎！恨海不填，必增文园之渴；倾天莫外，总伤荀令之神。于是顿生异想,断鸭续凫,别出心裁,移花接木。断取古人成句,续以今吾心声;移得灿烂明珠,接以纯真璞玉。宁贻大方之笑,毋蹈瓜李之嫌。然性之所好,首推西昆;而身世迍邅,有同词圣。事须抉择,不免踌躇。然由于吾晓梦未迷蝴蝶;春心不托杜鹃。月明绝泪,日暖无烟。因境界之不同,而感情自有异。夫义山诗独具缠绵;而后主词兼擅悱恻。前者虚渺,后者率真。此由于前者醉心风月之场,后者痛怀家国之恨;固由处境之不同也!因而宁置义山,侧重后主;借彼故国河山之痛,抒吾落花风雨之悲;此其故亦可勿言而喻矣!

于是晨昏检韵,醒梦排词,不拘后先,竟忘岁月。因历时须经悠长难记之日;故杀青尚在渺茫未定之天。然恐春蚕丝尽,蜡炬泪干。而早潘鬓愈疏,沈腰更瘦。书至此,又不禁老泪纵横矣!是为序。丙辰百花诞辰后浃日书于海上真蜗居。

1991年夏,谭正璧因患感冒发热,住进仁济医院急诊间,他本来就有慢性气管炎和肺气肿等病史,况又已年老体衰,而当时医院急诊间的条件也不太好,所以在住院十余天,病情有所好转后,就回家休养。11月,在家中和子女一起度过了九十大寿后,终因年事已高,难以恢复,于12月19日仙逝。

先父的追悼会上,分别由时任市文史馆馆长的王国忠和市作家协会主席的徐中玉主持及致悼词,谭正璧的子女包括远在外地的都来与父亲做最后的告别。前来参加追悼会的有:亲戚俞家姑母(俞丽娟、俞丽妹两姐妹)、谭正璧的寄女张颉君;谭正璧后母家的小辈亲属;盛慕莱烈士的子女盛才英等;子女单位的代表;有上海古籍出版社、辞书出版社等单位的代表;有嘉定各有关部

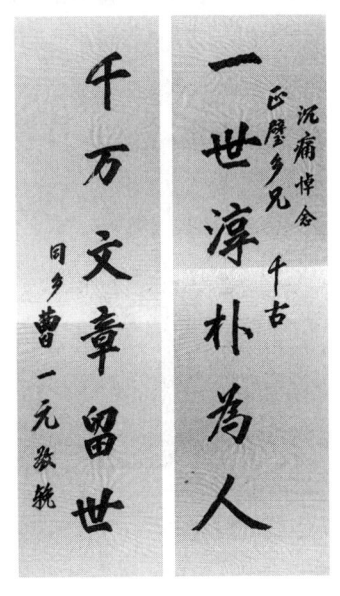

挽联

门和单位的朋友和代表等；还有巴金、施蛰存、李俊民等人送来了花圈……谭正璧的一位老朋友送来了一副对联："一世淳朴为人，千万文章留世"，这可以说是对谭正璧一生的高度概括和评价。

追悼会的前一天，上海下了一场大雪。因此，大殓这一天是冰天雪地，银装素裹，仿佛整个世界都在为谭正璧送行。追悼会上，更有一对中年夫妻，伤心得痛哭流涕，谭正璧的子女只知道他们是嘉定的科技大学的老师，却一直没有知道他们的姓名，对此，一直耿耿于心。由于那天来了许多人，而谭正璧的子女又不太熟悉，因此他们总感到留下了一些遗憾。

嗣后，原文艺出版社的金名先生在《晚景凄凉谭正璧》(见载《新民晚报》)一文中说道：

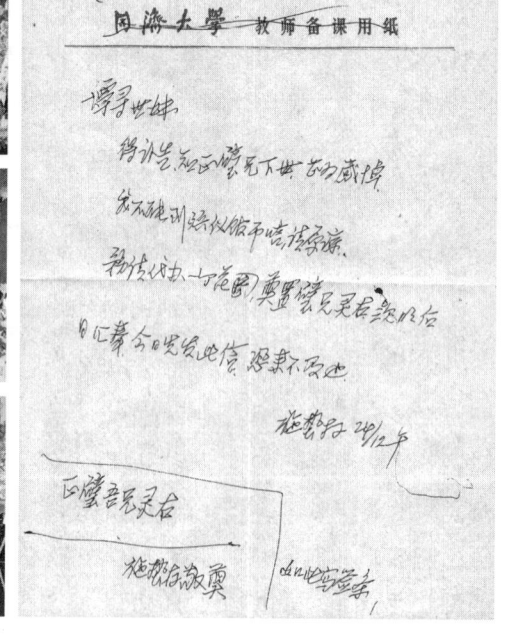

1. 谭家子女为父亲送行
2. 上海市文史研究馆馆长王国忠主持追悼会
3. 上海市作家协会主席徐中玉致悼词
4. 施蛰存致谭正璧的吊唁信

短短的几年，南方的俗文学界失去了赵景深、杨荫深、陈汝衡、任中敏、谭正璧五位大师，这对于我国的戏曲、曲艺学是断五指之痛，断四肢之痛。

旷达地说，一切学术都是坐冷板凳，俗文学更是如此。这话我也不止说一次了。但愿国内外，特别是东南亚观众在欣赏南音、木鱼歌、潮州歌的时候，都为你祈福，念一声"阿弥陀佛"！

我仍然相信俗文学是不会死的，木鱼歌、潮州歌与南音，《三言两拍》、弹词、宝卷是不会死的。我在编《近代文学大系·俗文学集》时，把这些都选了（《三言两拍》在时限之外）。我们这个伟大民族的文学遗产是不会死的，把一生献给我们伟大民族文学遗产的您是不死的……

是啊，只有在那些热爱和钟情中国文学历史的文学工作者心目中，才深深知道这项工作的价值及其不易。

1992年上海古籍出版社出版了"十大古典白话短篇小说"丛书，其中有《清平山堂话本》，署名王一工标校，在《前言》中有："其间，参照谭正璧先生校记甚多，特在此说明。"看了此书后，发现其"点校"及对"误文夺字"的"改订补正"，绝大部分是依照先父谭正璧校点的版本，然谭正璧的子女在此书出版前未得告知，出版后也未得应有的稿酬……当然，对于不懂当初校点此书是需要花怎样功夫的人来说，是不会明白为何会做如此说的。

1994年，安徽文艺出版社所出版的《张爱玲与苏青》一书中收录谭正璧所写《论苏青与张爱玲》一文。（此文曾发表在1944年的《风雨谈》杂志上）

1998年，北京图书馆影印出版了《中国文学家大辞典》。

同年，广西教育出版社所出版的《中国沦陷区文学大系》之《散文卷》收录了谭正璧的《枯杨》。（此文发表在1943年的《杂志》上）；又《评论卷》收录了谭正璧的《柳雨生谈》（用的笔名谭雯），《〈当代女作家小说选〉叙言》。

河北人民出版社出版的《中国现代历史小说大系》第二卷收录了

谭正璧的《长恨歌》与《琵琶弦》。

2001年天津百花文艺出版社再次重版《中国女性文学史》。

2002年上海书店出版社出版的《上海四十年代文学作品系列》（由柯灵任名誉主编）之《喜事》中收录了谭正璧的《李师师的绮梦》（原载1942年《万象》）。在此书由沈寂所作《序》中说道："回眸历史，上海40年代是20世纪中最激烈、最动荡的十年，是善与恶、爱与恨、生与死、压迫与反抗、黑暗与光明、灭亡与期待交锋冲突最尖锐剧烈的场所。从'孤岛'后期到全部沦陷，上海成了悲惨世界，三百万人民在黑暗深渊里过着从未有过的地狱生活；近百位抗日进步的文化人从各方面向敌人作出百折不挠的斗争。作家们以笔代刀，又不得不采用隐喻的手法，写出一篇篇反映因侵略造成的人生悲剧和血泪故事。这些悲惨的控诉和强烈的怨恨，犹如一把钢刀，刺向敌人的要害。""从事通俗文学的胡山源、谭正璧、范烟桥、秋翁（平襟亚）等，借历史题材，宣扬抵御外侮的爱国精神。"这是身历当年其境的有民族自尊心的中国人的共同感受。

近日，在撰写传记寻找资料中，发现竟有不明真相或别有用心者给谭正璧强加"文化汉奸"之罪名；并称抗战胜利后有司马文侦其人，在《文化汉奸罪恶史》中把父亲列入十六名"文化汉奸"之列。由此所造成的恶劣影响无法知道，而谭正璧生前却一直被蒙在鼓里，从未知道有其人其事。为此我想方设法找到了《文化汉奸罪恶史》，试图搞清给谭正璧扣上"汉奸"罪名的具体内容，然而让我大吃一惊的是——不只是目录所列十七名"文化汉奸"中没有谭正璧的名字，而且读遍全部内容后都没有能找到谭正璧的名字。奇哉怪也！当然更少有人知道谭正璧当年冒着生命危险参加我党地下工作之事；还有将司马文侦误作司马文森一说，他为地下党员，现已离世。抗战时期，确有敌伪方面多为粉饰门面，而无中生有地给一些文人加上为他们工作的假象进行宣传，使一些不明真相的人也信以为真。当年，谭正璧一经发现此类宣传，即登报声明，予以澄清，那些剪报他一直珍藏着。而即使与敌伪方面有所来往，也是得到我党地下工作方面的有关

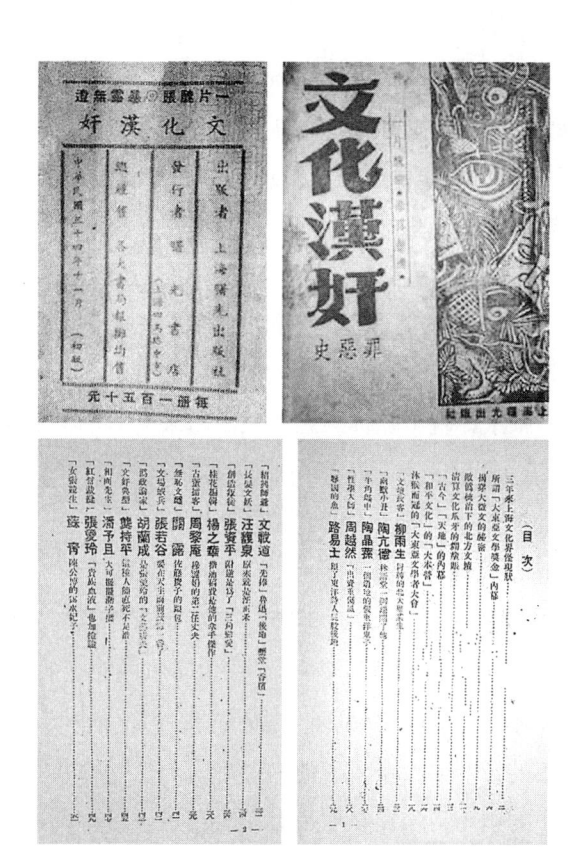

《文化汉奸罪恶史》

同志同意,为掩护之所需。那时,留在上海沦陷区的文人有不少,在这错综复杂的环境中像谭正璧这样能保持民族气节,并采用各种隐晦手法伸张民族正气、揭露敌伪阴谋和残暴的更有不少,当然也有充当了"文化汉奸"和"文化特务"的。

在那个年代里,这样被"误打误撞"或被造谣中伤的事情屡见不鲜。就有个别不了解历史又不去调查历史的人以此为"资本",说轻了是"不负责任",说重了就是"别有用心",我发现在1998年乃至2009年出版的作品中仍有诬谭正璧为"文化汉奸"这样的记载,不知所据从何而来。

青年时代的谭正璧究竟是怎样的一个人?我新近看到了其妻蒋慧频曾经在1928年1月25日为谭正璧的《诗歌中的性欲描写》一书所

作的《序》，从中可以看到当年谭正璧的影子，现录于下：

"正璧君的每种作品的编写成功，几乎都在我的家里，所以中间一切经过情形，敢说只有我完全知道，别的著作家著作时的情形如何，我都不知道；只以我所见到的正璧君而论，不禁使我要感起'著作家是超人的'这一种感觉。

"在这里所谓'著作家'，当然不是指那些文艺创作家。文艺是个人直觉的表现，不用多读书，也用不到参考访问等手续；只要一枝笔，一瓶墨水，一张纸，就可随你的意思倾泻出来。但一个学问研究家将他研究学问的结果发表之于文字时，这就决不是一枝笔，一瓶墨水，一张纸所能如愿的了。伟大的见解和精细的辨别力是不可少的天资，对于某种学问尤当备具'博'的条件。'著作家的生活，似乎是贵族的'，这句话果然含有几分真理，因为一种好的著作品的成功，除了备具上述的著作者本人的特长外，不可缺的是丰富的完全的各种参考书，而参考书的来源，当然以富裕的金钱做代价，但这不可拿来说正璧君。他是一个真正的无产阶级中人，他的经济力当然是很薄弱的，而本乡又是一个僻小的镇市，不比在城市有图书馆可以尽量供给他参考的材料。在这样一个环境里，他的奇伟的性情就表现出来了。他把五六年来教书所得薪水，尽以购买书籍；还不算，他每种作品所得的报酬，

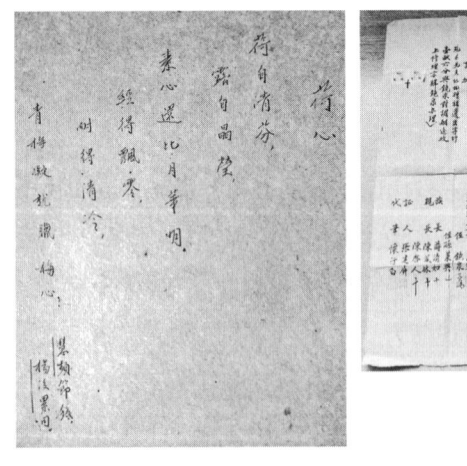

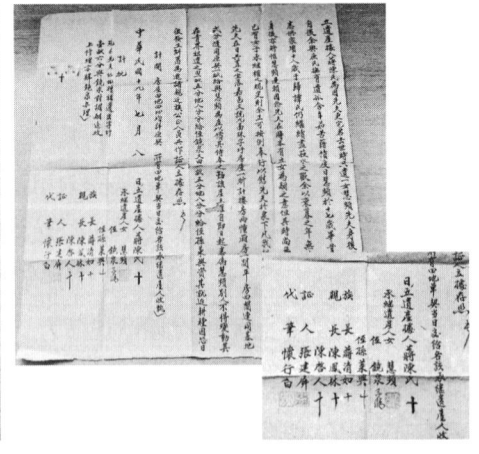

蒋慧频手迹

也毫无吝惜地付之一掷。知道他境遇的友人都劝他积蓄一些，他只有答以感激的微笑！他的奇特的志愿，和伟大的希望，有谁能了解他？他烦闷了，唯一的消遣是阅书；他病了，枕边被上，就零乱地满堆了书本。照这种情形看，他应该成了一个'书呆子'了，却又不是。他的思想从不曾为某种学说所包围，而是绝对地自由、独立的。他的学问，足当一个'博'字，而他的生活全然非贵族的；在这点上，在各个著作家中，他不能不算是一个勇于奋斗和牺牲的难得的青年了。

"他的人生观，几乎全然以书本为对象，所以他很少与社会接触的经验。近来他放弃了平昔的主张，曾加入屡次的社会运动，结果，恶势力和黑暗打折了他的兴趣。但他却并不因此退缩，他决意努力地干下去。他是一个富于同情心的人道主义者，因此不免要被某种主义者视为思想落后者；而在恶势力之下，他又几乎是洪水和猛兽。他在社会中所占的是这样一个地位，所以他虽然是个极有道德的青年，在众口中却很少美誉和佳评了。

"这本著作，全然完成在这样的一种情况里。社会中一切事业，大都正在风雨飘摇之中，他偏有此闲情逸致，令人不能不佩服他的镇定。

"在他的四壁不留一丝隙地的书城里，他一个人坐在书桌前，埋首执笔，桌上，近旁的凳上，满堆了杂乱的书本，有的揭开着，有的歪着，这正是他著作的时候。我是他的唯一的爱人，但我除了替他抄录材料同检取和整理参考书外，一些也不能加以帮助。他在每本著作的叙里都对我表示谢意，委实使我惭愧无地！

"这篇叙言里，只记叙些作者的性情和环境，决不敢下一些批评。是好，我也说不出它的好处；是歹，我也没有能力看得出。我的知识的获得，全然是正璧君所赐予；所以对于他，除了颂赞和钦仰外，没有什么话可以说，也没有力量和才智去说。

"他是一个真正的无产者，所过的生活仅仅图得个温饱，他愿牺牲了一切社会的享受，来做这不为名也不为利的冷酷事业，而且当作终身事业；无论他的著作是好是歹，他的意志，他的人格，是值得一般人的顶礼和颂赞的！

"在将来，我立誓要做他的一个忠实而有力的好帮手，当他每次著作的时候。"

确实，谭正璧不只年轻时如此，他一生都是如此。作为后来成为他的妻子的蒋慧频也一直如她自己所说，是谭正璧的"一个忠实而有力的好帮手"。并和谭正璧一样，"所过的生活仅仅图得个温饱，他愿牺牲了一切社会的享受，来做这不为名也不为利的冷酷事业，而且当做终身事业；无论他的著作是好是歹"。当然，在那最黑暗的年代里，连"仅仅图得个温饱"也难以做到，可是，为了丈夫的事业、也为了家，她也始终如一地承受着……这是一位虽然不为人知，但却是一位了不起的女性。她是我的母亲，但在我年幼时，就永远离我而去，所以以前我只有十分淡薄的记忆，对她并不了解，在搜集资料、编写此书的过程中，她的形象在我的脑海中越来越清晰、越来越高大完美起来，并使我不得不对她的崇高品德肃然起敬。

"伊究竟是谁？"
"伊是个世界上有人格底人，我和伊常在一起。
我爱伊慕伊——，爱伊底美和爱情，爱伊底聪明伶俐。
伊也瞧得起我，我也瞧得起伊。终天的喜孜孜地一团和气。"
男女底爱情，本不容第三者干预。
但我很相信伊。任伊与第三者任意攀谈，任意交际。
况这是伊底自由，我怎能侵犯伊。
伊也是个明白人，识得我这番苦衷，这番心地。
何论什么样？伊决不把爱我底爱情，爱到别人身上去。
我愿祝——"天长地久"，"日换星移"。
我们俩底爱情，与时间同生同死！
以上的话，都是我的妄想，我底没有见地。
我是个孤零零的人，说什么爱情不爱情？问我去爱谁？
唉！爱情！爱情！

况你溺死了多少人也！……"

以上这首诗是谭正璧1920年6月15日所作《理想中的"伊"》，当时这只是他对于理想中的爱人的期望与描述。没有想到的是两年后，由于偶然的，也许是并不偶然的机缘，认识了他所期望的爱人，共同的爱好和理想使他和蒋慧频由师生而成为美满和谐的伉俪。然而，他们不幸遇上了中国历史上最黑暗的年代，在经历了与敌寇和由此带来的极端的艰难困苦的殊死搏斗，终于迎来了灿烂的阳光。然而，蒋慧频已被那个苦难折磨而得了无法治愈的癔病，不幸过早地永远离开了相濡以沫的爱人谭正璧和她的儿女们，虽然他们在两个世界里，但是，他们仍一直深深地相爱着……

另外，有台北启业书局与香港波文书局于1978年先后影印出版《中国小说发达史》、台湾庄严出版社于1981年出版《中国女性的文学生活》《中国女词人故事》，1982年出版《中国文学史》《元曲六大家略传》；华正书局出版《墨子读本》；大东书局出版《台湾版国学常识》；香港上海印书馆出版《中国文学家大辞典》，均署名谭正璧。然而俱未征求过谭正璧及其家人的同意，其他则更不必说，罗列在此，以免引起不知情的人的无端猜疑。

真实的历史是谁也无法抹杀和篡改的，其中的功过是非也是客观存在的，那种不懂历史又不肯研究历史的胡说八道，迟早会被戳穿并遭到历史的无情谴责。清者自清，浊者自浊。历史会永远记住那些为祖国、为民族做出过贡献的人，他们的爱国主义精神和功绩犹如出土的夜明珠一般永放光芒，代代相传，永垂青史！

2001年，在谭正璧百岁周年之际，儿女们将父母的灵柩安葬在父亲生前所向往的天堂——苏州太湖边的西华园。新千元年逢百岁，冬至红日璀。粼粼太湖万顷水，今遂夙愿双亲形影随。钟鼓梵音香缭绕，烦恼一一抛。巍巍塔顶金莲放，忠魂百岁扶摇灵霄上。

2018年5月，因苏州西华园动迁，遂将父母及姐姐的墓迁至故乡望仙园。

六、一幅让我感叹不已的家族史长卷
——谭正璧妻蒋慧频家族史的发现

近来在不断深入研究父亲谭正璧的历史过程中,几经努力仍尚未能找到黄渡谭氏家族的史料,却意外发现并继续挖掘探寻到了母亲蒋慧频的家族史,追溯至母亲的太祖父,乃至太祖母的先辈,一段我以前毫无所知的尘封一百多年的蒋、陆两家的家族史展现在我眼前,那是一幅历经沧桑的百年长卷,读来直令我感叹不已!这也是我研究先父历史十多年来的意外收获。

由《亦圃排闷草》窥见蒋、陆联姻

在母亲所保存的稀有的家族遗物中,我看到一本医书手稿——《传心集》,和一本诗集——《亦圃排闷草》。诗集用工整的蝇头小楷誊写,让人羡慕不已,若不出于书香门第,似不可能。由于年代久远,封面上的诗集名已模糊得无法辨认,只有下面"章光旦题签"五个字尚清晰可认。我手头有1986年版《黄渡志》,在其"大事记"中有几处提及"章光旦"其人其事:

清光绪十一年(1865),黄渡分设存仁堂。章光旦等筹备,在镇北城隍行祠内建造厢厅一间,房屋一间,作为事务所。知县龙景曾给"以仁心"匾额。

清光绪十六年(1890),黄渡重建嘉定城隍行祠碑,章光旦撰文,夏日瑑书。

清光绪十七年(1891),章光旦等人募集民夫疏浚黄渡浦。

据此可知章光旦为当地望族,且有文才。其父章圭璩为蒋朗山之婿，由其子章钦亮为《传心集》所作序为证："蒋朗山先生，余外王父，……姻再姪章钦亮谨序。"章圭琭及其父章树福即早年《黄渡志》《黄渡续志》的编纂者。

诗集最后有《自序》一篇，为我解开了它的主人之谜。

余性喜吟咏，偶有作，每以质钝，未能免俗为憾，然于古今名迹以及先人一木一石，目之所触，不禁情见乎词，近搜获作得若干首，不忍弃之，录卷，卷题曰：亦圃排闷草。盖取家枚翁文章，不录名句而名之，区区复瓿之物，犹敢借以求名，亦聊此予享帚自珍业已而。己巳孟秋淞南陆时英守庐氏识于梅花馆（注：己巳为1869年）

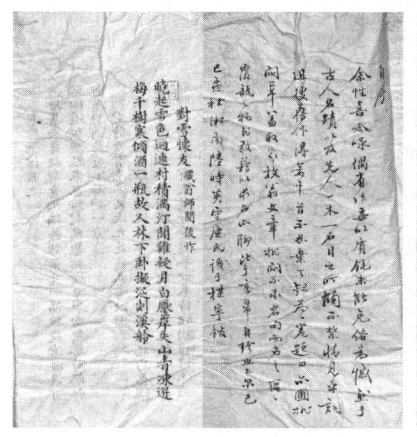

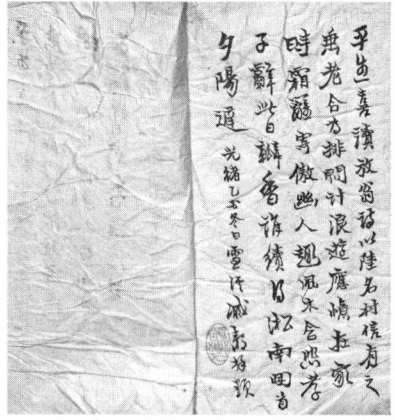

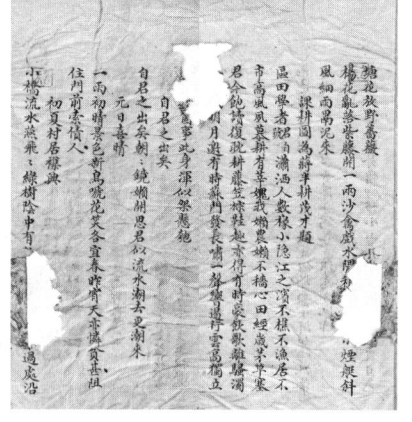

《亦圃排闷草》

由此篇"序"可解得：诗集取名《亦圃排闷草》，作者为陆时英，诗集取名的来由则是"枚翁"的诗句：

平生喜读放翁诗，以陆名村信有之。
垂老合为排闷计，浪游应忆在家时。
霜篱寄傲幽人趣，风木含悲孝子辞。
此日瓣香谁续得，淞南回首夕阳迟。
光绪乙酉冬日雪后减寿枚显（注：乙酉为1825年）

此篇用草书录于整册诗稿之后。"枚翁"又是何人？认真阅读诗稿后，可以确定，他就是陆时英的女儿亲家蒋汝枚，联姻前两人即是诗歌唱和的好友。有集中诗篇《课耕图为蒋半耕茂才题》为证：

区田学者[①]潇洒人，数椽小隐江之滨。
不樵不渔居不市，高风凤慕耕有莘。
愧我懒农懒不稔，心田经岁茅草塞。
君今饱读复耽耕，藤笠棕鞋趣亦得。
有时豪饮歌离骚，浊酒（畅对）明月邀。
有时苏门发长啸，一声响过行云高。
独立（庭院自昂）首，叱起老牛适南晦。
一畦新水秧青青，今年可糊家八口。
君岂甘为小人迟，古来达者尽耘耔。
不然砚田垦亦得，自号半耕且何为？
原注：[①]君自号。

（笔者注：括号内系原稿已缺损，本人揣摩后加上的。）

另有题为《腊月廿有九日蒋塽朗山茂才招余对酌》（注："茂才"即秀才）诗篇可证，同时蒋朗山又是陆时英的学生。蒋汝枚即蒋朗山之父，字拜赓，号半畊，于1860年抵抗太平军攻占青浦时以身殉国。

他是我母亲的太祖父,而陆时英的女儿则是我母亲的亲祖母。

当年因家境穷困而被送给陆家亲戚抚养的我的哥哥陆寿筠(谭余)清楚地记得他养父生前曾告诉他:"其实陆家离我生母蒋慧频娘家所在的蒋家巷只相隔三四里路,而且本是蒋家某一代女祖宗的娘家,说来话长:原来在太平天国时期,陆家一位开办私塾的祖上,在战乱中将自己女儿的终身托付给了他的一名姓蒋的学生。"这里所说的陆家的祖上正是陆时英,而那位学生就是蒋朗山。

祖上习医与蒋朗山的《传心集》

关于蒋朗山,其第四子蒋垲(字更宅)的内侄和学生、黄渡名医陈启人于1929年为蒋朗山的《传心集》所作的序中这样写道:

先太夫子朗山公,邑之名下士也,早年好学耽吟,身际洪杨之变,目睹时艰,知文人不足为,乃移志于医。古人所谓,不为良相即为良医,其志固可见也。初游鞾山何古心先生门下,精研灵素,博考群书,潜心玩索者有年。乃悬壶济世,每投刀圭,无不立愈;晚年于诊治之暇,以其四十余载经验,著成《传心集》一书,传授门下诸弟子,立言简括精当,所用汤方,均编歌诀,藉便学者记诵。吾夫子更宅姑丈,教授门下,亦以是为课本,然在当时惟视作一家之秘,未能公诸同好也。启人尝闻诸夫子,言前辈每以谦让为怀,自视如敝帚,以为不足传世,故当时曾怂恿付之剞劂,而未邀允准。公逝世后,原稿遗失,转辗传钞,鲁鱼满目。吾夫子欲谋付之,以不获原稿为恨,乃邀同邑谭君林伯,将传钞本从事校对,存疑正误,凡经若干时日,始得竣事,复倩陈君沁梅书之,付刊有日矣,不意夫子猝而弃世,而此志遂赉以去。俄而齐卢之战起,吾黄首当其冲,至此校正本亦失,两代心血,俱付流水,可感亦可痛也。余每念当此世变无常,物华难待,欲谋其久,惟有早付于民,以免他日即传钞本亦不可得,意虽如此,顾力有未逮,正踌躇间,表妹慧频来谓余曰:今年先父六十年,吾与正璧君拟刊《传心集》以留纪念，惟此书校正本遗失，所存传钞本兄须重校；余聆慧妹言欣幸无似，乃不揣鄙陋，自荐对勘之任，即将传钞本细为校阅，文有误而有籍可稽者正之，其未见于载籍者，虽知其误不敢妄为增损一字，以免失真；另有诗稿若干首为公遗佚之余，以及公之尊人汝枚先生遗著数篇，一并附刊于后，吉光片羽，亦宜在所珍惜云尔。夫以启人之陋，不自量力而欲襄成先辈名山石室之盛业，自知一无所当，然坐视先辈遗佚之埋没，中心实有所不忍，故勉力为之，然校对再三，未能妥善，于是复邀谭君林伯同校，校毕归之璧兄慧妹。

蒋朗山师从之何古心，在《亦圃排闷草》中有三首与何古心直接相关：《寄何明经藏翁先生其超》《代书寄何藏翁先生》《寄赠藏翁先生》。何其超（1803—1871），清医家，何氏第二十三世孙，字超群，号古心，晚年号藏斋，江苏青浦县人。父何世英早逝，其超从母训习举业，又得从兄何其伟指声、诗文、医学，二十八岁开始行医，工诗精医。陆时英在诗中称"空山老叟是吾师""闲扶藤杖日寻诗"，由此得窥二人关系。

蒋更宅在为《传心集》所作序中关于其祖父和父亲这样写道：

昔先大父拜赓先生身入士林，名著学校，适发逆扰乱，水深火热，尝谓人曰：河鱼腹疾至矣，可奈何！因效韩退之挺身见贼，欲以大义折之，讵料发逆周知顺天，致遭戕害。时先君已被虏至海虞半载有余，备尝苦楚，乃得逃回家中，始悉先大父以身殉难，放声大哭，仰天叹曰：吾父心存忠厚，为国捐躯，为子者，不克执殳，前驱歼灭仇敌，效忠于国，苟且偷生，何以为士；不如习医，犹可博施济众。于是弃儒而就医，虽有训导之，衔未尝一任其事，存心济世，劳苦不辞，甚至数十年来身婴痰喘之疾，至于不起。

看了这两篇"序"，我母亲的家史脉络已经十分清晰地展现在我

《传心集》

面前。历经战乱，不知被散失焚毁了多少书籍手稿，唯独这本《亦圃排闷草》诗集与《传心集》等少数书稿被奇迹般地保存至今，也因此为我揭开了寻觅母亲家史的神秘大门，这大概也是父母和其他前辈生前的良苦用心吧。

在修改近年所编写的《谭正璧传》，查找资料中，我终于彻底弄明白一件事——即我母亲蒋慧频应该是蒋更宅的独生女，这是我从小就听说的。而《黄渡志》却说到蒋更宅的儿子蒋镜清（即蒋梅春的父亲）继承父业，曾使我一头雾水，经过多方了解，原来是蒋更宅娶妻陈氏（为亦是中医的陈启人的姑妈）不育，遂立嗣侄子蒋镜清为子，后又娶了二房，并生下一女，即蒋慧频，而在我父亲在世时我却一直没有认真去了解过、明白过。

依据陈启人为《传心集》所作《跋》，可充分证明《黄渡志》说到"祖籍六代行医"之说有误，自蒋梅春上至四代，即蒋朗山才开始行医。

虽经努力，《传心集》在当年还是未能面世，上述书稿，历经战乱，竟被我的父母奇迹般地保存至今。20 世纪 60 年代先父在世时，曾寻找出版社，希望能实现数十年努力未能完成的夙愿——使该书得以问世，可惜最终未能如愿，此事不只是先父生前一桩憾事，也是先母一生中的一桩憾事……

蒋—陆—章 联 姻 关 系

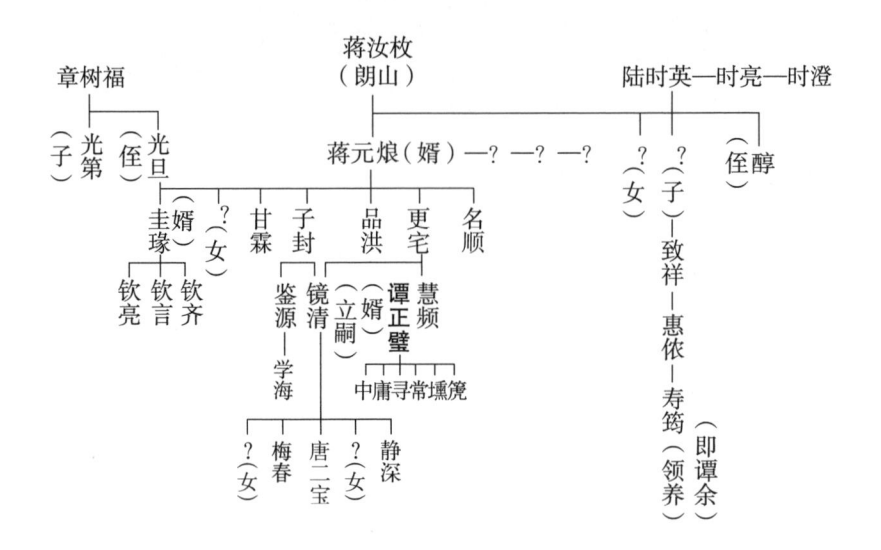

蒋汝枚（朗山）

章树福 — 蒋元烺（婿）—？—？—？ 陆时英—时亮—时澄

- 章树福：光第（子）、光旦（侄）
- 光旦：圭琢（婿）、？（女）
- 圭琢：钦齐、钦言、钦亮
- 蒋元烺子女：甘霖、子封、品洪、更宅、名顺
- 子封：鉴源—学海
- 品洪：镜清（立嗣）—谭正璧（婿）、慧颇
- 镜清下：?（女）、唐二宝、?（女）、梅春、静深
- 慧颇下：中庸、寻常、墥、篗
- 陆时英—时亮—时澄：?（女）、?（子）、侄醇
- ?（子）：致祥—惠侬—寿筠（即谭余，领养）

谭 氏 家 族

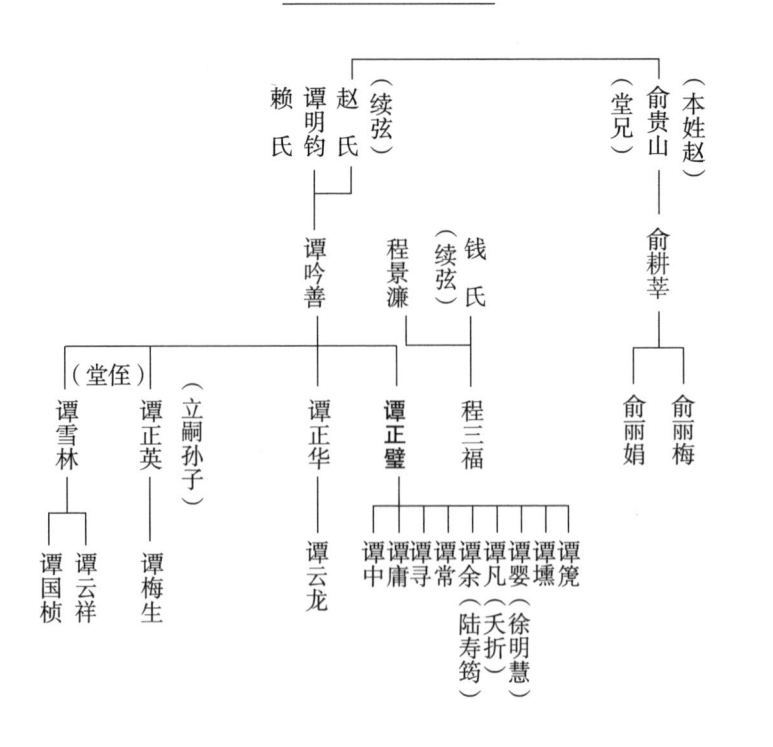

- 赖氏 — 谭明钧 — 赵氏（续弦）（堂兄）
  - 谭吟善
    - 谭正华 — 谭云龙
- 程景濂 — 钱氏（续弦）
  - 谭正璧 — 程三福
    - 谭中庸、谭寻常、谭余（陆寿筠）、谭凡（徐天折）、谭婴（明慧）、谭墥、谭篗
- 谭雪林（堂侄）
  - 谭国桢、谭云祥
- 谭正英（立嗣孙子）
  - 谭梅生
- 俞贵山（本姓赵）— 俞耕莘
  - 俞丽娟、俞丽梅

252　谭正璧传：煮字一生铸梅魂

陈启人（1898—1988），黄渡集镇人。上海龙门师范学校毕业，改从姑丈蒋更宅研习中医七年，在黄渡行医，以妇科专长名闻乡里。抗日战争时期，行医沪上。有一患病的富商之妇，遍求中西名医，久治不愈，奄奄一息。陈启人诊断系食用补品过度，遂对症下药，半个月后饮食正常，三个月后起床行走，一时传为佳话。每逢夏秋疫情流行季节，集资雇工，在黄渡镇上遍洒防疫药水，向居民赠送防病药物。凡遇贫困者求诊，诊金分文不取还资助药费。民国十七年（1928）发起组织黄渡中医学会。民国二十年（1934）创办《中医学报》，立志振兴中医。民国二十五年（1946），任嘉定县中医师公会理事。1949年后任嘉定县卫生工作者协会黄渡分会副主任，县政协第一、二、三、四、六届常务委员会会员。著有《食物养生奋要》《中医女科辑要》。（摘自1986—2009《黄渡志》）

追溯蒋慧频家族史

父母遗物中的诗稿与蒋朗山著述《传心集》等相关资料，理清了我母亲蒋慧频的一些家史（辈分以母亲蒋慧频起算）。

蒋汝枚——蒋朗山——蒋更宅——蒋慧频、蒋镜清——蒋梅春

1. 关于太祖父蒋汝枚（约1800前后—1860），字拜赓，号半畔，青浦人，居黄渡西南蒋家巷之"似园"，（有其1847年所作《似园小记》遗稿详述缘由）"枚五岁而孤，先祖抚之成立"（蒋汝枚《桐棺落成戏作二律》）"六战秋闱"不中，清道光年间增生，"生平敦励名节，交游多豪俊，治经喜援证古，义好施与，尤敦族谊"，道光丙午（1846）重整当地项羽庙。咸丰十年（1860），组织乡亲保卫家园，以功叙七品，太平军攻占青浦时以身殉国，恤世袭云骑尉。

蒋汝枚《桐棺落成戏作二律》中云"枚尝学儒者之道，念少年悠忽，长无成名，且拙于谋生，祖父遗产，仅存十之三，今分为四，以授儿辈。……"由此可见，应育有四子。

有蒋垲（孙），字更宅，记曰："昔先大父拜赓先生身入士林，名著学校，适发逆扰乱，水深火热，尝谓人曰：河鱼腹疾至矣，可奈何！因效韩退之挺身见贼，欲以大义折之，讵料发逆罔知顺天，致遭戕害。"

学海（玄孙）记述："高祖父，讳汝枚，字拜赓，号半畊，江苏青浦人，前清文生也；性警敏，工文辞，急公好义；咸丰中，周立春倡乱，公以乡团捍卫闾里，以功叙七品，及粤匪犯境，复率团丁拒之，众溃，遂殉于难；清廷以公效忠家国，恤世袭云骑尉，详青邑乘。"

2. 关于先祖父蒋元烺（约1845前后—1905前后），字朗山，少年负才，酷好作文吟咏。"少年失怙剧颠连，画荻熊丸赖母贤"（蒋朗山《五十三生朝自述》）年十八，即入庠；因目睹耳闻其父之经历，遂立志弃儒学医。师从名医何氏二十三代世医之篯山何其超（1803—1871），字超群，号古心。后悬壶开业，颇有成就，教诲弟子，治病救人。留下积四十余年经验的《传心集》和诗文。

有蒋更宅（第四子）记曰："先大父殉难时，时先君已被虏至海虞半载有余，备尝苦楚，乃得逃回家中，始悉先大父以身殉难，放声大哭，仰天叹曰：吾父心存忠厚，为国捐躯，为子者，不克执殳，前驱歼灭仇敌，效忠于国，苟且偷生，何以为士；不如习医，犹可博施济众。于是弃儒而就医，虽有训导之，衔未尝一任其事，存心济世，劳苦不辞，甚至数十年来身婴痰喘之疾，至于不起。"

学海（侄、长子子封之孙）记述："曾祖父，讳元烺，字朗山，少负异才，文章之外，尤酷好吟咏；年十八，即入庠，后弃儒学医，受业于篯山何其超古心氏，藏斋入室弟子也；著有《传心集》一书，分门别类，汇为二卷，以授及门；吾家医学，首推朗山公。晚年命四子垲，继其所学，即先叔祖更宅公也。曾祖父，生子五，长甘霖，次子封，三品洪，四更宅，五名顺；甘霖早丧，先祖父子封公及先叔祖品洪公、名顺公，均未习医；继志者，惟叔祖更宅公，既而先父鉴源字达泉、叔父镜清字锦泉，均业医，先父尤注重幼科，受推拿于张锡类纯伯禄香先生。闻之传曰：为人子者，不可不知医，然则医固人子所当知者。先父作古，海方弱冠，虽欲勉继先业，而资质谫陋，心得毫无，无以追配前人矣！"

谭林伯（忘年交）叙："前清同、光之际（注：查史载公元1881年至1890年间，当地曾发生大小瘟疫至少七次），朗山公大济蒸民，刀圭所施，活人无算，声誉卓著，有名于时，金以为东垣丹溪复生也。治证数十年，积劳成病以殁。"

蒋朗山有女，名讳未见记载，嫁于章家，生子章钦亮。

3. 先父蒋更宅（1869—1923）传承祖业，从医。娶妻陈氏（？—195？），因患红眼病，用药致不育，其侄子陈启人从姑父学医七年。遂嗣二哥之子镜泉，并从其学医。后娶二房，小名"阿秀"（？—195？），只生一女慧频，成年与谭正璧结为夫妻。又娶三房，早逝。

有谭桐椿（林伯）记述："余少时曾为病家拟方，为更宅先生所见，颇为激赏，得与其及门陈君启人、赵君凤清、施君雨时，及谭君林伯游，时相探讨。前岁黄渡成立中医学会，担任会务，主编医报，与陈君启人等过从益密。""椿，少孤，先父之殁也，家无余储，一贫如洗，东奔西走，寄人庑下，糊口为生，迄今十有七年矣；岁乙卯就馆于黄渡盛氏家，地虽咫尺，未尝一悟也。今年暮春得从其及门游，为所邀入，一见如故，各述家世，同感慨焉。更宅先生年已四十七矣，自是屡得接见，订为忘年交，因请朗山公之遗著，得读其诗数首，一日又以《传心集》见示，因言是书当时曾有多人劝付剞劂。无如前辈过于谦让，以为不足传世，未之许也。逮后原稿遗失，辗转传钞，以致字句脱误，不可卒读，非君莫能校也。椿，自揣谫陋，辞之再三不获已。因取其书句读之，其文义不顺、字画错误之处点窜厘订，不遗余力，至于原书之言论，不敢轻为删动，以得罪于作者，然亦未为善本也。校毕，归之先生。"谭桐椿（1899—1968），"字林伯，号通玄子，唐家村人，后定居黄渡镇上。自幼聪慧，发奋自学，学业日进，猎取较广，对文学数理、诗词歌赋、释道教义、医卜星相，颇

有研究"。(《黄渡志》)

4. 兄长蒋镜清(1890?—1943)随父学医。娶妻？(1892—1967)擅长中医妇科及一切杂症。

5. 侄子蒋梅春(1902—1980)，继承祖业从医，颇有成就。从小求学于私塾，十五岁随父学医，十八岁开业行医，二十九岁时，在青浦县中医公会组织的业务考试中成绩名列前茅，获中医师证书。先后在诸翟、纪王等地行医，解放初回黄渡开业。他继承了祖传医术，对伤寒热病颇有研究，在六十多年行医中，积累了丰富的经验，救治不少垂危病人，在方圆数百里享有"一帖药"之盛名。

七、莫须有罪名何时休——必须还谭正璧以清白

早在2008年，我曾在网上看到有说：抗战胜利后有司马文森作《文化汉奸罪恶史》，并在十六人文化汉奸中列入谭正璧的名字。对此我十分愤慨，因为我从来没有听说过先父与"汉奸"沾过边，况且抗战时期，先父虽身居孤岛与"敌营"之中，尽管生活与处境异常艰难，却从未为五斗米而折腰，还冒着生命危险积极参加了我党的地下工作。我在他的作品中读到了许多的血与泪。虽然对这种流言蜚语我曾不屑一顾，但"汉奸"说——这一直是我心中难解的谜。近来，我想到在网上搜索这本《文化汉奸》，以一睹其全斑，提到此书的条目虽然不少，还有以一千多元拍卖此书的。但只能看到封面，以及张爱玲、苏青的一些内容。对于谭正璧只是提到了名字，并无一点有关内容，为此令我心中纳闷。而且此书作者实为"司马文侦"，非司马文森，还是一个徒撰的笔名，所具"曙光出版社"亦是徒有虚名的假托。

历史记载：1945年8月14日，日本法西斯政府正式宣布无条件投降，中国军民的十四年抗战终于迎来了最后的胜利。在此之前一天，即8月13日，中华全国文艺界抗敌协会总会已经在重庆成立

"附逆文化人调查委员会"，推老舍、孙伏园、巴金、姚蓬子、夏衍、于伶、曹靖华、靳以、梅林、叶以群、张骏祥、徐迟、邵荃麟、黄芝冈、徐蔚南、马彦祥、赵家璧、史东山等十八人为委员，负责调查"附逆文化人"。调查委员会旋即于8月22日召开首次会议，"决议处理附逆文化人办法如下：（一）公布姓名及其罪行；（二）拒绝其加入作家团体和其他文化团体；（三）将附逆文化人名单通知出版界，拒绝为其出版书刊；（四）凡学校、报馆、杂志社等等，一律拒绝其参加；（五）编印附逆文化人罪行录（姓名、著作、罪状），分发全国及海外文化团体；（六）要求政府逮捕公开审判"。与此同时，中华全国文艺界抗敌协会又发出《慰问上海文艺界书》，慰问沦陷时期"在敌人魔掌下坚贞不屈"的上海文艺界景宋（许广平）、郑振铎、夏丏尊、王统照、李健吾诸先生，信中再次强调"本会已设立机构，负调查文化汉奸之责，但因情形隔阂，进行不易，现特恳诸位先生分头调查并搜集证据"（以上均引自1946年5月《抗战文艺》第十卷第六期）。

正是在这样的历史背景下，1945年11月，在光复不久的上海，由曙光出版社出版的《文化汉奸罪恶史》就很值得注意了。如果说当时已在上海书肆报摊出现的指责张爱玲为"女汉奸"之流的小册子，如《女汉奸丑史》和《女汉奸脸谱》等都是匿名之作，显得不够光明正大，那么《文化汉奸罪恶史》却是公开署了名的。此书前言《几句闲话》署名"司马文侦"，显然是个笔名。《民国时期总书目》"文学理论·世界文学·中国文学卷"（1992年11月书目文献出版社）著录此书时，把"司马文侦"误作"司马文森"。司马文森确有其人，30年代的左翼作家，代表作为长篇小说《风雨桐江》等。他当时远在南方（包括桂林和广州）从事抗日文学活动，后来又到了香港，与上海沦陷区文坛是风马牛不相及的。

这本小册子究竟是怎么数落谭正璧"汉奸罪行"的呢——这尤其是我想弄清楚的。我猛然想到必须找到这本小册子。"踏破铁鞋无觅处，得来全不费工夫"，我抱着侥幸的心理到我所熟悉的上海图书馆去，惊喜地发现它就在那里，全书一张不少，当即把它全本复印下来。

回来仔细地翻阅查找,让我恍然大悟的是——这本小册子不只是数落的十七名文化汉奸中根本就没有"谭正璧",连姓"谭"的也没有。且阅毕全部都未见到"谭正璧"的一丝影子,奇也怪哉!令我无限愤慨!

即使书中所述亦不能一一做证,其中有的已确凿(如柳雨生、张资平、陶亢德、胡兰成等),有的已被否定(如关露,她还是一个忍辱负重的女杰,她的经历让人读来无限酸楚),有的有污点,有的可能尚无定论,还有的显然被误读(如张爱玲虽辞任第三届大东亚文学者大会代表,但报上登出名单仍有她的名字,让一些人信以为真)。

又查《新华日报》1945年8月23日,在"文化汉奸名录"后,另有报纸发行人潘梓年所写《致读者》:"我们希望知道各方面汉奸情形的朋友,都把他们提出来。"这里所列名单中亦无"谭正璧"。且据荣宏君考证,《新华日报》的"文化汉奸名录"靠不住,理由是此名录乃是"读者来信性质"。在沈鹏年的《行云流水记往》一书中爆出了"内幕":"抗战刚胜利的1945年10月,有人唆使他的学生化名'司马文侦',自费用'曙光出版社'名义出版小册子《文化汉奸罪恶史》,交给卜五洲办的五洲书报社代发各街头报摊出售。……唐大郎劝卜五洲'不要受人利用'。唐大郎说,这本小册子的后台是'敝本家',他要弟子在小册子中公开捧他'不声不响不写文章'坚贞不屈'渡过一个时期',好让他和柯灵一样,捞一枚'胜利勋章'。为了突出他一人,把国共两党'打进去'做地下工作的文人统统诬为'文化汉奸'……卜五洲听了唐大郎的忠告,就把这本五十三页的小册子停发了,存书退还给'司马文侦'。这是卜五洲亲口告诉我的。"此说现尚存争论。

网上的"白纸黑字"变得更沉沉地压在我的心头,因为这些年来在研究撰写先父传记的过程中,我看到包括我和常人在内所不了解的父亲的那段艰辛历史。它更促使我必须追根寻底,我预感到它会是一把钥匙——能解开许多谜——先父在1949年后所遭到的许多不公正的根源。"人云亦云""以讹传讹",始于何人?又是从何时开始?是应该追根寻源必须彻底弄明白的了!不能再蒙在鼓里了,继续玷污谭正璧清白的名誉了!

第四部

年谱及著作一览表等

一、谭正璧年谱

（1901—1991年）

1901年 一岁

11月26日（农历十月十六日），出生于上海南市里马路生义码头街外祖父谭明钧家。原籍江苏省嘉定县（今属上海市嘉定区）。父亲程景濂，字鹤梅；母亲谭吟善，字碧华。外祖父谭明钧，字亮甫；外祖母赵氏，出身贫农。兄谭正华，生于1898年。

1902年 二岁

7月19日（农历六月十五日），母亲谭吟善因不幸染上霍乱，病故。

下半年，父亲程景濂续娶后母钱氏并入住钱家；谭正璧兄弟遂由外祖母抚养。

1903年 三岁

是年，谭正璧兄弟随外祖父母生活。从母姓。

1904年 四岁

是年，谭正璧兄弟随外祖父母生活。

1905年 五岁

10月12日（农历九月十四日），外祖父谭明钧病故。外祖父原为北永泰鼻烟号店员，后同钱某合伙开设亮泰西烟号，最后钱某退出，独自经营。

是年，异母妹程三福诞生。

1906年 六岁

谭正璧兄弟随外祖母生活。

1907年 七岁

是年，随兄入大东门外的同乡安亭周颂梅先生私塾读书。先识字，继读《三字经》《百家姓》《千字文》《神童诗》等启蒙书。

是年，曾与姑祖母沈谭氏居小桥头。姑祖母嫁徐公桥西横村沈维忠，青年守寡。

1908 年　八岁

2 月 16 日（农历正月廿五日），父亲程景濂病故，时任苏州魁盛西茋号（南濠街）"帐台先生"，年约 34 岁。

是年，上半年入在生义弄的私立同化小学读一年级，下半年入在大东门外的公立东区小学。

1909 年　九岁

是年，入在生义弄的瞿凤飞私塾读书。

1910 年　十岁

是年，在瞿氏私塾读书。

1911 年　十一岁

是年，在瞿氏私塾读书。三年中，先后读《鉴略》《幼学句读》《大学》《中庸》《论语》《孟子》（半部）；于课余讲读《学生日记》《三国演义》。于家中搜得《西游记》《封神演义》《绿牡丹》等小说，习读之。

10 月"辛亥革命"爆发后，举国动荡，遂辍学。

是年，兄谭正华出外谋生，在苏州南濠街某南货店为学徒。

1912 年　十二岁

1 月 3 日（农历辛亥十一月十五日），蒋慧频诞生于黄渡。

是年，祖业败落。秋，与外祖母回故乡黄渡镇，寄居舅祖父俞贵三家。依仗外祖母种地、纺织维持生活。

1913 年　十三岁

是年，入黄渡小学三年级读书，校长蒋夔云。

1914 年　十四岁

是年，到苏州义源福水烟店当学徒。因不满受业师诟辱，几个月后逃归黄渡，立志就学。

1915 年　十五岁

是年，在黄渡小学补习班学习。在家时，专力自修。

1916 年　十六岁

是年，在黄渡镇小学补习班学习。

在家两年间，自修《古文观止》，又购得《康熙字典》《左传句读》《史记菁华录》《说苑》《古文辞类纂》《涵芬楼文谈》《唐诗三百首》《通鉴辑览》等，在家攻读；又购买或租借小说《列国志》《英烈传》《水浒传》《七侠五义》等，及弹词《笔生花》《十粒金丹》《义妖传》《笑中缘》等静心阅览，于是文思大进。

1917 年　十七岁

下半年，入昆山县立第二高等小学校读书，编入三年级，为住读生；校长周偘。课余购得小说多种，如《虞初新志》《阅微草堂笔记》《夜雨秋灯录》《子不语》等，读之，并与同学有模拟仿作，编成《东庄友录》一册。12 月，第三学年第一学期学生成绩报告单：品行列甲等，学科列乙等，体格列丙等。

是年，整理旧作汇为《重订鸿鹄室文集初编》一卷。是《文集》始于 1913 年（农历癸丑年），止于 1917 年 6 月（丁巳），计：1913 年，一篇；1914 年（甲寅），二篇；1915 年（乙卯），六篇；1916 年（丙辰），六篇；1917 年，十六篇，总三十一篇。

1918 年　十八岁

是年，自昆山县立第二高等小学毕业，国文为全班第一。

是年，投考江苏省立第二师范学校（龙门师范），因算术成绩较差，仅得备取，又因无奥援，终未提取。于是在家自修。

是年，作有《寒釭琐语》《竹荫庵谈屑》。

1919 年　十九岁

9 月 18 日，异母妹程三福病故。

秋，以正取第八名，考入江苏省立第二师范学校（龙门师范）。9 月 1 日开学。师从文字学家朱香晚，学《说文解字》《论语》；又师从严良才学新文学。在朱、严两师的指导下，课外时间大量阅读书报杂志，如《新青年》《新潮》《新生活》《新社会》《星期评论》等；并写作日记，自名《雯乘》，始于 9 月 1 日，至于第二年 9 月 3 日。同时，从朱晚香师学作古诗。

是年,结识时年十四岁的乡邻夏清祺(夏采曦),成知交。

1920年　二十岁

是年,结识《民国日报》主编邵力子。

6月6日,所作《农民的血泪》在《民国日报》副刊《觉悟》上发表,是为第一篇发表小说。

下半年因参加学生爱国运动,又仗义执言写信给《民国日报》,被校方开除。

是年,整理完成通讯集第一种《雁唳集》。

是年起,有随笔、诗歌、小说等数十篇先后在《觉悟》上发表。

1921年　二十一岁

是年,曾入澄衷中学读书,后因经济不支中断。

是年,始作《拈花微笑室日记》等。

是年,整理完成诗稿《抒情集》。

是年,整理完成通讯集第二种《斗雪集》。

1922年　二十二岁

上半年,租居蒋慧频家,由此得识蒋慧频家人。

夏初,应学友陆廷抡相邀,第一次游杭州,作《汗漫》,后又作《忆虚舟》。

是年,在黄渡金文翰(字西林)家任家庭教师,蒋慧频、俞丽娟附读。同时自修中文课程,准备投考大学;又专攻新旧文学,对外国文学亦有所涉猎。不时创作小说、诗歌、杂文,在报刊上发表。

1923年　二十三岁

春,由邵力子介绍入上海大学中文系,读二年级,住宿校内。

是年,与时任上海大学教师的朱枕薪等人成立"新中国丛书社"并筹划出版著作。创作中篇小说《芭蕉的心》,为该丛书之一种,由民智书局出版。由此结识时在民智书局任职后为光明书局老板的王子澄。

8月,任神州女校国文教师,教授初二、初三级文学专修科。住上海宝通路顺泰里五巷 32 号。

是年，由上海大学周颂西教授介绍加入中国革命党。

是年，送蒋慧频赴昆山入读女子学校高小一年级。

是年，开始编写《中国文学史大纲》。

1924 年　二十四岁

上半年，任神州女校国文教师。

上半年，《中国文史学大纲》完稿。

6 月，任南翔李德富家家庭教师。不久，江浙战争起，李德福全家避难日本；因外祖母年老无靠，乃避居上海。冬，战事结束回黄渡，李德富自日本回来，再被邀任其家庭教师。

下半年，蒋慧频入读设在松江的松（江）、奉（贤）、金（山）、上（海）、南（汇）、青（浦）、川（沙）七县共立女子师范学校。

是年，国民党改组，重行登记党员，因在乡间，未曾登记。

1925 年　二十五岁

上半年，在南翔李家教书，迁居古猗园对面。

7 月 8 日，就《水浒》作者的考证写信给鲁迅。7 月 14 日，鲁迅复书。

是年，兄谭正华病故，不久嫂嫂亦病故；遗子云龙，由外祖母抚养。

是年，第一部文学史著作《中国文学史大纲》由泰东书局出版（1926 年由光华书局重版，1927 年后由光明书局多次重版至 1949 年前）。

1926 年　二十六岁

1 月，李德富子病故。

2 月，在黄渡中村吴步禹家，任其子及侄的家庭教师。

5 月，《邂逅》由光华书局出版。

是年，与蒋慧频订婚。

是年，开始研究通俗文学。

1927 年　二十七岁

是年，居黄渡中村。

下半年，任中央大学区立上海中学乡村师范部（黄渡）国文教员。

7月，蒋慧频自七县女子师范学校毕业。8月，任黄渡乡立第一学校教员。

10月，与陈启人等发起组织黄渡中医协会。

上半年，由夏采曦联络参加反封建斗争；与吴步文、盛俊才、盛慕莱等发起组织"淞社"。7月，主编以反封建反土豪劣绅反迷信为宗旨的刊物《怒潮》，出刊三期。8月，创办《黄花》，出刊七期。

是年，大革命失败后，结识滕固。

是年，《人生底悲哀》由北新书局出版。

1928年 二十八岁

是年，任上海中学乡村师范部（黄渡）国文教员。

是年，蒋慧频任黄渡小学校教员。

夏，与蒋慧频完婚。

是年，由蒋慧频作序的《诗歌中的性欲描写》，由淞社出版。

1929年 二十九岁

是年，任上海中学乡村师范部（黄渡）国文教员。

是年，蒋慧频任黄渡小学校教员。

是年，被国民党嘉定县党部圈为县监查委员。同年，国民党江苏省委以"久不到会，迹近反动，因予撤职"的罪名，被开除出国民党。

是年，《中国文学进化史》完稿，由光明书局出版。

11月30日，长子谭中诞生。

1930年 三十岁

是年，任江苏省立上海中学乡村师范部（黄渡）国文教员。

6月4日（农历五月初八），外祖母病逝，享年八十二岁。继外祖母任，抚养侄子云龙（至出去学生意）。

是年，著《中国女性的文学生活》，由光明书局出版。

1931年 三十一岁

是年，任上海中学乡村师范部（黄渡）国文教员。

春，与盛俊才游无锡、苏州。

8月，入私立正风文学院三年级学习。

冬，与余震吴游南京，访邵力子；后作《忆南京》。

1932年　三十二岁

是年，任上海中学乡村师范部（黄渡）国文教员。

春，"一·二八淞沪抗战"爆发，避难上海。

8月，乡村师范部脱离上海中学，更名江苏省立黄渡乡村师范学校，任国语、党义教员。

1933年　三十三岁

1月，任黄渡乡村师范国语、党义教员。

2月，受聘民立女中任教。

2月26日，次子谭庸诞生。

7月，私立正风文学院大学部中国文学系毕业，得称文学士；院长王西神。

是年，开始编写《中国文学家大辞典》。

是年，《中国女性文学史》（修订改版）、《国学概论讲话》由光明书局出版。

1934年　三十四岁

是年，民立女中人事变动，遂离开。

下半年，受聘北新书局，任国文编辑。因居住黄渡，来往不便，在家编书，为特约撰稿。得识编辑主任赵景深，成莫逆之交。

是年，《中国文学家大辞典》《文学概论讲话》由光明书局出版，《女性词话》由中央书店出版。

是年，携妻、子游杭州。

1935年　三十五岁

5月11日，女儿谭寻诞生。

下半年，受聘民立中学，教授高中语文课。全家迁居上海南市蓬莱路福安坊5号。

是年，因约稿得识《女子月刊》编辑白冰（莫耶）；后作《忆白冰》。

是年,《中国小说发达史》《新编中国文学史》、《古今尺牍选注》(古代、近代、当代三种)、由光明书局出版。

1936年 三十六岁

是年,任职民立中学。

春,应盛俊才邀约游邓尉、穹窿探梅,归作《邓尉一日游》。

2月至12月,任量才补习学校(夜校)特班国文教师(校长李公朴)。后"七君子"被捕,遂离开。

是年,《国学概论新编》《初中国文复习指导》、《高中国文复习指导》(与赵景深合编)由光明书局出版;《文人传记选》由北新书局出版。

1937年 三十七岁

至7月,任职民立中学。

春,应中华书局约编《外国名人传记》十四种。

八一三淞沪会战爆发后,被迫逃难,由黄渡而无锡;有《江行第一天》等记述。

冬,应务本女中(后改名怀久女中)校长邀请任教员兼任秘书。

冬,迁居上海,住汕头路82号。

12月13日,儿谭常诞生。

1938年 三十八岁

是年,任职怀久女中。

是年,《国文入门必读》九种十二册:《由国语到国文》《字体明辨》《诗词入门》《论说文范》《记事文范》《叙述文范》《文言尺牍入门》《师范应用文》《虚字使用法》由中华书局出版;

是年,《外国名人传》十四种(中华文库本):《华盛顿》《林肯》《罗斯福》《大彼得》《拿破仑》《凯末尔》《甘地》《释迦牟尼》《耶稣基督》《穆罕默德》《马可波罗》《哥伦布》《富兰克林》《爱迪生》,由中华书局出版。

1939年 三十九岁

冬,怀久女中更换校长,遂离开。

是年,《师范应用文》由中华书局出版。

1940年　四十岁

3月21日，儿谭余诞生。后因妻病，遂送远亲陆惠侬、李锦云抚养（有陆寿筠《忆父亲》一文详述）。

下半年，曾任震旦大学文学、法学、医学三学国文教师，后因妻病，退出。

是年，《写作正误》（中华文库本）由中华书局出版。

1941年　四十一岁

5月，滕固病故。

是年，先后在上海美术专科学校、新中国医学院、华光戏剧专科学校任教。

是年，太平洋战争爆发后，参加我党地下工作。

是年，所著历史剧《梅魂不死》发表于《正言文艺》上。

是年，《现代社交书信》《现代处世尺牍》由光明书局出版；《中学国文补修读本》四册，由商务印书馆出版；《国文研究丛刊》六种：《文学源流》《国学常识》《国语文法》《文章体裁》《应用文示范》《文章法则》，由世界书局出版；

《历史演义丛书》十种：《苏武牧羊》《木兰从军》《乱世佳人》《精忠报国》《梁红玉》《秦良玉》《绝代佳人》《明末遗恨》《海国英雄》《忠王殉国》，由北新书局出版。

是年，《中国小说发达史》的姐妹篇《中国戏曲发达史》完稿，计二十余万字。稿交联美出版社出版，惜毁于日寇炮火中。

1942年　四十二岁

1月10日至23日，《梅花梦》（即《梅魂不死》）由费穆导演、上海天风剧社始演于璇宫剧场（中华人民共和国成立后的光华剧院）。

5月16日至6月2日，《梅花梦》由上海艺术剧团演于卡尔登大戏院（中华人民共和国成立后的长江剧场）。

是年，受中国艺术学院聘，任文学系主任，教授中国文学史。

是年，租界被日寇占领后，谭正璧拒绝担任任何伪职，生活愈加艰难。谭正璧在《申报》与《新申报》（7月20日）上刊登声明，辟清不实之词："正璧除担任中国艺术学院职务及中艺月刊编辑委员之一外，仅在各刊物自由投稿从未担任过其他团体或刊物之主办、主编、编剧等名义，近悉有人在外假名招摇，特此郑重声明如上。""正璧为一家衣食不能不腼颜卖文，但所撰纯为学术文艺作品，至目前止从未担任过任何方面刊物主编职务，此系事实，绝非畏事自饰，请诸亲友垂鉴。"

是年，在《万象》《太平洋》《小说月报》《杂志》等刊物投稿约四十余篇。

是年，集1938至1942年间所作《问天词》《醉白词》《独语楼词》计86首，整理成《孤岛吟》。

1943年　四十三岁

1月中旬，女儿谭凡诞生，4月11日夭折。作有《哭一个无知的灵魂》。

7月，创办新中国艺术学院（中国共产党组织地下工作点之一），任校长。未满二月，遭敌特破坏而停办。

是年，谭中、谭庸分别入中法学校中学、小学部学习。

是年及前数年间，在各杂志投稿数百篇，中有长篇历史剧五种：《梅花梦》《洛神赋》《长恨歌》《金缕曲》《浪淘沙》；独幕剧八种：《於陵嫌》《邯郸梦》《赈灾行》《断裾记》《旗亭欢》《女神哭》《商女泪》《文蠹心》，汇成《蘗楼史剧集》。

1944年　四十四岁

春，应《什志》社邀，游苏州天平山、灵岩山、虎丘。归作《记灵岩、天平游》并七绝。

10月7日至11月12日，《梅花梦》由新艺剧团再度演于卡尔登大剧院。

11月，银星剧团盗演《梅花梦》于天津大明剧院，主演李红。

11月，女儿谭婴诞生，为免遭夭折，送徐文祺夫妇抚养，作有《送婴记》详述经过。

是年，《当代女作家小说选》由太平书局出版；《国文必读》第一辑六种：《国文修辞》《国文文法》《国文作法》《国文入门》《国文阶梯》《国文进修》，由世界书局出版。

是年，谭中、谭庸分别入中职校一、二年级学习。

1945年　四十五岁

5月19日至29日，《梅花梦》由新艺剧团再度演于金城戏院（中华人民共和国成立后的黄浦剧场）。

6月，新中国艺术学院复校。后又因日寇破坏而停办。

9月，抗战胜利。10月任中国书报社编译所所长（至1946年1月），主编"新中国文库"。

是年，历史小说集《长恨歌》由杂志社出版；《日本所藏中国佚本小说述考》，由知行社出版；《夜珠集》，由太平书局出版；《国文必读》第二辑（《古文笔法选》），由日新出版社出版；《琵琶弦》《血的历史》，由中国书报社出版。

1946年　四十六岁

年初，应受国民党特务威胁，被迫回故乡黄渡居住。

7月，谭寻于黄渡镇中心国民学校初级部毕业。

是年，儿谭中入读黄渡乡师高一，谭庸由上海苏民中学转入震川中学读初二。

是年，长篇历史小说《梅花梦》、中篇小说《艺林风雨》，由广益书局出版；中篇小说《凤箫相思》《狐美人》，由中央书局出版；《国文乙编》三种：《文法大要》《文章体例》《国学常识》，由大东书局出版。

是年，为广益书局精校注译《古文观止》。

1947年　四十七岁

3月12日，双生儿谭壎、谭篪诞生。

6月，迁居安亭井亭桥石角厅钱家七坊里居住。

7月，谭寻于黄渡镇中心国民学校高级部毕业。

暑期，谭庸考入上海高等机械学校。

是年，黄渡乡村师范学生因参加反饥饿、反迫害学潮被开除，出面与嘉定县政府交涉。

第四部　年谱及著作一览表等　271

是年，中华书局约编《学生国文读本》：《老子读本》《荀子读本》《墨子读本》等六种。

是年，《初中作文示范》，由光明书局出版；《现代学生尺牍》《现代妇女尺牍》，由联立出版社出版。

是年，《三都赋》结集历史小说数篇、通俗小说《楚汉春秋》和《太平天国》交广益书局，惜未曾出版。

1948年　四十八岁

2月，任震川中学图书馆主任，兼简易师范及初三的国文课。

3、4月间，捐赠书籍二百余卷给震川中学图书馆。5月14日，校长樊翔专函致谢。

是年，《国文丙编》六册（"现代文选"）由大东书局出版。

是年，汇集数年间发表长篇小说数篇、短篇小说数十篇，成《蘖楼小说集》，交广益书局，惜未出版。

是年，谭中加入中国共产党。

1949年　四十九岁

5月，上海解放前夕，黄渡乡师学生（中有地下党员）来家中暂避。不几日，上海解放。

5月，昆山、嘉定解放，谭中到昆山投入革命工作。

8月，奉命参加接受由黄渡乡师和震川中学合并成的黄渡师范学校，任校务委员、师范部主任、图书馆主任。作为校方代表参加苏南区第一届教育工作者代表大会，并被推选为起草委员会委员。

10月，嘉定县人民政府聘为嘉定县各界人民会代表，并参加第一届第一次大会。

12月，嘉定县人民政府聘为县人民医院筹备会委员，负责筹备普济医院、卫生院合并改设人民医院事宜。

1950年　五十岁

4月，嘉定县总工会建立县文化教育工作者工会筹备会，聘为筹备委员，并参加第一次筹备会议。

5月，上海解放一周年之际，作《纪念盛慕莱烈士》一文，发表于《新闻日报》上。

5月，被嘉定县文化教育工作者工会筹备会聘为安亭区分会筹备委员。

下半年，因病，辞黄渡师范学校职。

是年，先后任嘉定县第二届各界人民代表、嘉定县教育工会筹备委员会委员兼宣传科长、苏南文联青年创作指导委员会委员。

是年，为抗美援朝作《生产捐献四字经》，由北新书局出版。

是年，历史传说《巧姻缘》《嫦娥奔月》，由广益书局出版；《大众实用书信》，由北新书局出版；《农村应用文》，由中华书局出版。

是年，谭庸高机毕业，入上海电线厂工作。

1951年　五十一岁

是年，受山东齐鲁大学聘请，赴济南任中文系中国文学史和语法修辞教授；兼任《齐鲁学报》编委、山东省文学工作者协会委员。

暑期，院校合并调整，受聘赴青岛山东大学任国文、语法修辞教授；任《文史哲》编委。

是年，"历史演义丛书"十种（修改版）之《苏武牧羊》等由北新书局出版。

自1950年起，先后编写以抗美援朝为主题的《真实的故事》十四种：《英勇的战士》《血战长津湖》《无敌志愿军》《百战百胜》《活捉美国兵》《朝鲜英雄》《血溅运河桥》《光荣的母亲》《朝鲜姑娘》《三夺红旗》《白衣战士》《血海深仇》《阴谋毒计》《日帝的血掌》，由北新书局出版。

1952年　五十二岁

2月，因病遵医嘱，请假南回，住昆山长子处，边休养，边写作。

是年，谭中入昆山县政府工作，谭庸加入中国共产党，谭常入南翔农业学校读书。

是年，与谭寻游无锡。

是年，《基本语法》《修辞新例》《习作初步》，由上海棠棣出版社出版；《语言小丛书》八种：《语法初步》《修辞浅说》《词类使用法》

《连接词使用法》《怎样做好句子》《怎样诊疗句子》《写什么和怎样写》《写作正误》(中华文库本),由北新书局出版。

年底,受聘上海棠棣出版社,任总编辑。

1953 年　五十三岁

1月,举家迁至上海南京西路591弄140号居住。

是年,在上海棠棣出版社任职。

是年,主持出版"中国古典文学研究丛书"。

年底,《基本语法》《修辞新例》《习作初步》遭封杀。

1954 年　五十四岁

是年,私营出版社合并成上海文艺联合出版社,被聘为社外编审委员。

是年,校订王古鲁所译青木正儿的《中国近世戏曲史》、俞平伯的《脂批红楼梦辑本》。

是年,编《元曲六大家略传》。

是年,有常熟、杭州、无锡之游。

1955 年　五十五岁

5月8日,妻蒋慧频突然病故。

《文史哲》的"胡风案"风波起,经竭力申诉终得道歉。

国庆节,儿谭庸与赵淑君完婚。

是年,《元曲六大家略传》由上海文艺联合出版社出版。

1956 年　五十六岁

4月13—16日,游杭州。

5月4、5日,游无锡。

10月7、8日,游苏州。

是年,谭中入合肥矿业学院就读,谭常南翔农校毕业。

11月,被邀参加《昆曲观摩演出大会》的艺术研究委员会的剧本组,并观摩座谈。

12月,加入中国作家协会。

是年,《话本与古剧》由古典文学出版社出版。

1957 年　五十七岁

4 月 17 日，长孙女谭缨诞生。

9 月，受华东师范大学中文系聘请，任古典文学研究班导师，学生：吴德勋、王陆才、张仲明、黄立业、胡炳华。

是年，加入作家协会上海分会、戏剧家协会上海分会。

是年，应上海戏剧学院邀请做专题报告。

是年，《清平山堂话本》校注，由古典文学出版社出版；

戏剧故事《浣纱记》，由文化出版社出版。

是年，为人民文学出版社校注《红拂记》传奇。

1958 年　五十八岁

4 月，作北京游，会见文学界的一些朋友等。

是年，儿谭庸支内，全家到昆明炼钢厂（云南冶炼厂）工作；其子谭宁诞生。

是年，《庾信诗赋选》由古典文学出版社出版，《元代戏剧家关汉卿》由上海文化出版社出版。

是年，受华东师范大学邀请，做纪念关汉卿的专题报告。

是年，计划编写《明清说唱文学叙录》。

1959 年　五十九岁

春节，全家游杭州。

是年，应约为新《辞海》撰写古典文学部分的条目。

是年，《三言两拍本事研究资料》初稿完成。

1960 年　六十岁

4 月底，完成新《辞海》古典文学部分条目 914 条。

1961 年　六十一岁

4 月 9、10 日，作故乡黄渡游。

5 月，受聘任中华书局上海编辑所特约编辑，为其校稿。

9 月 27 日（农历八月十八日），到海宁观潮。

1962 年　六十二岁

秋，与谭寻、谭常游杭州。

是年，任上海市第二次文学工作者代表大会的作协代表。

是年，日本横滨大学波多野太郎教授来沪，在和平饭店约见。

1963 年　六十三岁

是年，突发肺气肿住院，大病一场。

是年，点校《荆钗记》《白兔记》《拜月亭》《杀狗记》等。

1964 年　六十四岁

4 月 23、24 日，与谭寻游苏州。

劳动节，长子谭中与高美亭成婚。

5 月 7 日，与谭寻游苏州洞庭。

6 月 8、9 日，与谭寻游无锡。

10 月，与谭寻游南京、镇江。

是年，完成《弹词百种叙录稿》。

1965 年　六十五岁

5 月 15—18 日，与谭寻游杭州，著诗稿《西湖百一颂》。

8 月，视力突变，左眼几近失明。为调养身心，彻底休息，先后赴杭州、无锡、宜兴、南京、黄山游；游黄山归后，作《黄山百咏》。

是年，幼子谭壎、谭篪毕业，分配到工厂工作。

1966 年　六十六岁

4 月，与谭寻作浙东行；作诗稿《浙东纪行》（七绝百首）。

"文革"起，10 月，中华书局上海编辑所红卫兵来抄家。

11 月起，被停发特约编辑津贴，断绝了生活来源。

1967 年　六十七岁

2 月，中华书局上海编辑所支部书记倪墨炎来家平反，并张贴道歉榜。

5 月，儿谭常与庄智慧完婚。

冬，昆明武斗日盛，谭庸携全家来沪。

1968 年　六十八岁

3 月，谭庸全家回昆明。

3 到 5 月，大病一场。

8月1日，街道造反大队来家冲击。2日，工农兵辞书出版社（中华书局辞海编辑所）与解放出版社（中华书局上海编辑所）红卫兵来家冲击批斗，张贴大字报，扣上"大汉奸、大特务"的莫须有罪名，家中藏书全部被封，搜去书信稿件。

1969年　六十九岁

作为"专政"对象，困在家中。

1970年　七十岁

是年及第二年，著诗稿《古稀怀人集》《古稀忆游集》（各百首）。

1971年　七十一岁

7月4日，里委通知作"一般政历问题"结论，恢复人身自由，但未彻底平反。

"九·一三"事件后，藏书启封。

12月，写信给时上海市革命委员会，要求给予平反。

1972年　七十二岁

春，再次去信上海市革命委员会，要求给予平反。

4月，谭寻到井岗山食堂任财务工作。

5月18日，中华书局上海编辑所工宣队来家，送还抄家物资，因重要稿件等未有，未收下。6月21日，去编辑所找，未得，取回余物。12月，得以取回失散的大部分稿件、资料等。

11月初，入新华医院作右眼白内障摘除手术。

1973年，七十三岁

3月初，入新华医院作左眼白内障摘除手术。

1974年　七十四岁

6月，谭中全家来沪，住半月回。

9月，谭寻病，服药不能愈，请长假。

1975年　七十五岁

8、9月间，应老友钱长龄之约，游庐山，并到萍乡长子谭中家小住。

是年，著诗稿《庐山行》（百首），附《巨源行》；作《花残月缺词（浣溪沙）》（五十首）。

1976年　七十六岁

4月，携谭寻、谭壎去安亭探亲访友。

4月28日，子谭箎与冯美玲完婚。

6月，携谭寻去杭州，居十日。

是年，著《落花风雨词》（四十三首）。

1977年　七十七岁

是年，卖去最后一批藏书。

是年，作《夕阳衰草词（浣溪沙）》五十阕；又，《花残月缺词》五十首。

1978年　七十八岁

是年，为《鲁迅回忆录》作《回忆我和鲁迅先生的一段往事》一文。

1979年　七十九岁

1月20日，子谭壎与杨耀丽完婚。

4月，赴苏州灵岩山营兆，为亡妻蒋慧频骨灰下葬。

5月，受聘为上海文史研究馆馆员。

6月，应邀赴嘉定参加嘉定县文史工作座谈会，谭寻陪同。

11月，被邀为第四次全国文学工作者代表大会特邀代表。

是年，应邀加入中国社会科学院文学研究所鲁迅研究学会、中国民间文艺研究会。

1980年　八十岁

2月，发肺气肿，大病一场。

春，波多野太郎教授登门来访。

5月，应蒋宪基、孙云年邀，携谭寻作无锡游；作《梅园杂咏》。

11月，《三言两拍资料》由上海古籍出版社出版。

11月13—20日，到杭州，谭寻陪同。

是年，任中国民间文艺研究会上海分会顾问；任华东师范大学中文系古典文学兼职教授。

是年，《中国文学家大辞典》由香港天地图书有限公司出版。

是年，作《飞花纤雨词（浣溪沙）》（五十首）。

1981 年　八十一岁

是年，《弹词叙录》由上海古籍出版社出版，《中国文学家大辞典》由上海书店影印出版。

10 月 27 日至 11 月 3 日，游杭州，谭寻陪同。

1982 年　八十二岁

秋，与赵景深、穆尼创办民办业余艺术学校，赵景深任校长，谭正璧任副校长。

是年，《三言两拍资料》再版；《木鱼歌、潮州歌叙录》由北京书目文献出版社出版。

是年，受聘为《中国大百科全书》"戏曲·曲艺卷"编委会委员。

1983 年　八十三岁

是年，《曲海蠡测》由浙江人民出版社出版。

是年，双目完全失明。

1984 年　八十四岁

是年，任上海市第三次文代会代表，中国作协第四次代表大会名誉代表。

是年，《古本稀见小说汇考》由浙江文艺出版社出版，《中国女性文学史话》（修订本）由天津百花文艺出版社出版。

1985 年　八十五岁

7 月 16 日，倪所安、赵春华、葛秋栋、陶继明等为编写《嘉定文化志》事，来家采访。

是年，《评弹通考》由中国曲艺出版社出版。

1986 年　八十六岁

是年，《话本与古剧》（修订本）由上海古籍出版社出版。

1987 年　八十七岁

是年，《清平山堂话本》由上海古籍出版社重版。

1988 年　八十八岁

是年起，常卧病在床。

1991 年　九十一岁

是年，《中国女性文学史》由天津百花文艺出版社作为 20 世纪经典学术史精装本出版。

12 月 19 日，在上海逝世。

2011 年

11 月，嘉定档案局与上海古籍出版社联手举办谭正璧诞生 110 周年的纪念活动。

12 月，《谭正璧学术著作集》由上海古籍出版社出版。精选谭正璧众多学术著作十五种，包括早期（1949 年前的）五种，其中《中国文学进化史》《诗歌中的性欲描写》《女性词话》《中国小说发达史》四种为中华人民共和国成立后第一次重版；中华人民共和国成立后的十种，其中《评弹艺人录》《螺斋曲谈》为未曾出版过的遗稿。

2016 年

12 月，谭篪著《谭正璧传》，由北京出版社出版。

2019 年

7 月，嘉定图书馆举办"文海沉浮，著作三身——谭正璧先生生平展"，以生平、成就、品格、乡情四部分展现了谭正璧的一生。

7 月，谭正璧著《煮字集》，由北京东方出版社出版。

2021 年

3 月，樊昕编注《谭正璧友朋书札》，由浙江古籍出版社出版。

10 月，《谭正璧日记》，收入《中国近现代稀见史料丛刊》第八辑，由凤凰出版社出版。

11 月 30 日—12 月 31 日，嘉定区文旅局、区文联、安亭镇党委在安亭文体中心震川美术馆联合举办《先生之风　山高水长——纪念谭正璧诞辰 120 周年特展》。

2022 年

6 月，中西书局出版《翥云·谭正璧诞辰 120 周年纪念特刊》。

2023 年

8 月，谭正璧著、谭篪整理的《螺斋拾珍》，由文汇出版社出版。

二、谭正璧一生著作

此稿是对我 2012 年完成的《谭正璧传》中"谭正璧著作一览"的补充修订稿。1949 年 10 月前在报纸杂志上发表的文章,我是依据父亲六十岁时写的年谱所记,由于年代久远,回忆难免有错漏和无法周全。为此我数十次去上海图书馆查找当年的报纸杂志。这次借助了上海图书馆新开发的数据库,新发现颇多;同时在搜索中解开了一些我心中的迷惑,努力使其尽可能地正确完整无误。然而仍有一些遗憾,开了一些"天窗"。在报纸杂志上发表的部分作品用表格做一整理,其中"用名"为实名的就省略不写了。

二〇二一年七月

第一部分　在报纸杂志上发表的部分作品

1. 1920 年

篇　名	体裁	用名	登载报刊
新文化运动的障碍	随感	正璧	《民国日报》副刊《觉悟》
太清楚了	随感	文绩	《民国日报》副刊《觉悟》
农民的血泪	小说	谭雯	《民国日报》副刊《觉悟》
可怜的学生	随感	正璧	《民国日报》副刊《觉悟》
总有一天	随感	正璧	《民国日报》副刊《觉悟》
新文化	随感	正璧	《民国日报》副刊《觉悟》
很可笑的一件事	通讯	柽人	《民国日报》副刊《觉悟》
无则加勉	通讯	柽人	《民国日报》副刊《觉悟》

续 表

篇 名	体裁	用名	登载报刊
好学生底救星	小说	湘客	《民国日报》副刊《觉悟》
奋斗欤死欤	通讯	泪人	《民国日报》副刊《觉悟》
苦学生底奋斗	通讯	致泪人	《民国日报》副刊《觉悟》
苦学生的希望	通讯	致锡昌	《民国日报》副刊《觉悟》

2. 1921年作品

篇 名	体裁	用名	登载报刊
看了学生什志八卷七期后	书评	正璧	《民国日报》副刊《觉悟》
蚕丝	小说	钱家熙	《民国日报》副刊《觉悟》
一声（契诃夫著）	翻译		《澄衷立校纪念刊》

3. 1922年作品

篇 名	体裁	用名	登载报刊
芭蕉的心	小说		《晚霞》第1—5期
桃源忆故人	随笔		《晚霞》第5期
生命底呼吁	散文		
噩耗	小说		
怨哀底梦	小说	正璧	《民国日报》副刊《觉悟》
雷雨之夕	小说	正璧	《民国日报》副刊《觉悟》
异乡	小说	正璧	《民国日报》副刊《觉悟》
儿童底哀怨	小说	正璧	《民国日报》副刊《觉悟》
大树？母亲？	小说		
春意	诗	正璧	《民国日报》副刊《觉悟》
时间的一段	小说	正璧	《民国日报》副刊《觉悟》

续 表

篇　　名	体裁	用名	登载报刊
病中	小说	正璧	《民国日报》副刊《觉悟》
人生底哀怨	小说	正璧	澄衷浦东中学青年自兴会《人刊二十期》
玫瑰花	小说		
邂逅	小说	正璧	《民国日报》副刊《觉悟》
兵？	小说		
黑暗底要术	小说		
冷淡	小说		
复生之草	诗	仲圭译	《民国日报》副刊《觉悟》
心影	诗	仲圭	《民国日报》副刊《觉悟》
月姐底悲哀	童话	慧频	
落花恨弹词	弹词		《晚霞》2—6 期
汗漫	诗	正璧	《民国日报》副刊《平民》

4. 1923 年作品

篇　　名	体裁	用名	登载报刊
微笑	诗	正璧	《民国日报》副刊《觉悟》
咖啡店中	译作	谭正璧、朱枕薪	《民国日报》副刊《觉悟》
血痕泪迹	小说	正璧	《晓光季刊》下半年
微风（一百六十首）	诗集		《小说月报》第十四卷第 10 期 / 刊两首
往事（长篇）	小说		
医生	小说		
奇怪底哥哥	小说		
故乡（村居杂记）	小说		东北某报

5. 1924 年作品

篇　　名	体裁	用名	登载报刊
诱惑	小说	正璧	哈尔滨某报
黑夜之梦	小说	正璧	哈尔滨某报
童时	小说	正璧	哈尔滨某报
舟中	小说	正璧	哈尔滨某报
燕语十九篇	小品	正璧	顾凤城编《三角之光》

6. 1927 年作品

篇　　名	体裁	用名	登载报刊
读鲁迅《中国小说史略》	随笔	正璧	《时事新报》附刊《书报春秋》第 20 期

7. 1934 年作品

篇　　名	体裁	用名	登载报刊
中学国文老师教授法之商榷	随笔	赵璧	《建中》第一卷第 1 期

8. 1935 年作品

篇　　名	体裁	用名	登载报刊
中国女性文学之研究	论文		《女子月刊》第三卷第 9 期
先秦时代的女性文学	论文		《女子月刊》第三卷第 12 期
楚襄王虚担神女梦（中国文学枝谈之一）	随笔		《青年界》第八卷第一期
曹子建痛赋感甄文（中国文学枝谈之二）	随笔		《青年界》第八卷第二期
恋张女欧阳修受劾（中国文学枝谈之三）	随笔		《青年界》第八卷第三期
传卞赛吴梅村忏情（中国文学枝谈之四）	随笔		《青年界》第八卷第五期

9. 1936 年作品

篇　　名	体裁	用名	登　载　报　刊
圆和尖（代《铁锋》发刊词）	随笔		《铁锋》创刊
暑期生活不是属于我	随笔		《青年界》第十卷第 1 期

10. 1937 年作品

篇　　名	体裁	用名	登　载　报　刊
邓尉一日记	散文		《青年界》第十二卷第 1 期
十年	随笔		《民主学生》
怎样自修中国文学	随笔		《读书青年》第二卷第 11 期
介绍归震川	随笔		《读书青年》第二卷第 11 期

11. 1938 年作品

篇　　名	体裁	用名	登　载　报　刊
"聊胜……"谈	随笔	正璧	怀久女中《壁报》
问天词（三十一首）	诗词	正璧	

12. 1939 年作品

篇　　名	体裁	用名	登　载　报　刊
醉白词（二十九首）	诗词	正璧	
旧文学园地的新垦殖	随笔		《中学时代》第一卷第 2 期

13. 1940 年作品

篇　　名	体裁	用名	登　载　报　刊
清词人项鸿祚年谱	论文		《文艺世界》第 2—3 期

续 表

篇　　名	体裁	用名	登载报刊
凝碧池上的丑剧	小说		《文艺世界》创刊号
春蚕集	诗词		
独语楼词	诗词		（1966年8月20日补序）
无声戏与十二楼歌赋小说杂考之一	诠文		《文艺世界》第4期
寒冬三部曲	小说		《上海生活》第五卷第12期

14. 1941年作品

篇　　名	体裁	用名	登载报刊
怀滕固	小说		《万象》第3期
江行第一天	小说		《新流》第2期
父子两	小说		《文艺月刊》
关于韩侂胄	随笔		《萧萧》第3期
梅魂不死（即《梅花梦》）	剧本		《正言文艺》第二卷第1—3期
上海也看《雾重庆》	剧评		《申报·自由谈》
大众剧社的公演	剧评		《申报·自由谈》
三迁	小说		《小说月报》第13期
介绍一部女性所作的弹词——《绘真记》	随笔		手稿，未曾发表
百花亭	小说		《小说月报》第14期
拜月亭	小说		《万象》第6期
宋元话本存佚考	论文		《正言文艺》第6期
诗人吴梅村（又名《金缕曲》）	剧本		《光化》第1—3期
陷阱	小说		《文综》
杨妃怨	小说		《文艺春秋》第2期

15. 1942 年作品

篇　　名	体裁	用名	登载报刊
梅花梦主角彭玉麟及其有关人物考	论文		《万象》第 4 期
宋元戏剧与宋元话本	论文		《戏曲月刊》创刊号
宋元杂剧金院本与元明杂剧	论文		《戏曲月刊》第 5 辑
忆南京	散文		《杂志》第九卷第 6 期
中国古代的国际间谍	随笔		《小说月报》第 21 期
宋代外交家王伦之生平及其奉使事迹考	论文	仲玉	《经纶》第二卷第 1 期
梅花梦（剧本《梅魂不死》的本事）	小说		《小说月报》第 16 期
汉魏时代的女性文学	论文	仲玉	《经纶》第三卷第 3—4 期
两晋南北朝的女性文学	论文	佩冰	《东方文化》第一卷第 2 期
介绍《情焰》（后即为《情焰》序）	剧评		《话剧界》第 3—4 期
桃色的复仇	小说		《小说月报》第 25 期
莎乐美	小说		《小说月报》第 31 期
皇帝艺人	随笔	仲文	《太平洋》第 41 期
百丑图	小说	谭仲文	《太平洋》第 44—45 期
湖上的喜剧	小说	仲文	《太平洋》第 48 期
第一篇创作	小说	谭仲文	《太平洋》第 43 期
采桑娘	小说	仲文	《太平洋》第 40 期
金凤钿	小说	仲文	《太平洋》第 31 期
客星严子陵	小说	仲文	《杂志》第十卷第 4 期
西王母故事的演变	随笔	仲文	《太平洋》第 38 期
买书甘苦记	随笔	仲文	《太平洋》第 35 期

续 表

篇　　名	体裁	用名	登 载 报 刊
读《凄风苦雨记》	随笔	谭雯	《自由评论》第三期
宋官本杂剧段数内容考	论文	仲玉	《先导》第一卷第2—3期
辍耕录所录金院本名目内容考	论文	仲玉	《经纬》第二卷第6期
西厢记作者王实甫	论文	仲玉	《杂志》第九卷第5期
元代曲家马致远之生平及其著作	论文	仲玉	《真知学报》第二卷第1期
元曲大家白朴之生平及其著作	论文	仲玉	《真知学报》第二卷第1期
元曲家郑光祖之生平及其著作	论文	仲玉	《经纬》第三卷第5期
元曲家乔吉之生平及其著作	论文	仲玉	《政治月刊》第四卷第2期
《醉翁谈录》所录宋人话本考	论文	仲玉	《大阪每日》第九卷第9期
唐人传奇给后代文学的影响	论文		《万象》第12期
三国夫人（一名《长恨歌》）	剧本	仲玉	《先导》第一卷第4—6期
赈灾（即短剧八种之《赈灾记》）	剧本	佩冰	《杂志》第十卷第1期
绝裾（即短剧八种之《断裾记》）	剧本	仲玉	《大阪每日》第九卷第10期
画壁（即短剧八种之《旗亭欢》）	剧本	仲文	《太平洋》第29—30期
哭庙（即短剧八种之《泥神哭》）	剧本	仲玉	《太平洋》第27—28期
商女泪（短剧八种之一）	剧本	仲玉	《小说月报》第24期

续 表

篇　名	体裁	用名	登载报刊
日本所藏中国佚本话本小说述考	论文	谭仲玉	《东方文化》第一卷第3期
日本所藏中国佚本传奇小说述考	论文	谭仲玉	《东方文化》第一卷第1期
日本所藏中国佚本章回小说述考（上）	论文		《真知学报》第三卷第2期
牡丹亭女读者的恋慕狂	随笔	仲玉	《古今》第5期

16. 1943年作品

篇　名	体裁	用名	登载报刊
吐鹅（即短剧八种之《於陵赚》）	剧本		《新流》第2—3期
括膏（即短剧八种之《文蠹心》）	剧本		《新流》第4—5期
中秋礼俗志	随笔		《春秋》第一卷2期
《唐明皇游月宫》故事人物考	论文		《春秋》第一卷2期
菊月话菊	随笔		《春秋》第一卷3期
飞霜落木话枫桥	随笔	璧厂	《春秋》第一卷4期
董谒的传说	随笔		《天地》创刊号
怀白冰	散文	璧厂	《天地》第2期
李香君的下场	随笔	璧厂	《新都周刊》第2期
金圣叹被杀的罪名	随笔		《新都周刊》第4期
苏东坡别号的由来	随笔		《新都周刊》第7期
《曲海》作者谈	随笔		《大众》第14期
悼一个无知的灵魂	散文		《杂志》第十一卷第1期

续 表

篇　名	体裁	用名	登 载 报 刊
三月剧坛漫步	剧评	谭雯	《杂志》第十一卷第1期
枯杨与朝山者	散文	谭雯	《杂志》第十一卷第5期
金圣叹论	随笔		《万岁》第3期
我的童车	散文		《万岁》第4期
清代的禁书	随笔	谭雯	《万岁》第4期
落叶之什	散文		《万岁》第二卷第2期
恋	随笔		《中艺》第1期
代序（4篇）	随笔		
绛云楼韵话	随笔	正璧	《万象》第二卷第9—10期
永乐大典所收宋元戏文33种考	论文		《中华月刊》第六卷第3期
顾横波的一生	随笔	谭雯	《万象》第二卷第11期
读《西征随笔》	随笔	谈正璧	《平铎》第四卷第1—2期
忆苏州	散文		《小说月报》第32期
忆虚舟	散文	谭雯	《新流》第一卷第1期
闲话借书	随笔	志雄	《古今》第16期
《长恨歌》本意	随笔	谭雯	《自由评论》第一卷第2期
宋元戏文和元明杂剧	论文		《风雨谈》第1—2期
三都赋	小说		《万象》第二卷第8期
《醉翁谈录》中的戏剧资料	论文		《文谊》创刊号—第2期
漫谈文学家	随笔		
小序两题	随笔		《文艺》第一卷第1期
独语楼散笔四则	散文		《青年日报》
论王安石的保甲法	随笔		《青年日报》

续 表

篇　名	体裁	用名	登载报刊
《洛神赋》主角恋爱事迹考	随笔	谭雯	《万象》第 8 期
一个意外想到的故事	小说		《大众》第 11 期
女国底毁灭	小说		《杂志》第十一卷第 6 期
滕王阁	小说		《万岁》第 6 期
孟津渡	小说		《新流》
红珠姑娘	小说		《小说月报》第 35 期
无题诗	小说		《小说月报》第 36 期
意外的悲喜剧	小说		《万岁》第 5 期
李义山诗的钥匙——锦瑟诗	随笔		《万岁》第二卷 1 期
从我自己谈	随笔		《中艺》第 3 期
走	小说	谭雯	《太平洋》第 74 期
雷雨之夕	小说	谭雯	《太平洋》第 82—83 期
被侮辱的	小说		《太平洋》第 86 期
两难	小说		《太平洋》
残渣	小说	谭雯	《新流》第一卷 5 期
舍身堂	小说		《小说月报》第 37 期
医生的秘密	小说		《小说月报》第 38 期
琵琶弦	小说		《春秋》第一卷 2 期
永远的乡愁	小说	谭筠	《春秋》第一卷 4 期
无题三首（佚二）	诗词		《杂志》第十一卷 6 期
关汉卿事迹及其著作辨正	论文		《中华月报》第六卷 5—6 期
鱼筌	小说		《大众》第 3 期

续　表

篇　　名	体裁	用名	登载报刊
二郎神故事的演变	随笔		《大众》第4期
月夜	小说		《大众》第5期
楚矩	小说		《大众》第6期
邯郸梦（短剧八种之一）	剧本		《大众》第8期
骷髅之什	散文		《大众》第9期
美丽的海波	小说		《大众》第12期
再生缘	小说		《大众》第13期
太平血	小说		《自由评论》第5—6期
绿肥红瘦	小说		《文友》第一卷11期
记"新中国丛书社"	随笔		《文友》第二卷3期
宦门子弟错立身所述戏文29种考	论文		《风雨谈》第3—4期
绝墨之什	散文		《风雨谈》第5期
月的梦	散文		《风雨谈》第7期
日本古代小说概观	论文		《楚声月刊》第二卷2期
现代中国的女作家	论文	谭雯	《中国学生》第二卷第4期

17. 1944年作品

篇　　名	体裁	用名	登载报刊
帽子的风波	小说	谭筠	《大众》第15期
续无题三首	诗词		《小说月报》
闲话曹操	随笔	璧厂	《小说月报》第41期
闲话陆放翁	随笔	璧厂	《小说月报》第43期
重温旧梦话《梅花》	随笔		《小说月报》第45期
柳雨生论	随笔		《风雨谈》第14期

续 表

篇　　名	体裁	用名	登 载 报 刊
女子的笔祸	随笔		《风雨谈》第 15 期
论苏青与张爱玲	随笔		《风雨谈》第 16 期
记灵岩天平之游	散文		《杂志》第十二卷第 6 期
读《人狱记》	随笔	谭雯	《杂志》第十四卷第 1 期
我们该写什么	随笔		《杂志》第十四卷第 2 期
三言两拍源流述考	论文		
终究辍笔的原因	随笔		
《玉堂春》故事的演变	随笔	璧厂	《乾坤》创刊号
流水落花	小说	白荻	《乾坤》创刊号
乾隆的秘密	小说	白荻	《乾坤》第 2 期
夜明珠	小说	赵碧	《乾坤》第 2 期
误会	小说	仲玉	《太平洋》第一卷 59 期
洛神赋	剧本	谭雯	《风雨谈》第 10—12 期
浪淘沙（一名《天上人间》）	剧本		《艺潮》第 2—5 期
落叶哀蝉	小说	佩冰	《杂志》第十二卷第 5 期
媚霞记	小说	谭筠	《光化》第一卷第 2 期
茧	小说	璧厂	《小说月报》第四卷第 2 期
轮回	小说	谭筠	《文友》第二卷第 1 期
反串	小说	谭筠	《文友》第二卷第 8 期
我的写作经验	随笔	谭筠	《文友》第三卷第 1 期
病后散笔——谈借书	随笔		《永安月刊》第 65 期
魑魅（末完）	小说	谭筠	《文友》第三卷第 1 期
清溪小姑曲	小说	谭筠	《大众》第 16 期
桃花源	小说	谭筠	《大众》第 17 期

续 表

篇　　名	体裁	用名	登 载 报 刊
赵未明	小说	谭筠	《大众》第 18 期
初夏之夕	小说	谭筠	《大众》第 22 期
浪淘沙	剧本		《艺潮》第 2—5 期

18. 1945 年作品

篇　　名	体裁	用名	登 载 报 刊
送婴篇	散文		《申报月刊》复 3—第 1 期
日本汉佚通俗小说管窥录（一）	论文	谭雯	《申报月刊》复 3—第 1 期
日本汉佚通俗小说管窥录（二）	论文	谭雯	《申报月刊》复 3—第 2 期
日本汉佚通俗小说管窥录（三）	论文	谭雯	《申报月刊》复 3—第 3 期
黄袍与斧柱（又名《桥》）	小说	仲玉	《申报月刊》复 3—第 4 期
宋初之秘考	随笔		《申报月刊》复 3—第 6 期
《琵琶弦》题记	随笔	白荻	《书报》第 1 期
复兴中华新文化之路	随笔	梧群	《书报》第 1 期
痛苦的回忆	随笔	赵易	《书报》第 1 期
还乡记	小说		《文友》第四卷 8 期
独语楼词	诗词	赵璧	《海风》第 3—4 期
新巡按	小说		《六艺》第 1 期
摩登伽女	小说	白荻	《春秋》第二卷 7 期
《绿窗新话》与《醉翁谈录》	论文		
从"先天道"说到历代教乱	随笔	赵璧	《春秋》第二卷 8 期

续　表

篇　名	体裁	用名	登载报刊
清代诗人黄仲则恋爱事迹考	随笔		《大众》第 31 期
妫夫人	小说		《新闻月报》第一卷第 3 期
宗泽的抑平物价策（扫毒篇之一）	随笔		《杂志》第十四卷第 5 期
为张振邦雪冤（扫毒篇之二）	随笔		《杂志》第十四卷第 5 期
东坡腻事谈（扫毒篇之三）	随笔		《杂志》第十四卷第 5 期

19. 1946 年作品

篇　名	体裁	用名	登载报刊
桃花扇	小说		《诚报》（连环画）
迎"王师"	小说		《永安月刊》第 80 期
十年	小说	赵璧	《茶话》第 2 期
狸猫案扶真	随笔	梧群	《茶话》第 3 期
鸿飞记	小说	赵璧	《茶话》第 3 期
仙媒记	小说	白荻	《茶话》第 3 期
归去来	小说	璧厂	《茶话》第 3 期
仙山寻母记	小说	白荻	《茶话》第 4 期
天女酬孝记	小说	白荻	《茶话》第 4 期
情蠱	小说	赵璧	《茶话》第 4 期
残蚀	小说	赵璧	《茶话》第 5 期
龙耦	小说	白荻	《茶话》第 5 期
回乡	小说	白荻	《茶话》第 6 期
翻云覆雨	小说	赵璧	《茶话》第 6 期

续 表

篇　　名	体裁	用名	登载报刊
冰山泪	小说	璧厂	《茶话》第 7 期
东山拆殿	小说	易璧	《茶话》第 7 期
绵山怨	小说	赵璧	《海风》第 22—24 期
重圆记	小说	赵璧	《海风》第 25—27 期
凝碧池	小说	赵璧	《海风》第 28—30 期
血贩子	小说	赵璧	《海风》第 31—34 期
天问	小说	赵璧	《海风》第 35—36 期
父亲的心	小说	赵璧	《七日谈》第 30 期
残蠹	小说	赵璧	《七日谈》第 33 期

20. 1947 年作品

篇　　名	体裁	用名	登载报刊
悬崖	小说	慕惠	《茶话》第 8 期
飘鹅零鲽记（《夜明珠》续篇）	小说	天怨	《茶话》第 8 期
茫茫的长途	小说	赵璧	《茶话》第 9 期
疯狂的故事	小说	徐易	《茶话》第 10 期
葬金钗	小说	易璧	《茶话》第 10 期
戢兵记	小说	赵璧	《茶话》第 10 期
关于文天祥二三事	随笔		《申报》副刊《春秋》
我做了乡民代表	随笔		《申报》副刊《春秋》
谈妒（上、下）	小说	仲圭	《茶话》第 10—11 期
狭路行	小说	赵易	《茶话》第 11 期
幻灭	小说	赵璧	《茶话》第 12 期
昙	小说		《茶话》第 14 期

续 表

篇　名	体裁	用名	登载报刊
烹狗记	小说	赵璧	《茶话》第 15 期
乡校的风波	小说	白荻	《茶话》第 16 期
苍梧谣	小说		《茶话》第 17 期
论曹操的死	随笔		《申报》副刊《春秋》
明诗人张六泉先生事略	论文		

21. 1948 年作品

篇　名	体裁	用名	登载报刊
访归震川故居	随笔		《申报·自由谈》
"名"和"实"	随笔		《申报·自由谈》
英雄所见略同	随笔		《申报·自由谈》
论通俗文学	随笔		《申报·自由谈》
河阳猪肉和惠山泉	随笔		《申报·自由谈》
王魁型	随笔		《申报·自由谈》
珠玉词	小说		《茶话》第 24 期
朝霞	小说		《茶话》第 25 期
春光好（旧作）	小说		《申报·自由谈》

22. 1949 年作品

篇　名	体裁	用名	登载报刊
残蠹	小说		《申报·自由谈》

按：谭正璧早年的部分作品收入 1926、1927 年出版的正璧创作集：《邂逅》《人生底悲哀》；部分历史小说收入 1945 年出版的《长恨歌》《琵琶弦》；部分史料随笔等收入北京东方出版社 2019 年出版的《煮字集》、2023 年文汇出版社的《螺斋拾珍》。

23. 1950 年

篇　名	体裁	用名	登　载　报　刊
追念盛慕莱烈士	随笔		《新闻日报》

24. 1958 年

篇　名	体裁	用名	登　载　报　刊
元曲"四大神物"（《釜底治曲记》之一）	随笔		《光明日报》副刊《文学遗产》
"双渐"资料（《釜底治曲记》之二）	随笔		《光明日报》副刊《文学遗产》
传奇"牡丹亭"和话本"杜丽娘记"（《釜底治曲记》之三）	随笔		《光明日报》副刊《文学遗产》
李贺及其诗	随笔		《人文》第1期
汤显祖戏剧本事的历史溯源	论文		《戏剧研究》第4期
编成《辞海》条目914条			《辞海》

25. 1961 年

篇　名	体裁	用名	登　载　报　刊
我也来谈文学遗产研究与说唱文学	随笔		《文学遗产》第391期
弹词小话：三国志玉玺传	随笔		《新民晚报》
弹词小话：《再生缘》所受《小金钱》的影响	随笔		《新民晚报》
弹词小话：接芳园与集芳园	随笔		《新民晚报》
庾吉甫补传	随笔		（收入《曲海蠡测》）

26. 1962 年

篇　　名	体裁	用名	登 载 报 刊
关汉卿作或续作《西厢记》说溯源	随笔		《学术月刊》第 4 期
《三元记》——沈寿卿生平事迹的发现	论文		《文学遗产》431 期
《粤风续九》即《粤风》》辩	论文		《民间文学》第 3 期
顾思义及其作品——《余慈相会》的发现	随笔		《上海戏剧》1962 年第 2 期
《双渐苏卿》本事新证	随笔		《戏剧报》第 4 期
古代儿童戏剧初探	论文		《儿童文学研究》七月号
苏轼谪贵州辩	随笔		（手稿，未发表）
菩提寺	散文		《采风报》

27. 1963 年

篇　　名	体裁	用名	登 载 报 刊
雪精的故事	小说		《民间文学》第 2 期

28. 1980 年

篇　　名	体裁	用名	登 载 报 刊
木鱼歌溯源	论文		《华东师范大学学报》第 5 期
释木鱼歌	论文		《文学遗产》第 3 期
投钥泉	散文		《采风》
广椒花颂	诗词		《嘉定文艺》
《中国文学家大辞典》重版前言			《七十年代》（港）七月号
明成化本说唱词话述考	论文	谭正璧 谭寻	《文献》1980 年第 3—4 期

29. 1981 年

篇　名	体裁	用名	登载报刊
王实甫以外二十七家《西厢》考	论文	谭正璧 谭寻	《文献》第 7 期（1981 年第 1 期）
明代剧作家沈龄及其作品述考	论文		《嘉定文艺》第 2 期
论《小五义》	随笔		《上海师范学院学报》第 2 期
论张凤翼及其《红拂记》	随笔		《河北大学学报》第 3 期
漫谈修订本《中国小说史略》	随笔		《鲁迅诞生百年纪念集》（湖南）
《弹词叙录》后记	随笔		《说新书》第三辑
浣溪沙（词二首）	诗词		《文学报》
论木鱼、龙舟、粤讴	译文		《曲艺艺术论丛》第一辑

30. 1982 年

篇　名	体裁	用名	登载报刊
漫谈《再生缘》作者及其他	随笔		《抖擞》一月号
释潮州歌	随笔		《曲艺艺术论丛》第二辑（吉林）
煮字生涯六十年	自传		《中国当代社会科学家》（吉林）
我的生平和著作	自传		《中国现代社会科学家传略》
谭正璧自传	自传		《晋阳学刊》第 3 期
唐人传奇与后代戏剧	论文	谭正璧 谭寻	《文献》第 13 期（1982 年第 3 期）

31. 1986 年

篇　名	体裁	用名	登载报刊
民间文学与弹词的关系	随笔		《民间文学季刊》第 2 期

第二部分　生平著作分类目录

一、文学史

1.《中国文学史大纲》　　　　　　泰东书局，1925 年版；光华书局，1926 年版；光明书局，1927 年版

2.《中国文学进化史》　　　　　　光明书局，1929 年版

3.《中国女性的文学生活》　　　　光明书局，1930 年版

4.《中国女性文学史》（修订改版）　光明书局，1933 年版

5.《新编中国文学史》　　　　　　光明书局，1935 年版

6.《中国小说发达史》　　　　　　光明书局，1935 年版

7.《文学源流》　　　　　　　　　世界书局，1942 年版

二、文学研究

1.《诗歌中的性欲描写》　　　　　淞社，1928 年版

2.《文学概论讲话》　　　　　　　光明书局，1934 年版

3.《女性词话》　　　　　　　　　中央书店，1934 年版

4.《当代女作家小说选》　　　　　太平书局，1944 年版

5.《日本东京所藏中国佚本小说述考》　知行社，1945 年版

6.《话本与古剧》　　　　　　　　古典文学出版社，1956 年版

7.《清平山堂话本校注》　　　　　古典文学出版社，1957 年版

8.《庾信诗赋选》（纪馥华选，谭正璧校）古典文学出版社，1958 年版

9.《三言两拍资料》　　　　　　　上海古籍出版社，1980 年版

10.《弹词叙录》　　　　　　　　　上海古籍出版社，1981 年版

11.《木鱼歌、潮州歌叙录》　　　　北京书目文社，1982 年版

12.《曲海蠡测》　　　　　　　　　浙江人民出版社，1983 年版

13.《古本稀见小说汇考》　　　　　浙江文艺出版社，1984 年版

14.《中国女性文学史话》　　　　　天津百花文艺出版社，1984 年版

15.《评弹通考》	中国曲艺出版社，1985年版
16.《中国女性文学史》重版	天津百花文艺出版社，1991年版 2001年版

三、国学研究

1.《国学概论讲话》	光明书局，1933年版
2.《国学概论新编》	光明书局，1936年版
3.《国学常识问答》	光明书局，1936年版
4.《国学常识》	世界书局，1942年版

5.《学生国学读本》六种：《老子读本》《荀子读本》《墨子读本》《庄子读本》《韩非子读本》《礼记读本》

中华书局，1947年版

四、语文学

1.《古今尺牍选注》（古代、近代、当代三种）	光明书局，1935年版
2.《中国文字学新编》	北新书局，1936年版
3.《小学生模范字典》	北新书局，1936年版
4.《高中国文复习指导》（与赵景深合编）	光明书局，1936年版
5.《初中国文复习指导》	光明书局，1936年版

6.《国文入门必读》九种十二册：《由国语到国文》《字体明辨》《诗词入门》《论说文范》《记事文范》《叙述文范》《文言尺牍入门》《虚字使用法》《国语文法与国文文法》

中华书局，1938年版

7.《师范应用文》	中华书局，1939年版
8.《写作正误》（中华文库本）	中华书局，1940年版

9.《国文研究丛刊》六种：《国语文法》《文章体裁》《应用文示范》《文章法则》《文学源流》《国学常识》（附文字学大要）

世界书局，1941年版

10.《中学国文补修读本》四册	商务印书馆，1941年版
11.《现代社交书信》	光明书局，1941年版

12.《现代处世尺牍》　　　　　　　　光明书局，1941年版
13.《国文必读》第一辑六种：《国文修辞》《国文文法》《国文作法》《国文入门》《国文阶梯》《国文进修》

　　　　　　　　　　　　　　　　　　世界书局，1944年版
14.《国文必读》第二辑（古文笔法选）　日新出版社，1945年版
15.《初中作文示范》　　　　　　　　光明书局，1946年版
16.《国文乙编》三种：《文法大要》《文章体例》《国学常识》

　　　　　　　　　　　　　　　　　　大东书局，1946年版
17.《现代学生尺牍》　　　　　　　　联立出版社，1947年版
18.《现代妇女尺牍》　　　　　　　　联立出版社，1947年版
19.《国文丙编》五册（系现代文选）　大东书局，1948年版
20.《大众实用书信》　　　　　　　　北新书局，1950年版
21.《农村应用文》　　　　　　　　　中华书局，1950年版
22.《大众应用文》　　　　　　　　　北新书局，1950年版
23.《语文小丛书》八种：《语法初步》《修辞浅说》《词类使用法》《连接词使用法》《怎样做好句子》《怎样诊疗句子》《写什么和怎样写》《写作正误》（中华文库本）

　　　　　　　　　　　　　　　　　　北新书局，1952年版
24.《基本语法》　　　　　　　　　　棠棣出版，1952年版
25.《修辞新例》　　　　　　　　　　棠棣出版，1952年版
26.《习作初步》　　　　　　　　　　棠棣出版，1952年版

五、历史与传记

1.《中国文学家大辞典》　　　　　　光明书局，1934年版
2.《文人传记选》　　　　　　　　　北新书局，1936年版
3.《外国名人传》十四种（中华文库本）：《华盛顿》《林肯》《罗斯福》《大彼得》《拿破仑》《凯末尔》《甘地》《释迦牟尼》《耶稣基督》《穆罕默德》《马可波罗》《哥伦布》《富兰克林》《爱迪生》

　　　　　　　　　　　　　　　　　　中华书局，1938年版

4.《历史演义丛书》十种:《苏武牧羊》《木兰从军》《乱世佳人》《精忠报国》《梁红玉》《秦良玉》《绝代佳人》《明末遗恨》《海国英雄》《忠王殉国》

　　　　　　　　　　　　　　北新书局,1941年初版,1951年修改版

5.《真实的故事》十四种:《英勇的战士》《血战长津湖》《无敌志愿军》《百战百胜》《活捉美国兵》《朝鲜英雄》《血溅运河桥》《光荣的母亲》《朝鲜姑娘》《三夺红旗》《白衣战士》《血海深仇》《阴谋毒计》《日帝的血掌》

　　　　　　　　　　　　　　北新书局,1951年版

6.《元曲六大家略传》　　　　上海文艺联合出版社,1955年版

7.《元代戏剧家关汉卿》　　　上海文化出版社,1958年版

六、创作

1. 正璧创作集之一:《芭蕉的心》　　民智书局,1923年版
2. 正璧创作集之二:《邂逅》　　　　北新书局,1926年版
3. 正璧创作集之三:《人生底悲哀》　北新书局,1927年版
4. 散文集:《夜珠集》　　　　　　　太平书局,1944年版
5. 历史小说集:《长恨歌》　　　　　杂志社,1945年版
6. 历史小说集:《琵琶弦》　　　　　中国书报社,1945年版
7. 短篇小说集:《血的历史》　　　　中国书报社,1945年版
8. 长篇历史小说:《梅花梦》　　　　广益书局,1946年版
9. 中篇小说:《凤箫相思》　　　　　中央书局,1946年版
10. 中篇小说:《狐美人》　　　　　中央书局,1946年版
11. 中篇小说:《艺林风雨》　　　　广益书局,1946年版
12. 历史传说:《巧姻缘》　　　　　广益书局,1950年版
13. 历史传说:《嫦娥奔月》　　　　广益书局,1950年版
14.《生产捐献四字经》　　　　　　北新书局,1950年版
15. 戏剧故事:《浣纱记》　　　　　文化出版社,1957年版

七、已发表在报纸杂志上的

1. 历史剧五种：《梅花梦》（长篇历史剧，原名《梅魂不死》）、《洛神赋》（长篇历史剧）、《长恨歌》（长篇历史剧，原名《三国夫人》）、《金缕曲》（长篇历史剧、原名《诗人吴梅村》）、《浪淘沙》（长篇历史剧）
2. 《蘖楼戏剧集》独幕剧八种：《於陵嫌》《邯郸梦》《赈灾行》《断裾记》《旗亭欢》《泥神哭》《商女泪》《文蠹心》
3. 长篇小说：《魑魅》
4. 《落花恨弹词》
5. 长篇小说：《村居杂记》
6. 长篇小说：《黑夜之梦》
7. 《项鸿祚年谱》
8. 《李香君血溅桃花扇》（故事新画，江栋良图，赵璧文）
9. 《中国文学技谈》
10. 《中国文学韵谈》
11. 《儿童戏剧史初探》
12. 《汤显祖及其作品研究》

八、已交稿而未出版的

1. 《中国文学史纲》　　　　　　三民图书公司，1941 年版
2. 《中国戏剧发达史》　　　　　联美出版公司，1941 年版
3. 《应用文》五种　　　　　　　北新书局，1941 年版
4. 《古文观止》校注语释　　　　广益书局，1946 年版
5. 《拟故事新编》六种：《三都赋》《还乡记》《莎乐美》《摩登伽女》《胜利之歌》《龙耦》
　　　　　　　　　　　　　　　广益书局，1947 年版
6. 《蘖楼小说集》（短篇小说三十五篇）广益书局，1948 年版
7. 通俗小说：《楚汉春秋》　　　广益书局，1950 年版
8. 通俗小说：《太平天国》　　　广益书局，1950 年版
9. 《红拂记》校注　　　　　　　人民文学出版社，1957 年版

10.《杀狗记》校注　　　　　人民文学出版社，1957年版

九、已成稿未出版的

1.《评弹艺人录》（2011年收入《谭正璧学术著作集》）

2.《螺斋曲谭》（2011年收入《谭正璧学术著作集》）

3.《阴何诗选》

4.《校点小五义全传》

5.《现代尺牍新编》

6.《新体公文程式》

7.《实用契据全书》

8.《现代柬帖汇编》

9.《最新对联集成》

10.《说唱文学文献集》

11.《庾吉甫传略》

12.《中国戏剧家小传》

13.《现代著作人名录》

14. 剧本：《相思寨》

15. 中篇小说：《假尸案》

16.《中医专科国文读本》

十、诗词与日记

1.《抒情集》（上卷旧体诗，下卷新体诗），收入《谭正璧日记》

2.《学步集》（五、七言今体诗）

3.《拈花微笑室诗稿》（古、今体诗）

4.《孤岛吟》（词集三种：《问天词》《醉白词》《独语楼词》），收入《谭正璧日记》

5.《西湖百一颂》（七绝百首）

6.《黄山百咏》（七绝百首）

7.《浙东纪行》（七绝百首）

8.《西湖扶筇行》（七绝）

9.《庐山纪游》（古、今体诗，附《巨源行》）

10.《古稀怀人集》（七绝百首）

11.《古稀忆游集》(七绝百首)
12.《夕阳衰草集》(浣溪沙百首)
13.《落花风雨词》(和南唐二主词)
14.《梅园杂咏》
15.《雯乘六卷》(1919年到1920年日记),收入《谭正璧日记》
16.《拈花微笑室日记》(1921—1924年,残存),收入《谭正璧日记》
17.《寒钉琐话》,收入《谭正璧日记》
18.《竹荫庵随笔》,收入《谭正璧日记》
19.《古今稗史捃华》
20.《古今各体文选注十六种》

附:谭正璧曾用笔名

正璧、谭雯、柽人、湘客、泪人、仲圭、仲玉、仲文、白荻、赵璧、梧群、易璧、璧厂、谭筠、赵碧、文绩、白苇、筠

三、师恩如山　无日能忘

璧　华

每当我想起自己在文学事业上有些微成绩时,谭正璧老师谆谆教诲的往事便一一浮上心头。

热情鼓励与鞭策

我是1950年秋从北京辅仁大学中文系转学到济南齐鲁大学中文系的。理由是老舍在20世纪30年代初期曾在这里任教,他的散文《一些印象》之六、之七中描绘的济南和齐鲁大学校园风光之美深深地吸引着我。来齐大前对大学师资情况我所知甚少,上课之后渐渐知道教现代文学和写作的是《中国抗战文艺史》的作者田仲济教授(系

主任），教古典文学的有文学家谭正璧教授和传记文学家朱东润教授，教现代文学的除田教授外，还有对当时文坛掌故相当熟悉的孔另境教授，教文学理论和文学批评的有活跃于20世纪30年代的文学批评家韩侍桁教授，可谓阵容鼎盛，这些知名学者在他们的研究领域均有卓越成就，对我各有着不同影响，但影响最大而长远的则是谭正璧老师。

谭老师备课十分认真，讲课内容充实，重点明确，能一层层进入问题的核心，使学生容易听懂，更重要的是，他并不要求学生死背传授的知识，而是把掌握知识的钥匙交给学生，使学生能够举一反三的运用知识，在老师教的"中国文学史"一课的学期考试中，我意外地荣获一百分，使许多同学都感到惊异，于是纷纷询问老师，老师答曰："因为他能举一反三，解答了我所没有教的。"可见老师要求学生读书不要死记硬背，而要灵活有创意。其实那时我刚上完一年大学，虽然读了几本中国文学史、文学理论以及中外一些文学名著，在老师讲完课以后，再去读一些与论题有关的著作，解答考试题时能将课外接触的资料和看法糅合到老师讲的内容中去，自己并没有什么独特的见解，不过可以使答案显得较为充实较为完整而已。对我而言，老师的这种鼓励无疑增加了我对古典文学的兴趣，并从此走上了研究古典文学的道路。可见多鼓励学生是教育学生使学生成才的好方法，这在当今来说是公认的教育原则，可是在六十年前只有少数的教师才能做到这点。来香港之后，每当我拿大学毕业文凭求职，见到文凭背面的成绩表上那一百分时，老师对我的教诲与鞭策的话语就不由得在耳际回荡。需要说明的是，1952年在山东大学毕业时，文凭背面附有成绩表，以后是否如此就不得而知了。

严谨治学精神的启迪

来香港近四十年来，我能够独立从事文学工作，在普及中国古典文学方面做出一些成绩——使更多的大、中学生了解古典文学作品，读懂它们，热爱它们，进而热爱中国文化，都是老师对我的教诲和直接帮助的结果。

1951年暑假，因院系调整，齐鲁大学中文系和历史系与青岛山东大学合并，只有医学院仍留在济南，我在山东大学中文系读了一年，1952年毕业。两校合并后，经我班同学和系主任吕荧的极力挽留，老师继续任教，遗憾的是到入冬时节，老师因宿疾支气管哮喘大发，无法上课，遵医嘱，离开海洋性气候的青岛，返南方疗养。

在老师任教的三四个月期间，我经常到他住家的半山宿舍去，除了聆听教诲外，还拜读书架上陈列的众多书籍，其中有老师早年出版的《中国女性的文学生活》（1930年出版）和《中国文学家大辞典》（1934年出版），前者三十余万字，后者百余万字。当时我经常翻阅商务印书馆出版的《辞源》，共四百多万字，编写者多达二十四人，而老师的那两本书却是一人独立完成的。不说别的，以前没有中文打字机，更没有电脑之类的工具，这一百多万字全仗一笔一画写出来的。在闲聊时，我问老师是什么力量驱使他从事这么艰辛的工作。回答是："家境贫穷，要靠版税养家；兴趣，因为对所写的内容有浓厚的兴趣，写时并不以为苦；使命感：当时以上两种工具书奇缺，读者有此需要。至于《中国女性的文学生活》一书，写这本书的动机，绝大部分是源于对中国妇女几千年来被压迫的同情。你有没有注意到，与客观叙述女性的文学生活不同，我在书中是倾注了全部感情的。"这番话对我影响至深，终生难忘。特别是后两点成为我此后学习和著述的座右铭。1987年10月，我曾在香港《良友画刊》上发表一篇《谈兴趣》的文章，其中有"只有对自己所从事的事业有兴趣，才会入迷，才会在任何情况下都不会厌倦，这样才能走上成功之路"之句，就是受老师的治学精神的启发所写下的。

别后殷切的关怀

从济南齐鲁大学到青岛山东大学，我们师生相处不到一年，但是亦师亦友的情谊却是深厚而长久。老师1951年入冬时离开山东大学返南，我亦在1952年夏大学毕业，由国家统一分配到北京工作，一南一北，关山阻隔，一别就是三十八载。我于1972年4月定居香港，来港后与老师仍鱼雁不断，获悉老师白内障严重，遂经常寄外国药厂制造的滴眼液回去，期望能对治疗有所帮助。

1990年冬，应中国作家协会的邀请，我随香港作家联会代表团赴内地访问了北京、上海、济南、西安等地。访沪时第一件事就是抽空探望已九十高龄且病中的谭老师，访问日程被排得满满的，我唯有在中午休息时间前往。阔别数十年，相对如梦寐，心中有千言万语，不知从何说起，只是互道近况。老师非常关心我的生活和学习、工作状况，那时我还在香港大学研究院攻读硕士，论文题目为《从〈聊斋志异〉看蒲松龄的妇女观》，此前我已将此事函告谭老师。老师牢记这件事，畅叙之际，他让女儿谭寻在书架上拿出几本有关蒲松龄和《聊斋志异》的书籍，以及从报刊上剪下的资料递给我，说："这几本书和资料是知道你要来沪前不断搜集的，国外买书找资料比国内困难，还需要什么，尽管写信或来电话告诉我，我可以让谭寻办这件事，她年轻，不算回事，千万不要客气。"老师对我的关心如此，使我感动不已。后来我的硕士论文得以顺利通过，并得到专家教授组成的答辩委员会的称许，老师居功至伟。现在我还经常摩挲这些书籍，感受老师留下的余温。

对我的文学事业影响最大的是老师与我合编的《庾信诗赋选》（1958年2月，上海古典文学出版社出版），和合撰的《试论李贺及其诗歌》（《人文杂志》，西安师范学院出版，1960年2月25日第一期）。

1952年老师离开山大后，老师经常关怀我的事业。记得1956年初，老师写信给我，问我有没有兴趣编一本魏晋南北朝作家的作品选，由他介绍给古典文学出版社出版，至于哪一个作家，文体由我决定。我答以毫无编选经验，不敢接受。他鼓励我说，可以由他把关，于是采用合作编选的方式。至于选哪一个作家，选哪些作品，选注的体例等，都由我先拟稿，老师改定。由于我是新手，有许多不足之处，老师都不厌其烦地修正，并做详细说明，所有改动都能切中肯綮，给我不少启发；偶有不同看法，老师也会细心倾听，商酌解决，所以在合编过程中，我学到了许多为人和治学的道理。

来香港之后，我主要从事中文教科书的编辑工作，业余给几家出版社编选一些古典文学读本供大、中学生使用，迄今为止，我出版了七本这类书籍，据说学生阅读之后，增加了学习古文的兴趣，从而提高了语文水平，这些成绩都是与当初和老师一起编注《庾信诗赋选》时得来的经验分不开的。

骈赋最使读者头疼的是一句一典故，选注者除了要讲清楚典故的来源及其内容外，还得解释明白它在句中蕴蓄的内涵。老师叮嘱道："我们现在选注古书的目的是普及中国文化，因此，注释每一词每一句都要考虑读者的接受能力，千万不要以为自己懂了，读者也一定懂，时时刻刻要设身处地为读者着想，内容务必深入浅出，把自己与作者感情碰撞的火花充分显示出来，这样的注释才不会是干巴巴的，而是生动的，有生命力的，读起来才会兴致盎然，足以提升读者的欣赏水平，认识到中国文化的美妙并热爱它。"

这些原则我不但在选注古代作品时牢牢记住，在撰写各种学术论文时也都极力遵循，不敢或忘。来香港后，我的所有著作均以璧华为笔名发表出版，为的是表示饮水思源，以及对老师永恒的怀念。

师恩如山，今后我定当更加认真做好古典文学的普及工作，不辜负老师的培养与期望。

二〇一〇年十月二日

纪馥华与谭篪（左一）留影（2013年于香港）

璧华，本名纪馥华，山东大学中国语言文学系毕业，香港大学哲学硕士。长期从事教科书编辑工作，曾任香港现代教育研究社、新亚洲出版社、文达出版社、麦克米伦出版香港有限公司中文总编辑。同时从事文学评论、中国古代文学研究工作。

著作有文艺随笔《幻美的追寻》《意境的探索》；散文集《夜半私语》；文学评论集《中国新写实主义论稿》（一、二集）、《香港文学论稿》。编纂的选集：古代的有《庾信诗赋选》（与谭正璧合编）、《李白》《李商隐》《陶渊明》《学生阅读》《中学文言读本》；现当代的则有《中国现代抒情诗一百首》《台湾抒情诗赏析》《香港小说赏析》（与舒非合编）、《鲁迅与梁实秋论战文选》、《中国新写实主义文艺作品选》（二至七编与杨零合编）。

四、忆父亲

陆寿筠（谭余）

那是1957年某月的某一天，"丁零零……，丁零零……"，上海南京西路591弄140号二楼亭子间门口的住户共用电话铃声响了，这是解放日报社打给父亲谭正璧的电话，告诉他离别十多年的儿子余通过他们要寻找生父。这正应了早年父亲在诗中所写的：

汉室轻文只重武，
内战未闻息干戈。
一朝烽火海外来，
万里关山尽焦土！
……
阿余阿余最不幸，
生逢离乱多灾情。

愧为人父吾何言，
留取他年娱晚境。
吁嗟乎！
儿啼女号俱消磨，
斗室生涯不易过！
何日云消阴霾尽，
还我河山好放歌！

（摘自《庚辰孤岛慢吟》，1940年）

  这首诗是我最近才看到的。想不到世事还真应验了生父当年的期盼。我自幼被送给了当时属江苏省管辖的青浦县乡下的陆家抚养，在那里顺利成长、上学，与养父母感情相当好。从我懂事起，养父母就告诉我，生父是一名作家，写了很多书，因此我心中很早就对生父有一种特别的感觉，并一直是那么敬仰。于是，我在苏州高级中学读书时，就贸然给上海的《解放日报》社写了一封求助信，请他们帮忙寻找生父。这对他们来说，当然是一件易如反掌的事。记得一个星期后，就收到了父亲的来信，请我去上海见面。可以想象，父亲当时的心情和那种喜悦，必定也和我一样难以言表。

  不过那时，我毕竟尚未成年，对世事还有很多懵懂，对于上面那首诗中父亲所表达的无奈、内疚之情，在当时是无法想到的。后来我知道，在我出生前的1938年，生父在经历日寇发动的侵略战争所造成的灾难中，几经颠沛流离，最后在租界上的汕头路82号租房住下，因为不愿意与虎狼为伍，处境之艰苦，非常人所能想象。而我正在这个最黑暗时期的1940年来到了世上，来到了这个生存异常艰难困苦的家中。我是在记事以后才知道，因为兄弟姐妹多，母亲又常年有病，一家八口的生活就依靠父亲埋头写稿卖稿维持，每天能喝上三餐稀粥已属不易之举，所以父亲不得已将我送人抚养。而且后来我也知道，我还有两个妹妹：一个取名凡，因为生活的极其艰难，来到世上没有几个月就夭折了。另一个取名婴，为了她的生存也不得不忍痛送了人，据了解已随养父母去了台湾；在我与生父重聚后，生父又曾竭力设法多方寻找，努力多年未能如愿，这亦成为生父以及兄弟姐妹的一大憾事。可想而知，当时父亲心中的痛苦该有多么深重。相比之下，我应该还算是幸运的。

在送人抚养时，曾经有过一段曲折。我先是被送给黄渡镇上一对开膏药店的年轻夫妇抚养，但不久他们有了自己的孩子，就将我弃之一旁而全然不顾，令我当时还很脆弱的幼小生命奄奄一息，几乎夭折，幸亏外祖母来访及早发现后将我抱回家，又请我表舅、也是当地的名中医蒋梅春开了一帖药，才捡回了一条小命。照理说，领子得子，我应算得上是他们的福星，即使不想继续抚养我，也不能做出这种不道德的行为……最终在虚岁五岁时，我来到善良、温暖的陆惠侬夫妇家。在那里，我在他们如同亲生父母一样的爱护关怀中得以健康、快乐地成长。虽然养父母以农为生，生活很不宽裕，但他们始终毫不犹豫地支持我求学的愿望，含辛茹苦地供养我直至大学毕业。解放后虽然能得到政府助学政策的部分资助，然而我清楚地知道，我的求学之路对他们仍是一件负担极其沉重而不易的事。

其实陆家离我生母蒋慧频娘家所在的蒋家巷只相隔三四里路，而且本是蒋家某一代女祖宗的娘家——说来话长：原来在太平天国时期，陆家一位开办私塾的祖上，在战乱中将自己女儿的终身托付给了他的一名姓蒋的学生。因此我的血管里也流着陆家的血。由于蒋家与陆家本是远亲，所以早在我出生之前，我的生身父母与养父母所属的陆姓家族就有过非同寻常的交往。如有一次，生父母为了躲避战乱、保护藏书，曾从上海带着所有书籍来到"陆家圩"村，在陆府上住了十多天；后来陆家的人为了保护这些书不致毁于延烧的战火，还特地在农地里挖了深坑，埋了一段日子。也由此可见，在那个兵荒马乱的年代做一点学问是多么不容易啊，真所谓"中国之大，容不下一张书桌！"

虽然我是养父母唯一的儿子，然而这一点，以及以上所述的远亲关系，都不是他们善待我的根本原因，最根本的是他们善良的本性，也可以说是我碰上了好运气。他们的善良还表现在从不对我隐瞒生身父母的实情，上面这些关于生父的事情就是他们很早就亲口告诉我的。后来他们对于我寻找生父，以及后来与生父一家的来往表现出充分的理解和信任。多年以后，我养父还在来上海探访我的小家时，顺便去过南京西路591弄140号与生父见过面。两位老人高兴地叙谈了好久，彼此感到深深的欣慰。

虽然我与生父有那么多年不在一起，但深深的父爱是永远不会磨灭的。现在能记得的最早印象是：大概在刚去陆家以后不久，养父或养母带我去黄渡镇上当时生父的居处看望。其他情境已记不清了，只记得父亲给了我很多小人书，有的指导如何做纸工，有的讲趣味小故事。

记得其中一本手工书，纸张较厚实，里面印了各种各样的彩色图案：树木、花草、房子、栏杆、人像、动物……可以一个个剪下，然后再按指示粘贴到指定的位置，就成了立体微缩景观。

其他书中有两个小故事我至今不忘，我还曾讲给我的小孙子听过。其中一个说，有一过路人看到旁边高墙的上方贴着一张告示，但看不清上面写着什么字；恰巧告示下搁着一架长梯，于是他就兴冲冲爬上梯子，看清了告示上四个大字："油漆未干"——可是已经太迟了：他俯首一看自己的身上，已是满身油漆……

另一个故事说：有一小孩看到大人在一个信封上贴了很多邮票，他就问大人为什么贴那么多的邮票；大人说，因为信很重，所以要多贴邮票；小孩又问："多贴邮票以后，不是更重了吗？"……

生父对我的思念和关怀是始终如一的，但为了让养父母安心（这是后来他亲口对我说的），他不得不强抑自己思念之情，知道我生活得很好，就忍耐着不主动来找我。与生父重逢后不久，我就考上了复旦大学。为此，生父当然十分高兴，并为我买了雨伞、套鞋等生活用品，给我以关怀和鼓励。我知道我的兄弟姐妹中，除了大哥因参加过革命工作，作为工农干部读过大学，其他几个兄弟都只读到中专就参加工作了。可见父亲的家境并不十分宽裕，也因此他对我能读上大学，当然更增添了几分喜悦之情。

除了物质上的关怀，父亲留给我的财富更多的是精神上的。我自幼懂得求学上进，显然是生父的形象通过养父母之口对我的感染熏陶，而我养父母祖上也都是书香门第，所以他们对我生父的敬重也就油然而生了。随着年龄与学业的增长，我的人生目标也越来越明确，其中生父对我的影响更是悄然而生。我在高中时，数学成绩特别好，同学们都以为我毕业后必然报考高校数学系，我也确实有过这样的想法，后来却改变意愿，决心报考文科，一方面是感念新社会给农村带来的新气象、新生活，让我这样一个乡下的穷孩子能顺利地读上高中，因此决心将来用笔来歌颂新社会这个动力以外，另一方面父亲作为一名作家的榜样作用也是非常巨大的。当时除了参加学校的数学比赛，我还以歌颂农村合作化运动的短篇小说得到过学校文艺创作比赛三等奖。毕业的时候，本来是要报考复旦大学中文系的，但是那一年复旦中文系、新闻系都不在江苏省招生，于是只得"退而"报考了复旦外文系英文专业（现在看来，这也许恰恰是一种更好的选择，因为多了一个学习又一种语言工具的机会）。记得当时高考的作文题目是《我的母亲》，我以真挚的激情、以养母为主题写了一篇自己感到酣畅淋漓的作文。进了复旦以后，父亲的勤奋精神始终鼓舞着我，在很长一段时间内，我每天坚持写日记，锻炼自己的思想和笔力……

可惜的是，当我与生父重逢时，生母已不在人世。我没能见到生身母亲一面，这是我终身的遗憾。但接着得知，母亲与父亲曾经是那样地伉俪情深、并肩写作，尤其在20世纪30年代就共同编纂了《中国文学家大辞典》，更是深深地感动了我，给我留下了不可磨灭的印象。后来在国外学习时，每当我走进当地城市或高校的图书馆，都能看到厚厚的《中国文学家大辞典》显眼地陈列在书架上，还查到美国国会图书馆藏有十多种父亲关于中国文学的著作。我为有这样的父母而感到骄傲；并且暗下决心，虽然我的能力非常有限，但也要像他们那样勤于学习，精心耕耘，将自己所学回馈社会。尤其要像他们那样，决不为了计较物质生活而放弃对精神、对学术的追求。关于这一点，自从我看到了父亲的居处和生活环境以后，印象尤其难忘。

当年我虽然不知道一位有名望的作家、学问家该有什么样的生活条件、住什么样的房子，但是父亲在上海南京西路的居住条件仍然令我感到十分意外，不是因为其宽敞舒适，恰恰相反，而是因为其格外窄小局促，与我未看到以前所想象的简直是天差地别，更与父亲对社会的贡献及工作需要太不相称了，甚至令我感到有些不可思议。自我第一次重见父亲直到他1991年过世，我看到的一直是两间小小的斗室。其中一间起初作为几个兄弟的卧室，后来一个兄弟结婚搬出，又作为另一个兄弟成家的新房。另一间就作为父亲，以及常年在生活和工作上辅助他的姐姐的卧室兼书房、吃饭间、会客室。父亲著作等身，为了工作和研究，自然需要有不少藏书，而他为了所追求的事业又是不惜重金地搜书，一个个高至屋顶的书架又占去两间斗室的大部分空间，因此几乎没有回旋转身之余地。我至今仍清楚记得，兄弟成家后，所有书架都只得搬到父亲那个"多功能"房间，因此原有的两张床不得不改成一上一下的叠叠床；而那些书架都同时作为隔离不同功能区的"屏风"了。父亲就是在这样艰苦的条件下，刻苦研读，著书立说，为了继承和发扬中华民族的优秀文化而努力不懈地奋斗了终生。

父亲的居住条件一方面让我很不理解，感到这不是盼到了"云消阴霾尽，还我河山好放歌"以后应有的情况；另一方面更让我对父亲肃然起敬，不由得想起了鲁迅先生说的一句话："我好像一只牛，吃的是草，挤出的是牛奶。"今天的一代是多么需要继承和发扬这样的精神啊！

我相信，曾经有过这种精神的奋斗者还有很多。现在这样的人似乎不多了，但其精神是永远不会过时的，而且一定会代代相传，总有一天会更加发扬光大，光耀社会。父亲和母亲永远活在我们的心中。

五、我们和父亲的故事

谭　壎　谭　箎

黎明将近降浊尘，骨肉孪生免分离。齐鲁年稚星点忆，沪上定居学海驰。家父操觚艰辛多，书香满室真金视。斗霜傲雪赞红梅，醉心学问勤煮字。

诞生迎接新社会

1947年3月12日凌晨约5点多，在上海市郊黄渡镇东江桥的淞水畔一间普通的二层瓦房里，先后传出两次"呱呱"的啼哭声，一对孪生兄弟在战乱中降临了——那就是我们——壎和箎。一时在镇上亦曾称作奇事，有人传为"一个红脸，一个黄脸，乃是关公、刘备投胎"。

当年正值抗战胜利不久，父亲为了躲避国民党特务的迫害，被迫带着全家从上海迁居到故乡匿居。父亲为我们所取的名字"壎"和"箎"，本意是指古代的两种乐器。《诗经·小雅》有："伯氏吹壎，仲氏吹箎"句。这两种乐器分别以土与竹制成，形态虽各异，但因发音原理相同，两者在一起演奏更可获得音色和谐的效果，因而壎箎与伯仲同样比喻为兄弟和睦。

当时母亲已患病多年，当然无法亲自喂养我们，幸好那时家境比起抗战时期稍有好转。又因为意外的是双胞胎，才更不忍心地如以前的一个姐姐和一个哥哥那样送给别人家抚养，而侥幸地留在家中。不久，中华人民共和国成立，又免除了或病或饿至死的人生灾难。

学习求真知

1951年，父亲受邀来到胶东半岛，先后在青岛齐鲁大学、济南山东大学任教。尚在幼年时期的我们对那段经历已只有模糊的记忆，印象比较深刻的如：当时的一处住所有一个地下室，那是我们曾经嬉戏的地方。还有的就是寒暑间的两个回忆，其一是趴在窗口上看那空中漫天飞舞的茫茫大雪，道路上到处都是白皑皑的一片，眼前分外亮丽；其二是大热天里用一个口袋装上西瓜浸泡在水井里，到时吃上一口，远比现在从冰箱里拿出来的还要沁人心脾。

1953年从昆山到上海定居后，我们就读于弄堂内的南京西路第一小学（原名：清心小学），父亲则仍然专心于他所热爱的文学事业。

对于我们的学习成绩，父亲并无很高的要求，但每天回家第一件事就是必须把作业做好，然后才能游玩。我们在小学中学时的学习成绩大致就在中等水平，但凡是每拿到一个满分（那时的学习是采用苏联的五分制评分）都有所奖励，记得可以拿到几毛钱，或可以拿到一件自己喜欢的小东西，如一个漂亮的药品包装盒之类的（父亲体弱多病，常年服药，有不少此类玩意儿，让我们小孩子十分眼红）。

我们刚踏入中学时，父亲和我们在家里玩了一个小游戏：给我们一张小字条，上面写了藏东西的地点，如"在大橱顶上"，在那里可以拿到另一张字条，"在某个抽屉"……，就这样周而复始，先后找了十几处。哈！我们各拿到了一支钢笔——这是父亲给我们的礼物——希望我们好好学习的心愿尽在不言之中，一支是绿色的，一支是蓝色的。本来父亲写作时用的笔——关勒铭金笔就非常珍贵，平时还舍不得用，经常拿蘸水钢笔写作，我们心中早就百般羡慕，现在有了自己的钢笔，那就甭提有多高兴了。还有一件更珍贵的礼物——每人一本商务印书馆出版的《四角号码新词典》，并教会我们背诵和使用口诀"横一竖二三点捺……"至今我们对这本词典仍然情有独钟、爱不释手，经常从中汲取着无穷的知识和智慧，当年那本《四角号码新词典》已被我们翻烂了，如今已是第二、第三本了。可惜的是当年我们还不了解父亲童年时代艰辛求知的坎坷经历，更不知道辞典曾与他一生事业有着密不可分的关联，这些都是我们成年以后才逐渐领悟到的。《四角号码新词典》也已和父亲当年依靠的《康熙字典》自学并苦读三冬一样，成了我们生活中不可或缺的一部分。

记得有关文章中曾提到，无论在多么艰苦的战争环境下，毛主席的行李中始终少不了厚厚两大本的《辞海》，而且每到一处，都要拿出来放在他的案头。由此可见，词（辞）典对于追求知识和进步的人来说，都是人生行进途中不可缺少的老师呀！

1957年，毛泽东会见《辞海》主编之一舒新城时说："《辞海》我从二十年前便用到现在，在陕北打仗时也带着，后来丢下埋藏起来，以后就找不到了。现在这部书太老了，比较旧，希望修订一下。"

游戏增欢乐

我们小时候根本还没有电视机,早年家中有一台其貌不扬的收音机,已属稀罕之物了。尽管与现在根本无法相比,但也同样比平时要热闹几分。

最尽兴的当数过年了。吃过年夜饭,父亲、姐姐就和我们一起做游戏,每人分到十至廿颗糖果,用扔骰子比大小,论输赢、交糖果,或是弹硬圆豆比输赢,就这样边玩边守岁,难得四个人一起快快乐乐这样玩上几个小时,直到午夜钟声响起迎来新的一年时才上床休息。

欢度中秋时,父亲把月饼盒上的嫦娥奔月图剪下来,安插在一个大花盆中,又点上一炷清香,这就成了一个现在称之为二维或三维立体的月宫——广寒楼。

端午节也另有一番情趣,父亲和姐姐会用软纸板或用过的明信片折成粽子,包上香烟合里拆出来的锡纸,再用五彩丝线缠绕,由大到小连成一串,漂亮极了,我们在一边情不自禁地也动起手来,学着做这粽子。此情此景至今还历历在目。

把纸板卷成圆筒,将玻璃涂上墨汁,然后做成万花筒;将小小玻璃板用布条巧妙连接,又用糖果玻璃纸折成花朵粘贴到玻璃板上,做成了翻花板;用竹签和半透明纸做成会转动的走马灯……当我们学校开联欢会前,用红墨水染红的旧汗衫做成太平军的帽子;用硬纸板做海军的大盖帽,当蒙上雪白的旧汗布、再围上一道深色的帽圈和缝上两根深色的飘带;两件破旧的衣服在父亲和姐姐的手中转眼变成了英雄的行头。我们戴上这两顶帽子,还真像模像样呢,既钦佩又自傲。

这些成果都是父亲用他灵巧的双手和一片爱子之心为我们而做的,它们永远铭记在我们的脑海中。

读书中成长

家中虽然有许多的书,可是父亲从来不强求我们一定要读什么书,而那时的我们还没有强烈的求知欲。最先让我们感兴趣的名著有成套的《水浒》《三国》《聊斋》《红楼》《西游》等，我们都是先从连环画中得到一知半解的内容。也有不少外国的作品，如《渔夫和金鱼的故事》《小红帽》等。最喜欢看的是早期的电影动画片《小猫钓鱼》《骄傲的将军》……小时候看得较多的是童话、民间故事，成套的就有：《安徒生童话》《格林童话》《非洲民间故事》等，中国民间故事更是数不胜数。以后又看了近百种中国人民文艺丛书，其中不乏《暴风骤雨》《小二黑结婚》等名著，这些书是父亲为了编写《基本语法》《修辞新例》等取材而特地添置的；还有苏联的现实小说：《卓娅和舒拉的故事》《古丽雅的道路》《为祖国服务》《普通一兵》《青年近卫军》《钢铁是怎样炼成的》等；还有后来陆续出版的新著《红日》《红旗谱》《林海雪原》《红岩》《青春之歌》《三家巷》等。而古典小说，在当年首先让我们感兴趣的有《说唐》《英烈传》《隋唐演义》《封神演义》等，王少堂的评话《武松》、张恨水的《啼笑因缘》也以一睹为快。至于全部的四大名著以及巴金的《家》《春》《秋》等都是以后才看的。

父亲还经常会带我们去附近的美术馆参观画展；到剧场看戏剧，如话剧《马兰花》《白雪公主》《列宁在十月》，湖南花鼓戏《刘海戏金蟾》，绍剧《孙悟空三打白骨精》，舞剧《小刀会》等，更多的当然是电影；也常去公园散步划船，到杭州苏州游山玩水……

如今回忆起这一切，父亲不都正是以耳濡目染的方式在培养教育我们吗？其中不乏良苦用心。如今我们"忆得童时不解愁"，却悔之莫及，不由感慨万分！

万卷谱人生

说到书——特别是买书，父亲可谓一掷千金，从不吝惜。他是福州路"古籍书店"的常客，天长日久，店里的营业员林志泉先生就成了他的知音与帮手，店中有收进的孤本小说、唱本等，他都会保留在侧，等待父亲去选择；也有父亲事先关照留意发现的，一旦有所收获,两人都会无比欣喜。我们也经常跟着父亲一起去逛书店,久而久之,也增长了一些有关的知识,如:木刻本就是在木板上刻字,然后刷上油墨印制,因此比较粗糙,而且木板极易损坏,印到后来有的就会有缺损模糊之处,所以数量较少。石印本即在石板上刻字印制,而石板坚硬不易损坏,所以书都很清晰整洁,数量能较多。

为了研究需要,父亲往往还发信到各地的出版社或去书店购书,真是嗜书如癖,其中的快乐非常人所能体会,"佳景因时从不虚,春风杨柳夏芙蕖。中秋月色隆冬雪,误尽芳年是蠹鱼!"(摘自1972年《怜女十章》)而我们也是直至父亲暮年后才慢慢地悟出其中的滋味来。

家中的藏书可以媲美一个不小的图书馆,世界名著收罗无遗,应有尽有——巴尔扎克、左拉、托尔斯泰、狄更斯、莎士比亚、陀斯泰耶夫斯基、泰戈尔……;我国的古典文学作品自不必说,近代的、现代的、整部的记得就有《鲁迅全集》《巴金文集》《茅盾文集》《郑振铎文集》《叶圣陶文集》……。单行本更不知有多少,可惜当年我们不谙此道,只啃了少得可怜的几本。

如今当我们退休下来,不用再为生活奔波和忙碌,而想好好地多读些书时,却已过花甲之年了,眼力、精力已是大不如前。如今悔之莫及,不觉感慨万分!

父亲由于自己的艰难曲折经历,所以不寄希望于子女继承他的事业。尤其是在"左"的思潮影响下,唯有能成为工人阶级才是最好的选择,况且当年我们在这方面尚未开窍,兴趣爱好也不见得在于此中。因此初中毕业后,父亲为我们选择了上海纺织工业学校。这出于两方面的考虑,一方面是父亲当时已年逾六旬,况且又多病,加之他的父亲和兄长都是英年早逝,所以他自以为年过六十已属不易,能让我们早点踏上社会自食其力,可免不测和牵挂,尽管当年我们的班主任也曾建议父亲,让我们继续上高中深造;另一方面,父亲认为我们体质较弱,不适宜干较重的活,所以为我们选择了他认为相对轻松的纺织专业,其实是"轻工不轻,重工不重"。我们入学较早年龄偏小,一直是同学中年龄最小的两个,这就是人生诸多不可测的因素和那个年代的种种影响所铺就的。或许这正应了"人生不可求"和"天命不可违"的老话吧！

当年我们曾经为父亲所做过的，就是帮他誊抄过一些资料和稿件而已。

藏书探亲人

20世纪五六十年代间，每逢暑假中，父亲都会带上姐姐和我们乘火车去安亭，因为他去山东任教前把多年来购置的许多藏书及手稿保存在那里。开始到安亭去只能坐火车，下了车还要走上好几里地——绕过农田，沿着小河，跨过严泗桥，往东再走一段路就来到了梅生哥哥的家，这里也是我们母亲去世前曾经居住了将近两年的地方。这对于居住在大城市上海的我们来说当然是一件十分愉快的事了。

梅生哥哥是雪英的儿子，而雪英是父亲的外祖父当年在族中立嗣的孙子，那他就应是我们的舅表兄。但父亲自襁褓中就失去生身母亲，并由外祖母一手抚养成长，所以从小就跟随外祖父姓，我们也就改以堂兄弟相称。

每次中午都能吃上刚从后院菜园里采摘下来的毛豆青菜等，以及特地为我们的到来宰杀的兔肉等真正新鲜的菜肴，还有美味的螺蛳。我们那时还不知如何下口，现在想来真觉得十分可惜。

几乎每次我们大多会住上一晚，房子的屋梁和柱子用的都是粗壮的毛竹，青砖铺地，青瓦盖顶，这些在当年的农村已是相当不错的居所了。

白天，又必定去拜访几家亲戚，记得有金宝姐姐（小名），她是梅生哥哥的姨表姐妹，姐夫是老师，家中有一个女儿和一个儿子。她的家在严泗桥北边，有一个大院子，院中正晒着用西瓜皮或黄瓜等做的酱瓜，大人们在那里聊天。她的儿子吴世健在读高中或是大学，正值暑假里，他常带我们到农田中去玩耍，那时才十来岁的我们，兴致说多高就有多高。那一片片的麦田随风泛起绿浪，那篱笆墙上盛开着各种美丽的花朵,大自然的美景让我们目不暇接。奔跑在烈日下,虽然已是满头大汗,我们却还兴致勃勃地捉了纺织娘、金布娘、蚂蚱、蜻蜓等昆虫带回来,……

四哥哥叫云祥,是梅生哥哥的堂房兄弟,他们哥俩常年相邻为伴,家里不仅养着一条狗,还养了一群蜜蜂,记得曾把采集的蜂蜜送给了我们。四哥哥以铜匠为生,虽然长的瘦小,但是筋骨很好。心灵手巧的他有一把好功夫,儿子也继承了他的手艺。

年迈的紫莱伯伯,他与我们谭家是前几辈的姻亲,那时他已双目失明,所以每当我们去看他时,他更是格外高兴。住在桥头的李歧堂医师,也是父亲多年的好友……这些亲朋好友见到我们个个热情相待,让我们终生难忘。父亲还带我们去过震川书院旧址,五十多年前的那里显得荒凉破落,但父亲对这个地方始终有着难以忘怀的情结。他曾写下了《介绍归震川》(原载1937年《读书青年》)、《记抒情文大家归震川》(原载1947年《申报》《自由谈》)、《菩提寺》(1962年《采风报》)、《投钥泉》(1980年《采风》)等多篇文章,文中无不抒发了他对归震川先生的崇敬之情。

父亲来这里还有一件更重要的事——那就是到寄存藏书的那幢楼房去,那是父亲生命中不可或缺的宝藏。书存放在二楼,窗户都是用纸糊的,平时没有人居住。父亲和姐姐在那里打扫完尘土,然后全神贯注地整理书籍和稿件;我们则坐在"书城"中找"小人书"看。因为年代较长,平时又一直关着门窗,时不时地能看到从纸堆中爬出"吃书"的小蠹虫。时间过得好快啊!父亲和姐姐把整理出来的书稿捆成几大捆,背上这些书往回走上几里地,仍旧乘火车回到上海。就这样在几年中陆陆续续去了一次又一次,直到把所有的藏书全部带回上海的"螺斋"之中。往后几年通了汽车,走到镇上就近得多了。

山河寄衷情

父亲生前无限热爱祖国的大好河山,对太湖、苏州、杭州更是情有独钟,他曾立志要遍游全国,十年"文革"却使他的愿望一再受挫。

在他古稀之年后所作一系列诗句中就有充分的表达:"春去秋来忙不休,韶华似水尽东流。生平一事深堪悔,未作名山十载游。"(约1972年:《自悔》)"伏骥犹作长途梦,游子未泯寸草心。策杖倚门遥寄语,老夫颇思滇南行。"(1974年:《秋兴八章》)"垂老登临兴不休,方知孤负少年游。黄山云水常存梦,怅望峨眉无限愁!"(1970年:《古稀忆游集》之《引诗》)

我们童年时,也曾多次跟随父亲和姐姐,到苏锡杭等地去旅游观光,渐渐地领略了"上有天堂,下有苏杭"的情怀。

苏州灵岩山上除有灵岩寺、灵岩塔,更有吴王夫差与西施居住过的馆娃宫遗址;虎丘有生公石、剑池和苏州的标志——虎丘塔;天平山下有范仲淹的祠堂……苏州的狮子林、拙政园、留园、西园等闻名中外的园林中几乎每处都留下了我们的足迹。无锡的梅园、锡山惠山,太湖边的蠡园、鼋头渚也都是必到之地。

杭州西湖边除了有孤山赏梅、断桥残雪、花港观鱼、柳浪闻莺、三潭印月等名胜古迹外,亦有岳坟、灵隐寺、秋瑾墓,苏小小墓等,还有龙井,虎跑,六和塔,南、北两高峰,上、中、下三天竺,五云山,玉皇山,石屋洞,紫云洞,钱塘江大桥,九溪十八涧……都是父亲和我们到过的地方。其中有些景点是游人不太熟悉和不常去的。

曾经有一个大热天的晚上,我们在杭州的小饭馆里,边喝着雪白的大米粥,边伴着有竹笋和莴笋组成的凉拌双笋,那种惬意的感觉至今令人回味无穷!还有一次,在西湖边的茶室喝茶,父亲突然兴致盎然地要我们跟着学作诗,由他起句"一枝杨柳夹枝桃",接着要我们轮流接下句,只是我们当年从不曾有过做诗的尝试,紧张地连半个字都吐不出口,只有姐姐还能和上一句,给了父亲些许安慰。大约直到了中年,我们竟然突发灵感,也爱上了长短句,不论他人如何评价,自我欣赏地开始学起写诗填词,到如今已是一发不可收,经常有感而发,可惜已不能和父亲一起唱和了,回想起当年让人不胜唏嘘!

父亲为什么如此钟情于游山玩水呢？这只有身入其中才能知其所以。一来是父亲深知历代许多文学大家之所以能有一篇篇流芳百世的不朽作品，其灵感完全来源于大自然的无穷变幻，即来自每个人的亲身阅历。"佳句每从无意得，一朝失去永难寻。殷殷牢嘱女儿记，专赖诗囊不足珍。"（1965年：《怅惘》）二来是父亲饱经半个世纪战争年代的沧桑及政治风云的磨炼，辛劳一生，体弱多病，适时地游山玩水，也是一种调剂和锻炼，既能及时恢复终日伏案的疲劳，又能借此缓解心、增强体魄，从而可以更加精神抖擞地投入到自己终身为之奋斗的文学事业中去。

我们都目睹了父亲工作时的全神贯注和对学问的一丝不苟。他早年患有高度近视，晚年又有白内障，写作时更是格外艰辛，可是一旦投入到事业中去，他就全然不顾其他，除非被病魔缠得实在无法继续握笔了。父亲出乎他本人意料地活到了九十岁，在一片白茫茫的天地中驾鹤九霄，他的灵柩就安放在苏州太湖边的西华塔上。

奋笔颂红梅

本文结束前，还不得不记下另一件很值得回味的事：

大约是20世纪70年代某个热天，我们的一把团扇的扇面坏了，于是就自己用白纸重糊了一个扇面，并在其中的一面画上了所喜爱的红梅，父亲看到后一时兴起，提笔奋书，在另一面写下了毛主席的著名词句："风雨送春归，飞雪迎春到。已是悬崖百丈冰，犹有花枝俏。"虽然当时他的眼睛观物已十分模糊，可是我们仍惊奇地发现父亲的毛笔字竟写得那么苍劲有力而充满神韵，真让人羡慕不已！

这可以说是他唯一能留下的一幅书法作品，可惜我们没有能把这把团扇保存下来，只留下了一个永远无法挽回的遗憾！

父亲一生喜爱梅花，写下了不少赞颂梅的诗篇，这次发生在我们意料之外的事，也许就是出于这个原因吧！那就让我们以父亲的一首《咏梅》诗作为本文的结尾吧：

诗人总是惜婵娟，十梦梅花九不圆。

独有西湖林处士，一生常傍玉华眠。

六、《邂逅》自序

谭正璧

  这样一本没有价值的著作，居然有了出版的机会，这当然是我所欢喜的事情。

  我也决不学那些名不副实的文学家，彼此交替地在彼此的著作上做几篇"吹法螺"的序言，互相夸耀，互相蒙骗，由此在社会上取得文学家的名誉和地位。在我这篇叙言中，只是叙述些我从事文学之经过，和对于文学的意见及关于本书内容的来历，等等；以免去读者无谓之猜疑与误解，而了解作者的思想和艺术所以如此的缘故。

  三年前，我的《芭蕉底心》发表之后，因为我自序的末段，有这样几句话——"就本书中的事实，一半可以看出作者所处的环境，一半可以看出作者所具的思想，这是不容违的，烦读者自己去意会吧！"——所以朋友们便猜疑书中女主人是谁是谁，当然的，男主人公自然以为是我自己了。这种可笑的猜疑，竟有指实女主人为我预定的未来的伴侣，而加以种种嘲笑的；但是我要"正襟危坐"地告诉他，当我著那本书时，还在一九一九年（原稿还在，可以做证物），她和我还没有相识，甚至我不知世间有她，她也不知世间有我；再者，她至今活泼泼地，而我也不曾以身殉难；况且谁都希望将来有那美满愉快的生活，而我又安能独居例外？我那自序的末段，不过用以表明我当时处境的萧瑟和思想的灰颓罢了，并不包含什么重大的意义。而且硬指一书中之主人翁为谁，已久为多数学者所嗤笑，再如此，正是可笑亦复可怜了。

  我自己觉得十分可笑，当我童年时，我还不知世间有文学这种东西的时候，只是看了几本在社会中最盛行的小说之后，我便想著作。这当然是失败的，因为孙行者是石头中生出来的，我便做出树中生出一个怪物的神话，语句都抄了《西游记》，不过将人名和出世方法换去罢了。自己看了太不像样，不久便将装订时十分高兴的那稿本撕毁，而且又愤恨自己为什么作不出比这个较好的。但是我至今还很自慰，当时没有人阻止我鉴赏（其实只是胡看）那些讲述儿女英雄的小说，便促成了我现在的，且决定了我将来的命运。这事在我生命历程上有重大的意义，待吾在将著的自叙传中再述。

我的认识文学，是邂逅的，是没有人指导我的，当我从不幸的命运中挣扎出来，而决定了专门从事学问的时候，我已知道了著作家的荣耀和尊贵，而且了解环境与时代有促成著作家的原因。所以我很自负，我所处的环境和时代，也有使我成为著作家的可能。

很不幸，除了小说外，什么好的文学我都没有眼福，只是"之乎者也"诵读，和学做那机械式的方程式的文章。在那里，如何能唤启我的灵钥，开导我的智藏，以发挥我的天才呢？然而在那时，能这样已很满足了，而且奢望还没有引诱我到别的新生的大路上。

我要谢谢那当时被认为"洪水猛兽"的五四运动，开启了全国青年的知识的欲闸，而且使青年们认识了真实的宇宙与人生，知道向着已决定了的方向进行，创造出一种从未有过的灿烂的光明。我也在那时始知有宇宙与人生，而且使我决定了向文学的工作上开始努力，做我一生的事业和担负。

我的初期作品，是由文言而改为白话，且不脱旧派文学的滥调，没有在这里提述的价值；现在只从我从事于真的文学的时候说起，以迄于现在。

自一九一五年至一九一八年，这四年中，我在没人指导之下，看了不少的种类复杂的书籍，因此做了几本不成模样的笔记，只向陈旧的因袭的读书方法上进行，而且因为没人指导的缘故，往往事倍功半。但我那时最感谢那本《涵芬楼文谈》，他指导了我不少的读书方法，而且使我知道世间——那时所谓世间，自然只指中国——有些什么书籍，我得以照他方法做去，辗转得了无限的国故知识。虽然那本书在现在没有多大价值，但我永远不忘他指导之功，我要永远地将他珍藏着。

我与文学的相识，在五四运动后一年，那时的求知欲，好似深山的饿虎，一见生物，以一搏为快，不暇拣择。在学校中教师指导之下，于是我方知世间有所谓"哲学""科学""文学"等种种学问，而且我那时的贪心实在是太狠了，什么学问都想研究到精通。然而究竟因性之接近，而热心于哲学和文学，而尤其嗜好的是文学。我所以不能不永远永远感谢吾师朱匋广和严佩松两先生。

自一九一九年至一九二一年，这二年中，我很努力于文学的创作，然而完全是失败的，没有一篇创作能使我自己满意。虽然模仿的旧式诗和词成绩还好，然而这并不是我所希望。但是这三年中，国中创作或翻译的新文艺的产生，好似雨后新萌的小草，随地怒放而又繁殖，使我得以徜徉在文艺之园里。我最喜冰心女士和泰戈尔的著作，所以在自己创作时，无意中每搀入他们的那种意绪和格调，似近于模仿，这或许也是我失败的原因。创作虽然失败了，然而在空洞无物的我的脑海中，因此增进了许多文学的知识和材料，使我得以更进一步走入稍成功的大道，而有文艺的涵养，这都是当时诸位先驱的新文学家所赐。

一九二二年，是我最勤于研究文学和创作的一年，这一年中，赏鉴了很多的本国及世界文学著作，而尤增进了中国文学史的知识，得以认识了中国历代文学的真面目。创作的诗歌和小说，在报纸上和杂志上曾发表了好几十次，而且由我的好友水君康民的督促，承慧频不辞烦劳的替我抄集，曾编成一本《人生底悲哀》。而且曾有数篇，被编入《小说年鉴》及用作学校课本的《短篇创作选》中，尤其增添了我的兴致和热忱。

在一九二三年出版的那本《芭蕉底心》，是一九一九年的作品，在自序中，可以看出我当时的文学见解（这见解我至今未改，不过比较的更精邃而更有根据些）。不过那本著作是失败的，不但对于文学是什么还没有弄清楚，而且书中思想十分卑下，而无存在的价值。但我不能不谢老友朱君枕薪，因为这书的出版，完全承他不少的帮助，且因此又掀起了我无限创作之野心，以弥补吾希望之不足。我由此始决定立足于文学的界线上，努力地向创造的文学的花园里进行。

这年中，曾由同志许君从龙的劝助，加入某文艺团体，为其出版物作了好几篇短篇小说，和一篇至今尚未完稿的长篇小说。这年上半年的创作，与吾当时的环境却大有关系；不过因为要成为较好的创作起见，书中主人翁的性格和事实，并不完全是我自己的性格和事实。所以无论如何，决不能说，书中某人就是某人，某事就是某事。正和考究《红楼梦》一样，要单从文学的伎俩上去批判，而且要了解作者的身世和性情，知其所以有如此的创作的原因，不必去考证书中某人某事为影射某人某事，徒然费力而不满人意，我所以不惮呶呶地重复讲这类的话，也因读者每有"杯弓市虎"的那种笨举动，不但有时要使旧派的顽固者加以无谓之谴责，而且有时会摇动作者社会中的名誉和地位。

本书的第三部分《邂逅》和《异乡》二篇是由《人生底悲哀》中撷出以编入外，其余都是一九二三年下半年的著作，此外尚有长篇小说《故乡》——又名《村居杂记》——一种，和童话若干。至今未便发表的那本《往事》和小诗集《微风》，却是这年上半年在上海大学时沉闷中的呻吟。《往事》几乎完全是写实，而是我自叙传的一部分，所以不便发表的缘故也为如此（注：可惜的是此稿现已遗失）。下半年的创作，却与前此截然不同，完全由主观的叙述，改为客观的描写，虽然不能算成功，但可以算是进步。由此以后，我又另循一种新方向进行。

所以在一九二四年春间，著了一本《黑夜之梦》，自己以为是很成功的，因为那时正读了屠格涅甫的《前夜》和《父与子》一类名著，所以作风未免仿效而不合读者心理，然而我敢自负，书中的个性和事实却完全是中国的，决没有搀入一丝俄国气。不幸，这书在哈尔滨某报发表后，因没有底稿，至今连自己也未得重读，现在正在设法寻觅该报，但不知这个希望能成为事实否？

《燕语》就是过去的梦的回忆了。自一九二三年的秋季至一九二四年的春暮，我在上海任事，一切都遂意而另辟一种新境。夏初，至南翔李宅，于是在静默中，不由不重忆旧梦了。《燕语》的创作，又回复了主观的描写，而体裁却成了一本美丽的小品文。读者大概要猜想这本书一定在"几静窗明"间写的，否则一定在一处"鸟语花媚"的地方；但是可猜差了，本书实在是写于孩子读书声嘈沓而又黑暗且不能窥见外面一切境界的教室里！

自《芭蕉底心》出世和后，就计划出版《人生底悲哀》，一次已交给某书局发行，后因该书局调换经理而将原稿退回。在《燕语》完成后，又拟将前书出版，已向印刷所交涉妥定了，霹雳一声，江浙战事起，我那时恍惚似失林之鸟。避在上海，家中一切都毁灭，尤痛心于累年心血所积成的大宗书籍；谁能于这样痛苦中还有心绪去计划出版什么呢？

战事完毕，即将出版《人生底悲哀》的计划打消，而改印一九二四年春天编的《中国文学史大纲》。这书之作，全由枕薪君所促成，本拟由新中国丛书社发行，后因社事失败，就至搁起。一九二五年的上半年，就专力于出版是书，又因受了"五卅"影响，工人罢工，不及在秋季开学前出版，以致失去了为学校采作教本的机会，至今还觉慊然。而且又上了代发行者无诚意的当，致销路不广，后来探知了其中黑幕，改托光华书局发行，又承光华的主任先生竭力推销，始达到我最初所希望的目的。于是，我又敢大胆地出版此书了。

《落叶》作于去年秋季，自前年战祸勃发后，我久想收集些关于战事中之材料，创作一篇非战的小说。材料虽然已收集不少，可是因为我不曾亲历战地，又非目睹，均得之耳闻，所以不敢遽作，以免失败。《落叶》虽然是要发表我的爱国主义，似乎替某国货商店做广告，然而我的中心思想，却在于反对战争，反对假慈善主义，及对一切虚伪的临难苟免的假恋爱；而尤因要广演我的爱国主义，所以顺便又提倡国货了。这种思想，在某种文学家看来是极浅陋的，然而我却以为这却是伟大无俦的。

我本来打算今年编集《中国文学故事》，材料亦已收集许多，因为超出了我预算的内容的量，势必分类编纂。已经拟定的，如《诗经中之恋爱故事》《文学家的浪漫故事》《元曲本事》等，不日可以缮就，不过时间太匆促了，怕也不能满足我自己的希望。

在最近又读了屠格涅甫的《新时代》，我的好久疲弱的意志，又被深深地鼓动了。英雄主义本是我所崇拜的，然而为人类，我不能不加以贱视。《新时代》中的主人翁，虽然不似我所理想的英雄，然而是人类中不可少的英雄，为人类，似乎又不能不颂赞这类的英雄了。于是我的想象中，也幻成一个中国人所需要的英雄的影象，虽然这种英雄的结果也要牺牲的；然而比了没有总来得好。我要把他融入我的创作中，在没有英雄的中国，也可聊以自慰了。

近来我因为种种痛苦所逼迫，一切意识和情感都呈出变态，恐怕结果要变疯狂。但这也是我所期望的，我要在那时写成一篇《疯人笔记》，怕比了一切的疯人的创作要有真实性。这样，我就满意了。书至此，不觉惨然一笑！

二六.四.七叙于黄渡蒋宅

七、《琵琶弦》题记

谭正璧

昨天之前，我根本没有想到过，我会有着把这一本小册子出版的必要的。但是，昨天，我看到了一篇文章，这是几位最能知道我的学生专程跑来告诉我而我才看到的，竟无缘无故地置我于什么文坛健将之林，我便觉得有一种严重的力在压迫着我。八年来一言难尽的困苦生活没有把我磨折死，而这一种力却在威胁着我此后的生存，于是我不能不把几篇曾在各种不同的刊物上发表过的文章重印出来，请大众来做公平的判断。因为"事实胜于雄辩"。

在上海完全成为不自由土地以来的四年中，我为了生活，曾经写过许多别的文人所不愿写的文章,其中十之八九都和历史有关,有论文,有小说,也有剧本。在尽可能范围内,我始终抱着两个主旨:一是借题来灌输抗战意识;一是借事来暴露敌伪丑态。前者例如《浪淘沙》《诗人吴梅村》《绝裾》《长恨歌》中的《流水落花》等;后者除本册所重刊的四篇外,还有《滕王阁》《刮膏》《夜珠集》中的《韩侂胄论》等,都是比较显著而使读者一目了然的。

但是这些文章大半都发表在与敌伪不无多少关系的刊物上,所以不能不在这里略作申明。我以为如果一个做地下工作的人,为了工作上的必要,而不得不混到敌伪组织里面去,国法不以为有罪,那么我虽然不是奉命而行(注:时尚在1949年前,因此为我党做地下工作一事尚不能公开),而把这种普通刊物所不能发表的文章在与敌伪有关的刊物上发表出来,在我良心上是万分可告无愧的。这全是事实,像本册里的《琵琶弦》,因为在《春秋》发表,所以那本来和前两段文章同样长短的第三段文字,系影射敌人加我的暴行,全给敌伪检查处删去了,只剩了寥寥数语,以致第一段中所写秦努才经过那荆棘遍地的街道所引起悲愤的原因,在后文中竟失去了交代。又如《孟津渡》原名《迎王师》,《永安月刊》已排就将付印,给伪检查处全部抽去,但我不甘心,终经改换题目在外埠的一个有背景的周刊上一字不删的发表了出来。还有其他的因了我的文章而牵累编者受到种种麻烦,和出版者受到无谓损失的事,不知道有过多少次,正是一时言之难尽。

我向来引以自慰的,凡是在上海过着和我同样生活的人,他们都知道我,而一般中正的文人也几乎无一不谅解我。所以当我今春得到一位知友的资助,而重办我的曾经在前年受到敌宪兵队的威胁而停办的新中国艺术学院时,孔另境、鲁思、吴仞之、吴天、范泉诸先生都在院里担任教授或职务。而始终不肯给敌伪利用的名导演费穆先生,去秋不知他从什么地方知道了我处于异乎寻常的窘境,特地由他主持的新艺剧团在卡尔登第三次重演我的原作《梅花梦》,给我以优越的上演税,帮了我生活上一个大忙。茫茫天壤,竟还有人知道我,不禁使我感激得流下泪来。在这里,我并不是借他们几位来做我抵御别人攻击的箭垛,我是在著明在那样一个黑暗时代里,世间也大有着把黑白是非分得清清楚楚的人存在。

说起《梅花梦》,因为写于四年之前,所以没有列入前引各题目中。这个剧本原名《梅魂不死》,曾在《正言文艺》上发表,后因上海完全失却自由而中断。梅花是我国的国花,所以在这剧本里,我用梅仙的再生来象征中国的必定复兴,借以坚定一般人"中国不亡"的信心。当时为了环境已变,所以又曾经费了费穆先生无限精力的改编,才使他能在不自由的环境中与大众相见。此剧前后共上演过六次,卖座始终不衰,于此可见在大量观众中,对于这个剧本的意义能够心领神会的决不会没有其人。

可是我终天伏案所得,除了我自己一身陆续患上七种不能治愈的痼疾外,妻子因忧成疯,三个孩子一个有因失乳又买不起奶粉而活活饿死,两个因没法兼顾而送人领养,留下的孩子靠着助学金或免费才得入学读书。我曾写《一身七创记》《哭一个无知的灵魂》《送婴篇》等诸文来发抒我的哀感。这些当然全是敌人赐给我的"恩典",也是他们所谓的"亲善",我即使是一个完全无知而没有国家思想的野人,为了一家,我也肯甘心"为虎作伥"吗?

而且当我复活新中国艺术学院时,为了表白我的态度,以免有累一班诚心帮助我的友人的清名,曾经借了当时投稿人派不到特种米这个理由,登了一则谢绝敌伪各刊物约请写稿的广告(见四月六日《大上海报》),中间有着这样几句话:"三四年来,正璧有因生活关系,放弃粉笔生活,专为各定期刊物写稿,历年所积,字数不下百万,登载之刊物不下数十……知我者谅我逼不获已,不知我者讥我为时髦文人,甚至詈我为×作×,好出风头,然而仍忍气吞声,觍颜握笔者,实为一家饘粥之谋地非首阳,无薇可采,与其饿死,不如赖以苟延残喘。……自即日起,对于各刊物特约撰稿,一概敬谢;且请从此勿再将贱名列入特约撰稿人中,亦弗再在文化消息内提及本人,不妨视为写作圈中已无其人可也。……"此广告刊出后,曾引出了许多同情我的文章。之后,除了已付出的稿子外,我便没有再为与敌伪有关刊物写过一文一字。但不料因此意外地又引起了敌宪兵队的注意,传我去诘讯,指我为"重庆分子",而孔另境先生因是被累,闭锢了四十多天,受尽了人间所没有的刑辱。学校卒因此又不得不告停办。我虽然受尽了无限的惊怖,加深了我的宿疾——心悸,但我颇又引以自慰,似乎敌人反比一般醉生梦死或一知半解的国人聪明,他们很能懂得我,虽然终于因为没有什么证据而奈何我不得。

重见光明之后,我为避免人家疑心我将谋在目前文坛上有所活动,而被视为"摇身一变"之流起见,暂时缄默下来,但是因此反而引起许多关心我的人,为我曾在过去各刊物登过许多文章而担心。可是我自以为:一、我始终不曾做过敌伪刊物的主编或编辑,全以买卖态度出卖我的文章,所以一遇有人谣言我为某刊物编辑或其他职务时,我曾不惜广告费一再登报声明(见三十一年七月二十日《申报》、三十二年二月《申》《新》两报),然而也有不征同意,而以虚衔相加,而我又无法登报声明的,那我全把他如报载姚克、顾仲彝两先生给敌伪强奸地委以中日文化协会上海分会理事头衔一样,以不参加的事实来做证明。二、绝对不写为敌伪宣传而尽可能写反宣传的文章。三、曾经坚决拒绝伪宣传部托一个和我比较接近的朋友来劝我当大东亚文学代表的邀请。所以我的态度,即是伪方的文化人员,也大都知道得清清楚楚,何况一般中正的人。所以现在我虽非常同意于郑振铎先生那篇《锄奸篇》中所建议,凡在敌伪刊物上写过即使不是为敌伪宣传文章的人,以后也永远不许他们在任何刊物上发表文章,但我希望象我这样曾经煞费苦心而存心专写反宣传文章的人,准于将功折罪,而置于例外之列的。

我认为莫大遗憾的,就是在敌伪势力笼罩下的文坛上,反而从不曾有人目我为他们的同类;到了现在应该分别黑白的时代,反武断地置我于我向所不屑与之为伍的什么文坛健将之林,那即使砍去我的头颅,夷我的十族,我也不甘于承受。而且因此使我深深后悔,我不曾学那真的存心只为稿费,而始终不露他的真姓名写稿的人。因为假使当时我也这样做,至少可以不致引起敌伪的注意,而且还可以写些阿谀敌伪的文章来博取较高的稿费,而又永远没有人加我以什么文坛健将的丑号。如果做得十分秘密,到了现在,还可以摇身一变,而博得"忠贞文人"的荣名。但是在我,如果真是这样做时,虽然或许可以一时侥幸免去别人的指摘,可是良心的责备,将使我终身感受莫大的痛苦而无以自拔,我还是绝不愿意这样地做的。

为了实在出于逼不得已,这篇《题记》却不能不写得不同寻常的长。因为事实胜于雄辩,所以此后如有适当的机会,我还要把我和这相类的文章陆续重印出来。

三四.一一.八晚二时搁笔

苏青、谭正璧:被遗忘了的缪斯

王文英　朱寿桐

谭正璧(1901—1991),上海嘉定人。1919年在上海市江苏省立第二师范学校读书时,积极参加五四运动和新文化运动,并开始用白话写作,1920年6月6日在《民国日报》副刊上发表第一篇小说《农民的血泪》。以后便经常在《觉悟》及其他报刊上发表杂文、论文、小说、诗歌等作品。以后主要在上海从事教育工作和学术研究,是中国文学史和民俗学方面的著名学者。抗战爆发后,谭正璧一度避居无锡,不久又重返上海。抗战初和孤岛时期,他仍以教学和学术研究为主。上海沦陷以后,由于"各书局皆停止收稿,而一介书生又无从改业。不得已,开始为各定期刊物写些已有十多年不专门写作的文艺作品",他这一时期的文艺作品涉及散文、话剧剧本、文学评论和小说,除属本名外,还用谭雯、仲玉等笔名。谭正璧在沦陷时期的小说创作,都是短篇。有三十余篇,其中历史题材的即有二十余篇,致使谭正璧成为沦陷期间上海历史小说作者的主要代表之一。他的主要作品有:《正璧创造集》共三集;《芭蕉的心》《邂逅》《人生的悲哀》,《中国文学史大纲》(1924年由泰东图书公司初版,后光华书局、光明书局又多次再版,是我国第一部用白话文编写的由上古叙到现代的中国文学史著作),《中国文学进化史》(光明书局1929年出版),《中国女性文学史》(光明书局1930年版),《中国文学家大词典》(光明书局1934年版),《新编中国文学史》(光明书局1935年版),《中国小说发达史》(光明书局1935年版)等。

  谭正璧的历史小说,取材包括历史传说、民间神话和古代文人故事。他对有关素材的处理,大致有三种态度;一种是对以往历史故事的中心思想"更加以强调",一种是"对于一个熟悉的神话或故事另作合理的解释",再一种是"在旧的躯壳中寓以新的灵魂"。他的这种对待历史故事的态度受鲁迅《故事新编》的影响,力求"不逃脱现实",但在写法上谭正璧则有意避免"亦步亦趋"更注意发挥自己的个性。在谭正璧的历史小说中按第一种态度写作的,有《奔月之后》《金凤钿》和《长恨歌》。《奔月之后》取材于嫦娥奔月的民间传说,而突出强调的是嫦娥奔月后,对偷服灵药、升天为仙、脱离人间的烦恼和痛悔,对美好人间生活的苦苦怀念。《金凤钿》和《长恨歌》都取材于古代文人感遇知音的故事,突出强调了人世间真情的可贵和文人相知相助的难得。按第二种态度写作的有《落叶哀蝉》《青溪小姑曲》,前者是对历史传说中的武帝重见死后的李夫人究竟是谁,表明了作者的看法;后者对民间传说的青溪小姑是神还是人,阐述了作者的认识。按照第三种态度写作的,有《楚炬》《滕王阁》。前者写长于投机的商人,以否定损人利己、见利忘义的品性;后者写无能文人攀附权贵,嫉贤妒能,欺世盗名,鞭挞趋炎附势的跳梁小丑。第一类作品着重反映沦陷区民众尤其是知识分子的某些心态,第三类作品侧重讽刺沦陷区一班媚敌附逆文人得势得意的丑态,这些作品都寓含现实的意义。第二类作品,则学术研究的意味更浓一些。谭正璧的历史小说,结构推陈出新,布局精巧,文辞清丽,除人物性格鲜明生动以外,结局也常常令人回味无穷,富有讽喻的意义,显示出作者兼为学者的深厚的素养。

沦陷期间谭正璧的散文作品是 1944 年 6 月出版的《夜珠集》。在为该文所写的《自序》中，谭正璧说："从前我是不大写散文的，这几年来，生活太苦，感慨太多，遂在不知不觉中居然也写了十多万字，编成了这本集子，开了我自从学习写作以来生命史上的新纪录。"归入"元集"的是具有学术性的议论文，如《谈金圣叹》等；归入"亨集"和"利集"的，分别是回忆旧游、怀念故人的叙事、抒情文，如《南京梦忆》《忆白冰》等；归入"贞集"的是模拟鲁迅《野草》的言志抒情集，如《夜之颂》《生命的美丽》《善与恶之颂》等。谭正璧谈论古人古事，以坚实丰厚的学养为支柱，不乏独到的见地；他回忆往事、怀念故人，在朴实真切的叙事中糅合着真挚的情感，又不免带有悲凉的气氛和色彩。"拟野草"的言志抒情之作，篇幅短小，字里行间洋溢画意，并有丰富的象征、意象，表达一种讴歌生命、激励上进的志向。谭正璧认为自己当时的散文，"缺少一种青年人的朝气和毅力，虽然在《拟野草》中也曾经喊出了一些似乎'希望''前进'的呼号，但是如果放在世故老人的显微镜下，就会给他发现已是'外强中干''力竭声嘶'的"。这当中可以看到谭正璧的自知之明和自律之严，也可看到当时的社会环境和生活境况。

谭正璧还发表了一些研究中国古代小说、戏曲的文章。钩沉辑佚，掘隐发微，不乏学术创见。

（原载《上海文学通史》之第三编《上海现代文学史》之二十四章，复旦大学出版社 2005 年 5 月版）

九、晚景凄凉谭正璧

金　名

短短的几年，南方的俗文学界失去了赵景深、杨荫深、陈汝衡、任中敏、谭正璧五位大师，这对于我国的戏曲、曲艺学是断五指之痛，断四肢之痛。

在五位大师中，晚景凄凉的只有谭先生。蛰存师亲自撰文为他呼吁，安排到文史馆。我平日去看蛰存师，他总不免谈起谭师，施师问我是否可以让谭先生挂名《近代文学大系·俗文学集》主编，可是提得太晚了，生米已煮成熟饭。这回他又叮嘱："你为他写篇文章吧，他的晚年实在太委屈了。"

我能说什么呢？人微言轻，又不在岗位上。

谭先生之患不在眼疾，而在于迂。眼睛可以请女儿代，他是把两代人的青春全献给了俗文学的。迂呢？在谭先生，是求仁得仁，但太有负于女儿了。

在完全失明的情况下，女儿谭寻帮他完成《三言两拍》《弹词叙录》《木鱼歌·潮州歌·南音》等书的考证工作，这是献给国际学术界的一份厚礼，日本学术界是十分钦佩的。然而就我单位的资料室而言，谭先生的书是很少读者的。《话本与古剧》只有我一个读者。谭先生，这不是您的迂吗？

可以说，您20年代出版、再版五次的《中国文学进化史》也是真够迂的，一迂已甚，何况再迂、三迂、处处迂？

您说："辞去了所担任的两个学校之一的课程，摒绝一切，终日埋首写字台上，一字一字，一行一行，一页一页……地写下去。……我以为文学史是编的，不一定要作。"您把这本大著称作"编"。谭先生，世上只有把"编"写成"著"的，哪有把"著"写成"编"的，这不是你的迂的铁证吗？

这些例子很多。您把南宋词叫作"词匠"，说"姜白石的"诗与词序皆有诗意，而他的词往往不如他的小序，只能算词匠。您介绍翻译文学，也使出了"考证癖"的手段，例举了十四页（三四三—三五七）的目录，你处处为人作嫁，处处为人想，就是不为自己想、不为女儿想。

旷达地说，一切学术都是坐冷板凳，俗文学更是如此。这话我也不止说一次了。但愿国内外，特别是东南亚观众在欣赏南音、木鱼歌、潮州歌的时候，都为你祈福，念一声"阿弥陀佛"！

我仍然相信俗文学是不会死的，木鱼歌、潮州歌与南音，《三言两拍》、弹词、宝卷是不会死的。我在编《近代文学大系——俗文学集》时，把这些都选了（《三言两拍》在时限之外）。我们这个伟大民族的文学遗产是不会死的，把一生献给我们伟大民族文学遗产的您是不死的。

听说蛰存师有意把《俗文学》《通俗文学》的北方、上海、香港等地资料重新汇编结集，如果能成，就作为对您，谭先生的祭礼吧！

注：金名，原上海文艺出版社编辑。

（原载《新民晚报》1992年1月30日《夜光杯》）

十、耕犁千亩实千箱（摘录）

储品良

上海南京西路591弄，我已经不知多少次来过这里，每当踏进弄堂口，心头总有一种亲切的感觉。这里住着一位老人，六十年来，他一直在学术的王国里披荆斩棘，为后人开拓着前进的道路，如今已是著作等身、硕果纷呈了。他，就是年过八旬的谭正璧先生。有人称他为中国古典文学研究家，也有人称他为文史文献专家，对他来说，这些称呼都是受之无愧的。

他的住所不太大，光线暗淡，除了两张小床和靠窗放着的双写字台外，四周摆满了书籍，余下的空间很小，只能放下两三只凳子，这同四十年前他住在汕头路的情形差不多，只不过那时的房间比现在大些罢了。就是在这样的斗室里，谭先生进行着不倦地探求。他曾说过："常年如此寒暑无间，此中自有乐，非个中不能体会。"他女儿为父亲的健康、生活与事业，献出了自己全部的青春年华。父女俩形影不离，一本本的著作、一篇篇的文章在他们的切磋琢磨中诞生，凝结着他们的心血和追求。

关于谭老自己，他近年来写过《煮字生涯六十年》和《自传》。这里，我仅作为相知四十年的老朋友，向读者介绍我所知道的谭正璧先生。

（一）

谭老一生写作从未中断，已出版的著作将近一百五十种，字数在一千万以上，报刊上发表的还不算在内，所用笔名有谭雯、赵璧、桎人、佩冰、璧厂等。著述如此之多，在我国的著名学者中也是不多见的，然而，谭老并非出身诗书世家，亦无高深的学历，完全是自学成才取得如此丰硕的成果。

……

（二）

谭老的著作近一百五十种，不少著作颇有特色与创见，给我国文学领域里留下了宝贵的财富。根据他自己的归纳，有三方面的特色：

我著作的宗旨的可归纳为三点：一是文字务求通俗易解，绝对不用深奥难解的古文，即使介绍古人的著作言论也一概用浅近的文言或纯粹白话来引述。二是凡叙述历史内容，总是自古至今直至当代，放笔直书，不因有所避讳而不敢下笔。如《中国文学史》，又如在大革命时期编写的《中国文学进化史》，曾在卷末放胆地大书特书"正在到来的新写实主义（当时用以指普鲁文学，亦即无产阶级文学），她是新时代最进步、最有生命的世界文学。最近的中国文学，也正准对着这个方向，毫不畏缩地前进，前进！"三是引用前人著作的言论，不限于古人，也不菲薄今人，只是根据需要择善而从。

这里还需要说明一点，他的著作中引用资料非常丰富，这是由于他平时治学严谨，搜罗资料广泛，他的藏书最多时达两万册以上，而且不少是稀见古本，用他自己的话来说：

> 其中小说、戏曲、曲艺部分都是千种以上，尤得之匪易。他如大部丛书、丛刊及经史子集，几乎应有尽有。故向未有所撰作，需用资料，颇能得心应手，极少向他人借用，在十年动乱之中，十去其九，只能望空兴叹。一般图书馆对古代小说一门仅藏三数珍本，且散处各地，无法借用。

在"文革"中，由于生活所逼，不得不将其藏书售给旧书店，现在要用，其苦可想而知！现在有些古籍陆续影印或排订出版，虽双目全瞽，仍嘱其女儿买来。

他的不少著作，我在大学时代就读过。在他的著作的影响下，我也曾写过一部分《中国妇女文学史》在报刊上发表过。

谭老的著作大致可分为以下十类。

第一类是学术概论。包括文学概论在内。这方面的著作有《国学概论讲话》《国学常识》等。其主要特点是用白话文编写国学概论，为学习研究古典文学的入门书。

第二类是中国文学史。这方面的著作有《中国文学史大纲》《中国文学进化史》《文学源流》等，都是很好的文学史教材。

第三类是小说戏曲研究。这方面的著作有《中国小说发达史》《中国戏曲发达史》《中国佚本小说述考》《三言两拍资料》《弹词叙录》等，其中不少是不可多得的资料，为小说戏剧曲艺研究提供了宝贵的财富。

第四类是人物传记。这方面的著作有《中国文学家大辞典》《元曲六大家略传》等。

这些著作各有所长，述之均有特色。

第五类是古书选注。这方面的著作有《礼记读本》《墨子读本》以及《古今尺牍选注》等，这些书籍不囿于旧注，颇多新见。

第六类是文章选译。这方面的著作有《由国语到国文》《国文阶梯》等，这些书除字句解释外，兼及文法与修辞，颇有特色。

第七类是文字学。这方面的著作有《中国文字学新编》《字体明辨》等，叙述浅而不陋，易为初学者所接受。

第八类是语法修辞。这方面的著作有《国文文法与国语文法》《国文修辞》《基本语法》等，经销风行一时。

第九类是文章作法。这方面的著作有《诗词入门》《文章体例》《师范应用文》《写作正误》等，对初学者大有益处。

第十类是文艺创作。这方面的著作包括散文、小说、戏剧等方面，如《芭蕉的心》《微风》（小诗集）、《梅魂不死》（剧本）、《长恨歌》（历史故事集）、《夜珠集》（散文集）、《拟故事新编》《蘖楼小说集》《历史剧十二种》《中国文学韵谈》（论文杂著）等等。

其他还有不少的零星著作，散见于各期刊。

（三）

谭老前期的著作以文学史为主，以后又以语法修辞为主，近年来则偏重于研究曲艺为主。他所从事的著作，几乎遍及文学的各个领域，为文学事业做出了很大的贡献。他的著作在各方面均有很大的影响。

……

他决心以有生之年，为后人再犁出一片文学领域的绿洲。

注：储品良，原上海科学技术出版社编辑。

（原载1985年《社会科学战线》第三期，收入人民出版社的《为学和为道》一书中。）

十一、谭正璧和他的戏曲史著作
蒋星煜

收到上海作协寄来的《通讯》，才知九十高龄的谭正璧教授

（1901—1991）已逝世半年多，上海和各地报刊都没有发过消息，更不必说纪念文章了。

谭教授原籍江苏省嘉定县，他对中国古典戏曲贡献甚大，但五十岁以前已经是典型的闭门写作的书生，除了上课以外，极少社会活动。五十岁以后差不多与世隔绝了，生活得十分寂寞。

虽然他青年时代就从事小说创作，并在民智书局出版了中篇小说《芭蕉的心》(1923)、光华书局出版了短篇小说集《邂逅》(1926)、北新书局出版了短篇小说集《人生的悲哀》(1927)，但影响不是很大。后来，他专攻中国古典文学史论，不断有著作问世。

1934年，他的《中国文学家大辞典》在光明书店出版，当时他还是中学教师，但知名度却一下子提高了。今天来看，这部大辞典基本上取材于《二十四史》的《文苑传》以及少数碑传集，罕见资料不多，也有些错漏之处，评价不是太高。但毕竟这是第一部文学家的辞典，篇幅浩繁，而且又是以个人的力量完成的，当然会引起文学界的重视和赞扬。

记得我在读初中时，也买了这本大辞典，就饥不择食地当作案头的必读书了，十分钦佩编者的博学和毅力。

"抗战"前期我也在上海，听说他在新中国艺术学院任校长，其他情况都不甚了解。1950年以后，我因为经常出入赵景深先生的家中，赵先生和全国的古典戏曲工作者都有交往，谭正璧和赵先生虽都是研究古典文学的，但都以古典戏曲为主，交往更密切一些，赵先生当时不止一次和我谈起谭正璧教授。

原来他1951年以后先任齐鲁大学教授，后任山东大学教授，学校对他也是比较重视的，所以还兼任了《齐鲁学报》《文史哲》的编委。那时候，政治学习和会议都很多，政治运动也不少，谭正璧教授觉得用在研究、写作上的时间有限，颇为苦闷。思想感情也往往很难紧紧跟上每一次政治运动，所以就决定辞去教职，回上海了。

在上海，他陆续担任过棠棣出版社的总编辑、上海文艺联合出版社的编审委员等职务。不久，出版社的机构再次调整，谭正璧教授划归中华书局上海编辑所，挂了一个特约编辑的名义，不必去上班，每月拿一笔象征性的报酬而已。谭正璧从此真的走上专业写作这条路,对他来说,是一个转折点。

一开始,一切都好,他的《元曲六大家略传》《元代戏剧家关汉卿》两书,对以往古人今人的考据评论都详尽编排,使人一目了然,虽然没有他自己开挖的第一手材料,但也相当完备了。当时各学术单位的资料索引工作还没有正规化,中国人民大学的剪报复印也未开始。他的书被研究工作者视为不可缺少的参考,所以销路相当好。他凭版税稿费可以维持一般的生活水平。

在左的影响下,古典戏曲似乎逐步在"贬值",他的著作的出版一天比一天困难,后来生活就相当苦了。他的老伴精神状态不太正常,更增加了他的苦恼。老伴去世,照料他日常生活的担子便落在女儿谭寻身上。但是这个女儿在古典戏曲上继承了父亲的衣钵,健康方面则受母亲的影响稍多些,一直没有出嫁,整天忧忧郁郁。父女二人就这样寂寞地生活着。

其他的子女情况还好,有的远在昆明,都是凭工资收入过日子,也无力在经济方面多照顾老人。考虑到这些实际情况,凡是出版社请赵景深组稿、约稿、写稿,赵老总首先想到谭老,分一部分任务给谭老。有时候出版社中途改变计划,书不出了,赵老仍旧按原定稿酬付给谭老,而且不让谭老知道这笔稿酬其实是他垫付的。赵老说:"他确实困难,花了这许多劳动,应该照付报酬。至于我自己,情况比他好得多,无所谓。"(注:这应该是指1949年前的事吧。)

十年"文革",谭老的物质生活苦不堪言,版税稿费分文没有,特约编辑费每月五六十元,谭老和他的女儿熬过来是不容易的。(注:事实是自1966年11月份起这笔钱已被停发,直至1979年5月被聘为文史馆馆员。)

"四人帮"被粉碎时,谭正璧曾一度振作,他已七十五岁了,视力很差,仍笔耕不辍,写了二十多万字的资料非常丰富而非常系统化的《话本与古剧》,对宋元南戏、元杂剧与唐宋传奇之间的关系,对明传奇与《醉翁谈录》《剪灯新话》、"三言""两拍"之关系,都做了探索与考证，等于向我们提供了一整套电脑检索程序，贡献不小。另一部《三言两拍资料》的出版，也受到学术界的推崇。

有关方面考虑到谭老作为一名特约编辑，出版社要多加照顾也无条件，于是推荐他到上海市文史馆担任了馆员。从此，他才又有了单位。上海文史馆馆员有一大批，而且其中有不少是饱经沧桑、历经坎坷的，所以对谭老有所照顾、有所关心，但是，各方面的条件也不可能在一天之间全部改善，也就是说，他还有些困难仍难以解决。

这时，他从前的中学教书时的一个学生，曾在红旗歌舞团担任领导的穆尼来拜访他，提出办一个民办业余艺校的设想，他十分赞成。不久，由赵景深、谭正璧、穆尼三人发起的上海民办业余艺校就开办了。这是上海第一个民办的艺校，后来改名鲁迅业余艺校，仍旧是上海所有艺校中班次最多、师资最整齐的一所。十多年来，我曾去上课多次，去讲古典文学或古典戏曲，但和谭老仍少接触。

1983年冬，日本横滨市立大学的波多野名誉教授来上海，曾和他的高足一起在我家晚餐。席间他说起因为日程安排得紧，原定到谭正璧教授、陈汝衡教授两家拜访，并且赠送印刷精美绝伦的《中国京剧团访日公演》纪念刊，这一件事已经没有时间办，明晨即将飞回日本，请我代他走一趟。对这位严师益友的叮嘱，我自然照办，这才去了谭老的家。

从南京西路的一条弄堂中进去，转了五六次弯，好容易才找到。平时比较忧郁烦躁的谭老，听我说明来意，变得和颜悦色了。但是那间本来就不够宽敞的房子到处堆满了书，而且阳光不充足，底层有些潮湿，所以虽然是初春，竟散发出阵阵霉气，我觉得呼吸很不舒畅。

谭老说眼睛一天比一天坏下去，那些书又不能用书架全部上架排列，要找一条资料的话，即使明明知道出处，也无从去找。他的女儿谭寻神态和面色都有些近似谭老，室内的灯光昏昏沉沉。我想不出讲什么话才好，就告辞了。

1984年，上海的中国作协会员开会，选举参加中国作协第四次代表大会的代表，又一次遇到了谭老。他平时的不愉快情绪爆发了，向主持会议的吴强同志发了许多牢骚。诸如他究竟该是古典文学组或文学理论组？为什么生活不能自理的人就不能担任代表去北京开会？这些都不是吴强同志所能做主或改变的，只能尽量耐心地向他说明，却始终没有能使他冷静下来。他从家中到作协，非得有人护送不可，怎能去北京开会呢？

自从那次会议以后，我再没有见过谭老，只知道他的《中国文学家大辞典》经过修改补充之后，又在我国香港、台湾地区出了直排本。我想这对于谭老应该也是莫大的安慰，而在经济上一定有些效益，可以对物质生活有所改善。

他一辈子书写了不少，这本大辞典之外，我认为《话本与古剧》价值最高。《元曲六大家略传》实际上批判了传统的"关马郑白"相提并论的观点，也极有见地。还有一本篇幅不大的《曲海蠡测》，容易被人忽略，而其中《王实甫以外二十七家西厢考》等文均不愧为钩沉辑佚的力作，非有十二分功力是写不出来的。

最近和穆尼通了一次电话，才知道谭老去世的详情，也澄清了一些外界对他的误解，例如有人认为谭老对女儿谭寻不够关心，误了女儿终身等。穆尼说事实并非如此，谭老对女儿关心备至，并曾为之积蓄一笔钱，准备为之完婚，但事与愿违，终成泡影。

谭正璧教授的生活道路虽然没有什么惊涛骇浪，但却十分寂寞冷清。他自己的个性固然对凄凉有决定性的影响，某些"左"的气氛也有一定的作用，所以他就成了闹市中的一个隐士了。

天下的事都是辩证的，他却因此而耐心地坐了数十年的冷板凳，对中国戏曲史做出了相当重大的贡献。当然，如果他能以十分舒畅的心情坐数十年冷板凳，而且和戏曲界保持必要的联系，那么，他对戏曲史的贡献一定会比现在更多更丰硕，那是必然的。

注：蒋星煜，戏曲史理论家、史学家、作家。

（此文原载蒋星煜著《文坛艺林见知录》，汉语大词典出版社1997年版。由于作者对于有些情况不甚了解，所以有的说法与事实不太相符，这也在所难免。相关内容可见本传。）

十二、《年轮——四十年代后半期的上海文学》（摘录）

陈青生

第一章　特殊历史时期的中国文学中心

第二节　文学中心的形成与文坛的基本特点

……

除了依政治立场的相异所形成的不同作家阵营之外，20世纪40年代后半期的上海文坛，还出现了一批由文学主张、文学见解、文学趣味或文学格调等不尽相同的作家形成的群体。这些作家群体，大多围绕一两种或几种刊物开展文学活动，有相对固定的作家组合，其中作家的文学创作，或有大体相近的审美趣向，或者并非尽然，作家们的聚合，主要靠相互间的友谊，或者靠作家与刊物编者的友谊维系。这期间较为明显或较有影响的作家群体，主要有以巴金、李健吾、钱钟书等为代表的《文艺复兴》作家群，以魏金枝、熊佛西、许杰等代表的《文艺春秋》作家群，以胡风为中心的《希望》作家群，以包天笑、谭正璧、平襟亚等为代表的《茶话》作家群……

第二章　纷繁驳杂的小说

在40年代后半期的上海文学中，小说创作最为兴盛。这一时期先后发表过小说的作家，少说也有百余位。而经常发表小说及文学写作以小说为主的作家，或小说作品虽然不多却产生一定影响的作家，则有四十余位，其中包括巴金、师陀、艾芜、包天笑、徐卓呆、谭正璧、予且、钱钟书、臧克家、田涛、碧野、丰村、刘北汜、徐訏、骆宾基、赵清阁、凤子、罗洪、陈汝惠、熊佛西、沈寂、刘以鬯、施济美、程育真、苏青等。在不到五年的时间里，上海作家先后推出的中、长篇小说有五十余部，陆续印行的短篇小说集有百余种。这时期上海小说创作的大部分作品，特别是足以作为这时期上海小说创作代表性成绩的作品，基本上都出自上述四十余位作家之手。可以说，这四十余位作家是这时期上海小说创作的主干。

……

第三节 《茶话》通俗文学作家群及包天笑、谭正璧、陈汝惠、还珠楼主等的作品

谭正璧（1901—1991，上海嘉定人）是研治中国文学史的学者，抗战时期以中国历史人物与事件为题材，写作了不少"历史小说"，其中不乏借古喻今、含沙射影的作品，宣扬爱国思想和民族意识，抨击、谴责日伪统治，如《迎王狮》（又名《孟津渡》）等。40年代后半期，他先应广益书局之邀，写成长篇历史小说《梅花梦》，随后又以"赵璧""璧厂""易璧""赵易"等笔名，在《茶话》等刊物上发表了一批短篇历史小说。《梅花梦》主要描写清朝名将彭玉麟的爱情经历。抗战时期谭正璧曾以同一题材写成一部多幕剧作《梅花梦》。谭正璧后来说，该剧原名《梅魂不死》，寓含"因梅花是中国国花，借此以祝中国不亡，聊表孤岛羁臣的微志"；而剧中对于彭玉麟与梅仙"心坚金石"恋情的张扬，实又含有隐秘不可告人的民族意识，和敌忾精神。这部剧作公开发表后，经胡山源介绍，由费穆执导在1941年冬、1942年春和1944年秋三度公演，受到社会欢迎。抗战结束后完成的小说《梅花梦》，仍写彭玉麟与梅仙的恋爱及其对梅花文学的研究，但一些事迹与早先剧作有所不同，人物经历的时间和事件都有扩展，还加入了不少作家新近搜集的秘闻逸事，且更加关注事件的历史真实性，在一定意义上可视为彭玉麟的传记。谭正璧的短篇历史小说，取材的视野更为广泛，从春秋战国到唐、宋、明、清，有描写越王勾践听用范蠡、西施计策以消灭吴王夫差的《鸿飞记》，有描写战国时期的楚臣张仪耍滑弄奸的《翻云覆雨》，有描写晋国将领谢安凭机巧侥幸击败进犯秦兵的《东山折屐》，有描写魏公子无忌得魏王宠姬相助方屡败秦军的《葬金钗》，有描写陶渊明不为五斗米折腰而辞官归隐的《归去来》，有演绎杜甫《新安吏》《石壕吏》的故事，描写官府苛捐杂税、抓夫拉丁，使民生不宁的《茫茫的长途》，有描写王安石推行"新政"失败后闭门思过的《狭路行》，有描写南宋王朝推行"经济改革"政策，以楮钞购粮，又以"银关券"代替楮钞，官商趁机渔利，引发物价大涨、民怨沸腾的《朝露》等。这些作品所据的人物、事件，均于史有据，而小说作品对人物、事件的原委经过和功过得失的演绎、评议，则有些沿袭史说，有些别立新解。不少作品的内容、主题等，都有针对当时社会政治的寓意。如1947年初写作的《狭路行》，写王安石变法失败被当朝皇帝贬黜后，有一段作家的议论："幸而那时的政党都有大政治家的风度，握有政权的人，除了和人据理争辩，拔擢同志，废镝异己外，从来没有用杀害或污蔑来排除反对党的不合法不人道的行为。"这种说法未必准确，但只要联系当时国民党政权加紧剿杀异党的内战，强化特务统治并大肆暗杀持不同政见的民主进步人士，作家议论的机锋所指就不言自明了。1946年6月写作的《归去来》，1947年间的《茫茫的长途》，1948年间的《朝露》等，无不针对国民党政权当时所谓的"新政""内战""币制改革"等所作所为，并明确表示了对这些作为的不满和嘲讽。谭正璧也有表现现实社会生活的小说作品，如描写一对青年恋人在抗战中分离，战后方得重聚的《十年》；描写乡间恶人在沦陷时依附敌伪，助纣为虐，强夺人妻，日伪投降后受到制裁的《情蠹》；描写乡间恶霸勾结党国权贵，为非作歹、巧取豪夺的《残蚀》；及描写女演员依靠色相红极一时，终遭权贵抛弃而投江自尽的长篇小说《艺林风雨》（1947年3月出版）等。这些现实题材的作品，也对当时的社会黑暗与邪恶，给予一定的揭露和谴责，对受侮辱、受迫害者给予真切的同情。

这时期另一位写作历史小说较多的作家是李拓之。李拓之（生平不详）战后由外地来到上海，据他自述，他写作历史小说，系得到柳亚子、胡小石、冯至、李健吾、潘伯鹰的"鼓励"。李拓之历史小说的选材范围也较为广泛，这一点与谭正璧相似……作品大多编入作家在1948年出版的历史小说集《焚书》。李拓之的历史小说，有丰富的历史知识和巧妙的联想、编织，并大多有借古喻今、讽刺现实的寓意，这些与谭正璧的作品相似；在讲述人物命运和事件发展中，多景物描绘和气氛渲染，词藻典雅富丽，则不同于谭正璧作品的文笔平实和描写时常常加入作者的议论。此外，李、谭历史小说的另外一点区别，是李拓之更注重对具有历史色彩的"人性"的展示，对"旧的历史将近结束，新的历史正即开端"的强调。

40年代后半期还有别的一些作家也写作历史小说，但无论作品数量还是在艺术质量上，他们都逊色于谭正璧和李拓之。谭正璧和李拓之是这时期上海文坛历史小说创作的主要代表。

注：陈青生，上海社会科学院文学研究所研究员。

（上海人民出版社2002年出版）

十三、二十世纪上半叶文学史观探寻（摘录）

高树海

中国文学史学科目的任务的阐述和探讨，一向为文学史家们所重视．早在1912年王国维就在其《宋元戏曲考》（1915年商务印书馆出版时改名《宋元戏曲史》）中，提出要对文学现象"观其会通，窥其奥窔"，"辄思究其渊源，明其变化之迹"的著史任务，曾毅也在其著述中提出追寻文学发展"盛衰变迁之所由"的目标，进而王文濡倡扬中国文学史应"析其源流，明其体用，揭其分合沿革之前因后果"，范烟桥则致力于从实践上"探索其源流沿革，察其变化递嬗之迹象，以著其迹"。可以这样说，从中国文学史发轫，一直到20世纪20年代末，这种索源流、察递嬗、揭因果的学科目的任务的探讨，取得了文学史家的共识。这一时期，学科目的的任务的阐述还处在提出问题的阶段，而且与文学发展史观密切相关。文学发展史观是最先进和进步的传统史观，虽说此期内五四观念革命的新潮涌动鼓荡，西方各种思潮纷至沓来，然而即使传播最为广泛的进化论思想，也还未能在中国知识分子的观念中得到普遍性的、实质性的接受，因而反映在文学史观上或学科目的任务的探讨上，仍然以土生土长的进步的文学发展史观为主。

20年代末，已经消化了西方新潮并建构起进化史观的文学史家们，开始将新的史观运用到中国文学史学科目的的任务这一课题的探讨中来。1929年9月出版的谭正璧《中国文学进化史》，首先揭开了这一课题讨论的新阶段，他说：

"文学史的定义是：叙述文学进化的历程，和探索其沿革变迁的前因后果，使后来的文学家知道今后文学的趋势，以定建设的方针。"

"文学史的使命有二种：一是叙述过去文学进化的因果……一是指示未来文学进化的趋势，当然在希望现在的文学家走上进化的正轨。"

在上面的论述中，一方面承继着第一阶段索源流、察递嬗、揭因果、述历程的观点，所不同的只是突出强调了"进化"的意义，叙的是"文学进化的历程"，揭的是"文学进化的因果"，这正是文学史家进化史观确立的标志，也是这一时期与上一时期在观点上的"同工之异"；另一方面，更为前进一步的是提出了学科目的任务的"指示未来趋势"说。

文学史的使命，不仅要叙述"过去文学进化"的源流、递嬗、因果与历程，这本是中国文学史学科的重要内容和任务，是学科著述的重头戏和大篇章，然而却不是唯一的内容与目的，文学史还要留出一定的篇幅，去概括这"过去文学进化"的种种纷纭复杂的文学现象，总结出文学进化的经验与规律，"使后来的文学家知道今后文学的趋势，以定建设的方针"。因此，文学史还有另一种重要的使命，那就是"指示未来文学进化的趋势"，使现在的文学家"有所依据而向着进化的大路上去，不至事倍功半"，"根据古人经验，避免蹈其覆辙"。"指示未来文学进化趋势"的使命，较之"叙述过去文学进化"历程的使命，虽然所占篇幅不大，但却是超越具体论述之上的高屋建瓴的理论概括，是最具有现实指导意义和学科生存意义的形上学的理论升华。其实，后一种"使命"所显现的是史家的史识，是学科建设与发展的重要课题，从更深层意义上讲，是一种史家理应具备的观念与意识。有没有这种观念与意识，关系到学科的生命与价值，是学科能否汇入现实社会新文化建设中去的关键。没有这种观念与意识，便不配享有"史家"的称号，也写不出适合时代的有价值的著述来。

自谭正璧《中国文学进化史》起，贯彻整个三四十年代，一直到1949年前，有关中国文学史学科目的任务这一课题的探讨，便大都围绕上述文学史两种使命而展开，或丰富补充，或纠偏戒弊，或在此基础上提出更深一层的问题，使得这一问题的探讨热闹红火，持久深入，形成中国文学史上的一大景观。

注：高树海，文学博士，河北教育出版社副编审。

（原载《西北师大学报（社会科学版）》2002年3月号）

十四、谭正璧之灼见——读新版《中国女性文学史》
周 瓒

1930年，三十岁的谭正璧所著《中国女性的文学生活》初版，一群女学生到书店买书，嫌书名太长，索性说："买一本谭正璧。"该著后来再版五次之多，改书名为《中国女性文学史》，深受读者欢迎。

"时代文学"的视野给谭正璧以时代批评的立场，他同情历代女性的遭遇、肯定她们的才能，即便她们的作品题材窄狭、风格单调，他也表示了充分的理解，因为他不单单看到作品表层的意义，更联系到作家的生活和性格。

谭正璧的《中国女性文学史》初版于1930年，彼时，现代中国妇女解放运动也已有了相当坚实的基础，可视为本书成书的社会文化背景。尽管如此，作为一位男性学者，当时三十岁的谭正璧"下笔不能自休，累月积日，竟成此二十万言之巨著"，他的努力迄今仍然令人肃然起敬。

作者全无一丝歧视女性的意识,他的主张虽不见得很理论化,但能自成体系。他本着同情女性的基本态度,怀着新文化运动时期特有的激情,进入女性文学史的研究。在《初稿自序》中,他指出,为中国女性文学做专史者,在昔有谢无量、梁乙真二氏,他们的见解却"均未能超脱旧有藩篱,主辞赋,述诗词,不以小说戏曲弹词为文学,故其所述,殊多偏窄"。谭正璧的著作以"时代文学"为主线,强调文学的进化性质,由此论述女性文学的发展,确实打破了旧有的、存在于文体内部的不平等关系。他肯定了一个时代的通俗文学、民间性的文学在文学史上的意义。更重要的是,在这个过程中,中国女性文学的流变面貌为之一新。

因此,当你读到,"真的,历来女性的成功的作品,只有弹词"也就不会过于吃惊了。因为,"诗,词,曲,小说的世界,总为男性占先,独有弹词,几部著名的伟大的弹词,像《天雨花》《笔生花》《再生缘》,哪一部不是出于女性之手"?就此判断大概还可以做一番大文章,这里且不深谈。"成功的作品"这个短语道出了谭正璧研究女性文学的一个立足点。历来文学中,成功者都是男性及其作品,女性和她们的写作都是男性主宰的社会的附庸之物,因此,如谢、梁二氏那样挖掘历代女性作家及其作品,至多只是做了些资料积累的工作,而离真正肯定女性的写作才能、为女性的才能在男权社会中遭受压抑而鸣不平,尚存距离。从这个角度一看,就可以发现,谭正璧的意识是何等先锋,何等正确了!

诚然,挖掘历史的工作是必经的过程,也是论述的基础。漫长的社会历史过程中,中国妇女受歧视的历史也具有阶段性,其中也有礼教束缚比较松散的时期。不过,写作的古代妇女毕竟是女性中的少数,作品流传下来的就更少了。因此,正史、野史、笔记、传奇、传记,甚至传说在此都派上了用场;考证、假设、辨析、推演、存疑,甚至想象都成了作史的方法。也许,读者会说,这样的修史态度怎称得上严谨?但换个角度,就可以体会到,原来我们的古代文学史中,根本就没有女性的独立地位：她们中姓名难考者不知其数，还有大量只存作者介绍，作品流佚的；她们中身份暧昧者、作风为时人不齿者甚众，虽然现在我们可以从学术的角度，客观地看待古代妓女诗人以及她们与当时的名士之唱和。

"时代文学"的视野也给谭正璧以时代批评的立场，他同情历代女性的遭遇、肯定她们的才能，即便她们的作品题材窄狭，风格单调，他也表示了充分的理解，因为他不单单看到作品表层的意义，更联系到作家的生活和性格。卓文君一节，内容多涉及她和司马相如的爱情纠葛。后文君年老色衰，遭相如遗弃，作诗《白头吟》与之绝决。《白头吟》的风格曾被人批评说"没有温柔敦厚之音，尽是泄怨的愤语"，谭正璧愤而为文君辩护。

鱼玄机，唐时长安人，因婚姻受挫，做了女道士。她很有诗才，更兼意志豁达，见解不俗，特立独行。她后来的遭遇却使人扼腕。据说，她因杀害自己的女僮而伏法被诛。一个女诗人，却又是个杀人犯，在整个女性文学史上，恐怕也没有他例了。史料上虽确有记载，而谭正璧对此却存疑。他从审理鱼玄机案的府尹入手，推测唐代确有衙役索诈、屈打成招之事，结果，考证《太平广记》后发现，该府尹原来是个酷吏。加之，鱼玄机曾得罪衙役，因而，不难推想，鱼玄机很有可能是被冤枉了。如此翻案文章，颇类侦探故事，放在学术著作中似乎显得迂腐，但谭正璧对女性广博深沉的同情心由此可见一斑。

《中国女性文学史》成书时名为《中国女性的文学生活》，作者在1984年的"新版自序"中记述过一则趣事，说该书初版时，上海光明书局主人告诉他，当时一群女学生来买书，嫌书名太长，索性说："买一本谭正璧。"该著后来再版五次之多，可见它深受读者欢迎的程度。对今天的读者来讲，它所提供的历代女性文学资料不仅丰富翔实，而且，作者的许多观点也值得记取，他所立足的"时代文学"基点仍然没有过时。

注：周瓒，文学博士，中国社会科学院文学研究所研究员。

（原载《中国妇女报》2002年11月25日）

十五、中国新文学史编纂史（摘录）

黄修己

谭正璧的《新编中国文学史》（上海光明书局，1935年8月），是给新文学以最大篇幅的一部。书共七编，从周秦文学起始，第七编为"现代文学"。下设《文学革命运动》《文学建设运动》《革命文学运动》三章，内容包括到1930年代初期为止的新文学运动和创作（未介绍散文）。此编计三万余言，约占全书九分之一。在一部记载两千多年文学历史的书中，现代这十几年竟占了九分之一篇幅，实在是够厚今薄古了。而在新文学中，又认为到了五卅运动后提倡革命文学，"始着重到文学的内容方面。新文学到了这个时期，才达到了最后的成功"（第465页），完全否认"五四"文学在思想内容方面的根本性变革。

当然，这种认识上的缺陷，并非谭个人独有的。其来源，其实是左翼文艺界的1928年倡导无产阶级文学，就简单化地否定"五四"新文学，认为是资产阶级、小资产阶级的，仍须革命，而代之以无产阶级文学。……

谭正璧对某些历史因缘的解说，还是比较清楚、合理的，有的也还新鲜。如提出20世纪30年代文坛上作家职业化和作品商品化的问题。当时中国文学的中心是上海，出版的作品最多。而上海这时正是资本主义商品经济十分繁荣的时期，必然影响文坛。鲁迅先生20世纪30年代的杂文中，就有记述和批判。而当时发生的"京派"作家嘲讽"海派"作家，恐怕也与此有关。但过去研究20世纪30年代文艺，往往注意国共合作破裂后，激烈的阶级斗争在文坛的表现，对其他方面，例如此时商品经济与新文学发展的关系，没有予以重视。在这个方面，谭著有独到之处。

此外，谭著中记述的作家作品和史实也比较多，这里略举一二："《尝试集》出版后不久，有胡怀琛出来和作者讨论诗中的'双声叠韵'问题，参加者有朱执信、朱侨、刘伯棠、胡涣、王崇植、吴天放、井湄、伯子等，一时颇为热闹。怀琛自己著有《大江集》，系用白话做的旧体诗集。"（第434页）又如："宋春舫是未来派的戏剧作家。他的《宋春舫论剧》一书，是本极早的有系统的戏剧论文集，颇多新颖特殊的见解。所著剧本如《早已过去了》《朝秦暮楚》《枪声》《一幅喜神》等，均有特殊的风格，虽然在舞台上没有得到相当的成功。"（第454页）上述这些事情可证新文学运动的丰富性，所以像谭正璧这样的著作，今日如花上十来分钟去翻一翻，大概不会浪费时间。

注：黄修己，博士生导师。

（北京大学出版社2007年出版）

十六、谭正璧先生谈"回译"

陈金生

借书识荆

报上呼吁"回译须慎之又慎"，对此我感同身受。这缘于三十七年前，聆听过恩师谭正璧先生对我回译的面教。他"一字不苟"的精神，我感到今天回忆出来，也可视作一种"正能量"，对提升眼下时见回译硬伤的译作质量，应该是不无裨益的。

谭正璧先生是古典文学家、文史文献家、文学家和教育家，作品达一百五十种之多，字数逾千万，如此著作等身，却鲜为人知，被称为"被遗忘的缪斯"。我爱好古典文学，十分仰慕谭老，一直无缘识荆。1977年高考恢复，我准备考研（古典文学研究方向），可是备考书籍奇缺。踌躇之际，高中语文老师陈洁伸出援手，引荐我去谭老家借书。

是日，我和陈老师走进青海路附近一条弄堂，往南再往西拐弯，隔墙可见电视台的发射塔，再通过逼仄的小弄，进木门、底楼，便来到谭老寓所。进门所见皆书，让人想到陆游《书巢记》的句子："吾室之内，或栖于椟，或陈于前，或枕于床，俯仰四顾，无非书者。"

谭老的著作和品学修为，从陈老师处我早已耳闻。他，恂然一翁，艰难时世里生计窘迫（靠中华书局每月八十元补贴养家，女儿无正式工作），然而坚守"书巢"，著书不辍，令人肃然起敬。

他，又是蔼然长者，操着嘉定乡音，热情接待了我们。陈老师代我开口向谭老借书，谭老连说"好，好"，并当即报出一串书名，女儿从书架上麻利地将书检出。未几，《中国文学进化史》《中国小说发达史》《文法大要》等谭老力作共十三本，已摆在我眼前。谭老还叫女儿取出《国学概论讲话》等五本著作赠我。我摩挲着发黄的书面，感谢不迭。

我怕多打扰，站起身欲告辞，谭老忽然叫住我，说有事想要我相助。原来有篇评论他著作的俄文文章，因身边无人通晓俄文，一直不知"讲点啥"。谭老得知我学过俄文，就托我帮忙翻译。

我忙拿起谭老递来的材料细看，是苏联汉学家阿列克塞也夫评论谭老的《中国文学家大辞典》（下文称《大辞典》）的一篇论文。我边看边翻译了起来：

该书的作者谭正璧，或是出于谦逊，不认为编纂者（尽管包括他本人）是作家；或是基于活着的当代人除外的原则，他本人并未列入书中。这样，比引为荣耀和自我夸赞显得更为严肃……

谭老听着，微微颔首。我还想继续往下翻译，不料两个音译的书名《шан ю лу》《ван син тун пу》，反复拼读也不知所云。我不由得低声探问：有本书叫……《上有路》吗？

谭老一听笑出声来，马上纠正道：这本书叫《尚友录》，还有一本叫《万姓统谱》。光靠拼音是翻不好的，"熟知其名，概知其书"，才能翻得准确。他嘱我回去慢慢翻，查查资料……

回家后，我当务之急便是要找到1934年出版的《中国文学家大辞典》，不料跑了几个图书馆，馆藏都没有这本书。为了让谭老早日知晓汉学家论文的内容，我决定先翻出初稿，那些需回译的部分拿捏不准，只得"暂付阙如"。一周后，我把初稿交到谭老手上。谭老仔细地看完，拊掌叫好：不错不错，意思很明白，这个苏联人研究得还蛮深的呢！他接着指着我空缺未译的地方，让我先读出俄文拼音，他再思考、定夺中文意思。就这样，译文中"开天窗"处被逐一补正了。

一字不苟和积累知识

谭老谈回译的情景，历历在目，犹在昨日。他平凡朴实、切中回译肯綮的话语，时隔久远，回忆出的下列文字，也许难以不爽毫厘，但核心意思不会走样，应当是没有悬念的（即引号内是确认记准的原话）。

谭老谈回译人名书名，概括起来说，是"一字不苟"和"积累知识"。

他怕我听不仔细，还特地强调"不是'一丝不苟'"。他说，如果中译者既精通外文，又熟谙中文人名，那么，回译就能"服服帖帖"；否则，单凭音译，一字之差就要"搞错人头"。

经谭老辨正的人名有黄为基（我译"黄为坚"，是《大辞典》煞尾的一个，即第6846位文学家）；还有项籍、钱大昕、皎然和尚等。谭老虽已耄耋，但记忆力不输当年。当时我是先读出人名的俄语拼音，谭老听后多数立马能说出姓名和具体哪几个字。

其中"项籍"（即"项羽"）的名字，我译成"襄姬"，直把谭老逗乐了。他提醒说，文中明明写他是著名军事家，翻成"襄姬"，实在发噱,"像是皇宫里的啥个人了"。我顺便问谭老项羽怎么列入文学家。他如数家珍地说:项籍在被围之夜,知大势已去,但依然热恋着美人虞姬,于是慷慨悲歌,歌了数阕,虞姬还和唱,最后项籍自刎而死。他唱的歌不就是文学作品吗?尚存于《史记》里呢!所以,项籍我也收进文学家大辞典里。当然,汉学家对入选作家的标准有所异议,实属见仁见智。

谭老针对回译书名(篇名),着重强调"积累知识"。谭老说,外文文章引到中国文学家的书名、篇名,如果你掌握了一些基本的作家作品知识,回译也能迎刃而解。

我译到《Вэнь фу》(《文赋》)时,反复拼读,仍不知是何书名。谭老说,文中提到西晋文学家陆机,你如果有知识积累,应该能联想出他著名的《文赋》《辨亡论》《吊魏武帝文》等作品。有积累犹如有"中气",就不会单凭拼音瞎猜。

在谭老当面悉心指点下,汉学家论文的中译较为稳妥,尤其是回译规避了鲁鱼亥豕的"低级错误"。谭老不是翻译家,却深得回译的真谛,叫人感佩不置。上海外国语大学翻译研究所所长谢天振曾概括回译"必须找到原文,必须下这个苦功夫""功夫在翻译外"等要旨,我以为,谭老可谓已提早践行了。

注:陈金生,中学语文高级教师,著作有散文集《杂花生树》等。

(原载《文学报》2013 年 6 月 6 日)

十七、从《谭正璧日记》看一位近代学人的养成(摘录)

王润英

《谭正璧日记》包括《〈寒釭琐语〉〈竹荫庵谈屑〉合编》《雯乘》

《拈花微笑室日记》《影中影》《二美集》《雁唳集》《斗雪集》《抒情集》和《孤岛吟》，共九种。《〈寒釭琐语〉〈竹荫庵谈屑〉合编》所作时间最早，为谭正璧1917年自江苏昆山县立第二高小毕业后居家创作的笔记和小说，是其早期尝试研究"旧文艺"的成果。因多按日期记录所为所见，实已兼具日记性质。自1919年进入上海江苏省立第二师范学校（又称"龙门师范"），谭正璧开始逐日记日记。《雯乘》五卷最为完整，起止时间为1919年9月1日至1920年9月3日；《拈花微笑室日记》三卷，含1922年1、5、6、8、9、10月，1923年上半年，以及1924年1月至10月之日记。中间缺失的部分惜毁于1924年秋突然爆发的江浙兵乱，并且历此一劫后谭正璧大为失望，不再继续做日记。其余几种，虽不以日记命名，却主要为在此期间谭正璧创作或编写的作品集。《影中影》《二美集》为谭正璧1919年撰作的小说及1920年所编杂记；《雁唳集》《斗雪集》分别系1920年至1921年间谭正璧与好友苏兆骧、赵端源往来的通信集；《抒情集》更是直接由《雯乘》和《拈花微笑室日记》中辑出的诗文结成。唯有《孤岛吟》，时间相对较远，为谭正璧1938年在上海沦为"孤岛"后所作的词集，暂附于末尾。

《谭正璧日记》虽有缺失，但不失珍贵，特别是它集中保留了1917年到1924年间谭正璧的日记和创作。此期内，始创于上海的《新青年》正高举新文化运动的旗帜，文学革命在陈独秀、胡适等人的倡导下轰轰烈烈地开展。1919年五四运动爆发，更是迅速将文学革命运动推向了高潮。当时谭正璧正值17岁到24岁的成长关键期，为求学和生活离开家乡黄渡，数次来到沪上。可以说，此后谭正璧的学习研究皆与二十世纪学术思潮的发展紧密相关，他的经历正是当时中国知识分子在新旧文化碰撞下求学治学的一个缩影。《谭正璧日记》的发现，对于了解谭正璧及其所处时代皆颇有助益。

"1919年9月，谭正璧来到上海江苏省立第二师范学校学习，自此进入了阅读最为活跃的关键期。1919年是个特殊的年份，这一年五四运动刚爆发，而上海作为当时中国最繁盛开放的城市，旧的封建体制被打破，城市文化在资本主义经济推动下迅速发展，大街小巷书刊出版机构和书店林立，各种新思潮涌入，并在这里获得了最利于生长的土壤。对于嗜书如命的谭正璧而言，在当时来到这里，真犹如突然闯入一个巨大的琳琅室中。此阶段谭正璧阅读书籍之多，从1920年2月他开始自编《藏书目录》便可想见。

《雯乘》系逐日而记，完整地留录了谭正璧在二师期间的书籍阅读情况。我们发现，自进入二师后，除上课外，谭正璧隔三岔五便请假外出，外出则必去书店书摊看书购书。经常光顾的就有商务印书馆、中华书局、文明书局、扫叶山房、亚东图书馆、先施公司、江左书局、亚东图书馆、群益书社以及南边的邑庙、北边租界棋盘街里的旧书摊等。其中，商务印书馆因设有廉价部，于谭正璧这样并不宽裕的学生最为相宜，因此更是常去，连朋友间约着见面也往往选择在这里碰头。

"谭正璧的个人阅读，由最初契合其天性的小说等通俗文学书籍而入，继而去往上海，受到良好的六艺和小学等旧学基础的训练，同时新学书籍和报纸杂志的刺激，又令其眼界大开。他曾深为新思想所吸引，但在学业中断后的自学探索下认识逐渐成熟，最终选择了新学与旧学相结合、读书与著述相促进的治学方法，并形成一种长期的治学习惯。而在此过程中，谭正璧的阅读也从适意泛读进而为对中国文学的专事研究。这套在自学中形成的阅读或治学方法，在此后也同样助力于谭正璧对其最感兴趣的小说等通俗文学的研究。

"1919年9月，十九岁的谭正璧带着好奇的眼睛和满腔热血于五四运动爆发后不久从家乡黄渡来到上海，虽然中间因学业中断又曾几次短暂回到黄渡，但至1924年日记结束，谭正璧多数时间都与上海相牵绊。因此其日记对当时的重大时事和社会状况有不少揭示，其见闻对于了解二十世纪早期的上海有所助益……"

注：王润英，任职于中国社会科学院文学研究所，主要从事宋元明清文学研究。

（原载《北方论丛》2021年第2期）

十八、谭正璧常用笔名闲谈（摘录）

谭 箎

十多年来，在搜集谭正璧作品的过程中，把他曾用过的笔名差不多收罗齐全了。现列于下面：

正璧、谭雯、桎人、湘客、泪人、仲圭、仲玉、仲文、谭仲文、白荻、白苇、赵璧、赵碧、梧群、易璧、璧厂、谭筠、文绩、佩冰、慕惠、怨天、谭真、谈正璧……

这其中为 1920 年在龙门师范求学时所用，有以下笔名：

"桎人"，1920 年《很可笑的一件事》，载《民国日报》副刊《觉悟》；"泪人"，1920《奋斗欤死欤！》，载《民国日报》副刊《觉悟》；"湘客"，1920 年《好学生底救星》，载《民国日报》副刊《觉悟》。这些笔名以后就没有看到用过。

下面就他后来在杂志报纸上常用的笔名做个分析，其中亦可观察到他的人品和经历。

【正璧（谈正璧）】

1920 年第一次用此笔名写下《新文化运动的障碍》发表在载《民国日报》副刊《觉悟》上，以后仍经常沿用。

谭正璧的母亲谭吟善，字碧华，当他尚在襁褓中叶，就因染上霍乱不幸离世，生父程景瀛再婚到钱家。他和哥哥兄弟二人遂由外祖母抚养，因此随了母亲的的姓。哥哥取名正华，他原取名正碧，皆取母名中一字。后由教书先生认为"碧"不适合做男儿的名字，遂改"碧"为"璧"。"正璧"两字可含堂堂正正、白璧无瑕之意。

【谭雯】

1920 年 6 月 6 日，在《民国日报》上发表的第一篇小说《农民的血泪》，第一次署笔名"谭雯"，以后亦时有使用，并常以"雯"自许。

他在龙门师范学习一年的日记，自题《雯乘日记》。查"雯"的本义："云成章曰雯"（《集韵》）。"'文'指'纹样''花纹''图案'。'雨'指云团。'雨'和'文'联合起来表示'具有复杂花色纹样的云团'。本义是彩云。"而取其作笔名，大概是寓意用手中的笔来描绘人生与社会的阴晴与多变，如同天际变幻莫测的云彩一般吧！

【仲圭（仲玉）】

1922年12月26日在《民国日报》副刊《觉悟》上第一次署名"仲圭"发表诗作《心影》，以后又多次使用。

1920年2月15日谭正璧在他的《雯乘日记》中有"雯已由朱匀广师取字，曰仲圭"。

谭正璧兄弟二人，他为弟弟，伯仲为兄弟，而"仲"即意为"兄弟排行次序二"。查"圭"本义："古代帝王或诸侯在举行典礼时拿的一种玉器，上圆（或剑头形）下方"。这里应该与"璧"雷同，皆为"玉"。又笔名"仲玉"，与其义同。几个笔名中的"璧""玉""圭"皆是相同含意。当亦有意为："白璧无瑕""宁为玉碎"……

【仲文】

1942年《太平洋》第41期刊登《皇帝艺人》，第一次署此名。

"仲"义同上，"文"即用笔抒写人生心声，作文以记之。

【佩冰】

1942年《先导》杂志第一卷第4—6期连载历史剧《三国夫人》（一名《长恨歌》），第一次署此名。

应与当年《女子月刊》编辑白冰相关，佩当为"敬佩"之意。时值抗战之艰难岁月，亦有"玉洁冰清"之意。

【谭筠】

1943年《春秋》第一卷第二朝刊登《中秋礼俗志》，第一次署此名。查《广韵》："筠，竹皮之美质也。"当期望得文字之美质。

【璧厂】

1943年《春秋》杂志第一卷第三期刊登《菊月话菊》，第一次署此名。

这里的"厂"是古体字，不是现在简体字的工厂的"厂"。"厂（ān），同'庵'。多用于人名"。谭正璧幼年时，随外祖母回到黄渡后，曾寄居在"竹荫庵"中，并留有日记《竹荫庵谈屑》一册（199　年），取"厂"应该也是对那个祖孙相依为命年月的寄念。

【白荻（白苇）】

1944年《乾坤》创刊号刊登小说《流水落花》第一次署"白荻"。"白苇"见用于1946年《茶话》第六朝刊登小说《回乡》，似只用了一次。

荻、苇本同义为芦苇。那个年代正是"枫叶荻花秋瑟瑟"寓意不畏严寒艰难，抗击深秋中凛冽西风……

【赵碧（赵璧）】

1944年《乾坤》杂志第2期刊登小说《夜明珠》，第一次署此名。

这里的"赵"，毫无疑问是取自外祖母"赵氏"，外祖母为青浦赵家角人。取此笔名为寄托对外祖母含辛茹苦养育之恩的深深怀念。"碧"则为母亲的名字之一，谭正璧原名为谭正碧，后改为"正璧"。

赵璧第一次见用于1945年《海风》杂志第3期刊登的《独语楼词》。

【梧群】

1945年《书报》第一期刊登《复兴中国新文化之路》，时值抗战胜利……当为"悟群"的谐音，就是唤起民众的意思。另一次见用于1946年《茶话》第三期所刊《狸猫案扶真》。

其他笔名似都只用了一次，这里不再闲谈，这些笔名的使用，一则为学先人有使用笔名的习惯，二则囿有当时所处环境之必须，三则有时在一期杂志上会同时刊登二至三篇文章的缘故。在当年战乱动荡的环境中，不愿向权贵折腰，绝不投靠敌伪，依赖稿酬为生维持一家七八口人的生活，实实环易……

二〇二〇年二月六日完稿

（原载《嘈城文博》2020年第2期）

近年出版社重印谭正璧著作一览

2014年1月　南开大学出版社影印出版《中国小说发达史》
2014年3月　北京教育出版社重印《文章体例》
2014年3月　当代中国出版社重印《国学概论讲话》
2014年7月　北京出版社重印《国学概论新编》
2015年1月　天津百花文艺出版社重印《国学常识》
2015年4月　上海科学技术文献出版社影印出版《中国女性文学史》
2015年6月　北京出版社重印《文言尺牍入门》
2015年9月　南开大学出版社影印出版《诗歌中的性欲描写》
2017年6月　北京出版社重印《日用交谊尺牍》
2019年1月　郑州文津出版社重印《习作初步》

后 记

经过十余年的努力,《沉浮文海·传奇人生》(又名《破土而出夜明珠——谭正璧传记》这两个都是我原来拟的传记的书名。)终于在我视力突然下降前基本完稿,其付出和收获之大都远远超出我的初衷。

在编写此稿的十余年中,我反复翻阅了父亲生前出版和发表的大量著作、自传,还有我的余哥根据父亲讲述的录音所作的记录稿,我姐姐谭寻等家人的回忆……以后又仔细阅读了他许多从未发表过的诗词,再根据多种线索多次到上海图书馆去查阅了早年及近年来的有关书籍、杂志和文章,涂涂改改、反反复复,终于完成了眼前的这篇传记。原以为没有多少内容可叙,如今竟有二十余万字之多,大大出乎了我的意料。

在研究父亲的历史和阅读父亲著作的过程中,我渐渐地读懂了他不平凡的人生轨迹和他的著作的深刻内涵。也可以说,我发现了一个以前从来没有真正了解过的父亲,当然还有我了解得更少的母亲。我从中深深地感觉到:他们不只是属于我们子女,更属于整个中华民族。他的历史也是中国文艺界自20世纪五四前后乃自世纪初至90年代的历史之缩影;他个人的命运也是热爱祖国,忠于事业的知识分子,为事业而痴心奋斗、为命运而顽强搏击的历史之缩影。

早年,遵照父亲生前的愿望,为了使父亲的许多资料(书籍、文稿、信件等)能得到妥善保管,因此在他身后和我开始研究撰写其历史前绝大多数都已捐赠给了——巴金提议创建的北京的现代文学馆,另有一些捐赠给了上海图书馆,因而不便查阅。本人又非此界中人,学识浅陋,文笔钝拙,所写难免有错漏谬误不妥之处,极望能得到有关人士指拨赐教。日后如有可能,当再做重新审阅,补充修正,使之更臻完善。

　　三年前，我在《文学领域中的默默耕耘者》一文中曾提道："我有心搞一部《谭正璧文集》，以保留父亲心血研究的成果，并作为永久的纪念，尚不知哪个出版社会有此兴趣？"当时曾写信给一些出版社，无奈由于众所周知的原因，终难实现。今年因与嘉定政协所属《嘉定文史资料》与《练川古今谈》联系纪念先父诞辰一百一十周年等事宜后，在整理家中尚存的先父书稿时，发现了当年被删的《三言两拍资料》稿件，因突发奇想，径写信给上海古籍出版社社长王兴康老师，希望能实现当年陈向平社长和先父约定出《续编》的共同遗愿。

　　喜出望外的是，第二天即接到王老师来电，他们正计划重印先父的《三言两拍资料》等书；第三天又派奚彤云、祝伊湄两位老师专程上门面谈，一切都出乎我们家人的意料；更大的惊喜还在后面——他们决定汇集出版先父一生中的许多重要著述，而这在他们出版社似乎也是未有先例的。为此我们不得不再三感谢王兴康社长，感谢奚彤云、祝伊湄老师，以及上海古籍出版社所有为此做出辛勤付出的老师们。这里还应当感谢北京现代文学馆和上海图书馆的大力支持和协助。

　　花烂漫，满园春芳菲。红似烈火焚邪恶，白如雪花涤尘泥。梅魂裹媚姿。父亲一生爱梅、学梅、颂梅。最近几年来，父亲在事业上的成就渐渐被下一代挖掘出来，并给予他生前很少能得到的异乎寻常的评价，就如破土而出的夜明珠，散发出愈来愈灿烂的光芒，与傲霜凌雪迎来新春的红梅相映成辉，光照千秋！

谭正璧口述录音稿

九天上的先父先母，也一定能俯瞰到神州大地上如今这一切翻天覆地的变化，愿你们和我们共同为当年所付出的心血和努力而自豪，而欢呼！

谭 笺
二〇一一年七月三日重写

　　书稿虽终于付梓，然自己总感到欠缺些什么，对先父的研究只能算是开了个步。个人的力量毕竟是有限的，真心希望有更多对中国近现代文学的研究者加入这一研究中，为了更好地继承中华优秀文化共同努力奋进！

　　蒙黄霖教授百忙之中拨冗为本书作序，又承范园、谭壎、李立夫做认真校阅，指正谬误，特在此谨致深切感谢！

谭 笺
二〇一二年补记，二〇一六年四月修正

图书在版编目（CIP）数据

谭正璧传：煮字一生铸梅魂 / 谭篪著. -- 上海：
文汇出版社, 2024. 8. -- （文汇传记 / 周伯军主编）.
ISBN 978-7-5496-4292-2

I. I25
中国国家版本馆CIP数据核字第2024NP6924号

（文汇传记）

谭正璧传：煮字一生铸梅魂

丛书主编 / 周伯军
丛书篆刻 / 唐吟方
丛书策划 / 鱼　丽

著　　者 / 谭　篪
责任编辑 / 鲍广丽
封面装帧 / 观止堂_未氓

出版发行 / 文匯出版社
　　　　　上海市威海路755号
　　　　　（邮政编码200041）
经　　销 / 全国新华书店
排　　版 / 南京展望文化发展有限公司
印刷装订 / 上海新文印刷厂有限公司
版　　次 / 2024年8月第1版
印　　次 / 2024年8月第1次印刷
开　　本 / 640×960　1/16
字　　数 / 340千字
印　　张 / 25.25

ISBN 978-7-5496-4292-2
定　　价 / 88.00元